UN SANCTUAIRE POUR AVERY

UN SANCTUAIRE POUR AVERY (FORCES TRÈS SPÉCIALES : L'HÉRITAGE, TOME 6

SUSAN STOKER

DU MÊME AUTEUR

<u>Autres livres de Susan Stoker</u>

<u>Forces Très Spéciales : L'Héritage</u>

Un Sanctuaire pour Caite

Un Sanctuaire pour Brenae

Un Sanctuaire pour Sidney

Un Sanctuaire pour Piper

Un Sanctuaire pour Zoey

Un Sanctuaire pour Avery

Un Sanctuaire pour Kalee

<u>*Hawaï : Soldats d'élite*</u>

Un paradis pour Élodie

Un paradis pour Lexie

Un paradis pour Kenna

Un paradis pour Monica (10 May 2022)

Un paradis pour Carly

Un paradis pour Ashlyn

Un paradis pour Jodelle

<u>Mercenaires Rebelles</u>

Un Défenseur pour Allye

Un Défenseur pour Chloé

Un Défenseur pour Morgan

Un Défenseur pour Harlow

Un Défenseur pour Everly

Un héros pour Kassie

Un héros pour Bryn

Un héros pour Casey

Un héros pour Wendy

Un héros pour Mary

Un héros pour Macie

Un héros pour Sadie

Un héros pour Annie (Feb 2022)

CHAPITRE UN

Cole « Rex » Kingston n'était pas satisfait.

Aucun de ses coéquipiers non plus.

Ils venaient juste de rentrer et devaient faire demi-tour pour repartir pour une autre mission. Ce n'est pas ce qui les rendait malheureux, ils étaient habitués à des missions consécutives occasionnelles. Mais celle-ci était personnelle. Plus pour Rex que pour les autres. Non seulement des militaires de leur propre base avaient été kidnappés, mais la jeune femme sur laquelle Rex avait flashé faisait partie des disparus.

Rex flirtait avec le lieutenant infirmier des Marines Avery Nelson depuis des semaines, trouvant sans cesse des raisons de se rendre à l'hôpital de la base où elle travaillait pour lui parler. Il aimait son sourire et son sens de l'humour, sa façon d'être toujours prête à aider ses collègues infirmiers qui, en retour, faisaient preuve d'un grand respect à son égard.

Il était également très attiré physiquement par la jeune femme. Elle était sportive, mais avait des courbes qui remplissaient joliment sa blouse. Ce qu'il aimait *vraiment*, cependant, c'étaient ses adorables taches de rousseur et ses cheveux roux.

Rex n'avait jamais vraiment prêté attention à la couleur des cheveux d'une femme. Il avait été avec des blondes, des brunes… des femmes aux cheveux noirs. Mais il y avait quelque chose dans la combinaison des cheveux roux d'Avery et de ses taches de rousseur qui le touchait.

Et maintenant, elle avait disparu. Elle avait été capturée par un groupe d'insurgés qui vivaient dans la ville et les grottes proches de la base militaire où elle était stationnée en Afghanistan.

Il ne pourrait peut-être plus jamais entendre son rire contagieux ou voir ces jolies taches de son. Il n'aurait jamais dû attendre pour l'inviter à sortir. Il ne savait pas pourquoi il n'avait pas écouté son instinct. Il espérait juste qu'il n'était pas trop tard, que l'équipe serait capable de trouver Avery, et qu'il aurait une chance de lui dire combien il la trouvait fascinante, et combien il voulait apprendre à mieux la connaître.

L'équipe SEAL était arrivée dans le pays depuis vingt-quatre heures et ses hommes avaient interrogé autant de personnes qu'ils avaient pu trouver qui étaient prêtes à aider, et ce qu'ils avaient appris n'était pas de bon augure.

Deux soldats de l'armée qui conduisaient deux des camions remplis d'armes à destination de la base militaire avaient été pris en otage. Les véhicules eux-mêmes avaient également disparu, ce qui était mauvais signe. Très mauvais. Les insurgés avaient maintenant une énorme puissance de feu à leur disposition.

On ignorait pourquoi le lieutenant Avery Nelson manquait aussi à l'appel. Elle était dans le corps des infirmières des Marines. Elle était dans le pays en mission spéciale pour aider les locaux à mettre en place des cliniques pour les femmes afghanes. Il n'y avait aucune raison de l'enlever, surtout qu'elle n'était pas impliquée dans le convoi d'armes. Apparemment, cependant, elle travaillait dans une petite clinique locale près de l'endroit où le convoi avait été attaqué et, après que le bâti-ment avait été détruit, elle avait été capturée, elle ainsi que les conducteurs des camions.

L'équipe de Rex avait eu beaucoup de chance et avait trouvé

un habitant prêt à parler. Si quelqu'un découvrait que l'homme avait aidé les Américains, il serait très probablement tué sur place. Sa famille aussi. Ses enfants et sa femme probablement torturés. Les insurgés en feraient un exemple pour tous les autres.

Parler aux Américains et mourir.

Cet homme avait reçu l'ordre des insurgés de prendre les armes pour chasser les Américains infidèles de la région. Mais une Américaine avait sauvé sa femme d'une mort en couches certaine. Une femme soldat qui était restée avec sa femme dans leur maison pendant plus de vingt-quatre heures pendant qu'elle accouchait. Sans cette femme, il n'aurait pas eu de famille. Son enfant et sa femme seraient morts. C'était il y a trois ans, et l'homme n'avait jamais oublié.

En apparence, il obéissait, mais il savait pertinemment que tous les Américains n'étaient pas mauvais.

Aussi, lorsqu'il fut envoyé pour s'équiper avec une arme volée dans le convoi et qu'il vit l'Américaine retenue en captivité, il fut écœuré. Il l'avait reconnue comme étant l'une des infirmières qui étaient là pour enseigner à leurs femmes comment accoucher. Elle essayait de les aider, pas de les tuer.

Au milieu de la nuit, il s'était faufilé hors de sa petite hutte, laissant sa femme et son enfant pour venir à la base militaire et leur dire ce qu'il avait vu.

Heureusement, Rex et son équipe étaient là. Grâce à un interprète, ils avaient découvert l'emplacement de la grotte au fin fond des montagnes, où Avery était retenue en otage.

C'était un énorme coup de chance. Sans cette information, ils auraient dû fouiller tous les coins et recoins alentour, ce qui aurait été une mission suicide.

Ils se préparaient maintenant à se diriger vers les montagnes pour récupérer Avery, et avec un peu de chance les deux hommes disparus aussi, bien que l'autochtone n'ait pas mentionné avoir vu ces derniers.

Juste avant de partir, un sergent-major pénétra dans la

pièce qui leur servait de poste de commandement pour les informer qu'ils venaient de retrouver les deux soldats disparus.

Ils étaient décédés.

L'information fit monter en flèche le rythme cardiaque de Rex.

— Et le lieutenant ? demanda-t-il.

— Aucun signe d'elle, répondit le sergent-major.

Cela aurait dû être une mauvaise nouvelle, mais à ce moment-là, Rex considérait que cela ne pouvait pas être mieux.

— Nous sommes vraiment désolés pour la perte de vos hommes, lui dit Rocco. Où ont-ils été trouvés ?

— Leurs corps ont été jetés le long de la route en dehors de la ville, leur dit le sergent-major.

— Quel était leur état ? demanda Gumby.

L'autre homme grimaça.

— Mauvais. Ils ont été torturés, c'est sûr. La plante de leurs pieds était déchirée, comme s'ils avaient dû marcher pieds nus sur une longue distance. Ils avaient aussi perdu pas mal de poids, donc nous pensons qu'ils ont probablement été affamés dans les jours qui ont suivi l'attaque.

Rex grinça des dents. L'idée qu'Avery soit traitée comme les soldats l'avaient été lui donna envie de tuer quiconque osait poser la main sur elle.

— Heure estimée de la mort ? demanda Rocco.

Le sergent-major secoua la tête.

— C'est difficile à dire avec certitude. Mais nous pensons que cela date d'environ un jour. Comme vous le savez, la chaleur ici est extrême, il est donc possible que ce soit encore plus récent.

— Merci de nous avoir informés, dit Phantom. La dernière chose dont nous avons besoin est de chercher quelqu'un qui a déjà été retrouvé.

Le sergent-major hocha la tête.

— Vous êtes sûr que vous ne voulez pas que quelques-uns

de mes hommes vous accompagnent ? J'ai une équipe de Rangers de l'armée qui est prête à partir.

— Merci, mais non, dit Rocco. Depuis que nous avons reçu des informations du témoin oculaire, notre plan est de monter dans les montagnes, de trouver le lieutenant, et de nous tirer de là. Plus on est nombreux, plus on sera visibles. Mais encore une fois, merci.

— De rien. L'attaque de ce convoi ne me plaît pas. Ce n'était pas un hasard. Nous avons des camions qui entrent et sortent de cette base tout le temps. Les locaux n'avaient aucun moyen de savoir que nous apportions des armes à ce moment et à cet endroit précis, à moins qu'ils aient une source interne.

— Vous pensez qu'il y a un traître ? demanda Bubba.

Le sergent-major hocha la tête.

— Oui, je pense. Et je vais trouver qui c'était et le coller au mur. Les conséquences de ces armes entre les mains des insurgés vont au-delà du meurtre de ces deux soldats et de l'enlèvement du lieutenant des Marines. Notre mission ici a fait un énorme pas en arrière concernant la paix dans la région. Avec l'ennemi aussi bien armé maintenant que nous le sommes... je n'ai pas besoin de dire que cela met tout le monde – civils innocents et personnel militaire – en danger extrême.

Rex hocha la tête en même temps que ses coéquipiers. Il savait aussi bien qu'eux à quel point la situation était devenue dangereuse avec le vol des armes. Les fusils, les grenades, les balles, les lance-roquettes, et même un ou deux missiles, avaient tous disparu en un clin d'œil. L'idée que l'un des leurs, un soldat ou un Marine américain, ait trahi son pays était une gifle phénoménale.

Mais pour le moment, Rex était plus préoccupé par Avery. Elle avait disparu depuis presque deux semaines. À la merci d'hommes dangereux et sans scrupules. Il priait pour que leur source soit fiable et qu'elle soit toujours dans la grotte où elle avait été vue pour la dernière fois. Il détestait l'idée que la jeune femme sympathique qu'il n'avait pas osé inviter à sortir puisse être torturée et brutalisée.

Rex prit une profonde inspiration et se retourna pour vérifier son équipement pour la dixième fois en laissant Rocco s'occuper du sergent-major. Il voulait s'assurer d'avoir tout ce dont ils auraient besoin lorsqu'ils retrouveraient le lieutenant disparu. Des vêtements de rechange, une paire de bottes – puisque leur source disait qu'elle avait été dépouillée des siennes – de l'eau, de la nourriture, des packs de gel énergétique et des fournitures médicales. Il ignorait dans quel état ils trouveraient Avery, mais il priait plus fort qu'il ne l'avait jamais fait auparavant pour qu'elle soit en vie.

Il détestait ne pas avoir eu le courage de lui demander de sortir avec lui avant qu'elle ne quitte la Californie. Il savait mieux que personne combien la vie était courte et avait décidé de lui rendre visite à son retour de mission pour voir si elle serait intéressée par un café. Ou un déjeuner. Puis un dîner. Mais tout avait changé maintenant.

Même s'ils la retrouvaient vivante, il n'avait aucune idée de l'état dans lequel elle serait. Physiquement ou mentalement. Elle pourrait ne plus jamais vouloir être touchée par un homme. Son tempérament enjoué pourrait avoir été détruit pour toujours.

L'idée que la magnifique jeune femme qui l'avait attiré soit battue à mort le mettait dans une colère noire.

Il ramassa le sac extrêmement lourd et le mit sur son dos par-dessus son uniforme de camouflage pour le désert. Ils étaient sur le point de se diriger vers un terrain très difficile, mais bien qu'ils l'aient déjà fait auparavant, cette fois, c'était plus personnel pour Rex.

Tiens bon, Avery, se dit-il en se retournant pour écouter Rocco leur donner des instructions de dernière minute. *Accroche-toi. On vient te chercher.*

CHAPITRE DEUX

Avery Nelson était assise dos au mur de roche brute derrière elle et elle ouvrit les yeux... mais tout était toujours aussi noir qu'avant qu'elle ne les ferme. Elle devenait lentement folle car elle n'avait aucune idée du temps qui s'était écoulé depuis qu'elle avait été ensevelie dans la grotte.

Elle savait que cela faisait au moins une semaine qu'elle avait été capturée. Une roquette avait frappé la maison qui servait de clinique où elle enseignait l'accouchement à des femmes afghanes, et un morceau du plafond lui était tombé sur la tête. Elle était sortie en titubant, chutant directement dans les bras des terroristes qui détournaient un convoi de camions traversant la ville.

Elle n'était pas armée. Elle ne faisait même pas partie du convoi d'armes. Elle était une infirmière des Marines venue aider les habitants du village. Quoi qu'il en soit, elle était presque sûre de savoir pourquoi elle était ici. L'homme qui l'avait emmenée dans les montagnes avait été très clair. Et elle n'avait pas vraiment eu la possibilité de se défendre. Elle n'était pas à proprement parler petite. Avec son mètre quatre-vingts, elle était plus grande que beaucoup d'hommes avec qui elle travaillait. Mais avec sa blessure à la tête et toute la confusion qui s'ensuivit, elle n'était pas de taille à affronter des insurgés plus grands et plus effrayants.

Ils l'avaient emmenée dans les montagnes, avec les armes qui se trouvaient dans les camions, et avaient rossé Avery. Ils l'avaient enchaînée par la cheville et avaient pris un grand plaisir à la torturer mentalement et physiquement.

Pendant ce temps, des hommes allaient et venaient dans la grotte, récupérant les armes volées à l'armée américaine. Il leur avait fallu une semaine pour toutes les disperser. Et après ces sept jours durant lesquels elle avait été battue, insultée et laissée pratiquement morte de faim, ils étaient tous partis.

Mais pas avant d'avoir fait exploser l'entrée de la grotte pour éliminer toute possibilité de sortie.

Merde.

Avery avait réussi à utiliser une pierre pour écraser les maillons de la chaîne qui la retenait au sol, et elle avait utilisé un filet d'eau coulant le long d'un mur de sa tombe pour rester en vie.

Elle pensait avoir connu la faim avant, mais après une semaine sans nourriture, elle comprenait *vraiment* désormais ce que c'était. L'eau la maintenait en vie, mais elle était faible et étourdie de n'avoir rien mangé depuis qu'elle était piégée dans la montagne.

Après avoir été tabassée par les terroristes, puis avoir déplacé des rochers jour après jour dans l'espoir de se désincarcérer, chaque muscle de son corps n'était que douleur. Elle n'avait probablement plus d'ongles. Sa tête palpitait encore à cause de la commotion cérébrale qu'elle avait eue au début de son calvaire, et ses côtes étaient encore douloureuses à cause des coups.

Mais bon sang, elle était vivante.

Ces ordures avaient commis l'erreur de ne pas lui avoir mis une balle dans le cerveau avant de l'enterrer dans la grotte. Ils pensaient manifestement qu'ils l'avaient tuée avec leur dernière raclée – qui avait été la plus brutale jusqu'à présent – ou, sinon, qu'elle mourrait ensevelie derrière les décombres à l'entrée de la grotte.

Avery était plus forte que ça.

Elle allait se frayer un chemin hors de cette grotte, même si ça lui prenait encore un an.

Avery refusait de penser qu'elle n'avait aucune chance de tenir un mois sans nourriture. Elle se concentrait sur le déplacement d'une pierre à la fois jusqu'à ce qu'elle puisse se libérer.

Elle ignorait pourquoi ils ne l'avaient pas agressée sexuellement, ce dont elle était plus que reconnaissante. Elle portait toujours son pantalon d'uniforme camouflage beige et un T-shirt vert olive. Ses pieds lui faisaient mal car ses ravisseurs lui avaient pris ses chaussures et ses chaussettes le premier jour où elle avait été en leur compagnie. Ils l'avaient maintenue au sol pendant que certains de leurs camarades lui tapaient sur la plante des pieds avec un bâton. Elle avait eu très mal, mais maintenant elle ne sentait plus grand-chose. Elle pensait que ses pieds s'étaient habitués aux mauvais traitements qui leur avaient été infligés depuis qu'elle était là, ou que les nerfs avaient été endommagés.

Quoi qu'il en soit, c'était agréable de ne plus avoir à penser à eux.

Ramassant une pierre de la taille de sa tête, Avery sentait ses muscles frémir sous l'effort. Merde. Elle ignorait que déplacer des rochers pouvait être si fatigant. Quand elle reviendrait à Riverton et à la base navale, elle irait parler à Wolf. Lui et son équipe d'anciens SEAL avaient la charge de former des aspirants SEAL. Elle irait suggérer qu'ils apportent une montagne de rochers et qu'ils obligent les recrues à les déplacer un par un. Ils seraient réduits en bouillie en un rien de temps.

Penser à la maison était réconfortant et lui redonnait le

moral. Avery aimait vivre sur la côte Ouest. Elle appréciait la plage et le climat tempéré. Et elle aimait être infirmière. Elle aimait aider les autres. Une de ses missions préférées était la Semaine de l'enfer pour les hommes essayant de devenir des SEAL.

Bien sûr, elle n'aimait pas les voir souffrir dans le froid des vagues, ou en essayant d'accomplir toutes les tâches impossibles assignées par leurs instructeurs. Mais elle adorait la camaraderie et la détermination de ceux qui s'en sortaient. À la fin de la semaine, ils étaient déshydratés, souffraient souvent d'un peu d'hypothermie et étaient littéralement si épuisés qu'ils pouvaient à peine se tenir debout... mais la fierté sur leurs visages, sachant qu'ils avaient survécu aux conditions brutales auxquelles ils avaient été soumis, était magnifique.

Avery n'avait aucun désir de devenir un SEAL. Sa force résidait dans l'aide qu'elle apportait aux autres. Elle avait un don avec les gens et pouvait les apaiser quand ils étaient blessés. Et elle savait résoudre les problèmes. Elle avait toujours été ainsi, elle le serait toujours.

Comme maintenant.

Elle avait un problème, et elle allait le résoudre ou mourir en essayant. Vraiment.

Le problème c'étaient les tonnes de rochers qui la séparaient de la liberté.

Pour le résoudre, elle devait juste déplacer les pierres une par une. Petit à petit. Des petits pas.

C'est ce qu'elle disait à ses patients quand ils voulaient rentrer chez eux. Ils voulaient aller mieux. Ils voulaient retourner au service actif.

Alors qu'Avery rampait avec la pierre serrée contre sa poitrine, son genou atterrit sur un caillou pointu sur le sol en terre battue de la grotte. Haletant de douleur, elle mit instinctivement sa main pour se rattraper quand elle commença à tomber, lâchant la pierre qu'elle tenait et se cognant le front contre elle.

— Merde ! s'exclama-t-elle en portant sa main à sa tête à l'endroit qui avait été touché. Elle ne sentait pas de sang, Dieu merci, mais l'accident n'avait pas été le premier ces derniers temps. Elle devenait maladroite et manquait de plus en plus de coordination à chaque heure qui passait.

Décidant qu'il était temps de faire une pause, elle rampa prudemment vers l'alcôve où elle avait été retenue avant que les terroristes ne fassent sauter l'entrée de la grotte. Elle n'avait pas soif, mais elle s'arrêta quand même pour boire un peu d'eau qui coulait. Elle prenait n'importe quoi qui puisse remplir le vide dans son ventre.

Puis elle s'allongea sur le dos et regarda vers le haut. Il faisait nuit noire, mais elle pouvait encore imaginer le plafond rocheux de la grotte au-dessus de sa tête. Elle était restée éveillée à le regarder pendant de nombreuses heures lorsque les terroristes étaient là.

Se sentant sombrer dans une dépression qu'elle ne pouvait se permettre, Avery ne put s'empêcher de penser à tout ce qu'elle avait encore à faire. Tout ce qu'elle *voulait* désespérément faire mais qui, au train où allaient les choses, n'arriverait probablement pas car elle ne sortirait pas vivante pour les accomplir.

En haut de cette liste ? Trouver le courage d'inviter le très beau SEAL qui passait de plus en plus souvent à l'hôpital.

Ses collègues infirmiers lui avaient dit qu'il venait uniquement pour la voir et lui parler, mais elle ne les avait pas crus.

Puis, juste avant de quitter le pays, elle était sûre qu'il allait l'inviter à sortir. Quelque chose dans son regard avait finalement incité Avery à croire ses amis.

En règle générale, elle n'aimait pas trop les hommes portant une barbe ou une moustache, surtout pas une barbe aussi fournie que la sienne. Mais sur lui, la pilosité faciale était positivement délicieuse. Il avait des cheveux noirs épais trop longs pour ceux d'un Marine ordinaire. Elle savait que les

SEAL avaient une certaine marge de manœuvre en matière d'apparence, à cause de leur travail d'infiltration.

Elle s'était renseignée et avait appris que son nom était Cole Kingston. Ses copains l'appelaient Rex, mais Avery préférait Cole. Ses yeux étaient sombres, presque aussi noirs que le charbon que son nom suggère. Elle avait vu les tatouages colorés qui couraient le long de son bras droit lorsqu'il était venu un jour à l'hôpital en T-shirt de sport. Elle s'était demandé s'il en avait d'autres.

Fantasmer sur l'apparence d'un homme n'était pas normal pour Avery. Elle était généralement plus préoccupée par son comportement. Était-il prétentieux ? Est-ce qu'il la regardait de haut parce qu'elle n'était « qu'infirmière » ? Agissait-il comme un bébé quand il était blessé ?

Mais elle n'arrivait pas à oublier à quel point Cole était beau.

C'est pourquoi elle avait fini par se convaincre qu'il était impossible qu'il continue à venir à l'hôpital à cause d'*elle*.

Elle n'avait rien de spécial. Elle avait des cheveux roux épais, mais la plupart du temps, elle était trop occupée pour en faire quoi que ce soit. Lorsqu'elle s'exposait trop longtemps au soleil, elle avait encore plus de taches de rousseur atroces sur les joues et le nez. D'après son expérience, les hommes n'aimaient pas vraiment qu'elle soit si grande. Ils préféraient les femmes petites. Et Avery avait des muscles. Elle pouvait battre de nombreux hommes et même faire plus de tractions que certains. Ajoutez à cela une femme athlétique, indépendante, intelligente, grande, avec des taches de son... et vous obtenez des nuits solitaires.

Mais pour une raison inconnue, Cole revenait toujours à l'hôpital. Il était à peine plus grand qu'elle, et si elle portait des talons, il arriverait au niveau de ses yeux, c'est sûr. Il était bien bâti, même un peu impressionnant. Et elle avait cru qu'il allait l'inviter à sortir la dernière fois qu'elle l'avait vu. Et la réponse d'Avery aurait été oui. Trois fois oui.

Mais une alarme s'était déclenchée dans une pièce voisine, et elle avait dû aller voir le patient.

Elle aurait voulu dire à Cole d'attendre, qu'elle revenait tout de suite, mais il ne lui en avait pas laissé l'occasion. Il avait souri et lui avait dit d'être prudente et qu'il la verrait à son retour d'Afghanistan.

Avery ouvrit les yeux dans le noir complet en soupirant. C'était tellement désorientant. Elle savait que ses yeux étaient ouverts, et que cela signifiait qu'elle devait voir *quelque chose*, mais tout ce qu'elle percevait était le noir tout autour d'elle.

Avery décida que si elle sortait de cette grotte, qu'elle parvenait à redescendre de la montagne en sécurité, elle retrouverait Cole Kingston après son retour en Californie, et *lui* demanderait de sortir avec elle.

S'il disait non, très bien, mais elle ne resterait plus assise à attendre ce qu'elle voulait dans sa vie. Et elle voulait aller à un rendez-vous avec Cole. Elle voulait s'asseoir à côté de lui dans un restaurant et apprendre le maximum de choses sur lui. Et elle voulait sentir ses lèvres sur les siennes à la fin de la soirée. Elle voulait savoir ce que ça faisait d'être embrassée par un homme avec une barbe et une moustache. Est-ce que ça chatouillerait ? Mangeait-il de façon désordonnée et trouverait-elle dégoûtant le fait qu'il y ait de la nourriture coincée dans sa barbe ? La lavait-il sous la douche comme il le faisait pour ses cheveux ?

Il y avait tant de choses qu'elle ne savait pas sur lui mais qu'elle voulait découvrir.

Et bon sang, quand elle sortirait de ce satané trou dans le flanc de la montagne, c'est ce qu'elle ferait.

Ayant retrouvé sa volonté légendaire, Avery prit une profonde inspiration et se redressa. Si elle voulait demander à Cole de sortir avec elle, elle devait se bouger. Elle déplacerait dix pierres de plus. Après ça, elle ferait une petite pause puis en bougerait dix de plus. Puis dix de plus. Finalement, elle en bougerait assez pour pouvoir se faufiler vers la liberté.

Se retournant pour se mettre sur ses mains et ses genoux, Avery rampa lentement et prudemment vers l'ouverture de la grotte. Ramassant une autre pierre, elle se retourna et la jeta sur sa droite, loin du chemin qui menait à l'alcôve avec l'eau.

Une de moins, il en restait neuf.

C'était facile.

CHAPITRE TROIS

Rex et Phantom progressaient silencieusement et régulièrement vers la grotte où selon leur informateur Avery était détenue. Rocco et Gumby assuraient leurs arrières, et Ace et Bubba surveillaient les insurgés à proximité.

Ils étaient inquiets de n'avoir croisé personne. S'il y avait une prisonnière de guerre à proximité, la zone aurait dû grouiller de méchants. Le fait qu'elle semble déserte n'était pas bon signe. Pas du tout.

Refusant d'envisager que leur informateur ait pu mentir, Rex et Phantom continuèrent. Le terrain qu'ils empruntaient était accidenté car ils évitaient la route qui menait directement sur le flanc de la montagne vers leur cible.

Ils étaient prudents, se déplaçant lentement pour ne pas attirer l'attention, mais ils auraient pu marcher au milieu de la route car ils ne virent pas une seule personne.

— Je n'aime pas cette sensation, annonça Phantom.

— Moi non plus, renchérit Rex.

— On est sûrs que ce type était honnête avec nous ?

Rex haussa les épaules.

— Il avait l'air d'être réglo, mais...

Ses mots s'arrêtèrent alors qu'ils grimpaient sur une crête à proximité de leur cible.

— Qu'est-ce qui ne va pas ? demanda Phantom.

Rex fronça les sourcils et se tourna vers son ami.

— On est sûrs d'avoir les bonnes coordonnées ?

— Positif.

Rex fit un geste vers le côté de la montagne devant eux.

— Alors où est cette putain de grotte ?

Phantom regarda autour de lui et jura.

— Putain.

Le cœur de Rex battait la chamade, et il tendit la main vers le bouton pour allumer sa radio.

— Rocco, tu peux confirmer les coordonnées de la cible ?

Cela prit une minute, puis il entendit la voix de Rocco lui répéter exactement ce qu'il avait entré dans son propre GPS.

— Pourquoi, qu'est-ce qui ne va pas ?

— Nous sommes à ces coordonnées, dit Phantom. Et tout ce qu'on voit, c'est un tas de pierres contre le flanc de la montagne.

Personne ne dit rien pendant une longue seconde. Puis Bubba demanda :

— Aucun signe de cibles dans le coin ?

— Non, rien, dit Rex. C'est calme. Trop calme.

— Tu crois que c'est un coup monté ? demanda Gumby.

— Rien ne semble bizarre, dit Rex à son équipe. Je n'ai pas l'impression qu'on nous tend une embuscade.

— Attends – oh, merde, jura Phantom.

Rex jeta un coup d'œil à son ami.

— Quoi ?

— Regarde, dit-il en désignant les rochers le long de la montagne.

Puis il pointa son doigt vers le haut.

— On dirait qu'il y a eu un glissement de terrain récent ou quelque chose comme ça. Tu vois comme la roche est plus sombre là-haut ? Comme si elle n'avait pas été exposée au soleil pendant des centaines d'années comme le reste de la paroi ?

— Merde ! jura Rex.

— Quoi ? demanda Ace avec impatience à travers la radio.

— Nous étions perplexes parce que nous n'avons pas vu de grotte ici, mais nous pensons voir les preuves d'une explosion récente qui aurait provoqué l'effondrement de l'entrée.

— Merde, dit Rocco.

— Il y a aussi énormément de traces de pneus sur le flanc de la montagne. Des traces qui ne mènent apparemment nulle part. Je parierais tout ce que j'ai que c'est là que se trouvait l'un des camions manquants, comme l'a dit notre informateur.

— Alors, où est le lieutenant ? demanda Ace.

— Derrière ces rochers, dit Phantom sans aucune incertitude dans son ton.

Rex se déplaça rapidement vers l'endroit où l'entrée de la grotte aurait dû se trouver. Plus il s'approchait, plus il était évident que les insurgés avaient fait sauter l'entrée pour en sceller le passage.

Il était intéressant de noter que ceux qui avaient placé les explosifs ne savaient pas ce qu'ils faisaient et en avaient trop utilisé. Les rochers avaient été mis en pièces. Oui, il y avait quelques gros rochers à l'entrée, mais il y avait beaucoup plus de petits rochers de la taille d'un ballon de basket ou d'un poing.

Rex et Phantom se regardèrent.

Sans un mot, Rex se pencha et saisit un gros rocher qu'il déplaça derrière lui.

— S'ils ne servent à rien d'autre, nous pouvons utiliser ces rochers pour bloquer la route à tout autre trafic, dit Rex en en prenant un autre.

— Tu sais qu'elle aurait pu être tuée dans l'explosion, non ? demanda tranquillement Phantom, alors même qu'il venait à côté de son ami pour tenter de dégager la grotte qu'ils savaient tous deux devoir se trouver derrière les rochers.

— Je sais.

— Ou ils auraient pu lui tirer une balle dans la tête avant de faire sauter l'entrée.

— Je *sais*, répéta Rex.

— Mais s'ils ont fait l'une ou l'autre de ces choses, pourquoi n'ont-ils pas simplement laissé son corps là où il pourrait être trouvé, comme ils l'ont fait pour les deux autres ? demanda Phantom pour la forme.

Rex ignora son ami et continua à déplacer les pierres aussi vite qu'il le pouvait.

— Rocco, on a besoin d'aide, dit Phantom dans la radio. Ace et Bubba peuvent monter la garde, mais si Gumby et toi pouviez venir aux coordonnées, on a un tas de rochers à essayer de déplacer avant que les insurgés décident de revenir par ici.

— Heureusement que j'ai cette pelleteuse dans ma poche, plaisanta Gumby.

Rex secoua la tête sans arrêter ce qu'il faisait. Habituellement, les plaisanteries de ses amis l'amusaient, mais en ce moment, il n'arrivait pas à trouver une seule chose drôle.

Avery était derrière ces rochers. Il le savait. Il ignorait dans quel état elle était, mais comme Phantom l'avait dit, il devait y avoir une raison pour qu'ils n'aient pas trouvé son corps. Il devait y avoir une raison pour laquelle les insurgés avaient décidé de bloquer la grotte plutôt que de l'abandonner une fois qu'ils avaient déplacé toutes les armes. La seule raison à laquelle il pouvait penser : Avery était toujours en vie et ils ne voulaient pas que quelqu'un la trouve.

Mais pourquoi ?

Rex fit un signe de tête à Phantom quand il se pencha pour attraper une autre pierre, faisant de son mieux pour dégager l'entrée de la grotte.

C'était fou, ils n'avaient aucune idée de la quantité de débris qui se trouvaient entre eux et l'entrée, mais Rex n'allait pas s'arrêter avant d'avoir fait un trou assez grand pour que l'un d'entre eux puisse s'y faufiler... ou pour qu'Avery puisse sortir.

Bientôt, Rocco et Gumby les rejoignirent. Les quatre hommes travaillèrent sans relâche, jetant les petits cailloux hors du chemin, et travaillant ensemble pour essayer de faire bouger les plus gros. Ils y étaient depuis au moins une heure et demie, et il ne semblait pas qu'ils aient fait de progrès. Mais le tas de rochers qui se trouvait maintenant sur le chemin de terre derrière eux démentait cette impression.

Toutes les quinze minutes environ, ils s'arrêtaient tous et Rex criait le nom d'Avery. Pas aussi fort qu'il le voulait, parce que le son voyage facilement dans les canyons et les collines, mais si Avery était derrière le mur de rochers, il voulait faire ce qu'il pouvait pour lui faire savoir qu'il était là. Qu'elle n'était plus seule.

⁎⁎

Les mains d'Avery tremblaient maintenant continuellement. Elle savait qu'elle n'avait pas assez déplacé de pierres récemment. Elle ralentissait, et c'était à la fois ennuyeux et effrayant.

— Continue à avancer, dit-elle à voix haute en essayant de se motiver. De l'autre côté de ces rochers se trouve un cheeseburger géant. Non, une pile de pancakes à la cannelle. Une glace à l'eau.

Rêver de toutes les sortes de nourriture qu'elle voulait manger n'améliorait pas vraiment sa situation, mais elle ne pouvait pas s'en empêcher.

Elle n'avait même plus faim, ce qui n'était pas bon signe, et elle le savait. Elle pouvait vivre un bon moment avec l'eau qu'elle avait bue, mais son corps continuerait à s'affaiblir de plus en plus, chaque jour passé sans nutriments.

Elle finirait par ne plus pouvoir se lever du tout, et resterait allongée. Et si elle ne pouvait pas atteindre sa source d'eau, son état se dégradait rapidement. Jusqu'à ce qu'elle ferme simplement les yeux et meure.

Cette pensée était suffisante pour qu'elle secoue la tête avec détermination.

— Non ! dit-elle à voix haute.

Le mot résonna dans la grotte, comme s'il se moquait d'elle. Alors elle le répéta, plus fort.

— Non !

Puis encore.

— *Non !*

Elle haletait en expulsant ses frustrations. Elle refusait de penser que les cris l'épuiseraient et qu'elle était piégée. Mais elle se sentait mieux.

— Avery ?

Elle se figea.

Entendait-elle des voix maintenant ? Elle aurait pu jurer qu'elle avait entendu son nom... mais c'était fou, n'est-ce pas ?

— *Avery ?*

Bon sang, c'était encore là ! Et cette fois, elle *savait que* ce n'était pas une hallucination.

— Je suis là ! hurla-t-elle en griffant frénétiquement les rochers entre elle et celui qui se trouvait de l'autre côté, criant son nom. Ne me laissez pas ! Je suis là !

*
**

Rex regarda Phantom alors qu'ils se penchaient tous les deux pour prendre une autre pierre du tas.

— Tu as entendu ça ? demanda Phantom.

Rex acquiesça, et les deux hommes se penchèrent plus près des rochers en face d'eux.

— Non ! *Non !*

— Putain ! s'exclama Phantom.

Rex se pencha en avant et appela :

— Avery ?

Les quatre hommes retinrent leur souffle en attendant une réponse. Ils attendaient de voir si c'était bien le lieutenant disparu qu'ils avaient entendu il y a une seconde.

Comme ils n'entendaient aucun son, Rex cria encore son nom.

Puis ils entendirent tous la réponse :

— Je suis là ! Ne me laissez pas ! Je suis là !

Le cœur de Rex était sur le point de sortir de sa poitrine.

— Nous venons te chercher ! répondit Rex en hurlant, et les quatre hommes commencèrent à déplacer frénétiquement des rochers, les lançant dans tous les sens, essayant désespérément de percer un passage vers la jeune femme de l'autre côté.

Cela prit beaucoup trop de temps, et les mains et le dos de Rex étaient douloureux quand il atteignit un petit rocher qui pesait facilement trente kilos – et entendit une petite avalanche de pierres et de rochers tomber de l'autre côté.

Ils avaient enlevé des roches de haut en bas, en essayant d'empêcher la pile de s'effondrer par le haut et d'annuler tous les progrès qu'ils avaient faits. Maintenant, enfin, en priant pour que le mini effondrement n'ait pas blessé Avery plus qu'elle ne l'était déjà, Rex utilisa ses mains pour arracher cette pierre – et une petite ouverture apparut au sommet. Rex regarda à l'intérieur.

Il ne vit que les ténèbres.

Il ne quitta pas l'ouverture des yeux, mais tendit une main en arrière et lança :

— Lampe de poche !

En quelques secondes, l'un de ses coéquipiers lui mit une lampe torche dans la main. Elle était petite, mais le faisceau de lumière était étonnamment fort. En l'allumant, Rex pointa le faisceau vers le trou.

Ce qu'il vit faillit lui couper le souffle.

Avery Nelson était à genoux de l'autre côté de l'éboulement. Elle avait tourné la tête et se protégeait les yeux du petit rayon de soleil qui passait par le trou qu'ils avaient fait, et probablement aussi à cause de la lampe de poche. Elle était couverte de terre de la tête aux pieds et pesait au moins quinze kilos de moins que la dernière fois qu'il l'avait vue. Mais elle était vivante. Pour l'instant, c'était tout ce qui comptait pour lui.

Avec un rapide balayage du faisceau, Rex vit des rochers tout autour d'elle à l'intérieur de la grotte, certains soigneusement placés le long des bords de la zone où elle était agenouillée, et d'autres semblant jetés au hasard. Il semblait qu'elle avait fait la même chose que son équipe et lui, en enlevant les rochers un par un. Il n'était pas surpris qu'elle ne se soit pas assise dans un coin pour pleurer ou simplement attendre d'être secourue. Elle faisait activement tout ce qu'elle pouvait pour se sauver. Et il n'avait aucun doute qu'elle aurait fini par s'en sortir. Elle avait fait beaucoup de progrès toute seule.

— Avery ? dit-il, alors qu'elle demeurait immobile depuis plusieurs minutes.

Elle hocha la tête, sans retirer sa main des yeux pour le regarder.

Réalisant qu'il était stupide, Rex baissa la lumière pour qu'elle ne soit pas dans son visage. La lumière du soleil entrait toujours dans la grotte, mais au moins il ne l'aveuglait plus intentionnellement. Il se tourna vers Phantom.

— J'ai besoin d'entrer là-dedans.

— Elle va bien ? demanda son ami.

— Je ne sais pas. Mais d'après ce que je vois, elle est en mauvais état.

En hochant la tête, Rocco, Gumby et Phantom commencèrent à retirer d'autres pierres du trou qu'ils venaient de faire.

En cinq minutes, ils l'avaient rendu assez grand pour que Rex puisse s'y faufiler.

— Je n'aime pas ça, dit Rocco. La dernière chose dont on a besoin, c'est que d'autres rochers tombent et vous enterrent *tous les deux* là-dedans. Sortez-la de là qu'on puisse quitter cette putain de montagne.

En hochant la tête, Rex se tourna sur le ventre et passa ses jambes dans le trou en reculant. Il descendit lentement son corps, sentant les petites pierres céder sous ses pieds alors qu'il progressait dans la grotte.

Il fallut un moment à ses yeux pour s'adapter. Alors que le soleil qui entrait lui donnait assez de lumière pour voir, il faisait encore noir derrière le mur de rochers. Il se pencha et plaça sa lampe de poche sur le sol de façon que le faisceau soit dirigé vers le plafond, pour mieux éclairer la zone et lui permettre de mieux évaluer l'état d'Avery et la situation en général.

De près, elle avait l'air encore plus mal en point que ce qu'il avait constaté précédemment. Sa peau était blanche comme du papier et ses cheveux pendaient mollement et lâchement autour de ses épaules. Son visage était couvert d'ecchymoses, elle avait une lèvre fendue, et il vit que ses bras avaient également des bleus en forme de doigts.

Elle n'avait pas de chaussures, comme on le leur avait dit, et une manchette en métal entourait l'une de ses chevilles. Ses ongles étaient cassés et déchiquetés, avec de la saleté en dessous. Le T-shirt vert olive de la marine qu'elle portait était sale et déchiré au niveau de l'ourlet, mais il était soulagé qu'il soit encore intact, tout comme le pantalon.

Avery tenta de lever les yeux vers lui depuis l'endroit où elle était assise sur le sol, mais ses yeux étaient plissés dans des fentes si étroites qu'il ne pensait pas qu'elle pouvait voir grand-chose.

— Je sais que c'est lumineux, laisse à tes yeux le temps de s'adapter, lui conseilla-t-il.

— Je n'ai pas vu de lumière depuis... eh bien, je ne sais pas combien de temps. Mais ça ressemble à des semaines.

Incapable de s'en empêcher, Rex se tendit et prit une de ses mains dans la sienne. Elle s'accrocha à lui comme s'il était la seule chose entre elle et une mort certaine, ce qu'il supposait être le cas.

— Es-tu blessée ? Peux-tu te lever ? demanda-t-il.

Il devait les sortir de là, non seulement parce que cela le rendait malade de la voir dans cette situation, mais aussi parce qu'il était toujours conscient qu'à tout moment, quelqu'un pouvait décider de revenir voir sa captive et s'assurer qu'elle était toujours là où il l'avait laissée.

— Non et oui, dit-elle en se mettant à genoux pour se préparer à se lever.

Elle n'avait pas lâché sa main, et Rex n'était pas prêt à le suggérer. Il l'aida à se lever – et réalisa à quel point elle était faible en la voyant tituber.

— Désolée, marmonna-t-elle.

— Ne t'excuse pas, dit Rex un peu trop sèchement.

Il fit attention d'employer un ton plus doux quand il lui demanda :

— As-tu mangé quelque chose ?

— Pas vraiment. Je ne pense pas que les croûtes de pain moisi et rassis qu'ils m'ont jetées pour s'amuser aient compté, dit-elle ironiquement.

— Comment arrives-tu à tenir debout ? demanda Rex, plus à lui-même qu'à elle.

— Je suis têtue, répondit Avery. Et ils ne m'ont peut-être pas nourrie, mais ils m'ont laissé en plan dans une grotte avec ma propre source d'eau.

Elle fit un geste derrière elle.

— Il y a un petit filet d'eau le long d'un mur à l'arrière. Je me suis hydratée autant que possible.

— Futée, la demoiselle.

Les mots étaient légèrement inappropriés, mais Rex ne put

les retenir. À chaque seconde qu'il passait avec cette femme, il était de plus en plus impressionné. Il l'avait appréciée en Californie pour son sourire, son apparence et son esprit. Mais comme il le découvrait rapidement, il y avait une force à l'intérieur d'Avery bien plus attirante que la couleur de ses cheveux ou ses dents droites et brillantes.

— Si tu peux m'empêcher de tomber, je suis prête à sortir d'ici, déclara-t-elle.

Rex se rapprocha et passa un bras autour de sa taille.

— Est-ce que ça va ? demanda-t-il, ne voulant pas contribuer aux souvenirs horribles qu'elle pouvait avoir de ce qui lui avait été fait lorsqu'elle était captive.

Elle acquiesça et enroula son propre bras autour de lui, gardant la tête baissée et s'agrippant à sa chemise avec une force surprenante.

— Ouais. On est de la taille parfaite pour gagner une course à trois jambes, plaisanta-t-elle.

Rex ricana. Ce n'était pas vraiment un rire, car il ne pouvait pas se résoudre à s'esclaffer dans un moment pareil, mais il était d'accord avec son analyse. Ils allaient parfaitement ensemble. Il les conduisit jusqu'au trou par lequel il était entré dans la grotte.

Elle plissait les yeux et faisait de son mieux pour regarder à travers l'orifice, vers le soleil brillant de l'extérieur, mais il était évident que cela la faisait souffrir.

— Accroche-toi, lui dit-il, puis il leva la tête et cria : Phantom ?

— Juste ici, fit son ami.

— J'ai besoin de tes lunettes de soleil.

Sans poser de question, une main poussa une paire de lunettes de soleil dans le trou. Rex les attrapa et se tourna vers Avery.

— Tiens, ça va t'aider jusqu'à ce que tes yeux puissent s'adapter.

Puis il les glissa sur son visage en brossant ses cheveux derrière ses oreilles.

Il l'entendit soupirer de soulagement.

— Merci, tu ne sais pas à quel point...

Sa voix se tut quand elle regarda enfin son visage.

— Quoi ?

— *Cole ?* chuchota-t-elle.

Rex ricana cette fois, incapable de s'en empêcher.

— Mon Dieu, ça fait longtemps que je n'ai pas entendu quelqu'un m'appeler comme ça. Comment connais-tu mon nom ?

Elle haussa les épaules.

— J'ai peut-être ou peut-être pas demandé autour de moi, avoua-t-elle librement.

— Tu peux m'appeler Rex, dit-il, très flatté qu'elle ait voulu en savoir plus sur lui.

Il était conscient qu'elle n'avait rien appris d'autre que les bases. En raison de son habilitation top secret et du secret entourant les SEAL, tout ce qui aurait été dit sur lui aurait été de notoriété publique.

— Merci, mais je crois que je préfère Cole. Je n'arrive pas à croire que tu sois là, dit-elle doucement.

Il ne pouvait pas voir ses yeux derrière les verres sombres des lunettes de soleil, mais il pouvait néanmoins sentir son regard le transpercer.

— Tu veux qu'on sorte un jour ? lâcha-t-elle.

Rex savait qu'il avait la bouche ouverte, mais il ne pouvait pas croire ce qu'il venait d'entendre.

— En fait...

Elle commença à hésiter devant son étonnement évident.

— J'ai juste... Je me suis fait la promesse que si je sortais de ce trou dans la montagne, je demanderais ce que je voulais.

— Et ce que tu voulais, c'était moi ? ne put s'empêcher de demander Rex.

Il vit ses joues rosir, et il aimait cette vision. Elle était bien trop pâle pour sa tranquillité d'esprit. Elle haussa les épaules.

— Ouais.

— Il faut que tu saches que je n'ai pas osé t'inviter à prendre un café avant que tu ne sois déployée, avoua Rex.

Ils se firent des sourires pendant un long moment avant qu'Avery ne se lance.

Et tout à coup, Rex se rappela où ils étaient et ce qu'ils faisaient.

— OK, ça devrait être facile pour toi, tu es beaucoup moins large que moi, lui dit Rex. Je vais te donner un coup de main. Mets tes bras hors du trou quand je te soulève et mes coéquipiers de l'autre côté vont s'accrocher et faire tout le travail à partir de là. Je t'aiderai de ce côté, en m'assurant que tu ne t'écorches pas pendant qu'on te tire de l'autre côté. Ça te va ?

Avery hocha la tête. Elle desserra son emprise sur sa main et se rapprocha du trou. Elle leva un pied et il prit une prise ferme pour la soulever lentement. Ses bras disparurent du trou par lequel il était descendu, et en quelques secondes, elle fut sortie de la grotte par ses coéquipiers.

Après avoir pris la lampe de poche, Rex sortit également, son extraction de la grotte se faisant beaucoup plus rapidement que lorsqu'il y était entré, puisque ses coéquipiers étaient là pour l'aider à sortir.

Dès qu'il fut libéré des décombres, il se dirigea vers Avery, qui se tenait à côté de Phantom. L'autre homme avait son bras autour de sa taille et semblait vraiment la soutenir.

Il posa un regard évaluateur du sommet de sa tête jusqu'à ses orteils. Elle était bien plus maigre qu'avant son déploiement. Les ecchymoses et les marques sur sa peau étaient plus prononcées au soleil que dans l'obscurité de la grotte. Elle avait certainement été battue. Elle avait passé un bras à la taille de Phantom tandis qu'elle s'appuyait avec l'autre.

Ils s'affairèrent dans le silence absolu pour la libérer, mais bien sûr, depuis qu'ils étaient sortis, la voix de Bubba retentissait à la radio.

— On dirait qu'on va bientôt avoir de la compagnie, dit-il.

— Putain, combien ? demanda Rocco.

— Deux camions avec un nombre de cibles inconnu, répondit Bubba. Ils ne montent pas la colline à toute vitesse, mais ils ne font pas non plus une promenade du dimanche. Je suppose qu'ils ont été informés que nous étions ici pour le lieutenant et qu'ils montent pour s'assurer qu'elle est toujours piégée.

— Elle est blessée, dit Gumby. Il va falloir nous exfiltrer.

Avant que leur coéquipier ne puisse répondre, Avery annonça fermement :

— Je peux marcher.

— Lieutenant Nelson... commença Gumby, mais elle le coupa.

— Je. Peux. Marcher, énonça-t-elle. La dernière chose dont on a besoin, c'est qu'un hélico vienne nous chercher ici. Il y avait des missiles et des lance-roquettes dans ce convoi. Ils n'hésiteront pas à les utiliser pour nous abattre. Nous ferions mieux de nous fondre dans le paysage. S'ils ne peuvent pas nous voir, ils ne peuvent pas nous tuer.

Elle marquait un point, mais Rex savait qu'il pensait la même chose que les autres.

— Tu as raison, mais la question porte davantage sur ta condition physique. Tu as été retenue en captivité pendant deux semaines. Ton corps n'est pas en bonne forme, tu n'as pas beaucoup mangé pour ne pas dire rien du tout. Si tu n'y arrives pas, tu seras davantage un handicap que si nous risquions une extraction par hélicoptère.

Lentement, Avery prit ses lunettes de soleil. Elle les enleva et inclina son menton pour le regarder dans les yeux. Elle plissait les paupières, et il était évident que la lumière du soleil était encore douloureuse pour ses yeux sensibles, mais elle ne recula pas.

— Hors de question que ces connards parviennent à me tuer après tout ce que j'ai traversé. J'admets que je suis faible et que ce sera difficile, surtout sans chaussures, mais avec ce que je ressens en ce moment, je peux dévaler cette putain de montagne pieds nus si c'est ce qu'il faut pour leur échapper.

Impressionné à nouveau par son courage, Rex hocha la tête une fois, puis se tourna vers Gumby.

— Trouve un itinéraire qui ne passe pas par les routes. Elle a raison, nous n'avons pas besoin d'être abattus par nos propres armes. Je ne suis pas contre le risque d'une extraction par hélicoptère, mais pas maintenant, et pas ici.

— Rex, dit Rocco sur un ton qui indiquait clairement qu'il ne pensait pas que ce soit une bonne décision, mais Rex l'ignora.

Il fit un signe de tête à Phantom, puis l'écarta et mit son propre bras autour de la taille d'Avery. Son équipe savait déjà ce qu'Avery représentait pour lui. Ils n'étaient peut-être pas en couple, mais les autres savaient très bien qu'il s'était intéressé à cette femme avant qu'elle ne soit envoyée en mission. Le fait qu'elle ait été en danger, et qu'elle ait été manifestement passée à tabac, ne faisait que renforcer son instinct de protection.

Il savait que ses coéquipiers l'appréciaient déjà. Ils l'avaient vue en action pendant la semaine BUD/S, avaient constaté son professionnalisme dans sa façon de traiter les blessures des stagiaires. Mais en voyant sa force et sa détermination face à sa douleur évidente, ils la respectaient et l'admiraient d'autant plus.

Rex la conduisit vers un rocher et l'aida à s'asseoir.

— Marcher sur ces rochers et le sable chaud, ça fait un mal de chien, dit-il en ouvrant son sac pour y plonger sa main. Et si tu portais plutôt une paire de chaussettes et des bottes ?

Avery avait remis ses lunettes de soleil, mais elle le regarda avec surprise.

— Nous avions l'intention de te trouver, lieutenant, lui dit Rex. Mais nous ne savions pas dans quel état tu serais, alors nous avons prévu l'essentiel. Chaussures, chemise, pantalon, tout ce que tu veux, nous l'avons.

Il farfouilla encore au fond du sac et en sortit un petit coupe-boulons. Puis il prit le pied de la jeune femme entravé par une manchette et se mit au travail pour la libérer du métal rouillé.

Quand il eut fini, il baissa les yeux sur sa cheville. Elle était irritée et saignait à cause du frottement du métal contre sa peau. On aurait dit qu'elle avait utilisé une bande de son T-shirt pour envelopper sa cheville afin d'éviter le frottement, mais elle avait dû la perdre.

— Ça n'a pas l'air trop méchant, dit Avery.

Levant les yeux vers elle, Rex fronça les sourcils.

— Sérieusement. Ça aurait pu être bien pire. Je suis content que l'amortisseur que j'ai utilisé ait fonctionné. Au moins un peu.

Secouant la tête, Rex se mit rapidement au travail pour nettoyer les coupures avec un tampon d'alcool. Elle grimaça, mais ne se dégagea pas de sa prise, le laissant nettoyer la plaie du mieux qu'il pouvait pour le moment.

— Nous devons y aller, prévint Gumby.

En hochant la tête, Rex fouilla dans son sac une fois de plus. Il sortit un petit tube et le tendit à Avery.

— Jusqu'à ce que nous soyons loin d'ici, c'est le mieux que je puisse faire. Tu ne mentais pas à propos de l'eau que tu as bue, n'est-ce pas ?

Elle secoua la tête.

— Non. Je me suis forcée à boire autant que possible.

Il acquiesça.

— Bien. C'est un gel protéiné très calorique. Il contient aussi des électrolytes et des glucides pour te donner un coup de fouet.

Avery le lui prit des mains et l'étudia pendant un moment.

Sachant qu'ils n'avaient pas beaucoup de temps, Rex prit l'une des chaussettes qu'il avait sorties de son sac. Il aurait préféré nettoyer et laver ses pieds avant de lui mettre les bottes, mais cela devrait attendre.

— Je... merci, dit Avery.

Rex hocha la tête.

— J'en ai plein d'autres dans mon sac, alors dès que tu penses que ton corps en a besoin, dis-le-moi et je t'en donnerai un autre.

Elle lutta pour arracher le couvercle du petit emballage de gel en plastique, et Phantom s'approcha pour l'aider. Elle le remercia quand il lui rendit l'emballage, puis le porta à sa bouche.

Au moment où Rex finissait d'attacher sa deuxième chaussure, elle commença à s'étouffer. Elle avait consommé environ la moitié du petit paquet et essayait de faire descendre le reste.

— Doucement, Avery. Ne te précipite pas.

Ses mains tremblaient quand il l'aida à se lever.

— Je suis désolée, dit-elle. J'ai juste... ma gorge est serrée et c'est vraiment difficile d'avaler.

— Je ne suis pas surpris, dit Rex. Il faudra un certain temps à ton corps pour s'habituer à manger à nouveau. Mais plus tu pourras manger, mieux tu te porteras.

Avery hocha la tête.

— Je sais. J'essaie.

Rex était fier d'elle.

— Comment sont les bottes ?

Prenant une profonde inspiration, Avery souleva un pied, puis l'autre, pour tester le chaussant.

— Bien, annonça-t-elle après un moment. Beaucoup mieux que de marcher sur les rochers et la poussière.

— On doit y aller, dit Gumby sur un ton préoccupé.

— J'ai un T-shirt à manches longues pour toi, dit Rex à Avery, mais ça va devoir attendre que nous soyons dans un endroit plus sûr.

Il mit son sac sur le dos et s'approcha d'Avery. Mettant un bras autour de sa taille pour la soutenir, il les fit tourner jusqu'à ce qu'ils s'éloignent de la grotte. Ils allaient devoir descendre dans le ravin de l'autre côté de la route en évitant de longer le chemin de terre pour ne pas croiser les insurgés.

— Je te laisse marcher tant que cela ne met pas en danger la mission, lui dit Rex. Si on en arrive là, je pourrais avoir à te soulever tout à coup et à courir. Ne crie pas, d'accord ?

Il regarda Avery hocher la tête. Il constatait qu'elle n'était pas ravie de cette perspective, mais elle ne protesta pas.

— Mes côtes sont un peu douloureuses, annonça-t-elle. Pas cassées, mais vraiment tordues.

Rex détestait qu'elle ait à subir cela, mais il hocha la tête.

— Je serai aussi prudent que possible, mais si nous devons aller vite, je vais probablement te blesser involontairement.

— Mieux vaut toi qu'eux, répondit calmement Avery.

Une fois de plus, son respect pour elle augmenta. Elle avait manifestement vécu l'enfer, mais faisait de son mieux pour rendre les choses aussi faciles que possible pour eux tous.

— Viens. Partons d'ici, fit-il.

En quelques secondes, ils furent hors de vue de la route et de la grotte où elle avait passé les deux dernières semaines prisonnière. S'ils avaient eu plus de temps, ils auraient probablement fait de leur mieux pour couvrir le trou qu'ils avaient fait afin de faire croire à ses ravisseurs qu'elle était toujours à l'intérieur. Maintenant, ils allaient savoir en un coup d'œil qu'elle était partie. Mais c'était inévitable.

Rex regarda Avery et la vit se mordre la lèvre alors qu'il l'aidait à descendre le flanc escarpé de la montagne. Il était évident qu'Avery avait mal, mais elle faisait tout ce qu'elle pouvait pour être une aide et non un obstacle.

Ils venaient d'atteindre le bas de la colline quand le premier bruit des camions parvint à leurs oreilles. Rocco et Gumby accélérèrent le rythme devant eux, et Rex resserra sa prise autour de la taille d'Avery. Il n'y avait pas beaucoup d'endroits où se cacher ici dans le désert, mais à chaque pas sans plainte ni gémissement d'Avery, il se jurait de faire tout ce qu'il fallait pour la ramener saine et sauve en Californie.

CHAPITRE QUATRE

En serrant les dents, Avery parvint à empêcher ses cris de douleur de s'échapper. Chaque pas était un supplice. Ses côtes lui faisaient mal. Ses pieds lui faisaient mal. Ses yeux lui faisaient mal. Bon sang, même ses os lui faisaient mal. L'arrière-goût du gel énergétique qu'elle avait essayé d'avaler était persistant car elle n'avait rien mangé depuis si longtemps. C'était aigre et sucré en même temps. Ses papilles gustatives étaient en surcharge, et le goût et la consistance du gel lui donnaient envie de vomir. Elle pensait qu'elle avait vécu l'enfer dans cette grotte, dans l'obscurité totale, mais d'une certaine manière, ce qu'elle vivait à ce moment lui semblait pire.

Elle ne doutait pas que les hommes qui l'entouraient étaient capables de la ramener à la base en toute sécurité, mais pour l'instant, tout ce qu'elle voulait, c'était s'allonger et pleurer.

Elle était officier des Marines. Techniquement, elle était plus gradée que les SEAL qui avaient été envoyés pour la sauver. Elle n'avait pas le droit de jouer les faibles devant eux. Surtout pas devant Cole.

Elle était bien consciente qu'il la portait pratiquement. Le bras autour de sa taille prenait tellement de son poids qu'elle avait du mal à se tenir debout. Mais c'était probablement une bonne chose, car elle se sentait si faible et tremblante qu'elle n'était pas sûre de pouvoir marcher toute seule, même si elle avait insisté pour qu'il en soit autrement.

Et la lumière vive du soleil continuait à jouer des tours à sa vue. Les lunettes de soleil l'aidaient, mais tout était encore bien trop lumineux pour qu'elle puisse voir confortablement.

Être une infirmière était à la fois une bénédiction et une malédiction. Cela signifiait qu'elle savait exactement combien d'abus le corps humain pouvait supporter et continuer à fonctionner, mais cela signifiait aussi qu'elle était bien consciente de tous ses maux et douleurs... et de leur signification.

Son estomac avait probablement rétréci à cause de l'absence de nourriture. Ses côtes étaient probablement fracturées. Les éraflures autour de sa cheville dues à la contention pourraient facilement causer une infection qui pourrait se propager dans son système sanguin. Elle avait certainement une commotion cérébrale due à la blessure qu'elle avait reçue lors de l'attaque initiale du convoi, lorsque la clinique s'est effondrée. Et elle ne voulait même pas penser au genre de parasites qu'elle avait pu consommer en buvant l'eau de la grotte.

Mais elle était vivante.

Elle considérait cela comme une victoire.

Et maintenant, elle avait quatre – non, six – SEAL pour l'aider à s'échapper.

C'était bien mieux que d'avoir à se faufiler dans le désert toute seule pour échapper aux insurgés.

— À quoi tu penses si fort là-bas ? demanda Cole.

Elle haussa les épaules et se concentra pour mettre un pied devant l'autre. Un pas après l'autre. Tout comme elle l'avait fait pour une pierre à la fois. Tout ce qu'elle devait faire était de continuer à avancer et elle serait récompensée en arrivant à la base saine et sauve.

— Juste des trucs, murmura-t-elle. En partie à la chance que j'ai. Quand j'ai été enlevée, rien ne comptait à part survivre. Pas mon travail, mes petits soucis, mon sexe, mon rang ou quoi que ce soit d'autre. Il ne s'agissait que de survivre.

— Tu sais que tu es plus gradée que nous, dit Phantom derrière elle.

L'autre SEAL fermait la marche pendant qu'ils descendaient la colline et s'éloignaient de la grotte. En entendant les cris des insurgés, ils comprirent que ces derniers avaient réalisé que leur captive s'était échappée. La seule fois où Avery regarda en arrière sur la colline, elle se fit réprimander par Phantom.

— *Ne regarde jamais en arrière, tu ne peux rien changer aux méchants qui te suivent. Tu dois toujours être concentrée sur ce qui est devant toi. Sur les endroits où se cacher. Sur ce que tu peux utiliser comme couverture si nécessaire.*

Il avait raison. Regarder en arrière ne faisait que vous faire trébucher, de plus d'une façon.

Avery haussa les épaules en entendant la réflexion de Phantom.

— Tu ne veux pas commencer à nous donner des ordres ? demanda-t-il.

Avery tourna la tête pour le regarder et essayer d'interpréter le ton de sa voix. Elle décida qu'il n'était pas agressif. Il posait simplement une question... mais il semblait y avoir plus que cela.

— Pourquoi ferais-je ça ? reprit-elle.

Phantom ne répondit pas, mais ses yeux bruns la transperçaient. Elle fut soudain heureuse de cacher son regard derrière les lunettes de soleil, car elle avait l'impression qu'il serait capable d'en lire beaucoup trop s'il pouvait voir ses yeux. Elle soupira et se tourna de nouveau vers l'avant. Il lui fallut toute sa concentration pour mettre un pied devant l'autre et ne pas trébucher. Elle savait que Cole ne la laisserait pas tomber, mais elle ne voulait pas le tester.

— Vous avez beaucoup plus d'expérience que moi en matière d'évasion. Vous êtes plus forts que moi. Vous êtes aussi en meilleure condition physique pour le moment. C'est ce que vous faites tous les jours. Si c'était une situation de combat et que nous avions des blessés, alors je prendrais absolument le contrôle et je donnerais des ordres. Je sais que vous avez tous une formation médicale, mais je suis sûre à cent pour cent que mes connaissances surpassent les vôtres dans ce domaine. Pour l'instant, je serais idiote d'utiliser mon rang pour essayer de vous donner des ordres. J'aurais l'air stupide, et vous perdriez tout le respect que vous pourriez avoir pour moi. Rassurez-vous, jusqu'à ce que nous soyons de retour à la base et à l'abri des ordures qui ont fait de leur mieux pour me briser et m'ensevelir vivante, je suis juste Avery. Pas le lieutenant Nelson.

Avery jeta un regard en arrière vers lui. C'était la bonne chose à dire.

Les épaules de Phantom s'abaissèrent et sa posture ne fut plus aussi défensive qu'avant. Il lui fit un signe de tête et recula un peu, lui laissant un peu d'espace ainsi qu'à Cole.

— C'était quoi ça ? chuchota Avery.

— Je fais confiance à Phantom à cent pour cent, répondit Cole. Si je devais choisir un seul de mes camarades SEAL pour assurer mes arrières, c'est lui que je choisirais. Mais il n'a pas eu une vie facile. D'après ce que j'ai compris, son enfance a été un enfer. Il vivait avec sa mère et sa tante, et elles étaient extrêmement violentes. Il ne fait pas confiance facilement, surtout aux femmes. Il est parfois un peu trop direct, ce qui peut lui attirer des ennuis. C'était sa façon de tâter le terrain avec toi.

— Si je lui ordonnais de faire quelque chose, le ferait-il ? demanda Avery.

Cole haussa les épaules.

— Ça dépend.

— De quoi ?

— Si c'était quelque chose qu'il allait faire de toute façon.

Avery ne put s'empêcher de glousser.

— Exact.

Cole lui fit un sourire.

— Mais sérieusement, c'est un homme bien. Il n'a pas laissé son enfance ruiner son rêve de devenir un Navy SEAL. Il est excellent dans son travail, et je sais sans l'ombre d'un doute qu'il fera tout ce qu'il faut pour te mettre en sécurité.

Avery hocha la tête. C'était exactement ce qu'elle avait besoin d'entendre.

— Je vous ai regardés vous entraîner, dit-elle. Je sais que vous êtes les meilleurs des meilleurs. Je vais faire de *mon* mieux pour rendre votre travail plus facile, pas plus difficile.

— Et nous apprécions cela. Nous devons...

Ses paroles furent brusquement interrompues lorsqu'ils entendirent des cris venant de la route au-dessus d'eux.

— Ils vous ont repérés, confirma Ace par radio.

— Sans déconner, répondit Rocco.

Sans un mot, Cole resserra sa prise sur Avery et la souleva pour que ses pieds ne touchent pas le sol. La position était inconfortable, car elle était collée à son côté, mais il ne courut pas loin. Il se laissa tomber derrière un gros rocher et Avery chuta à genoux à côté de lui, faisant de son mieux pour haleter malgré la douleur qui parcourait son flanc à cause de la prise brutale qu'il avait sur ses côtes.

Cole se débarrassa de son sac et le tendit à Phantom, qui était agenouillé près de lui. L'autre homme passa ses bras dans le sac à dos pour qu'il soit contre sa poitrine. Il resserra les sangles et fit un signe de tête à Cole.

En se tournant vers elle, Cole ordonna :

— Monte sur mon dos.

Les yeux d'Avery allèrent de Cole à Phantom, puis de nouveau à Cole. Elle voulut protester. Dire qu'elle était trop lourde. Trop grande. Trop... *quelque chose*, mais cela ne ferait que leur faire perdre du temps. Elle se rapprocha et grimpa prudemment sur son dos.

— Accroche-toi bien, avertit Cole. Je risque de ne pas pouvoir te tenir à certains moments, alors tu vas devoir faire tout ce que tu peux pour t'accrocher. Utilise tes jambes pour t'accrocher à mes côtés, et quoi que tu fasses, ne m'étrangle pas avec tes bras. Tu peux les mettre autour de mon cou, mais ne me coupe pas la respiration. Compris ?

Avery hocha la tête. Elle n'aimait pas ça. Pas du tout. Mais elle venait juste de dire qu'elle n'allait pas remettre leurs décisions en question, et elle savait qu'ils étaient experts dans ce genre de choses. Si Cole voulait qu'elle s'accroche à son dos comme un singe, alors c'est ce qu'elle allait faire.

— Et avant que tu ne demandes, tu pèses moins que mon sac, donc ce n'est pas un problème pour moi. OK ?

Elle acquiesça et resserra son emprise sur lui lorsqu'il se leva, toujours penchée pour qu'ils soient cachés derrière le rocher.

— Qu'est-ce qu'ils font ? demanda Rocco à Ace.

— On dirait qu'ils se dirigent vers le bas de la colline derrière vous. Foutez le camp de là, leur ordonna Ace.

— S'ils sont si déterminés à s'assurer que tu es morte, pourquoi ne t'ont-ils pas tuée avant de faire sauter la grotte ? demanda Phantom.

C'est une question qu'Avery s'était déjà posée. Elle avait une assez bonne idée du pourquoi, mais ce n'était pas exactement le moment ou l'endroit pour s'asseoir et avoir une discussion à ce sujet.

— On doit se séparer, dit Rocco. Gumby et moi allons nous diriger vers l'est, vers la base. Phantom et toi, prenez le lieutenant et allez vers la rivière à l'ouest. Ils vont automatiquement supposer qu'Avery se dirige vers la base. Entre tous nos groupes, et à cette distance, ils ne seront pas capables de dire dans quel groupe elle se trouve aussi facilement. Ils devront se séparer pour nous suivre tous les deux. Avec un peu de chance, Avery ressemblera à un autre sac à dos tant qu'elle garde la tête baissée, au moins brièvement. Nous allons rester en contact et planifier une extraction. Je suppose qu'on aurait dû tenter notre chance avec l'hélicoptère, mais c'est trop tard maintenant. Prêts ?

Tout le monde autour d'elle hocha la tête.

Avery voulut dire qu'elle *n'était pas* prête. Qu'elle voulait se diriger vers la base, qui représentait la sécurité. Elle ne voulait pas s'en éloigner. Mais elle garda le silence. Elle était bien consciente que ces hommes mettaient leur vie en danger pour elle. Elle détestait cela autant que tout le reste. Si quelque chose arrivait à l'un d'entre eux, elle se sentirait responsable. C'était idiot, elle ne s'était pas kidnappée elle-même, mais le sentiment était là tout de même.

— Fais attention, dit-elle doucement avant que Rocco ne se retourne.

Il lui fit un sourire.

— Toujours. J'ai une femme qui m'attend à la maison. Rien ne me séparera d'elle.

— À trois, dit Cole. Un. Deux. *Trois.*

Au dernier mot, les quatre hommes partirent en courant. Comme prévu, Rocco et Gumby partirent vers l'est, et Phantom et Cole vers l'ouest.

Avery baissa la tête et s'accrocha à la vie sur Cole qui courait. Elle n'arrivait pas à croire à quel point il était agile et rapide avec elle sur son dos. Phantom était juste derrière eux, elle supposait qu'il était là pour la couvrir puisqu'elle était exposée en étant sur le dos de Cole.

Ils firent des embardées à gauche et à droite, utilisant tous les rochers disponibles comme couverture. Avery faisait de son mieux pour être le moins pénible possible. Elle fournit un effort conscient pour ne pas étouffer Cole et ses cuisses tremblèrent en serrant ses côtés comme elle le faisait.

Ils entendirent des cris au-dessus et derrière eux, mais ni Cole ni Phantom ne ralentirent. Avery commença à se sentir mal à cause des secousses de Cole qui courait, alors elle ferma les yeux. La dernière chose qu'elle voulait était de lui vomir dessus même si elle n'avait rien à vomir dans son estomac, à part les quelques gorgées de gel protéiné qu'elle avait réussi à avaler.

Elle les sentait faire de plus en plus d'embardées, et lorsqu'elle ouvrit les yeux, Avery vit que le dur climat désertique avait laissé place à un terrain plus vert.

Plus ils se rapprochaient de la rivière, plus il y avait d'arbres, mais ils ne ralentirent pas leur rythme. Avery fut impressionnée par le fait que les deux hommes couraient si vite. Elle entendait à peine Cole respirer fort. Elle n'aurait pas dû être surprise ; elle était aux premières loges pour constater le conditionnement qu'ils enduraient. Courir dans le sable et faire de longs semi-marathons étaient la norme pour leur entraînement. Mais ça ne devait pas être facile de courir avec une personne sur le dos, ou pour Phantom avec deux sacs à dos.

— Tu sais nager ? demanda Cole en courant.

Merde.

— Ouais, lui a dit Avery.

Elle n'*aimait pas* ça, mais elle pouvait le faire. Quand elle avait décidé de s'engager dans les Marines, elle s'était forcée à apprendre à faire plus que barboter, juste au cas où. Cela lui avait semblé être la chose intelligente à faire.

— Est-ce qu'ils nous suivent ?

— Ouais. Bubba et Ace ont pu les surveiller jusqu'à ce que les insurgés se séparent, comme nous le pensions. Ils sont très déterminés pour une raison que j'ignore et n'ont pas abandonné la poursuite. Nous avons une douzaine d'insurgés à nos trousses, d'après ce qu'a vu Ace. Avec la puissance de feu qu'ils ont, il est impératif que nous les perdions. Nous allons devoir nous mouiller un peu.

— Un peu ? demanda Avery en essayant d'occulter le fait que douze hommes essayaient de les trouver et de les tuer.

Cole ricana.

— Ouais. Juste un peu.

Ils coururent encore quelques minutes avant de s'arrêter le long d'une rivière assez large. Elle savait que c'était la même que celle que les villageois utilisaient pour l'eau, pour se baigner et pour laver leurs vêtements. Elle ne voulait pas s'en approcher, mais bien sûr, elle n'avait pas le choix.

Cole s'agenouilla et tapa sur ses jambes. Elle laissa tomber ses pieds au sol et se serait effondrée si Phantom ne l'avait pas attrapée par le bras pour la maintenir debout.

— Merci, marmonna-t-elle en bloquant ses genoux pour essayer de rester debout.

Cole lui prit l'autre bras, et elle l'écouta tandis que Phantom et lui eurent une rapide conversation sur le fait de savoir s'il fallait ou non entrer dans l'eau vive ou essayer d'échapper aux insurgés à pied.

Le son d'un coup de feu prit la décision pour eux. Cole se saisit du sac de Phantom, l'enfila et se dirigea vers la rivière.

Avery ne voulait pas entrer dans l'eau, mais elle n'avait pas le choix. Elle ne voulait pas non plus retourner dans les griffes des hommes qui l'avaient battue et laissée pour morte. Elle pensait qu'elle avait utilisé son seul joker avec eux, et s'ils lui remettaient la main dessus, son séjour précédent chez les insurgés lui semblerait une promenade de santé.

— Garde tes pieds devant toi et laisse le courant faire le travail, conseilla Cole alors qu'ils entraient dans l'eau. Je serai près de toi tout le temps. Si je te dis de te baisser, prends une grande respiration et va sous l'eau. Compris ?

— Compris, confirma Avery.

Elle tremblait à cause de la peur et de la montée d'adrénaline, mais elle se mit à l'eau à côté de Cole sans hésitation. Elle regarda derrière elle et vit Phantom debout sur la berge avec son fusil pointé vers les arbres du côté où ils étaient venus.

— Il ne vient pas ? demanda-t-elle dans un état de semipanique.

— Si. Une fois que nous serons loin du rivage.

L'eau était tiède et pas aussi rafraîchissante qu'elle l'espérait, mais en quelques secondes, la température fut le dernier de ses soucis. Alors qu'elle flottait paresseusement près de la rive, Cole lui prit le bras et la dirigea plus près du courant plus rapide.

Immédiatement, son corps fut projeté vers l'avant, et elle retint son souffle alors que l'eau passait momentanément au-dessus de sa tête.

Elle perdit l'équilibre pendant une seconde, puis se redressa, pointant ses pieds vers l'aval et se retrouvant presque assise dans l'eau. Heureusement, elle flottait naturellement et n'eut pas à faire trop d'efforts pour ne pas couler. Elle sentit la main de Cole sur son bras et regarda à sa gauche. Il se plaça entre elle et les insurgés, et s'accrocha à elle pour qu'elle ne soit pas emportée au milieu de la rivière.

Son regard intense la rassura. Ses longs cheveux noirs dégoulinaient dans ses yeux et elle se demandait comment il pouvait voir quoi que ce soit. Avery se dit qu'elle n'était pas beaucoup plus belle que lui. Elle perdit les lunettes de soleil la première fois que sa tête se retrouva sous l'eau et elle se sentit mal, mais elle n'eut pas le temps de pleurer la perte de ses lunettes avant que Cole ne se tourne vers elle et lui crie :

— Accroche-toi !

En pivotant vers l'avant, Avery eut un haut-le-cœur. Devant eux se trouvait une longue étendue d'eau vive, effrayante comme l'enfer de son point de vue actuel. Elle avait déjà fait du rafting, et c'était amusant et exaltant, mais sans un bateau, et sans un guide compétent pour les guider à travers les rapides, cela serait terrifiant.

C'était un peu ce qu'elle ressentait en ce moment.

— Je te tiens, lui dit Cole, juste avant qu'ils n'atteignent l'eau bouillonnante.

Avec l'impression d'être un bouchon de liège flottant à plusieurs reprises, Avery fit de son mieux pour garder sa tête au-dessus de la surface et ses pieds devant elle. Ses fesses heur-tèrent plusieurs rochers alors qu'elle était projetée en avant, mais elle le sentit à peine avec toutes ses autres douleurs et l'adrénaline qui coulait dans ses veines.

Alors qu'elle pensait qu'ils avaient passé le pire des rapides, elle entendit Cole jurer à côté d'elle. Elle jeta un coup d'œil vers lui juste au moment où il la repoussa aussi fort qu'il le put et cria : « Contourne cet arbre ! »

Avery leva les yeux juste à temps pour voir un épais tronc d'arbre qui bloquait leur chemin. Il s'était pris dans des rochers ou des débris et était coincé dans le sens de la longueur sur le côté de la rivière qu'ils étaient en train de descendre.

Elle fit de son mieux pour le contourner, et elle y serait probablement arrivée, sauf qu'une fois qu'elle fut lâchée par Cole, ce dernier avança dans l'eau beaucoup plus vite. Il tenta de passer le côté gauche de l'arbre, mais ne réussit pas. L'eau se précipitant plus près du milieu de la rivière, ses jambes heurtèrent le gros tronc, et le haut de son corps se mit en portefeuille autour de l'extrémité. Il s'accrocha à l'arbre, essayant de se redresser, mais la pression de l'eau était trop forte et elle l'aspira.

Instinctivement, Avery tendit le bras et s'accrocha à l'extrémité droite du tronc juste avant de passer. L'eau déferla sur sa tête en un torrent si fort qu'elle ne sut pas si elle pourrait se tenir. Elle réussit à se redresser et à regarder dans le tronc – et ses yeux se remplirent d'effroi.

Une sangle du sac à dos de Cole s'accrocha à l'une des branches de l'arbre. Son corps fut partiellement emporté sous le tronc, mais il était maintenant coincé par le sac. L'eau de la rivière se précipita sur l'arrière de sa tête alors qu'il luttait visiblement pour se libérer. Après quelques secondes, il leva la tête pour prendre une inspiration avant d'être à nouveau contraint de s'immerger.

Regardant frénétiquement autour d'elle, Avery vit que le courant avait déjà emporté Phantom loin d'eux. Il luttait pour revenir, mais elle savait que ce serait presque impossible pour lui de le faire, pas avec les rapides.

Utilisant toutes ses forces, Avery se fraya un chemin le long du tronc de l'arbre, s'accrochant à sa vie et jurant chaque fois qu'elle glissait. Elle ne pensait même pas, elle ne faisait que réagir. Elle ne pouvait pas laisser Cole là. Elle ignorait comment il se libérerait si elle l'abandonnait à son sort. S'il en avait été capable, il se serait déjà débarrassé de son sac, mais quelque chose l'en empêchait. À moins que la branche à laquelle il était accroché ne se casse, il n'irait nulle part.

Il lui semblait qu'il faudrait une éternité pour qu'elle arrive jusqu'à lui. Chaque centimètre qu'elle faisait dans l'arbre lui donnait l'impression de faire un kilomètre. Ses membres tremblaient encore plus fort maintenant, et Avery sut qu'elle n'allait pas tenir longtemps. Elle avait été privée de nutriments trop longtemps pour que son corps soit capable de soutenir l'effort qu'elle le forçait à endurer.

Lorsqu'elle arriva auprès de Cole, elle sut que la situation était extrêmement urgente. Il mettait de plus en plus de temps à se relever pour respirer, et elle voyait que son énergie diminuait. Elle regarda le sac à dos et comprit qu'il n'y avait aucun moyen de le déplacer. La force de l'eau le rendait deux fois plus lourd qu'il ne l'était déjà, et essayer de le retirer ne servirait à rien.

Elle porta son attention sur la partie de la branche où il était coincé. Elle ne faisait que quinze centimètres de long, mais était assez épaisse, ce qui explique pourquoi elle ne s'était pas détachée quand le sac s'y était' accroché.

Sachant que la seule chance de Cole était d'enlever le sac de la branche, Avery fit en sorte de se mettre à cheval sur le tronc d'arbre et face à Cole. La force de l'eau la maintenait en place alors qu'elle se penchait sur le côté, comme elle l'avait espéré.

Elle réussit à lever une jambe et à piétiner la branche cassée de toutes ses forces.

Le mouvement fit bouger ses côtes et lui fit très mal, mais il ne cassa pas la branche.

En jurant, elle donna un autre coup de pied. Et encore un.

L'eau qui coulait sur l'arbre lui éclaboussait le visage, l'empêchant de respirer à fond quand elle le voulait et en avait besoin. Sachant que le temps était compté pour Cole, elle détourna la tête de l'eau pour pouvoir respirer profondément, puis laissa échapper un petit cri de frustration en donnant un nouveau coup de pied aussi fort qu'elle le pouvait.

Elle n'entendit pas le craquement de la branche qui cédait, mais elle sentit le tronc d'arbre sur lequel elle était appuyée osciller, puis Cole fut emporté en aval.

Malgré son envie de pleurer de soulagement, Avery se força à se lever et à passer par-dessus la branche de l'arbre et elle lâcha prise, laissant l'eau l'emporter en aval. Elle tenta de se retourner pour être à nouveau dans une position semi-assise avec ses pieds tournés vers l'aval, mais elle n'arrivait pas à faire travailler son corps épuisé. Elle flottait sur le côté, toussant et s'étouffant alors que l'eau vive lui balayait le visage encore et encore.

En quelques minutes, elle sortit des rapides, mais le courant de la rivière était toujours extrêmement fort, la poussant de plus en plus en aval. Avery était désorientée, et elle ne savait pas où Phantom ou Cole étaient partis. Tout ce qu'elle pouvait faire était de retenir sa respiration et d'essayer de ne pas couler et se noyer. Elle n'avait plus aucune force. Elle ne pouvait même pas lever la tête pour regarder autour d'elle.

Alors qu'elle flottait comme l'une des branches autour d'elle, quelqu'un saisit son poignet et tira fort.

Elle poussa un petit cri avant de plonger la tête sous l'eau. Mais à peine était-elle sous l'eau que la personne avait son bras autour de sa poitrine et la tirait vers la rive. Avery s'agrippa à l'avant-bras solide autour de sa poitrine et y enfonça ce qui restait de ses ongles. Elle voulait se battre. Elle voulait faire tout ce qu'elle pouvait pour éviter d'être à nouveau capturée, mais son corps ne voulait pas coopérer.

— Je te tiens, lieutenant ! cria une voix grave au-dessus de sa tête.

Tous les muscles de son corps se relâchèrent. C'était Phantom.

Mais une seconde plus tard, elle recommença à se battre.

— Cole ! réussit-elle à sortir entre deux vagues.

— En sécurité ! répondit Phantom en hurlant.

Se détendant à nouveau, Avery se laissa remorquer sur la rivière vers la rive. Quand elle sentit le bras de Phantom se dérouler autour d'elle, elle essaya de se redresser pour l'aider, mais ce fut inutile. Son corps était complètement épuisé.

Elle leva les yeux vers son visage inquiet et sentit sa barbe dégouliner sur elle alors qu'il se tendait vers elle, mais après cela, tout devint noir.

CHAPITRE CINQ

Rex regarda Phantom s'emparer d'Avery et commencer à retourner sur la rive avant qu'elle ne soit complètement emportée au loin par les eaux en furie.

Il savait qu'il avait failli mourir. Il ne pouvait pas atteindre la branche sur laquelle son sac s'était accroché, et la force de l'eau ne lui permettait pas de se retourner ou de garder la tête hors de l'eau plus de quelques secondes à la fois. Il s'affaiblissait, et il n'aurait pas fallu longtemps pour qu'il n'ait plus la force de sortir la tête de l'eau.

Puis il sentit quelque chose marteler son dos. Avant même qu'il ne réalise que c'était Avery, elle avait réussi à briser la petite branche qui le retenait captif, et il avait été catapulté en aval. Phantom l'avait attrapé et l'avait aidé à atteindre l'eau plus calme plus près de la rive, puis il était parti à la recherche d'Avery.

Rex suivit leur progression depuis sa position et retint son souffle jusqu'à ce que Phantom attrape la main d'Avery et commence à la tirer. Il ignorait à quel point il était tendu jusqu'à cette seconde.

Il flotta jusqu'à Phantom et Avery au moment où ils atteignirent le rivage. Rex n'avait aucune idée de la distance parcourue en aval, mais pour l'instant, elle devait être suffisante. Phantom et lui avaient perdu leurs radios dans l'eau, mais ils s'en soucieraient plus tard.

Il vit le moment où Avery perdit connaissance. Debout sur ses jambes tremblantes, il aida Phantom à la traîner sur la terre ferme. Après avoir vérifié qu'Avery respirait et que son cœur battait, Rex se permit de s'effondrer pendant un moment. Il se débarrassa de son sac et s'écroula sur le dos sur le rivage détrempé par la boue. Phantom fit de même.

— Merde, mec, dit Phantom après un long moment. Je ne pouvais pas t'atteindre. Les rapides étaient trop forts.

— Je sais, dit Rex.

Et il le savait. Il avait vu son coéquipier essayer frénétiquement de nager à contre-courant vers lui, mais il savait qu'il n'y arriverait jamais.

— Elle n'aurait pas dû être capable de faire ce qu'elle a fait, poursuivit Phantom. Pas après tout ce qu'elle a déjà traversé. Pas avec des côtes cassées. Pas sans nourriture pendant deux semaines. Pas moyen, putain.

— Mais elle l'a fait, murmura Rex en s'asseyant. Nous devons nous éloigner de la rivière.

Phantom acquiesça. Ils étaient tous trempés, mais ils sécheraient bien assez vite dans l'air chaud du désert. Rex prit le pouls d'Avery une fois de plus et, convaincu qu'il était normal, qu'elle était simplement épuisée après tout ce qui s'était passé, il la souleva avec un bras sous ses genoux et l'autre derrière son dos. Elle était grande, mais pas trop lourde pour lui. Phantom l'aida à s'installer dans ses bras, plaçant sa tête sur l'épaule de Rex et repliant ses bras devant elle. Puis il ramassa les deux sacs et le trio commença à s'éloigner de la rivière.

Dix minutes plus tard, Avery se réveilla dans les bras de Rex. Elle revenait à elle lentement, comme si son corps était réticent à sortir de son sommeil bien nécessaire.

Alors qu'elle était un poids mort dans ses bras, en un instant elle se débattit, essayant de s'éloigner de lui.

Rex mit immédiatement un genou à terre. Comme elle se débattait pour échapper à son emprise, il ne voulait pas qu'elle se blesse en tombant au sol.

— Doucement, Avery, c'est Rex... euh... Cole. Tu es en sécurité.

Elle s'immobilisa et ouvrit les yeux. Elle louchait, les lunettes de soleil qu'elle portait s'étaient perdues dans la rivière.

— Cole ? demanda-t-elle d'une voix hésitante.

— Oui, c'est moi.

Puis elle le surprit en levant une main et en lui palpant la joue.

— Tu vas bien ?

Rex entendit Phantom émettre un grognement effarouché derrière lui, mais il ne quitta pas Avery des yeux.

— Ouais, je vais bien. Merci à toi.

Elle regarda autour d'elle.

— Et Phantom ?

— Je suis là. Et je vais bien aussi, dit Phantom en se mettant sur le côté pour qu'elle puisse le voir.

Plus elle était éveillée, plus elle était consciente. Rex sut qu'elle se rendait compte qu'il la tenait dans ses bras, parce qu'elle laissa retomber sa main et se trémoussa légèrement.

— Tu me portais ? Je peux marcher.

— Tu t'es évanouie, lui raconta Rex. Nous avions besoin de nous éloigner de la rivière.

— Oh.

Elle tenta de se redresser.

— Je vais bien maintenant.

Sans tenir compte de ce qu'elle venait de dire, Rex se mit debout et commença à marcher.

— Cole ? Tu m'as entendue ?

— Je t'ai entendue, lui dit-il. Je ne fais que t'ignorer.

Elle soupira de frustration, et Rex dut retenir le sourire qui menaçait de se libérer.

— Je pourrais t'ordonner de me poser pour que je puisse marcher, déclara-t-elle.

— Tu pourrais, dit Rex.

Puis il ajouta :

— Mais j'ignorerais l'ordre, alors tu ferais mieux d'économiser ta salive.

Elle demeura silencieuse pendant une minute avant de demander :

— Quelle distance devons-nous parcourir ?

— Pas sûr, dit Rex. Nous devons nous éloigner suffisamment de la rivière pour que, si nous étions suivis, les insurgés n'aient pas idée précise de l'endroit où nous aurions pu aller. Nous avons également besoin d'atteindre un terrain plus en hauteur. Nous avons perdu nos radios dans la rivière, donc nous allons devoir utiliser les téléphones satellites que nous avons dans nos sacs pour contacter le reste de l'équipe et organiser l'extraction.

— Est-ce qu'ils fonctionneront encore ? demanda-t-elle. Après avoir été mouillés dans la rivière ?

Rex acquiesça.

— Nous avons des sacs étanches à l'intérieur des paquetages contenant les téléphones et autres bricoles qui ne survivraient pas à une immersion. Des bandages, des tablettes de purification d'eau, ce genre de choses.

— Oh. OK.

— En parlant de ça, Phantom, tu peux prendre un autre pack de gel pour Avery ?

— Bien sûr, dit l'autre homme.

Une minute plus tard, il s'approcha d'eux et tendit à Avery un autre de ces gels hypercaloriques, protéinés et glucidiques. Il avait déjà arraché le dessus.

Elle le prit avec une grimace.

— Je sais que ce n'est pas la chose la plus savoureuse du monde, mais ton corps en a besoin, lui murmura Rex.

Elle hocha la tête.

— Je sais, mais je n'ai vraiment pas très faim, crois-le ou non, et comme tu as pu le constater, mon corps n'a pas apprécié le dernier.

— Je comprends. Ton corps n'a rien avalé d'autre que de l'eau depuis plus de deux semaines. Prends de très petites gorgées et fais de ton mieux pour voir combien tu peux en avaler.

Une des choses que Rex aimait le plus chez Avery était qu'elle ne se plaignait pas pour le plaisir de se plaindre. Bon sang, elle ne se plaignait pas du tout de sa situation. Elle était un exemple pour les Marines américains.

Ils continuèrent à marcher, et tandis qu'Avery faisait de son mieux pour consommer le gel énergétique, Phantom et lui discutèrent de leur prochain plan d'action :

— Supposons que les insurgés ont vu Avery avec nous, dit Phantom. Ils seront partout dans cette zone au matin. Surtout que nous n'avons pas été en mesure de sortir de l'autre côté de la rivière comme nous l'avions prévu.

— D'accord. Donc je pense qu'on doit faire demi-tour et se diriger vers la même montagne que celle qu'on vient de quitter, dit Rex.

Phantom réfléchit pendant une minute, puis hocha la tête.

— C'est un bon plan. Ils s'attendront à ce que nous soyons sortis de l'autre côté, puis à ce que nous fassions demi-tour pour nous diriger vers la base et la sécurité présumée, mais je ne pense pas qu'ils devineront que nous retournerons directement là d'où nous sommes partis.

— Dis-moi juste qu'on ne va pas passer la nuit dans une grotte, supplia doucement Avery.

Rex échangea un regard avec Phantom. Utiliser une grotte comme abri était l'option la plus intelligente. Ils pourraient allumer un feu pour faire sécher leurs vêtements et d'autres choses dans leurs sacs qui avaient été mouillées. Ils seraient également cachés des drones qui les survolent. Mais il était évident par le léger tremblement dans la voix d'Avery que cela ferait plus de mal que de bien à son mental.

Rex ouvrit la bouche pour la rassurer et lui dire que, non, ils ne dormiraient pas dans une grotte, quand elle secoua la tête.

— Désolée, ignorez ce que j'ai dit. Une grotte est tactiquement ce qu'il y a de plus logique. La dernière chose que nous voulons est d'être à l'air libre.

Étonnamment, Phantom répondit avant Rex :

— Non. C'est exactement ce qu'ils attendent de nous. Et la dernière chose que nous voulons est d'être prévisibles. De plus, tu as déjà vu ce que l'Afghanistan a à offrir en matière d'hospitalité dans les grottes. Nous devons élargir tes horizons

Rex resserra son emprise sur Avery alors qu'elle souriait.

— Bien. Peut-être que nous pouvons trouver un hôtel trois ou quatre étoiles pendant que nous nous promenons. Je pourrais prendre un long bain dans un jacuzzi et me faire faire un massage.

Contre toute attente, Phantom partit d'un petit rire.

— Je n'en suis pas sûr. Un motel loué à l'heure est probablement tout ce que tu auras.

Elle demeura silencieuse un moment avant de dire à voix basse d'un ton sérieux :

— Merci d'être venus me chercher.

— Tu es l'une des nôtres, dit simplement Phantom. Nous protégeons les nôtres.

— De plus, une fois que nous avons su que c'était toi, rien n'aurait pu nous éloigner, ajouta Rex.

Il baissa les yeux sur elle et sut qu'il n'oublierait jamais ce moment pour le reste de sa vie. Ses cheveux auburn étaient complètement désordonnés. Ils avaient commencé à sécher et des mèches s'enroulaient autour de son visage. Elle était encore très pâle, ce qui faisait ressortir encore plus ses taches de rousseur sur son nez et ses joues. Il sentait clairement ses côtes à travers son T-shirt sous son bras et les bleus sur son visage contrastaient fortement avec le teint de sa peau, les verts et les violets étant presque omniprésents. Il savait que la douleur qu'elle avait dû ressentir quand elle les avait reçus avait été intense.

Mais elle souriait.

Certaines personnes se plaindraient de chacune de leurs douleurs. Elle aurait pu être paralysée par la peur d'être poursuivie par une foule d'hommes qui voulaient la tuer. Elle venait de survivre au fait d'être affamée, battue et enterrée vivante. Sans parler de la course effrénée et effrayante dans un rapide afghan de classe 4, où elle avait failli le voir mourir devant elle.

Mais elle souriait, bon sang.

— Une fois que *j'ai* su que c'était toi, rien n'aurait pu *me retenir*, précisa-t-il.

Il vit son intérêt. La même connexion qu'il ressentait envers Avery se reflétait dans ses yeux.

— Ouais, il était énervé de ne pas t'avoir invitée à sortir. Et un SEAL n'échoue jamais. Alors il a dû faire tout ce chemin jusqu'ici pour voir si tu voulais prendre un café ou autre chose, ajouta Phantom.

Rex regarda son ami d'un air incrédule. Phantom n'était pas un gamin. Il ne participait pas vraiment aux taquineries bon enfant que lui et les autres se lançaient de temps en temps. Pour lui, badiner autant avec Avery était tout à fait hors de son caractère.

Depuis leur mission au Timor oriental, Phantom n'était pas dans son assiette. Quelque chose le dérangeait à propos de leur séjour là-bas. Il avait l'impression d'avoir manqué quelque chose pendant cette mission. Ils s'étaient tous assis pour essayer de revoir tout ce qu'ils avaient fait, mais cela n'avait servi à rien. Phantom avait même récemment admis qu'il irait consulter un hypnotiseur, pour voir si cela pouvait lui rafraîchir la mémoire, mais à cause de leurs fréquentes missions, il n'en avait pas encore eu l'occasion.

— Eh bien, il ne me l'a toujours pas demandé, dit Avery

avec un autre sourire. En fait, je *lui* ai proposé l'idée, mais je ne suis pas sûre qu'il ait vraiment répondu.

Rex repensa au moment où ils étaient ensemble dans la grotte et réalisa qu'il ne lui *avait pas* répondu.

— Je pense que j'ai des paquets de café dans mon sac. Nous pourrons prendre une bonne tasse de café chaud ce soir quand nous serons installés.

Elle gloussa, et en entendant ce son, Rex eut des papillons dans son ventre. C'était fou d'être aussi attiré par quelqu'un. Rex l'aimait bien depuis des mois, mais en voyant son calme sous la pression et son attitude positive, il réalisa qu'il ignorait à quel point elle était *vraiment* incroyable. Et il se réprimanda mentalement pour ne pas avoir réagi à son attirance pour elle plus tôt.

— Marché conclu, dit-elle en hochant la tête. J'ai besoin d'une bonne tasse de café.

— Je n'ai pas dit qu'il serait bon, ajouta Rex avec un sourire.

Ils marchèrent encore pendant deux heures. Avery avait insisté pour qu'on la repose sur le sol et Rex s'était exécuté à contrecœur. Ils pourraient probablement aller plus vite s'il la portait, mais il comprenait mieux que personne l'importance psychologique de pouvoir porter son propre poids. Avery avait réussi à avaler trois autres sachets de gel pendant qu'ils marchaient. Et tandis que Phantom et lui la surveillaient comme le lait sur le feu à la recherche de signes de faiblesse, elle continuait comme si elle faisait une randonnée dans le désert après avoir été affamée et battue.

Le soleil se couchait quand ils trouvèrent finalement un endroit où se terrer pour la nuit. Ce n'était pas une grotte, mais il offrait une certaine protection. Il y avait au moins une centaine de gros rochers éparpillés dans un paysage poussiéreux près du pied de la montagne qu'ils allaient gravir le lendemain. Ils pouvaient se blottir contre les plus gros, profiter de la chaleur que ces derniers avaient absorbée pendant la journée et se fondre dans le paysage.

Ils ne pourraient pas faire de feu ni utiliser leurs lampes, au cas où les insurgés seraient à proximité et à leur recherche, mais ils seraient autant en sécurité que possible, compte tenu des circonstances. À la tombée de la nuit, Phantom grimperait sur la montagne et verrait s'il pouvait capter le téléphone satellite pour contacter le reste de l'équipe et s'arranger pour qu'on vienne les chercher.

Rex installa Avery, heureux de la voir se détendre pour le moment, et Phantom et lui se mirent au travail en vidant leurs sacs et en étalant les vêtements qui devaient sécher. Il donna à Avery un autre paquet de gel et sa gourde pendant qu'il préparait une ration de survie.

Puis ils s'assirent tous les trois pour manger.

Rex avait connu la faim. Lui et ses amis SEAL avaient été prisonniers de guerre par le passé, et il se rappelait aussi comme il était affamé pendant la Semaine de l'enfer. Mais il n'avait jamais passé deux semaines sans nourriture. Il n'avait jamais eu à marcher des kilomètres dans la chaleur sans manger après. Il n'avait jamais sauvé la vie de quelqu'un après avoir été battu et affamé.

Quand Avery reçut les pâtes chaudes de la ration, elle ne se précipita pas pour les engloutir comme la femme affamée qu'elle était. Elle mangea très délicatement les nouilles une bouchée à la fois, faisant une pause entre chaque pour prendre des gorgées d'eau.

Faisant de son mieux pour ne pas la dévisager, Rex avala rapidement son propre repas, le savourant à peine.

Avant même d'avoir fini la moitié des nouilles, Avery mit la ration de côté et annonça que son estomac était plein. Rex n'était pas surpris. Son estomac avait très certainement rétréci, et elle ne serait pas en mesure de manger des repas de taille normale pendant un certain temps.

— Dans une heure environ, tu pourras voir si tu peux encore manger, lui dit-il en prenant sa portion non consommée. Je vais emballer ça jusqu'à ce que tu sois prête.

En hochant la tête, Avery reposa sa tête contre la roche derrière elle.

— Puis-je jeter un coup d'œil à tes pieds avant qu'il fasse trop sombre pour voir ? demanda Rex. Nous devons laisser ces chaussettes sécher le reste du chemin de toute façon.

Avery hésita à acquiescer.

— Ils sont douloureux, mais je ne pense pas que ce soit quelque chose de grave, répondit-elle.

Rex ne prit pas la peine de commenter. Il voulait voir par lui-même. Il connaissait Avery assez bien pour savoir qu'elle minimiserait ses blessures.

Il délaça ses bottes et enleva doucement les chaussettes. Ses pieds étaient fripés à force de marcher avec des chaussettes mouillées, et il grimaça une nouvelle fois en voyant les éraflures et les zébrures sur la plante de ses pieds.

Phantom lui tendit quelques lingettes antiseptiques et Rex la nettoya méthodiquement du mieux qu'il put. Pour autant qu'il puisse en juger, elle n'avait pas de coupures assez profondes pour justifier des points de suture, mais il nota mentalement de rester vigilant au cas où elles s'infecteraient.

Pendant tout le temps qu'il s'occupa de ses pieds, Avery demeura muette, se contentant de le regarder d'un air impénétrable. Quand il eut terminé et qu'il eut remplacé ses chaussettes humides par une paire sèche qui se trouvait dans l'un des compartiments étanches de son sac à dos, elle dit :

— Tu es doué pour ça.

Rex haussa les épaules.

— Beaucoup d'expérience.

Même s'il était parfaitement conscient qu'elle ne devrait pas boire de café mais plutôt remplir son estomac avec des aliments plus nutritifs, il voulait lui donner une raison de sourire et il prit un des paquets de café instantané qui se trouvaient dans une ration. Il utilisa le pack chauffant de celle-ci pour réchauffer de l'eau et lui tendit une tasse du breuvage quand il eut fini de la préparer.

Il la regarda, satisfait, inspirer profondément avant de porter la tasse à sa bouche. Il pourrait regarder sa joie de vivre inhérente toute la journée et ne jamais s'en lasser. Elle appréciait vraiment les petites choses, et cela lui rappelait qu'il devrait faire de même plus souvent.

— C'est vraiment la tasse de café la plus incroyable que j'ai jamais eue, dit-elle doucement après avoir pris une gorgée.

Rex eut un petit rire.

— C'est de la merde, Avery. Si tu penses que *c'est* bon, tu vas craquer pour l'expresso double chocolat que je peux te faire avec des grains frais chez moi.

Elle gémit.

— Mon Dieu... le chocolat. Je tuerais pour en avoir un maintenant.

Phantom fouilla dans sa ration et en sortit un bonbon au chocolat Hershey's Kiss. Il était presque entièrement fondu et écrasé.

— Pas besoin de tuer, dit-il en le tenant sur sa paume.

Avery se déplaça plus rapidement que Rex ne l'avait vue faire jusqu'à présent et arracha le bonbon de la main de Phantom. Elle posa soigneusement son café et retira l'emballage du chocolat. Rex la regarda avec amusement aspirer le bonbon fondu dans sa bouche, puis lécher chaque morceau de chocolat sur l'emballage. Quand elle eut fini, elle leur fit un grand sourire.

— Je me sens très gâtée, dit-elle. D'abord le café, maintenant le chocolat. Tu sais vraiment comment traiter une fille.

Rex se renfrogna. Au lieu que ses mots le galvanisent comme prévu, ils faisaient le contraire. Elle avait vécu un enfer. Et non seulement ils ne l'avaient pas ramenée à la base pour qu'elle puisse recevoir des soins médicaux, mais ils avaient repoussé les limites de son corps si loin qu'elle s'était évanouie d'épuisement. *Puis* ils l'avaient fait marcher pendant des kilomètres dans le désert. Ils ne l'avaient pas fait pour s'amuser, mais cela n'atténuait pas sa culpabilité.

Tout ce cirque devait s'arrêter. Il devait la mettre en sécurité. Rapidement.

Avery remarqua son air renfrogné, car elle cessa de sourire et le regarda avec inquiétude.

— Est-ce que tu vas bien ? Merde, Cole, je n'ai même pas pensé au fait que tu as probablement avalé un tas d'eau de la rivière. Et c'était probablement hyper pollué. Tu as des antibiotiques dans ton sac ? Tu te sens malade ? On devrait peut-être continuer. Je ne sais pas si on est loin de la base, mais on peut peut-être y arriver ce soir.

— Je vais bien, dit Rex quand elle reprit son souffle, voulant l'empêcher de s'inquiéter.

— Mais tu aurais pu mourir, murmura-t-elle.

— Et c'est probablement ce qui serait arrivé si tu n'avais pas été là, répondit honnêtement Rex.

Ils se regardèrent pendant un long moment jusqu'à ce qu'elle dise :

— Comme je serais probablement morte dans cette grotte si tu n'y étais pas allé.

Rex secoua sa tête.

— Pas du tout. Tu étais presque sortie au moment où nous sommes arrivés. Tu aurais pu t'en sortir en un jour ou deux. Mais mon temps à moi était écoulé. J'étais coincé sur cette branche. Phantom ne pouvait pas m'atteindre. Si tu avais lâché cet arbre et si tu étais partie en aval, l'issue aurait été très différente. Je ne t'ai pas encore remerciée... alors merci, Avery.

— Ouais, Rex est un bâtard parfois, mais il est comme mon frère. Je ne voudrais pas penser à ce que l'équipe ferait sans lui. Tu as également mes remerciements.

Avery semblait mal à l'aise avec les compliments, ce qui ne surprit pas Rex le moins du monde. Ayant pitié d'elle, il s'approcha et ramassa son café avant de le lui tendre.

— Nous devons parler de ce qui t'est arrivé, dit-il doucement.

Elle prit le café et soupira.

— Je sais que ce n'est probablement pas en haut de la liste des choses que tu veux faire, mais, Avery, tu dois savoir que la ténacité dont ces gars font preuve pour te retrouver n'est pas normale. Surtout alors qu'ils ont déjà eu leur chance de te tuer, mais ne l'ont pas fait.

— Les deux soldats de l'armée sont morts, n'est-ce pas ? demanda-t-elle.

Rex pressa ses lèvres l'une contre l'autre et hocha la tête.

— Je m'en doutais un peu.

— Est-ce que l'un de tes ravisseurs parlait anglais ? demanda Phantom, assis sur le sol à proximité.

— Ouais, dit Avery après un moment. Bien que je ne l'aie vu que deux fois.

Rex se pencha en avant.

— Où ? Est-ce qu'il t'a dit quelque chose ?

Elle se tourna vers lui, les yeux écarquillés. Le soleil s'était couché et il faisait de plus en plus sombre à chaque seconde. Bientôt, Rex ne serait plus capable de voir autre chose que sa silhouette à la lumière de la lune.

Les mots qu'elle prononça ensuite changèrent tout au sujet de leur mission – et firent comprendre à Rex qu'elle était bien plus en danger qu'ils ne le pensaient.

CHAPITRE SIX

Avery regarda fixement Cole et pensa réellement à sa situation pour la première fois depuis plus de deux semaines. Elle était trop préoccupée par *ce qui* lui arrivait – par le fait d'essayer de gérer la douleur qui parcourait son corps plutôt que de sortir de la grotte – pour trop penser au *comment* et au *pourquoi*.

Est-ce que l'homme afghan lui avait dit quelque chose ? Oui. Il l'avait fait. Elle n'avait jamais oublié le ton venimeux qu'il avait employé.

— J'étais à la clinique en ville, je parlais avec un groupe de femmes. Je parlais de la nutrition prénatale, des bases de l'accouchement et de la nécessité de tout garder stérile. J'ai levé les yeux et j'ai vu un Américain habillé en *khet partug* traditionnel… tu sais, le haut et le pantalon en lin. Il a attiré mon attention car nous ne sommes pas autorisés à sortir de la base, pas sans être en uniforme. Il parlait avec un Afghan dans l'ombre entre deux bâtiments. Ça avait l'air complètement louche. Ils se sont serré la main, puis sont partis chacun de leur côté, mais il s'est retourné et m'a surprise en train de le regarder avant de partir.

Avery voyait que Cole avait un million de questions, mais il demeura silencieux, la laissant parler.

— L'homme afghan a traîné autour de la clinique pendant un certain temps, et lorsque nous avons fait une pause, il perturbait mes élèves. Je lui ai dit qu'il devait aller ailleurs, qu'il rendait mes élèves nerveuses. Il s'est tourné vers moi, a ricané et m'a dit que j'interférais avec le mode de vie des Afghans. Que les femmes devaient rester à la maison et que personne n'oserait permettre à une de mes élèves de soigner ses femmes.

— À quoi ressemblait l'Américain ? demanda Phantom.

— Cheveux bruns, taille moyenne. Environ ma taille, dit Avery. Je sais, ça ne m'aide pas beaucoup, mais j'étais plus préoccupée par le fait de ramener mes élèves à l'intérieur et de les protéger des horreurs que l'homme leur crachait au visage.

— Tu dis avoir vu l'homme afghan deux fois. C'était quand, la deuxième fois ? reprit Cole.

Cette partie était plus difficile. Elle l'obligeait à se souvenir de ce qui s'était passé le jour où le convoi avait été attaqué.

— J'étais à la clinique, et le convoi venait de commencer à passer. Nous avons tous entendu des cris et des coups de feu. Mes élèves ont immédiatement couru vers la porte située à l'arrière de la clinique pour s'échapper et disparaître dans le chaos. Je me suis dirigée vers la porte d'entrée, pensant que je pourrais peut-être faire quelque chose. En une seconde, la maison s'est effondrée autour de moi. Quelque chose a heurté ma tête, me faisant tomber au sol. Je savais que je saignais, mais j'ai réussi à me relever et à sortir de la maison avant qu'elle ne s'effondre. J'ai marché droit en enfer. Les insurgés étaient en pleine bataille avec les soldats pour les camions. Le même homme afghan que j'avais vu la veille était là, comme s'il avait attendu. Eh bien... je suppose qu'il *m'attendait*. Il s'est précipité sur moi et m'a mis un pistolet sur la tempe. J'ai cru qu'il allait me tuer sur-le-champ. Au lieu de cela, il a souri et a dit : « Je suis censé te tuer, pour faire croire que tu es morte dans cette fusillade, mais ce n'est pas ce que je vais faire. Au lieu de cela, tu vas regretter que je ne t'aie pas tiré dessus et tu vas profiter d'une longue et lente mort. » Je lui ai demandé pourquoi, il a

haussé les épaules, m'a fait un sourire horrible et m'a dit :
« Parce que vous ne devriez pas éduquer nos femmes. Elles ont
leur place, et aucun Américain ne devrait essayer de changer
ça. » Puis il m'a poussée vers un groupe d'insurgés et leur a
aboyé quelque chose dans leur propre langue. On m'a jetée à
l'arrière d'un des camions remplis d'armes et de munitions et
nous avons démarré en trombe vers les grottes.

Raconter l'histoire à voix haute la rendait si dramatique
qu'Avery était presque gênée. Mais chaque mot était vrai.

— Que s'est-il passé dans les grottes, Avery ? demanda
Cole.

Il s'était rapproché, et alors qu'elle ne pouvait plus bien le
voir, elle le sentait à côté d'elle. Son genou touchait son mollet,
et savoir qu'elle n'était plus seule était un énorme soulagement.
Elle avait passé trop d'heures dans le noir toute seule. Elle avait
le sentiment qu'elle ne serait plus jamais capable de dormir
dans le noir. Elle allait devoir avoir une veilleuse ou laisser une
lumière allumée dans la salle de bain comme si elle avait 4 ans
et avait peur du croque-mitaine.

Mais maintenant elle savait que les croque-mitaines étaient
réels.

— Je te l'ai déjà dit, dit-elle sans ambages. Ils m'ont battue,
et ont laissé les hommes venus chercher des armes me battre
aussi.

— Combien ? demanda Phantom.

— Combien d'hommes sont venus à la grotte ? demanda
Avery.

— Oui.

— Je ne suis pas sûre. J'étais enchaînée dans la partie
arrière. Je ne voyais pas l'avant. Mais il y en avait beaucoup.
Des douzaines au moins.

— L'Américain était-il là à un moment donné ? reprit
Phantom.

— Je ne l'ai jamais vu là-bas.

— As-tu été violée ? demanda Cole.

La question était si directe. Si abrupte. Avery fut incapable de répondre pendant un moment. Puis elle prit une profonde inspiration et dit :

— Non.

Elle sentit Cole prendre sa main dans la sienne.

— Si c'est le cas, ce n'est pas ta faute, murmura-t-il. Tu n'as pas à en avoir honte. C'est *leur* faute, pas la tienne.

Avery apprécia ses mots.

— Je sais, mais je ne mens pas. Ils m'ont frappée et se sont moqués de moi... je ne les comprenais pas, mais à leur ton ils me disaient toutes sortes de choses terribles. Ils apportaient du pain moisi et me le jetaient dessus, riant quand je le ramassais dans la terre et que je le mangeais sans réfléchir. Je suppose qu'ils ne savaient pas ou étaient trop stupides pour penser à l'eau qui coulait le long des rochers près de moi, parce qu'ils apportaient de l'eau et me la jetaient à la figure, se réjouissant lorsque je leur donnais un spectacle en m'agenouillant dans la terre et en faisant semblant de la lécher. Je savais que je ne pouvais pas les laisser découvrir que je buvais la nuit jusqu'à avoir mal au ventre.

— Intelligent, dit Cole.

Ce seul mot permit d'apaiser l'humiliation qu'elle avait ressentie aux mains de ses ravisseurs.

— Je comptais les jours où j'étais là, et c'est au septième jour que les choses ont changé.

— Comment ça ? demanda Phantom.

— Personne n'est revenu dans l'alcôve où j'étais enchaînée pour me frapper ou me tourmenter. Ils étaient trop occupés à faire quelque chose à l'entrée de la grotte. Je profitais de ce répit quand tout est devenu étrangement calme. C'est là que j'ai eu *vraiment* peur. L'attente de ce qu'ils préparaient était presque écrasante. J'étais assise au fond de mon alcôve, me demandant ce que tout le monde faisait, et tout à coup il y a eu un énorme *boum*, et il faisait nuit noire et j'avais du mal à respirer à cause de toute la poussière et des débris dans l'air.

— Tu savais qu'ils avaient fait sauter l'entrée ? lui demanda Cole en lui serrant la main.

— Pas au début. J'étais trop désorientée. Il faisait si sombre et mes oreilles sifflaient. Mais quand la poussière est retombée et que personne n'est apparu, j'ai paniqué. C'est là que j'ai eu la plupart des blessures à ma cheville, admit-elle. J'ai tiré sur la chaîne encore et encore jusqu'à ce que je sois épuisée. J'ai tâtonné autour de moi jusqu'à ce que je trouve des pierres qui avaient été détachées par les explosifs, et j'ai frappé la chaîne encore et encore jusqu'à ce qu'elle se casse. La première chose que j'ai faite a été de tâtonner jusqu'à l'endroit où l'eau avait coulé sur le côté de ma prison, et j'ai remercié Dieu qu'elle soit toujours là. Je savais que sans eau, j'étais morte.

Ressentir les émotions qu'elle avait ressenties lorsque la grotte avait été fermée était presque trop fort, et Avery voulait juste avoir fini de raconter son histoire pour qu'ils puissent passer à autre chose. Elle résuma donc rapidement le reste de son séjour dans la grotte en disant :

— Je ne voulais pas que ces salauds gagnent, alors j'ai décidé de creuser pour sortir. Une pierre à la fois. Puis vous étiez là... et maintenant nous sommes ici.

— On dirait que tu as vu quelque chose que tu n'aurais pas dû voir, dit Phantom après un moment. Et c'est pourquoi tu étais censée être tuée en premier lieu. L'Américain doit être un traître à son pays ; pourquoi voudrait-il te tuer si ce n'était pas le cas ? Mais au lieu de te tuer rapidement, l'Afghan t'a kidnappée, torturée et laissé mourir à petit feu à cause de ses convictions. Cela te semble-t-il juste ? Penses-tu que ta mort a été ordonnée simplement parce que tu as vu l'Afghan avec un Américain ? Ou as-tu vu ou entendu quelque chose d'autre ?

La tête d'Avery lui faisait mal. Bon sang, *tout* lui faisait mal. La nourriture qu'elle avait consommée plus tôt lui donnait l'impression d'avoir une grosse boule dans son ventre, prête à ressurgir à tout moment. Ses pieds étaient douloureux, ses côtes la faisaient souffrir et elle sentait toutes les ecchymoses des endroits où elle avait reçu des coups, des coups de poing et des coups de pied.

Savoir que quelqu'un avait délibérément ordonné sa mort était difficile, mais comprendre que les insurgés et ses comparses avaient tout fait pour qu'elle souffre en premier était un tout autre niveau de cruauté.

— L'Américain n'aurait pas dû porter ce qu'il portait, essayer de se fondre dans la masse des locaux. C'est contraire au règlement. Je parierais tout ce que j'ai qu'il a renseigné les insurgés sur le convoi d'armes.

— Je suis d'accord, dit Cole. L'armée garde les détails de ces convois très secrets, sur la base du besoin de savoir. Il est impossible que les locaux aient été aussi préparés qu'ils l'étaient à l'attaque et qu'ils aient eu cette grotte prête à stocker les armes. Sans parler de rallier leurs partisans pour qu'ils viennent prendre les armes pour les cacher.

Pendant un moment, elle fut heureuse que le mystère de son enlèvement ait été résolu. Mais elle réalisa ensuite qu'en réalité, rien n'avait été résolu du tout.

— Merde, murmura-t-elle.

— Oui, dit Cole, comme s'il pouvait lire dans ses pensées. À moins que tu ne puisses nous dire qui était l'Américain, tu es toujours en danger. Et j'ai le sentiment qu'il sera encore plus prêt à tout pour te faire taire sur ce que tu as vu, maintenant que tu t'es échappée.

— Je ne sais pas qui c'était, dit-elle avec un hoquet dans la voix. Je suis sûre à quatre-vingt-dix-neuf pour cent qu'il n'y a pas d'Américains qui vivent dans le village, donc l'homme *devait* être de la base. Mais avec des centaines de personnes stationnées là-bas, je ne pense pas l'avoir déjà vu, à part cette fois-là en ville. Je ne sais même pas s'il est de l'armée ou de la marine !

— Ne panique pas, dit Cole en serrant sa main une fois de plus.

— Ne panique pas ? demanda-t-elle de manière un peu

hystérique. Comment pourrais-je ne pas paniquer ? Quelqu'un pense que je peux l'identifier et veut me tuer ! Qui peut *faire* ça ? Quand il saura que je me suis échappée, il fera tout ce qu'il peut pour me retrouver et finir ce que les insurgés ont foutu en l'air.

Avery savait qu'elle perdait le contrôle, mais elle ne pouvait pas s'arrêter. Son rythme cardiaque passa à la vitesse supérieure et la bile monta dans sa gorge.

Avant qu'elle ne sache ce qui se passait, Cole la prit dans ses bras et tint sa tête contre son épaule. Une partie d'elle savait que c'était pour étouffer ses paroles de plus en plus fortes, mais son corps s'en fichait. Il avait été le premier humain avec lequel elle était entrée en contact après une très longue semaine dans l'obscurité et avec seulement le son de sa propre voix pour toute compagnie. Il était celui qui l'avait aidée à marcher quand elle ne pensait pas pouvoir faire un pas de plus. C'était lui qui l'avait maintenue à flot lors de la très effrayante descente de la rivière, et c'est lui qui l'avait portée lorsqu'elle était revenue à elle après s'être évanouie. Ce n'était pas étonnant qu'elle associe ses bras à la sécurité.

— Respire, Avery, ordonna Cole.

C'était difficile, mais elle fit ce qu'on lui demandait. Elle prit une grande inspiration. Puis une autre. Elle réalisa que Cole respirait avec elle.

— Nous n'allons pas le laisser t'atteindre, jura Cole.

— Mais comment pouvez-vous l'arrêter ? Je n'ai aucune idée de qui il est, et il est évident qu'il sait exactement qui *je* suis, rétorqua-t-elle.

— L'un de nous sera à tes côtés jusqu'à ce qu'il soit attrapé, lui dit Cole.

— Et ne pense pas que ça n'arrivera pas, dit Phantom avant qu'elle ne puisse protester et dire que ce n'était pas faisable. À la seconde où nous te ramènerons à la base, nous ferons en sorte que tu rentres avec nous. Une fois de retour en Californie, nous obtiendrons les dossiers de tous les militaires stationnés ici et tu pourras les parcourir un par un jusqu'à ce que tu reconnaisses le traître.

— Nous demanderons aussi à notre ami Tex, le génie de l'informatique, d'examiner les relevés bancaires. Je doute que ce connard ait donné des secrets d'État par bonté d'âme. Il a probablement été payé un paquet d'argent. Quelqu'un a dû faire déposer une grosse somme d'argent sur son compte. Ça va se voir comme le nez au milieu de la figure, conclut Phantom.

— Et entre moi et le reste de l'équipe, on peut te garder en sécurité jusqu'à ce qu'on fasse sortir le rat de sa cachette. Il ne s'en tirera pas comme ça, Avery. Je te donne ma parole en tant que SEAL, promit Cole.

Leur confiance absolue dans le fait qu'ils trouveraient qui était derrière tout cela – l'attaque du convoi, la mort des deux soldats de l'armée et sa torture – était incroyablement apaisante. Mais elle n'était toujours pas convaincue qu'ils pouvaient la garder en sécurité.

— Je ne suis pas sûre de pouvoir le reconnaître sur une photo militaire officielle, avoua-t-elle. Il a pu changer d'apparence depuis le moment où cette photo a été prise. Et cela pourrait prendre des semaines. Des mois. Tu ne peux pas rester à mes côtés vingt-quatre heures sur vingt-quatre. Tu as un travail, et moi aussi.

— J'ai confiance en toi, Avery. Je pense que tu te sous-estimes. Tu as été entraînée à te souvenir des détails, à la fois comme officier des Marines et comme infirmière. Je pense qu'une fois que tu ne seras plus au milieu du désert, et que tu seras de retour dans le confort de ta propre maison, le ventre plein, et tes blessures guéries, tu trouveras que tu es plus apte à te concentrer, dit Cole. Et tu as raison au sujet de nos emplois, mais nous connaissons beaucoup de gens, y compris d'autres SEAL, qui seraient plus que désireux d'aider à te protéger jusqu'à ce que cela soit résolu.

— Je ne veux déranger personne, dit-elle immédiatement.

Cole ricana.

— Comment je savais que tu allais dire ça ? demanda-t-il rhétoriquement avant de poursuivre : Crois-moi, personne ne sera dérangé le moins du monde. Et je suppose qu'une fois qu'ils auront entendu ton histoire, ils vont se bousculer pour savoir qui aura le privilège d'assurer ta sécurité.

Elle secoua la tête contre son épaule, et elle sentit plus qu'elle n'entendit le grondement de son rire au fond de sa poitrine. Il se pencha et attrapa quelque chose, puis le tendit vers elle.

— Pourquoi ne pas voir si tu peux finir le reste de tes pâtes maintenant.

Avery cligna des yeux. Alors qu'elle était sur le point de faire une dépression, la seconde suivante, c'était comme si sa vie avait été organisée et qu'on lui disait de manger comme si elle était un enfant. Et réalisant qu'elle *avait* un peu faim, elle attrapa la pochette en plastique que Cole tenait.

— Je reviendrai dès que je pourrai, dit Phantom de quelque part au-dessus de leurs têtes.

Avery leva les yeux mais ne put guère voir que sa silhouette.

— Sois prudent.

— Promis. Si je ne suis pas de retour au lever du soleil, continuez comme prévu.

— D'accord, assura Cole.

— Phantom ? dit rapidement Avery.

— Ouais ?

— Si tu ne reviens pas avant le lever du soleil, je vais traquer ton cul et te frapper sur la tête avec un bâton.

Il y eut un silence avant qu'elle ne sente une main caresser doucement ses cheveux... puis elle disparut à nouveau.

— Je pense que c'est la chose la plus gentille qu'une femme m'ait jamais dite, lieutenant. Je reviendrai, jura-t-il.

Elle entendit ses pas s'éloigner et eut le sentiment qu'il s'était délibérément *fait* entendre. S'il avait voulu ne pas être détecté, elle savait qu'il aurait pu se fondre dans la nuit en silence.

— Était-il sarcastique ? demanda-t-elle après que les pas de Phantom se furent estompés.

— Pas du tout. Je te l'ai dit, il n'a pas eu une enfance très heureuse. Nous pensions que Phantom était comme ça à cause d'un père perfectionniste, quelqu'un qui était extrêmement dur avec lui, mais nous avons appris que ce n'était pas le cas. Au lieu de cela, c'est sa mère et sa tante qui étaient physiquement et mentalement abusives. Il a toujours fui les relations et je ne pense pas qu'il ait déjà fait confiance à une femme dans sa vie pour cette raison.

— Eh bien, ça craint, répondit Avery. Il est un peu grognon, mais c'est un homme bien. Je peux le dire.

Cole resserra son bras autour d'elle, et elle réalisa qu'elle était toujours assise sur ses genoux. Elle essaya de bouger mais il refusa de la laisser partir.

— Mes genoux sont beaucoup plus doux que le sol, lui dit-il. Mange.

La gorge serrée en constatant à quel point il était gentil, Avery décida de rester là où elle était. Il avait raison, ses cuisses étaient bien plus confortables que le sol dur et les pierres qui lui piquaient les fesses. Elle termina le reste de son dîner et eut encore une fois l'impression qu'elle allait exploser. Mais elle pouvait presque sentir son corps absorber les nutriments aussi vite qu'elle les avalait. Il faudrait du temps avant qu'elle ne redevienne comme avant, mais elle y arriverait.

Après un moment, elle dit :

— J'ai l'impression que je devrais faire quelque chose.

— Comme quoi ? demanda Cole.

— Je ne sais pas. Quelque chose. *N'importe quoi*. J'essaie de me rappeler à quoi ressemble le traître. Trouver un plan pour nous ramener à la base. Nettoyer une arme. Quelque chose.

— Il n'y a littéralement rien que tu puisses faire en ce moment qui t'aidera plus que de te détendre. Ton corps a vécu un enfer. Tu as besoin de guérir. Comment va ta tête ? Tu as dit que tu pensais avoir une commotion cérébrale ?

— J'ai *eu* une commotion cérébrale, rétorqua-t-elle. Je suis une infirmière. Je sais tout ce qui ne va pas chez moi.

— Comme quoi ? demanda-t-il.

— Des côtes meurtries. Malnutrition. Atrophie musculaire. Mes yeux commençaient tout juste à s'adapter à la lumière vive quand il a fait nuit, et j'ai l'impression que demain ça va être délicat d'essayer de se réhabituer à la lumière. Mon visage est tendu, ce qui signifie que j'ai probablement pris un coup de soleil aujourd'hui, et bien que mes pieds ne soient plus douloureux, j'ai peur que ma cheville ne s'infecte.

— Je ne peux rien faire pour tes côtes, mais je vais continuer à te nourrir avec les packs énergétiques de protéines et de glucides jusqu'à épuisement. Tes muscles seront probablement douloureux à cause de l'effort que tu leur as demandé, mais nous avons des analgésiques pour te soulager. Je suis désolé que les lunettes de soleil aient été perdues, et pour les coups de soleil... mais j'ai hâte de voir encore plus de taches de rousseur sur ton visage demain qu'aujourd'hui. J'ai de la crème solaire que tu peux utiliser. Et demain matin, j'examinerai ta cheville, je la nettoierai, je la panserai et je te donnerai des antibiotiques.

— Tu as réponse à tout ? demanda-t-elle un peu sèchement, même si elle fondait intérieurement à chacune de ses réponses à ses plaintes.

— Oui, fit-il dit sans la moindre hésitation.

Secouant la tête, Avery déposa lentement plus de son poids contre sa poitrine.

— Cole ?

— Ouais ?

— J'étais terrifiée dans la rivière aujourd'hui.

Son bras se resserra autour de sa taille pendant une seconde avant de se détendre à nouveau.

— Moi aussi, dit-il doucement. Je savais que j'étais foutu. Je m'en voulais de t'avoir laissé tomber. On m'a tiré dessus, on m'a retenu en captivité, et j'ai été chassé par les terroristes les plus méchants du monde, mais savoir que j'allais être abattu par une foutue branche d'arbre était humiliant et tellement pathétique.

— J'ai l'impression que ça arrivait à quelqu'un d'autre. Comme si je flottais au-dessus de tout, que je regardais.

— Tu étais là, Avery. Juste là, putain.

— J'avais une peur bleue de perdre ma prise et de flotter au loin. Ou de ne pas être capable de piétiner cette petite branche assez fort pour la casser. Chaque fois que tu levais la tête pour respirer, je pensais que c'était ta dernière. Je sais que nous ne nous connaissons pas vraiment, même si nous semblons avoir une alchimie folle, mais je jure devant Dieu que j'ai eu la pensée déprimante que si tu mourais... j'aurais perdu quelque chose d'extrêmement précieux. Que j'aurais perdu beaucoup de choses.

Cole ne lui répondit pas pendant un long moment. Il se contenta de la serrer contre sa poitrine. Elle compta trente et une inspirations avant qu'il ne parle enfin, et sa voix était mal assurée quand il dit :

— Tu vas penser que je mens, mais je te jure que ce n'est pas le cas. J'ai eu le flash d'un petit garçon agenouillé dans l'eau en aval. Il me fixait, me suppliant de tenir bon. Il disait que je devais vivre, pour qu'il puisse aussi vivre. Cela m'a donné la force de me pousser une fois de plus pour prendre une autre bouffée d'air. Puis j'ai été libéré et j'ai foncé en aval vers Phantom. Ne pense pas une seconde que je ne sais pas que tu as sauvé ma vie, Avery. Je suis pleinement conscient de cela, et je te dois plus que je ne pourrais jamais rembourser.

— Ne le fais pas, ordonna-t-elle.

— Pourquoi pas ? C'est vrai, rétorqua Cole.

— Non. Je ressens la même chose pour toi. Tu ne sauras jamais à quel point c'était incroyable pour moi de voir ta silhouette à l'entrée de la grotte. Je n'avais pas vu d'autre humain depuis ce qui me semblait être une éternité. Et ton ascension à travers les décombres était littéralement un miracle que je ne pensais pas voir se produire. Tu as sauvé ma vie, et j'ai sauvé la tienne. Je pense que nous sommes quittes.

— Non, on ne l'est pas, argumenta Cole.

— Cole, dit Avery avec exaspération.

— Tu ne comprends pas. Tu n'aurais pas dû être capable de faire ce que tu as fait, expliqua-t-il. Pas dans ton état. Pas après tout ce que tu as traversé. Je sais bien que les femmes sont dures et fortes, il ne s'agit pas de ça. Mais j'ai été à ta place. Je sais exactement ce que tu as ressenti après ne pas avoir mangé et avoir été battue. Et je l'admets, je ne pense pas que j'aurais été capable de faire ce que tu as fait aujourd'hui. Tu peux penser que nous sommes quittes autant que tu veux, mais Phantom et moi connaissons la vérité.

Avery voulait être en désaccord et argumenter davantage avec lui, mais soudain, elle put à peine garder les yeux ouverts.

Elle avait peur de ce que demain pourrait apporter. Elle appréhendait que quelqu'un puisse encore vouloir sa mort. Terrifiée à l'idée d'être pourchassée et reprise en captivité. Mais par-dessus tout, elle était juste... fatiguée.

Épuisée. Mentalement et physiquement.

— Dors, Avery, murmura Cole à son oreille. Il fit glisser son corps vers le bas et se déplaça jusqu'à ce qu'il utilise son sac comme oreiller. Elle était drapée sur lui. Leurs jambes étaient entrelacées et leurs corps alignés.

— Nous allons parfaitement ensemble, chuchota Avery, sans même se rendre compte de ce qu'elle disait.

— C'est exact, acquiesça Cole. Maintenant, tais-toi et dors. C'est ce dont ton corps a besoin pour guérir.

Elle plongea dans le sommeil en quelques secondes.

*
**

Rex ne ferma pas les yeux. Il était attentif à tout mouvement. Personne n'allait toucher un cheveu de la femme dans ses bras. Pas s'il pouvait l'aider.

Il n'avait aucune idée de ce qui les attendait tous les deux. Tout ce qu'il savait, c'est qu'il voulait voir où les choses entre eux pouvaient aller. Il voulait voir si l'alchimie qu'ils avaient était réelle ou simplement un produit de leur situation. Il respectait Avery plus qu'il ne pouvait le dire. Elle restait calme sous la pression, et elle faisait ce qui devait être fait sans fanfare.

Ce qu'il ne lui avait pas dit lorsqu'il avait admis avoir vu un petit garçon alors qu'il était coincé dans la rivière, c'est que l'enfant avait de brillants cheveux auburn.

Qu'il avait des yeux verts qui ressemblaient beaucoup à ceux d'Avery.

Ça semblait fou, même pour Rex. Il n'y avait aucune chance qu'il fasse peur à Avery en lui disant qu'il avait eu une vision de son enfant (*leur* enfant ?) alors qu'il pensait être mourant.

Mais il savait au fond de lui ce qu'il avait vu et ce que cela signifiait pour leur avenir.

Il était sûr de dire qu'il allait faire tout ce qu'il fallait pour s'assurer qu'Avery survive à ça. Que celui qui avait trahi son pays n'allait pas faire tomber Avery avec lui.

En fin de compte, Rex l'avait appréciée lorsqu'il l'avait connue en tant que lieutenant Nelson à Riverton, mais il l'appréciait et la respectait encore plus en tant que femme qui avait fait preuve d'un courage et d'une force extraordinaires alors que, à la lumière de ce qu'elle avait traversé, elle avait le droit de ne pas avoir l'un ou l'autre.

Deux heures plus tard, Phantom réapparut.

— Nous sommes prêts pour demain, dit-il à Rex, puis il expliqua le plan. Il avait pu se connecter avec Rocco et les autres, et ils avaient planifié leur extraction. Il aurait aimé que cela se fasse plus vite, surtout après tout ce que Avery leur avait dit sur l'attaque du convoi et la raison pour laquelle elle avait été faite prisonnière.

Un traître était en liberté, et plus vite Avery quitterait l'Afghanistan, mieux ce serait. Elle pourrait dire tout ce dont elle se souvenait à la police et aux services d'enquête criminelle des Marines, et ils pourraient à leur tour trouver l'ordure qui avait trahi son pays, causé la mort de deux hommes innocents, et avait tenté de tuer Avery.

Après que Phantom se fut installé à proximité pour prendre quelques heures de sommeil, Rex baissa sa propre garde, juste un peu. Il avait besoin de dormir lui aussi, et il savait qu'il serait endolori demain après tout ce qui s'était passé. Mais quelques muscles endoloris n'étaient rien comparés au fait d'être mort.

Sans réfléchir, il tourna la tête et embrassa doucement le front d'Avery. Elle bougea dans ses bras et se blottit davantage contre lui. Un sentiment étrange traversa Rex. Un sentiment de justesse qu'il n'avait jamais ressenti auparavant, surtout pas au milieu d'une mission.

Avery était spéciale. Il le ressentait avec chaque atome de son être. Et il ferait tout ce qu'il faudrait pour s'assurer qu'elle puisse continuer sa vie comme avant, avant qu'elle ne se trouve au mauvais endroit au mauvais moment.

Personne n'étoufferait la lumière qui était en elle.

Personne.

CHAPITRE SEPT

Tôt le lendemain matin, Rex se pencha sur Avery et la secoua doucement. Il s'était levé trente minutes plus tôt et avait refait son sac et tout préparé pour qu'ils puissent se diriger vers la montagne jusqu'à leur point d'extraction.

Il avait une autre ration de survie prête à chauffer pour elle et quelques fournitures de premiers soins pour qu'il puisse s'occuper de sa cheville et de ses pieds. Il avait également préparé une autre tasse de café instantané, ainsi qu'un analgésique puissant. Il était extrêmement endolori ce matin et savait qu'elle serait probablement encore en plus mauvais état.

À la seconde où il lui secoua l'épaule, il fut projeté les fesses dans la boue. Elle s'était réveillée en se débattant et avait réussi à lui donner un coup de pied dans la cuisse assez fort pour le déséquilibrer. Mais il se releva en une seconde, une main sur sa bouche, la maintenant au sol à l'aide de son corps.

Elle s'agita contre lui avec tant d'acharnement que Rex eut du mal à la maintenir immobile. Phantom vint l'aider pendant que Rex faisait de son mieux pour la réveiller complètement et la ramener au présent.

— Avery, c'est moi, Cole. Tu vas bien. Tu es en sécurité.

Elle se débattit dans leur emprise encore un peu, puis ses

mots semblèrent s'imposer. Elle se figea sous leurs mains, ses yeux s'ouvrirent et elle le dévisagea.

— Tu es réveillée maintenant ? demanda Rex.

Elle hocha la tête.

Il leva lentement sa main, prêt à la refermer sur sa bouche si elle criait, mais elle ne fit que passer sa langue sur ses lèvres et froncer les sourcils en le regardant.

Rex sentit Phantom se détacher de ses jambes et reculer. Passant une main sur ses cheveux, Rex lui demanda doucement :

— Tu vas bien ? Je t'ai fait mal ?

Elle secoua immédiatement la tête et Rex renifla. Avery n'avait pas bougé d'un pouce, donc elle ne savait pas s'il l'avait blessée ou non.

— Je suis désolée, chuchota-t-elle. J'ai crié ? Est-ce que notre position est compromise ?

— Ne t'excuse pas, dit Rex sévèrement.

Il fit de son mieux pour maîtriser ses émotions. Il n'était pas en colère contre *elle*, mais contre la situation. Elle n'avait pas donné ce coup de pied pour s'amuser. Elle s'était battue pour sa vie, et savoir qu'elle avait pensé qu'il était l'un de ses ravisseurs le bouleversait. Il *détestait* l'idée qu'elle ait été dans une situation où elle avait dû se protéger d'hommes qui avaient abusé d'elle. Il était fier qu'elle n'ait pas hésité à faire ce qui était nécessaire pour essayer de se protéger, mais cela ne lui convenait toujours pas. Intellectuellement, il savait qu'elle était un soldat et qu'elle avait été entraînée à l'autodéfense, mais cela ne rendait pas plus facile la réalité de la voir se battre pour sa vie.

— Tu n'as pas crié. Mais je ne savais pas si tu le ferais, alors j'ai dû être prudent, dit-il, s'efforçant de garder un ton plus détendu qu'il ne l'était.

Elle acquiesça.

— Je comprends.

— Laisse-moi t'aider à t'asseoir, dit Rex en tendant la main vers son épaule.

Il la vit tressaillir légèrement, puis faire de son mieux pour cacher sa réaction à son contact. Il détestait ça aussi, mais il le comprenait. En rentrant à la maison après avoir été retenu en captivité, il n'avait pas voulu que quelqu'un le touche pendant très longtemps. Même le plus léger mouvement du bras de quelqu'un le faisait reculer.

Avery gémit en se redressant, et Rex vit la douleur sur son visage.

— Tiens, dit-il en lui tendant deux autres pilules qu'elle avait prises la veille. Elles vont te soulager.

— Merci.

Elle n'hésita pas à les prendre. Rien que pour ça, Rex savait qu'elle souffrait plus qu'elle ne le disait. Sa lèvre fendue avait l'air un peu mieux, mais elle avait encore des bleus sur son visage et ses bras.

La main de Phantom passa par-dessus son épaule, et Rex lui prit la tasse de café instantané pour la tendre à Avery. Elle leur sourit à tous les deux et prit une gorgée, ses yeux se fermant en signe d'appréciation. Elle avala les pilules pendant que Rex réchauffait rapidement une ration pour elle avant qu'ils ne partent. Le soleil se levait à peine, faisant briller tout ce qui les entourait d'une sorte de rose flou.

Rex s'assit à côté d'Avery pendant qu'elle mangeait.

— Ça m'a manqué, dit-elle entre deux bouchées en regardant au loin.

— Quoi ?

— Ça. Le lever du soleil. C'est si beau dans le désert. Je pense qu'être dans le noir pendant si longtemps était plus dur que les coups. Il y a juste quelque chose dans le lever du soleil dans le ciel du matin qui me fait penser à de nouveaux départs et à l'espoir.

Rex dut admettre qu'il y avait déjà pensé de cette façon. D'habitude, le lever du soleil signifiait qu'il fallait s'entraîner avec ses coéquipiers ou, s'ils étaient en mission, qu'il fallait faire très attention car la lumière permettait à leurs ennemis de les repérer plus facilement. Mais il aimait voir le matin à travers ses yeux.

Quand elle eut fini de manger, il restait plus de la moitié du repas, mais il n'essaya pas de la convaincre de manger plus. Elle était adulte, et infirmière, et savait ce que son corps pouvait et ne pouvait pas faire. Il termina le repas en quatre énormes bouchées et se leva pour ranger le récipient vide dans son sac.

— C'est quoi le plan ? demanda Avery derrière lui.

— D'abord, je vais jeter un coup d'œil à tes pieds. Puis nous irons en haut de cette montagne, expliqua-t-il en indiquant le haut sommet à leur droite. Ensuite, un hélicoptère va venir nous chercher et nous ramener à la base, où nous nous regrouperons avec le reste de l'équipe et rentrerons chez nous.

Elle le fixa un instant, puis demanda :

— Alors, je te verrai quand je rentrerai en Californie, quand ils me renverront chez moi, c'est ça ?

Rex secoua sa tête.

— Non, tu ne comprends pas. Quand je dis que *nous allons* nous regrouper et rentrer à la maison, je veux dire nous tous. Ensemble.

Elle fronça les sourcils.

— Je sais que je vais être renvoyée aux États-Unis même si ma mission n'est pas terminée, c'est la procédure pour tout prisonnier de guerre. Je pensais avoir mal entendu Phantom quand il a dit que je rentrerais avec votre équipe.

— Tu n'as pas mal entendu, lui dit Rex.

— Comment est-ce possible ?

Rex se déplaça lentement pour ne pas la faire sursauter à nouveau et posa une main sur son épaule.

— Le comment n'a pas d'importance, sache simplement que ça va arriver. Il faut que tu rentres vite chez toi, et on va s'en occuper. Rester dans ce pays n'est pas sûr pour toi, évidemment.

Rex vit la compréhension sur le visage d'Avery.

— Bien. J'ai besoin d'identifier l'homme que j'ai vu dans le village, dit-elle. Il voulait que je sois tuée sur place et il pourrait facilement engager quelqu'un d'autre pour s'assurer que cela arrive si je reste ici assez longtemps.

— Exactement, dit Phantom.

— Merci, répondit Avery.

Puis elle jeta un coup d'œil à Rex.

— Je peux prendre soin de mes pieds si tu as d'autres choses à faire pour te préparer à partir.

Rex secoua la tête.

— Je me suis préparé pendant que tu dormais encore ce matin. Ça ne prendra que cinq minutes environ.

Elle lui fit un sourire.

— OK, mais tu dois savoir que je vais te juger tout le temps. Je *suis* une infirmière.

Il lui fit un sourire en retour.

— Je n'en attendais pas moins, lieutenant.

Il aimait ce badinage facile entre eux. Il aimait encore plus le fait qu'elle semblait bien s'entendre avec Phantom. Il n'était pas l'homme avec qui le contact était le plus facile. Et alors qu'ils avaient tous été très occupés ces dernières vingt-quatre heures, et que Phantom n'avait pas eu beaucoup de temps pour s'asseoir et discuter – et l'offenser –, il n'avait pas exactement été M. Aimable non plus. Mais Avery ne semblait pas l'avoir remarqué.

Elle remercia une fois de plus Phantom pour le café, puis s'assit près du rocher près duquel ils avaient dormi. Rex suivit avec les bandages et une autre paire de chaussettes propres et nettoya adroitement ses pieds et lui refit des bandages. Ils avaient l'air enflés et endoloris aujourd'hui, mais malheureusement ils n'avaient pas le luxe d'attendre un jour de plus et de la laisser se reposer. Depuis qu'ils étaient revenus près de la grotte où elle était retenue, et où les armes avaient été distribuées aux sympathisants des insurgés, ils étaient vraiment en danger.

L'extraction par hélicoptère était tout aussi risquée aujourd'hui qu'hier, mais ils avaient l'espoir d'avoir un peu plus de temps pour monter dans l'hélicoptère que la veille. D'abord, ils n'étaient que trois et pas tous les sept. Et deuxièmement, il n'y aurait pas un groupe d'insurgés qui leur tomberait dessus, comme ce fut le cas la veille à l'arrivée de l'hélicoptère.

S'ils avaient de la chance.

Tant qu'ils ne seraient pas en sécurité derrière les murs de la base américaine, Rex ne serait pas tranquille... et probablement même qu'il ne le serait pas à ce moment-là. La réalité était que, si ce qu'Avery avait vu était exact, le sergent major avait raison – il y avait certainement un traître parmi eux. Un Américain qui n'avait aucun problème à armer les gens contre lesquels ils étaient là pour se battre. Il était possible qu'il ait retardé à lui seul leur progrès de quelques années. L'armée et la marine avaient travaillé dur pour protéger la population locale et empêcher les insurgés de mettre la main sur le type d'armes auxquelles ils avaient maintenant accès. Et si celui qui avait vendu le convoi et ordonné le meurtre d'Avery était à la base, elle ne serait certainement pas en sécurité.

Rex noua les lacets de ses bottes, mais avant qu'elle puisse se lever, il posa une main sur son tibia pour l'arrêter.

— Tu vas bien ? demanda-t-il doucement.

Elle le regarda fixement pendant un long moment avant de dire :

— Non. Mais j'y arriverai.

Son respect pour elle fut décuplé par son honnêteté, et c'était peu dire, car il la respectait déjà énormément.

— Tu as le droit d'être humaine, tu sais, lui dit-il.

Ses lèvres se retroussèrent en un semblant de sourire.

— C'est ce que dit le Navy SEAL qui pourrait probablement vivre d'air pur et d'eau fraîche pendant des mois s'il le fallait.

Rex lui fit un sourire.

— Des années, plaisanta-t-il avant de devenir sérieux. Honnêtement, tu as tenu le coup bien mieux que je ne l'aurais cru.

— Pour une femme ? demanda-t-elle de manière un peu abrupte.

Mais Rex ne mordit pas à l'hameçon.

— Non, pour quelqu'un qui a été kidnappé, battu, torturé, et qui n'a pas mangé depuis deux semaines. Tu m'as sauvé la vie hier, et je ne le prends pas à la légère. Tu as couru sans te plaindre, même si je sais que tes pieds et ton corps devaient être douloureux au-delà du supportable. Tu as sauté dans cette rivière sans hésiter et quand les choses ont dégénéré, tu as fait ce qu'il fallait faire. Tu es un honneur pour les Marines, lieutenant.

Elle prit une profonde inspiration, puis dit :

— Merci.

— Je t'en prie. Des questions à propos d'aujourd'hui ?

— Non. Tu diriges et je suivrai. Je n'ai pas besoin de connaître tous les détails.

Rex hocha la tête. Elle avait raison. Il aurait été prêt à lui dire tout ce qu'il savait, mais ils n'avaient pas le temps et quand le moment serait venu, ils savaient tous les deux que Phantom, lui et le reste de leur équipe seraient les experts ici.

— Cole ?

— Ouais ?

— J'aimerais contacter ma famille le plus vite possible. Ils doivent être morts d'inquiétude. Penses-tu que cela puisse être organisé quand nous serons de retour à la base ?

— Bien sûr, dit Rex immédiatement.

— Merci. Ma sœur vit en Floride et mes parents sont au Texas. Ils étaient tous nerveux à l'idée que je parte en mission, et même si je n'ai pas hâte qu'ils me disent : « Je te l'avais dit » parce que j'ai ignoré leurs inquiétudes sur le fait que c'était dangereux ici, j'ai vraiment besoin d'entendre leurs voix.

— Je vais m'assurer que tu les contactes avant que nous partions, dit Rex pour la rassurer.

— Merci. Tu as de la famille ?

— Ouais. Mes parents sont divorcés. Maman vit en Californie du Nord et s'est remariée, et mon père est à New York, heureux et célibataire.

— Je suis désolée, dit Avery avec un petit froncement de sourcils.

— Ne le sois pas. Ils sont mieux séparés. Ce sont tous les deux des gens bien et ils sont plus heureux séparés qu'ensemble.

— Ils savent ce que tu fais ?

— Que je suis un SEAL ? Oui.

Elle secoua la tête.

— D'accord, mais savent-ils ce que tu représentes pour les gens comme moi ? Des gens littéralement au bout du rouleau et qui savent qu'ils vont mourir, avant que ton équipe et toi n'interveniez pour sauver la situation ?

Rex *secoua* la tête cette fois.

— Je ne suis pas un superhéros, rétorqua-t-il. Je suis un gars normal. Je jure trop, je regarde trop de sport à la télé, et je ne sais cuisiner que les bases. Ne me transforme pas en quelque chose que je ne suis pas.

Avery leva les yeux au ciel.

— Peu importe. Et pour info, les vraies femmes n'en ont rien à faire de tout ça. On veut quelqu'un sur qui on peut compter quand on en a besoin. Je me contenterais volontiers de regarder le football à la télé jour et nuit et d'être responsable de la cuisine si j'avais quelqu'un dont je savais qu'il laisserait tout tomber pour venir me voir quand j'en aurais le plus besoin. Et toi, Cole, tu es définitivement ce genre d'homme, que tu veuilles l'admettre ou non.

Ils se dévisagèrent pendant un long moment. Rex ne pouvait s'empêcher d'aimer qu'elle le voie de cette façon, mais il craignait aussi qu'elle ne le mette sur un piédestal très haut – et s'il faisait un faux pas, il ferait une sacrée chute.

— Prêts à partir ? demanda Phantom non loin de là, brisant le charme intime qui s'était tissé autour de Rex et Avery.

— Nous sommes prêts, dit Avery en détournant son regard de celui de Rex alors qu'elle allait se lever.

Rex posa immédiatement une main sur son bras pour l'aider. Elle oscilla une seconde, puis reprit le contrôle d'elle-même. Il fronça les sourcils.

— Tu vas pouvoir arriver jusqu'au sommet ? demanda-t-il, son regard se portant sur le flanc de la montagne qu'ils devaient escalader puis revenant vers elle.

— Oui, dit-elle fermement.

Rex hocha la tête. Il aurait dû savoir que ce serait sa réponse. Il se tourna pour regarder Phantom, et ce dernier leva légèrement le menton. Il savait aussi bien que Rex combien le lieutenant était dur et têtu. Il serait aussi attentif que Rex à son comportement.

Il partit chercher son sac et Avery demanda :

— Je peux porter quelque chose ?

Rex souffla et ne prit pas la peine de répondre.

— Sérieusement, j'ai l'impression d'être un poids mort à ne pas vous aider. Je sais que ces sacs doivent être lourds.

Rex se tourna pour répondre mais Phantom s'était déjà dirigé vers elle, posant une main sur son épaule. Méfiant, Rex se tenait à proximité, prêt à limiter les dégâts si Phantom disait quelque chose d'inapproprié.

— Tu nous aides, lui dit-il. Tu nous aides en faisant ce que nous demandons. En ne te plaignant pas. En restant optimiste. Tu as porté une charge assez lourde sur tes épaules et ton cœur ces deux dernières semaines, et tu vas probablement continuer à le faire pendant un certain temps. Ton travail consiste à mettre un pied devant l'autre et à continuer à avancer, quoi qu'il arrive. Tu peux le faire ?

Avery acquiesça immédiatement

— Bien, dit Phantom. Alors que dirais-tu de quitter ce désert et de rentrer chez toi, hein ?

— Ça ressemble à un bon plan, répondit Avery.

Phantom se détourna sans un regard en arrière et commença à marcher vers le flanc de la montagne.

— Prête ? demanda Rex tranquillement, voyant qu'Avery surveillait le dos de Phantom avec un regard impénétrable.

Elle prit une profonde inspiration et hocha la tête.

— Prête.

Ils se regardèrent une seconde, et Rex vit une vulnérabilité qu'il n'avait jamais vue auparavant dans ses yeux. Les mots de Phantom avaient touché une corde sensible. Elle était forte et résiliente et toutes les autres qualités pour lesquelles Rex l'admirait, mais elle avait aussi été abîmée par son expérience. Phantom l'avait ressenti, en avait parlé ouvertement et l'avait acceptée malgré tout.

Il se jura de faire de son mieux pour suivre l'exemple de Phantom. De ne pas forcer Avery à refouler ce qui s'était passé dans son esprit. Elle devait y faire face. Pleurer, se mettre en colère, être énervée. Ce n'est qu'alors qu'elle pourrait aller de l'avant.

Deux heures plus tard, ils étaient toujours en train de marcher d'une allure régulière vers le sommet. Ils étaient proches de la grotte où ils avaient trouvé Avery, et sur un terrain relativement plat pour le moment. Une fois arrivés à destination, ils auraient encore environ cinq cents mètres à gravir avant d'arriver au point où un hélicoptère pourrait les prendre en charge. Phantom avait planifié une heure pour l'extraction. Si quelque chose se passait et leur faisait manquer le ramassage, il appellerait et informerait l'équipe. Mais pour l'instant, ils étaient sur la bonne voie.

Ils venaient de quitter la sécurité relative d'un petit groupe de rochers quand ils entendirent des voix.

Sans réfléchir, Rex fit les trois pas nécessaires pour atteindre Avery et la mit à terre. Brutalement.

Elle laissa échapper un léger gémissement, mais ne fit aucun autre bruit lorsqu'elle toucha le sol. Rex avait fait de son mieux pour utiliser ses bras pour rendre sa chute plus légère qu'elle n'aurait pu l'être autrement, mais cela n'avait pas dû être agréable de le voir la plaquer. Sachant que Phantom était aussi au sol, Rex se concentra pour rassurer Avery.

Il était allongé sur elle, espérant couvrir chaque centimètre de son corps avec le sien. Il baissa la tête jusqu'à ce que ses lèvres soient contre son oreille.

— Reste immobile, Avery. Ils vont passer juste à côté de nous.

Son cœur battait la chamade et il vit le pouls de sa gorge refléter celui de son cœur. Elle ne dit pas un mot. Elle ne hocha pas la tête. Elle ne bougea même pas. Plaçant ses bras plus près de son corps, Rex pria pour que les uniformes de camouflage couleur bronze qu'ils portaient fassent leur travail.

Ils étaient à l'air libre, entourés d'herbes folles et d'autres broussailles, avec quelques rochers de bonne taille ici et là. S'ils étaient repérés, ils pouvaient se précipiter jusqu'aux rochers qu'ils venaient de dépasser, mais ils seraient des cibles faciles en courant. Phantom et lui avaient tous deux des armes, et bien qu'il semble qu'il n'y ait que deux hommes, le fait de décharger leurs armes à feu alerterait tous les autres dans la région.

— Respire, Avery. Ne retiens pas ta respiration. Respire comme moi. Inspire... Expire... C'est ça.

Rex fit de son mieux pour la rassurer. Il n'osait pas tourner la tête ou lever les yeux pour voir où étaient les hommes. Il les entendait toujours parler, et ici, dans le désert, cela pouvait signifier qu'ils étaient juste au-dessus d'eux ou suffisamment loin pour qu'ils ne puissent pas les repérer. Mais il n'allait pas prendre de risques. Pas avec la vie d'Avery.

Il y avait une route à proximité, ainsi que d'autres grottes. Ils n'avaient plus qu'à attendre. Une goutte de sueur descendit lentement le long de son front et tomba sur la terre en dessous de lui. Il vit que le visage d'Avery était aussi couvert de sueur.

Elle devait avoir chaud contre le sable et avec son corps lourd sur elle. Mais elle ne bougea pas un muscle. Elle fit exactement ce qu'elle était censée faire. À savoir, se fondre avec le désert qu'ils traversaient.

Cela prit presque trente minutes, les trente minutes les plus longues de la vie de Rex, mais finalement la voix des hommes qui parlaient s'estompa. Phantom et lui restèrent là où ils étaient pendant encore dix minutes, juste pour être sûrs.

Lorsque Rex s'éloigna lentement d'Avery, il la vit inspirer profondément.

— Est-ce que je t'ai écrasée ? demanda-t-il d'une voix neutre, conscient que, puisque les voix des hommes avaient porté si facilement, il en serait de même pour les leurs.

Avery ne fit aucun mouvement pour s'asseoir, elle s'allongea simplement dans le sable et secoua la tête.

Rex mit sa main sur sa nuque et dit :

— Regarde-moi.

Elle tourna la tête et posa sa joue sur le sable. Son cou était humide de sueur sous sa main et ses cheveux plaqués sur son front.

— Tout va bien, la rassura-t-il. Ils ne nous ont pas vus.

Elle le savait, mais il ignorait quoi dire d'autre pour la rassurer.

— Je sais, murmura-t-elle. J'ai juste... J'ai besoin d'une seconde.

Rex voulait lui donner tout le temps du monde pour retrouver son calme, mais malheureusement, c'était impossible. Il hocha tout de même la tête, décidant qu'il pouvait lui accorder une minute ou deux après la façon dont elle s'était comportée pendant la demi-heure extrêmement éprouvante qu'ils venaient de passer.

Il était habitué à se cacher à la vue de tous, mais c'était toujours stressant, même pour lui. Pour quelqu'un comme Avery, qui n'avait jamais eu à échapper à la capture comme lui et ses collègues SEAL, les trente minutes avaient dû sembler une éternité.

En levant les yeux vers Phantom, il vit que ce dernier était extrêmement patient, ce que Rex apprécia.

Au moment où Rex était sur le point de dire à Avery qu'ils devaient y aller, elle bougea. Elle leva la tête et se mit à genoux. Elle s'agenouilla dans le sable et prit une autre grande respiration. Elle retira le sable de sa joue et de son front du mieux qu'elle pouvait, puis se mit debout.

Rex n'avait pas été aussi fier de quelqu'un depuis très longtemps.

— Je suis prête, annonça-t-elle, et Rex décida d'ignorer l'hésitation dans sa voix.

Mais cette fois, quand ils se mirent en route, il prit sa main dans la sienne. Ils marchèrent côte à côte sur le terrain jonché de rochers vers la prochaine côte qu'ils devaient emprunter pour atteindre le point de rendez-vous.

CHAPITRE HUIT

Avery consomma le sachet de gel que Cole lui donna avant de partir repérer la zone où l'hélicoptère était censé les récupérer. Ils avaient environ une heure et demie d'avance. Elle était nerveuse à l'idée de rester au même endroit aussi longtemps, mais Phantom et Cole ne semblaient pas inquiets.

Elle supposait qu'elle pouvait être heureuse qu'ils soient en avance sur le programme. Mais elle ne pouvait s'empêcher de se souvenir de la peur qu'elle avait eue plus tôt. Ils avaient été surpris en plein air, sans couverture. Elle appréciait la protection de Cole, même si le poids sur son dos avait été extrêmement lourd. Ses côtes en avaient souffert, et elle avait eu du mal à prendre une grande respiration. Elle se demanda comment ils allaient faire pour ne pas être vus, mais miraculeusement, ils ne le furent pas. Ils s'étaient si bien fondus dans les tons bronze et bruns du désert que si les hommes qu'ils entendaient parler avaient regardé le paysage, ils ne les auraient pas vus.

Toute cette expérience lui rappela combien elle était redevable à Cole et Phantom. À toute leur équipe. Et penser qu'ils faisaient ça tout le temps, qu'ils mettaient leur vie en danger pour aider les autres, pour traquer les terroristes, lui donna une toute nouvelle vision des SEAL et de toutes les autres équipes de forces spéciales.

Elle n'était pas ravie que Cole ait quitté leur petite cachette sécurisée pour étudier les dangers autour d'eux, mais elle ne pouvait pas vraiment protester et le supplier de rester. Phantom était à ses côtés, et il était tout aussi capable de la protéger, mais quelque chose chez Cole la mettait à l'aise.

— Tu as fini avec ça ? demanda Phantom.

Avery sursauta. Elle était tellement perdue dans ses pensées que ses mots lui firent peur.

— Désolé, dit Phantom. Je ne voulais pas t'effrayer.

— C'est bon. Je devrais faire plus attention.

Avery lui tendit le paquet de gel vide. Ce n'étaient pas les choses les plus savoureuses qu'elle ait mangées, mais elle ne pouvait pas nier qu'elles avaient fait un très bon travail en l'aidant à retrouver un peu d'énergie. Elles avaient également une taille parfaite. Elle pouvait finir un paquet entier sans avoir l'impression qu'elle allait vomir.

Phantom rangea le contenant vide dans une poche sur le côté de son sac à dos et se retourna vers elle.

— Alors, dit-il, qu'est-ce qu'une belle créature comme toi fait dans un endroit comme celui-ci ?

Avery gloussa doucement et leva les yeux au ciel.

— D'accord, c'était nul comme approche, mais sérieusement... on a du temps à tuer. Qu'est-ce qui t'a donné envie d'être infirmière et pourquoi es-tu ici, au milieu de nulle part ?

Cherchant à se débarrasser de son inquiétude pour Cole, Avery enroula ses bras autour de ses jambes repliées et lui raconta son histoire.

— Quand j'avais environ 10 ans, ma mère a dû aller à l'hôpital. J'ai cru qu'elle allait mourir, alors que ce n'était que son appendice. Mais ils l'ont gardée à l'hôpital pendant un jour ou deux, pour essayer de faire diminuer l'œdème avant de décider d'opérer. Mon père a passé toutes les nuits dans sa chambre avec elle, et une voisine s'est occupée de moi et de ma sœur. Nous allions la voir tous les jours. J'étais en admiration devant les infirmières. Elles étaient toujours souriantes et nous rassuraient, elle et nous. Elles nous divertissaient et nous apportaient des petites choses. Lorsqu'ils ont emmené ma mère pour l'opérer, je me souviens d'avoir pleuré, et l'une des infirmières m'a prise à part pour me dire qu'elle allait s'en sortir. Qu'elle serait là toute la nuit et qu'elle prendrait bien soin d'elle. J'ai décidé à ce moment-là que je voulais être comme elle.

— Intéressant, fit Phantom.

Avery inclina sa tête.

— Tu dis ça, mais je ne suis pas sûre que tu le penses vraiment.

— Si, je le pense vraiment, protesta Phantom.

Après l'avoir observé pendant un long moment, Avery demanda :

— Qu'y a-t-il d'intéressant, exactement ?

Phantom eut un petit rire.

— Tu es très douée pour lire les gens, tu le savais ?

— Oui. Maintenant, arrête d'éviter la question, reprit Avery.

— Je trouve juste la relation entre ta mère et toi – et cette infirmière – intéressante. C'est tout.

— Pourquoi ?

Avery ne pensait pas qu'il allait répondre. Du peu qu'elle savait de Phantom, elle avait l'impression qu'il ne parlait pas beaucoup de lui.

— Écoute, tu sais beaucoup de choses sur moi, dit-elle. Tu sais à quoi je ressemble après deux semaines sans douche. Que je suis accro au café. Que je ne suis pas fan des insectes. Que j'ai maintenant peur du noir. Et quand il s'agit de situations médicales, c'est moi qui commande, et si quelqu'un ose essayer de s'immiscer et de me discréditer, je le remets à sa place. Alors, parle.

Il sourit, puis détourna le regard. Elle était sur le point d'ouvrir la bouche et de lui dire qu'elle plaisantait, qu'il n'avait pas besoin de lui dire quoi que ce soit, quand il commença à parler :

— Je n'ai jamais connu mon père. C'était juste un type avec qui ma mère avait eu une aventure. Elle vivait avec sa sœur et aucune des deux n'était ravie que je sois un garçon. Les choses allaient bien quand j'étais très jeune, mais plus je grandissais, plus leur haine de l'espèce masculine se reportait sur moi. Je t'épargne les détails... mais disons qu'il n'y avait pas un jour où je n'étais pas maltraité physiquement ou mentalement. Je devais tout faire parfaitement, sinon j'étais puni. Je n'ai jamais passé deux semaines sans manger comme toi, mais c'était seulement parce que je volais la nourriture dans les boîtes à lunch à l'école. Ma mère et ma tante ne prenaient pas la peine de me nourrir.

— Merde, Phantom, je suis désolée, dit Avery, consternée.

— Ouais. Mais je trouve aussi ton histoire intéressante parce que j'avais environ 13 ans quand mon appendice a éclaté. On m'a enfermé dans ma chambre et on m'a dit d'arrêter de râler. Après avoir passé une journée à penser que j'allais mourir de douleur, j'ai cassé ma fenêtre et je suis sorti en douce de la maison. J'ai marché 3 kilomètres jusqu'à une clinique et les ai suppliés de faire quelque chose pour arrêter la douleur. Ils ont appelé ma mère.

Avery fit une grimace.

— Ouais, dit Phantom. Elle n'était pas ravie. Je savais que si elle me ramenait à la maison, j'allais mourir. Quelque chose n'allait vraiment pas chez moi. Quelque chose de mauvais. Je ne savais pas quoi, mais je savais que si je ne me faisais pas soigner, je ne m'en sortirais pas. J'ai dit à ma mère que si elle ne m'emmenait pas aux urgences dans la seconde, je m'assurerais que tout le monde sache à quel point elle et sa sœur abusaient de moi. Elle a dû entendre quelque chose dans ma voix qui lui a dit que je ne plaisantais pas. Elle m'a conduit à l'hôpital et est partie. J'ai menti sur mon âge. Même à 13 ans, j'étais plus grand que la plupart des autres enfants, alors j'ai menti en disant que j'étais sans abri et que je n'avais pas d'assurance. Ils m'ont opéré cet après-midi-là. Sauf que les infirmières qui s'occupaient de moi n'étaient pas comme celles que tu avais. Comme j'étais un moins-que-rien et que personne n'avait à cœur de défendre mes intérêts, on m'ignorait la plupart du temps.

Avery ne put s'empêcher de tendre la main vers lui. Elle se pencha en avant et posa une main sur son genou.

— Je suis désolée, Phantom.

Il haussa les épaules.

— Que s'est-il passé ?

— Rien. Je suis rentré chez moi le lendemain après-midi parce que j'en avais assez d'être méprisé.

— Tu es rentré chez toi ? demanda Avery, incrédule.

— Ouais. Je n'avais pas d'autre endroit où aller, et même à l'époque je savais déjà que je voulais être un SEAL. Et pour ça, il fallait que j'aie un diplôme d'études secondaires. Si je vivais dans la rue, ce serait difficile d'avoir un diplôme... alors je suis rentré chez moi.

— Et ta mère et ta tante ?

— Je suppose que parce que je m'étais enfin défendu, elles ont réalisé qu'elles ne pouvaient plus me contrôler. Alors elles m'ont aussi ignoré. Totalement. Ce qui m'allait très bien. Je leur volais de l'argent quand je pouvais et j'achetais ma propre nourriture et mes vêtements. Quand j'ai eu 15 ans, j'ai trouvé un travail dans une quincaillerie locale et j'avais mon propre argent. J'ai déménagé le jour où j'ai eu mon bac et je me suis engagé dans les Marines.

— Et te voilà, conclut Avery.

— Et me voilà. Pour répondre à ta question, j'ai trouvé intéressant ton récit sur ce qui t'a décidée à devenir infirmière. D'une part, parce que je n'ai pas eu de parents comme les tiens. Et d'autre part, à cause de l'expérience positive que tu as eue avec les infirmières de ta mère et comment elles t'ont inspiré.

Avery se pencha en avant et regarda Phantom dans les yeux.

— Être une infirmière est difficile. Vraiment dur. Je suis tout le temps fatiguée. Je dois être optimiste et heureuse même quand quelqu'un est en train de mourir parce que ses proches ne méritent pas que la personne qui s'occupe d'un être cher soit grincheuse et énervée. On m'a craché, pissé, chié et vomi dessus. J'ai pleuré à chaudes larmes quand un de mes patients est mort et j'ai applaudi quand un patient odieux est sorti de l'hôpital. Mais je n'ai jamais – et je dis bien *jamais* – traité un de mes patients différemment en fonction de l'argent qu'il possède, de la couleur de sa peau ou du fait qu'il soit assuré ou non. Chaque personne dont je suis responsable est traitée comme si elle était ma fille, mon fils, mon parent, mon grand-parent ou mon meilleur ami. Si j'avais été ton infirmière quand tu avais 13 ans, tu aurais vu à quel point une infirmière atten-tionnée et impliquée est une bénédiction. Être infirmière est une vocation, tout comme j'imagine qu'être un SEAL l'est pour toi. Mais n'aie aucun doute, je ne suis pas une sainte. Si l'un de mes ravisseurs ou ce traître était allongé devant moi en train de se vider de son sang, je ne suis pas sûre que je trouverais dans mon cœur la force de l'aider.

— Rex a de la chance, dit Phantom.

Avery fronça les sourcils.

— Quoi ?

— Tu m'as très bien entendu

— Oui, mais je ne sais pas pourquoi tu me dis ça.

— Parce que je vois comment vous vous regardez tous les deux. Je vois comme il est protecteur envers toi et comment tu le suis des yeux partout où il va.

Avery voulait nier, mais ne pouvait pas.

— Au cas où il y aurait un doute dans ta tête, il t'aime bien, Avery. Avant que tu partes en mission, il inventait des excuses pour aller à l'hôpital juste pour pouvoir te voir. On l'a engueulé parce qu'il s'est dégonflé pour t'inviter à sortir. C'était évident qu'il t'aimait bien à l'époque, et quand il a découvert que *tu* faisais partie de notre mission, il est devenu dingue. C'est un homme chanceux d'avoir une femme comme toi. C'est ce que je voulais dire.

— Je pense que c'est probablement l'inverse, avoua Avery. Il est assez incroyable. Je me demande comment j'ai pu attirer son attention. Toutes les autres infirmières de l'hôpital me taquinaient à son sujet. Je savais qu'il n'avait pas vraiment de raison d'être à l'hôpital tout le temps.

Phantom hocha la tête.

— Les femmes comme toi sont difficiles à trouver. Mais les autres gars ont tous réussi à trouver leur diamant à l'état brut, et les choses entre nous ont changé.

Avant qu'elle puisse demander comment, il continua :

— Et je ne le dis pas dans un mauvais sens. Les choses sont juste différentes. Au lieu de sortir tous ensemble, on fait des barbecues sur la plage et on joue avec les enfants d'Ace et Piper. Ou bien nous allons dans un bar et regardons les femmes passer une soirée entre filles, puis le reste de l'équipe conduit leurs femmes chez elles pour s'assurer qu'elles arrivent à bon port.

— C'est ce que tu veux pour toi ? demanda Avery.

Phantom souffla.

— Personne ne veut de moi.

— Ce n'est pas ce que j'ai demandé, mais bon, je vais te croire. Pourquoi ?

Il secoua la tête.

— Je ne suis pas exactement le gars le plus lisse qui soit. Je dis ce que je pense. Je n'aime pas tourner autour du pot, et je ne serai jamais le genre de type à dire à une femme qu'elle est belle alors qu'elle ne l'est pas. Si elle me demande si son pantalon lui donne l'air d'avoir de grosses fesses, je serai honnête, ce qui ne sera probablement pas ce qu'elle veut entendre. En plus de ça, je n'ai pas eu les meilleurs modèles en grandissant.

— Mais tu les as maintenant, non ?

Comme Phantom ne répondait pas, Avery poursuivit :

— Tes coéquipiers sont tous mariés ou en couple ? Et tu as dit que tu traînais avec eux tous. Alors que faire si tu n'as pas appris ce que devrait être une relation de ta mère et de ta tante ? On s'en fout. Il me semble que tu as les meilleurs modèles en face de toi. Tu admires et respectes tes coéquipiers, alors pourquoi ne pourrais-tu pas apprendre d'*eux* ?

Elle ne pensait pas que Phantom allait répondre à cause de son silence prolongé. Mais alors il murmura :

— Je ferais le pire des pères.

— Est-ce que tu *veux* être père ? demanda Avery.

Phantom haussa les épaules.

— Ouais, je pense que oui. Pas de sitôt, c'est juste que... je n'ai pas reçu une once d'amour quand j'étais jeune. Je ne sais pas comment parler aux enfants ou quoi faire avec eux. Quand je suis avec les enfants d'Ace, je fais juste ce qu'il me dit de faire.

— Je pense que de tous tes amis, tu ferais le meilleur père, sans hésiter.

Le regard de Phantom rencontra le sien.

— Comment peux-tu dire ça ? Tu ne sais pas les horreurs que j'ai vécues dans mon enfance. J'ai peur que la première fois que mon enfant m'énerve, je me transforme en ma mère et que je le ou la frappe. C'est la *dernière* chose que je voudrais faire.

— Et c'est pour ça que tu ferais un père formidable, dit Avery avec conviction. Tu sais ce que c'est d'être abusé et ignoré. Tu sais ce que tu as ressenti et ce que ça t'a fait. Donc je pense que tu feras tout ce que tu peux pour *ne pas* être ce genre de parent pour ton propre enfant. Tu es un homme bon, Phantom. Un peu brutal, oui, mais ce n'est pas vraiment une mauvaise chose. C'est fatigant d'essayer de toujours savoir ce qu'on doit dire ou pas, tout le temps. Et être gentil avec quelqu'un qu'on n'aime pas, ça craint. Je t'envie un peu ça. Quoi qu'il en soit, pour en revenir à ce que je disais, tu seras l'un des meilleurs pères qui soient, précisément *à cause de* ce que tu as vécu. Tu seras excessivement protecteur et possessif et tu traiteras ta femme et tes enfants comme s'ils étaient les choses les plus précieuses au monde… parce que pour toi, ils le seront. Au lieu de craindre ton passé, tu devrais l'accepter. Il a fait de toi l'homme que tu es aujourd'hui. L'homme qui, je n'en doute pas, fera tout ce qu'il faut pour me garder en sécurité et me ramener chez moi pour voir ma propre famille.

Phantom ferma les yeux, et pendant une seconde Avery pensa qu'elle était allée trop loin. Qu'elle avait dépassé les bornes. Elle venait juste de rencontrer cet homme, et elle jouait les psychologues.

Alors qu'elle était sur le point de s'excuser d'avoir présumé savoir quoi que ce soit de sa situation, il ouvrit les yeux.

— Peut-être, peut-être pas. Mais je ne suis pas sûr de trouver un jour une femme qui puisse supporter mes… excentricités, dit Phantom.

Avery gloussa.

— C'est comme ça que tu les appelles ?

Il sourit, puis soupira.

— Je n'ai pas eu beaucoup de chance dans le domaine des rencontres, lui dit-il. Soit la femme n'a aucun attrait une fois que je la connais mieux, soit elle est folle.

— Folle ? On dirait que ça sent le vécu, dit Avery, visiblement intéressée.

— Pas grand-chose à raconter, répondit Phantom en haussant les épaules. J'ai rencontré cette femme, Mona Saterfield, quand je suis sorti un soir. Elle était comme une jolie petite chose.

— Tout le monde est petit à côté de toi, l'interrompit Avery avec un ricanement. Tu es immense.

— Je ne fais qu'un mètre 85, répondit Phantom.

— Seulement, dit Avery en levant les yeux. Et désolée, je ne voulais pas interrompre ton histoire. Continue.

— Bien. Donc, Mona était mignonne. Elle faisait 30 centimètres de moins que moi, avait de longs cheveux blonds et des yeux bleus. Elle semblait… vulnérable. Ce n'est pas vraiment le mot que je cherche, mais ça fera l'affaire. Elle paraissait nerveuse et hors de son élément au bar, pas comme l'une des habituelles filles de bar qui sont là pour essayer de draguer les Marines. Nous avons parlé un moment, puis je lui ai demandé son numéro et je lui ai souhaité bonne nuit – non, je ne l'ai pas ramenée chez moi pour un coup d'un soir. J'avais envie d'apprendre à connaître une femme pour la première fois depuis longtemps.

Comme Phantom ne continuait pas, Avery demanda :

— Et ? Je suppose que les choses n'ont pas marché ?

— Tu as raison. Nous avons parlé au téléphone quelques fois, et je l'ai emmenée dîner environ une semaine plus tard. C'était comme si elle était une personne *complètement* différente. Elle a commencé à parler du type de maison dans laquelle elle voulait vivre et comment elle resterait à la maison avec nos enfants pendant que je travaillerais. Mais elle pensait qu'être un SEAL était trop dangereux, alors elle a dit que je devais démissionner et trouver un travail plus sûr.

— Merde ! Vraiment ? Au *premier* rendez-vous ? demanda Avery.

— Oui. Et quand j'ai souri à notre serveuse quand elle a apporté notre commande, Mona a perdu la tête. Elle a dit à cette femme que j'étais *son* homme et qu'elle devait garder ses yeux pour elle. C'était complètement fou.

— Waouh ! Qu'est-ce que tu as fait ?

— Nous avons terminé le repas, mais quand je l'ai ramenée chez elle, je lui ai dit que je ne pensais pas que ça allait marcher entre nous. Elle était *vraiment* bouleversée. Elle pleurait, faisait de l'hyperventilation, tout ça. Crois-le ou non, je ne suis pas *toujours* une enflure, alors j'ai menti comme un arracheur de dents, lui disant qu'elle méritait un homme qui la ferait passer en premier dans sa vie, et que je ne voulais pas qu'elle s'inquiète toujours pour moi quand j'étais en mission. Je n'ai jamais été aussi soulagé de ma vie quand elle est finalement sortie de ma voiture.

— Bon sang, Phantom, ce n'est pas parce que tu es sorti avec une femme folle que nous sommes *toutes* comme ça, dit Avery.

Il haussa les épaules.

— Tu as raison, cependant... je serais probablement protecteur et possessif envers ma femme et mes enfants. Et trop brusque. Mes enfants diraient probablement des gros mots, jeu de mots compris, avant d'avoir 4 ans. Je suis toujours une enflure, et je le sais. Je n'arrive pas à imaginer quel genre de femme tiendrait le coup après quelques rendez-vous et oublierait tout pour passer le reste de sa vie avec moi.

— Elle est là dehors, répondit Avery. Tu es peut-être un peu brutal sur les bords, mais toutes les femmes ne sont pas des psychopathes, comme Mona, et certaines d'entre nous aiment bien que nos hommes soient protecteurs... tant qu'ils ne sont pas dans l'excès de contrôle et qu'ils n'abusent pas de nous.

Ils demeurèrent silencieux pendant un moment. Puis Phantom reprit la parole :

— *Je* te garderai en sécurité, et *je* te ramènerai à ta famille, jura-t-il.

— Je sais, dit doucement Avery.

— Et quand nous serons de retour aux États-Unis, Rex et toi feriez mieux d'arrêter de marcher sur la pointe des pieds et de sortir ensemble.

Avery sourit, heureuse qu'il ait détendu l'atmosphère.

— Je l'ai déjà invité à sortir, dit-elle à Phantom.

— Tu me l'as déjà dit, fit-il.

— Oh, c'est vrai.

Elle secoua la tête.

— Je l'ai juste laissé échapper quand il est venu me chercher dans la grotte. C'était légèrement embarrassant, en fait, admit Avery.

Phantom ricana.

— Pas pour lui. Il s'est probablement dit : « Tope là ».

Avery se mit à rire en l'imaginant.

— Mais sérieusement, vous êtes faits l'un pour l'autre. Il a besoin de quelqu'un comme toi.

— Quelqu'un comme moi ?

— Ouais. Quelqu'un qui n'a pas peur de se salir les mains. Quelqu'un qui le fera passer en premier. On a consacré toute notre carrière à faire passer la vie des autres avant la nôtre. Il pensait qu'il allait mourir dans la rivière. Je l'ai vu dans ses yeux quand il a levé la tête pour respirer. Tu aurais pu facilement lâcher ce tronc d'arbre et flotter en aval. Mais tu ne l'as pas fait. Tu t'es battue pour sauver ses fesses. Je sais qu'il est reconnaissant, mais plus que ça, *je suis* reconnaissant. Comme le reste des gars le sera quand il apprendra ce qui s'est passé. Ce n'est pas souvent qu'on rencontre quelqu'un qui est aussi prêt à risquer sa vie pour nous que nous le sommes pour lui.

— Je suis une infirmière, lui rappela Avery. C'est ce que je fais.

— Encore une fois, tu es parfaite pour lui, dit Phantom.

— J'ai l'impression qu'on tourne en rond, plaisanta Avery.

— Alors peut-être que tu devrais arrêter de parler.

Avery ne se vexa pas du tout. Elle lui donna un léger coup de poing dans le bras.

— La ferme.

— *Tais-toi.*

— Je l'ai dit en premier, lui dit Avery comme si elle avait 6 ans.

Quand Cole annonça qu'il allait vérifier la zone, elle était nerveuse à l'idée de rester seule avec Phantom. Mais maintenant, elle était heureuse d'avoir eu la chance de lui parler. De *vraiment* lui parler. Elle se rappela une fois de plus que tout le monde avait une histoire. On ne peut pas simplement regarder quelqu'un et voir un médecin, un soldat, un danseur, un sans-abri, un employé d'épicerie. Il y a tellement plus en eux que ce que le monde voit à l'extérieur.

Elle l'aimait bien. Il était réel. Il avait des défauts et des soucis, tout comme elle.

— Cole va en avoir pour combien de temps d'après toi ?

Phantom haussa les épaules.

— Probablement pas trop longtemps. Tu veux entendre tous ses défauts pendant qu'on attend ? Autant les révéler au grand jour pour qu'il n'y ait pas de surprises une fois que vous serez ensemble.

Avery leva les yeux au ciel.

— Non.

— Ha, allez, juste quelques-uns ? Comme le fait que ses pieds sont les choses les plus dégoûtantes que tu puisses rencontrer dans ta vie ?

— Tais-toi, Phantom, dit Avery en riant. En plus, j'ai déjà senti des choses assez dégoûtantes en tant qu'infirmière.

— Ouais ? Comme quoi ?

— Un vétéran sans abri a été trouvé sur l'une des plages et amené à l'hôpital. Il avait des asticots à l'intérieur d'une plaie suppurante sur sa jambe. Lorsque nous avons défait les bandages absolument immondes, des centaines de ces choses sont tombées sur le sol de la salle d'urgence. Et l'odeur... bon Dieu, c'est une chose que je ne suis pas près d'oublier.

Avery ne pouvait pas interpréter l'expression du visage de Phantom, mais elle savait qu'il se souvenait de quelque chose de très désagréable. Elle ouvrit la bouche pour lui demander ce qui n'allait pas, mais fut interrompue par la voix de Cole derrière elle :

— On dirait que ton plan infâme pour dévoiler tous mes secrets a échoué, Phantom, dit-il en riant.

Au moment où Avery se retourna pour regarder Phantom, son expression inquiète avait disparu, remplacée par un masque vide.

— Mince, j'étais sur le point de lui dire à quel point tu ronfles fort.

— Je ne ronfle pas, crétin, dit Cole, puis il tourna son regard vers Avery. Tu vas bien ?

— Oui, pourquoi ce ne serait pas le cas ? demanda-t-elle.

— Aucune raison, fit-il avec un sourire. Alors, Phantom et toi vous entendez bien ?

— Oui, répondit Avery, sans s'étendre.

Le sourire de Cole s'élargit un instant, puis il devint sérieux et se tourna vers Phantom.

— Ça va être délicat.

L'autre SEAL hocha la tête.

— Ouais, je m'en doutais.

— Pourquoi ? demanda Avery. Qu'est-ce qui ne va pas ?

— Tout va bien, en soi, lui dit Cole. La zone d'atterrissage de l'hélicoptère est étroite mais...

— Ce qui veut dire ? l'interrompit Avery, ne comprenant pas la terminologie.

— Ça veut dire qu'il y a à peine de la place pour que nos gars atterrissent, mais ça n'aura pas d'importance. On peut rester à couvert jusqu'au sommet de la montagne, mais une fois qu'on y est, ça s'amincit et on sera des cibles faciles quand il faudra courir vers l'hélicoptère. Et les rochers peuvent nous donner une couverture avant qu'on attrape notre monture – mais ils donneront aussi une couverture aux insurgés. C'est notre plus gros problème. Il y a un petit camp de l'autre côté de l'endroit où nous sommes en ce moment ; ça doit être de là que ces gars sont venus plus tôt. S'ils ont eu leur part des armes de ce convoi, ça ne va pas être l'extraction facile que nous espérions.

— Devrions-nous l'annuler et retourner dans l'autre sens ? demanda Avery, nerveuse maintenant.

Phantom secoua sa tête.

— Non. Nous devons te faire sortir d'ici. Tu dois voir un médecin puis travailler à l'identification du traître qui t'a mis dans cette position en priorité. Rocco m'a dit qu'il y a une équipe de la Delta Force qui vient d'arriver pour aider à traquer les ordures qui ont tué leurs frères d'armes, et je suis sûr qu'ils seront intéressés par ce que tu as vu aussi. Nous avons été dans des situations plus délicates que ça, Avery, ne t'inquiète pas.

Ne t'inquiète pas. Ouais, c'est ça. Avery n'aimait pas l'idée qu'un « camp » d'insurgés se trouve de l'autre côté de la montagne qu'ils escaladaient pour retourner à la base militaire américaine.

— Je vais bien, dit-elle, l'air obstinée. Je peux marcher jusqu'à un autre point de ramassage.

Cole vint s'accroupir en face d'elle. Elle fit de son mieux pour ne pas laisser son regard se poser entre ses jambes, mais il avait rendu la chose impossible. Avant de lever les yeux, elle remarqua qu'il était extrêmement bien bâti. De partout.

Souriant, comme s'il savait exactement où elle avait posé les yeux, il passa un doigt sur sa joue.

— Mon Dieu, tu es jolie quand tu rougis.

Ce qui, bien sûr, la fit rougir encore plus.

— Une équipe de Night Stalkers va venir nous chercher. Sais-tu qui ils sont ?

Avery secoua sa tête.

— C'est une unité spécialisée de pilotes d'hélicoptères qui sont chargés de travailler avec les forces spéciales. Ils ont l'habitude de voler dans et hors des zones chaudes et ce sont les meilleurs des meilleurs. Il leur faut deux minutes, au maximum, pour arriver, déposer une échelle, nous permettre de l'attraper, et décoller tout en nous hissant dans l'hélicoptère. Il faut plus de temps que ça pour préparer et tirer avec un lance-roquettes.

Avery n'était pas vraiment convaincue, mais elle avait l'impression qu'elle serait ingrate si elle continuait à discuter.

— OK.

Cole soupira, comme s'il savait qu'elle ne le suivait que parce qu'elle n'avait pas d'autre choix.

— Si nous changeons le plan maintenant, nous serons seuls pendant encore au moins deux jours. Nous n'avons pas assez de tablettes de purification d'eau ou de nourriture pour nous trois pendant tout ce temps. Phantom et moi pourrions nous en passer facilement, mais pas toi. Pas après deux semaines sans rien manger. Mais le plus inquiétant, ce sont les insurgés. On a pris le risque de faire demi-tour dans cette zone pour semer les hommes qui nous poursuivaient. Ça a marché, mais ces douze dernières heures, il semble que ces terroristes soient rentrés au bercail, pour ainsi dire. La dernière chose que l'on veut, c'est risquer que tu sois encore capturée. Tu es l'atout le plus important en ce moment, Avery. Tu es la seule qui peut identifier le traître et venger les deux soldats qui ont été tués, et probablement les centaines d'autres hommes et femmes qui seront assassinés en conséquence directe de ces armes qui se retrouvent entre les mains des insurgés.

— Mon Dieu, se plaignit Avery, quand tu le dis comme ça, j'ai l'impression d'être une abrutie pour avoir hésité.

— Je suis désolé, dit Cole. Je ne veux pas te faire culpabiliser. Tout ce que j'essaie de faire, c'est de m'assurer que tu réalises que c'est la meilleure option pour le moment. Phantom et moi ferons tout ce qui est en notre pouvoir pour nous assurer que tu t'en sortes en un seul morceau.

— Je sais. Tant que tu ne fais pas de bêtises, dit Avery.

— Jamais, dit Cole avec un sourire et un clin d'œil. Maintenant, si Phantom et toi avez fini de prendre une bonne tasse de thé et de discuter, que dirais-tu de te rendre au point d'extraction ?

Avery hocha la tête et se leva avec l'aide de Cole. À la seconde où elle fut debout, il la prit dans ses bras. Avery s'accrocha fermement, sentant sa barbe se frotter contre sa joue alors qu'il l'embrassait. C'était agréable.

— Fais-moi confiance, dit Cole doucement. Je ne vais rien faire pour gâcher le rendez-vous que tu m'as promis. J'ai attendu trop longtemps pour tout ficher en l'air au dernier moment.

Avery gloussa, puis murmura :

— Est-ce que tu me trouverais moins bien si j'admettais que j'ai peur de mourir ?

— Non. Je serais plus inquiet si tu voyais ça comme une grande aventure, répondit Cole.

Puis il la surprit en embrassant sa tempe, puis sa joue, puis en effleurant ses lèvres contre les siennes. Sa barbe lui chatouillait le visage, et elle aimait ça. Sans réfléchir, elle leva une main et caressa le côté de son visage et sa barbe.

— C'est doux, chuchota-t-elle.

Il sourit, et quand elle voulut lâcher sa main, il leva la sienne, emprisonnant sa paume contre sa joue.

— J'ai besoin de la faire tailler, indiqua-t-il.

— Peut-être un peu, mais j'aime bien ça.

Les yeux sombres et intenses de Cole s'enfonçaient dans les siens.

— J'en suis heureux. Cela m'aide à me fondre dans le décor dans des pays comme celui-ci, mais honnêtement, je m'y suis habitué. Je pense que je me sentirais nu sans elle.

— Je ne te demande pas de la raser, le rassura Avery.

— Je le ferais, fit Cole. Si tu disais que tu la détestais, je la raserais sans hésiter.

Avery savait que son cœur battait la chamade. Elle savait qu'ils devaient partir. Qu'ils n'étaient pas vraiment en sécurité et que Phantom pouvait probablement entendre chaque mot qu'ils disaient, mais elle ne pouvait pas détourner le regard de Cole.

— Je ne déteste pas ça, le rassura-t-elle.

— Bien.

Ils restèrent là, Cole portant sa main à son visage pendant un long moment. Puis il laissa finalement tomber sa main et, après l'avoir embrassée une fois de plus sur le front, il recula.

— Est-ce que ça va ? As-tu besoin d'un autre pack énergétique avant que nous allions à la zone de largage ?

Avery secoua la tête, essayant de comprendre ce qui venait de se passer entre eux. Ils étaient connectés à un niveau qu'elle n'avait jamais partagé avec un homme auparavant. Leur alchimie était intense, et alors qu'elle avait peur de ce que les prochaines heures allaient lui apporter, elle ne pouvait s'empêcher d'être excitée par ce qui pourrait se passer entre eux lorsqu'ils seraient de retour à Riverton.

Elle regarda Phantom et Cole ramasser leurs sacs et les mettre sur leurs épaules. Elle voulait se porter volontaire pour porter quelque chose à nouveau, mais elle savait qu'ils diraient non. Alors elle se concentra pour mettre un pied devant l'autre et être aussi silencieuse que possible.

La montée n'était pas facile, mais après ce qu'elle avait vécu, sa définition de « facile » avait certainement changé. Elle était vivante et protégée par deux Navy SEAL. Dans quelques heures, elle serait à la base, préparerait ses affaires et rentrerait aux États-Unis. Tout ce qu'elle devait faire en attendant, c'était exactement ce que Phantom et Cole lui avaient dit de faire et tout irait bien.

Peu importe le nombre de fois où elle se le répéta, une partie d'elle-même craignait que les problèmes ne soient sur le point de faire leur apparition.

CHAPITRE NEUF

Rex était en alerte. Ils étaient arrivés à la zone d'extraction sans aucun problème. Avery tenait étonnamment bien le coup et ils n'avaient pas rencontré d'insurgés dans le secteur.

Mais Phantom et lui et savaient tous deux qu'à la seconde où l'hélicoptère s'approcherait suffisamment pour être entendu, le camp des insurgés serait aussi réveillé que quelqu'un qui aurait marché sur un monticule de fourmis de feu. Leur seul objectif serait d'abattre l'hélicoptère, quel qu'en soit le coût humain pour eux ou les personnes à bord.

Et maintenant qu'ils avaient les armes pour le faire, Rex savait que la possibilité était cent fois plus grande qu'elle ne l'aurait été avant l'attaque du convoi. Maudit soit celui qui avait donné l'information aux terroristes.

Rex sentit une main sur son bras et se retourna pour regarder Avery. Elle savait sans qu'il dise un mot qu'il était sur les nerfs. Elle pouvait lire en lui aussi bien que ses coéquipiers SEAL, et c'était assez étonnant, compte tenu du peu de temps qu'ils avaient passé ensemble.

Son attitude positive était bienvenue et appréciée. Dès l'instant où il l'avait trouvée dans cette grotte et qu'il avait réalisé qu'elle n'était pas assise à l'arrière à attendre d'être secourue, mais qu'elle faisait tout ce qui était en son pouvoir pour se sortir de la situation, il avait été vaincu.

Du peu qu'il connaissait d'elle à Riverton, il savait qu'elle était performante dans son travail, qu'elle avait beaucoup d'amis et qu'elle avait les plus belles taches de rousseur qu'il ait jamais vues. Il voulait voir jusqu'où descendaient ces taches de rousseur sur sa poitrine. Était-elle couverte de taches de rousseur partout, ou seulement sur son visage et le haut de sa poitrine ?

Mais après avoir passé la dernière journée avec elle, il réalisait qu'il aimait à peu près tout chez elle. Il était toujours curieux de ses taches de rousseur, mais l'attraction physique s'était transformée en quelque chose de plus intense. Il voulait savoir ce qui la faisait vibrer. Il voulait tout savoir sur son enfance et sa vie à Riverton. Il voulait s'asseoir à côté d'elle, lui tenir la main, et simplement apprécier d'être près d'elle sans avoir à s'inquiéter de se faire tirer dessus.

Il ferait tout pour que cela arrive. Oui, il était important qu'elle soit en sécurité parce qu'elle était vraiment la seule personne capable d'identifier le traître qui avait rendu la vie tellement plus dure pour chaque soldat et Marines déployé dans cette région du monde, mais c'était plus important pour Rex *personnellement*.

L'idée que sa vie soit fauchée par une balle ou, Dieu nous en préserve, par un lance-roquettes, était odieuse à bien des égards.

— Dix minutes et on compte, murmura Phantom à côté d'eux.

Ayant soudainement l'impression qu'il n'avait pas eu assez de temps avec elle, qu'il avait tellement de choses à lui dire, Rex se mit à paniquer intérieurement.

Mais ensuite Avery serra son bras.

Ils étaient tous couchés sur le ventre, restant à plat jusqu'à la dernière seconde, lorsqu'ils devraient courir vers l'échelle descendue de l'hélicoptère. Ils seraient tous les trois hissés en même temps. Rex irait en premier, s'attachant à un échelon plus élevé, et Avery serait juste sur ses talons avec Phantom prenant l'arrière. Avant qu'ils ne soient hissés dans le cockpit, le pilote se serait envolé loin de la zone, avec eux trois se balançant en dessous.

Ce n'était pas quelque chose qui sortait de l'ordinaire pour les SEAL, mais Rex savait qu'Avery n'était pas vraiment ravie. Elle était officier des Marines et avait suivi un entraînement, mais là c'était réel. Il y aurait de vraies balles qui voleraient et le risque était anormalement élevé.

Rex se retourna pour regarder Avery et sut qu'il n'oublierait jamais ce moment. Elle avait l'air calme et posée, alors qu'elle était tout sauf sereine intérieurement. À cause du dernier jour passé au soleil, elle avait plus de taches de rousseur sur son nez et ses joues que lorsqu'il l'avait trouvée dans la grotte. Ses bleus étaient encore visibles et ses lèvres étaient gercées. Mais elle était littéralement la plus belle chose qu'il ait jamais vue.

— On va y arriver, dit-elle doucement. C'est du gâteau.

Rex voulut sourire mais n'y arrivait pas.

Et Avery étant Avery, elle n'insista pas. Elle s'abstint de lui demander ce qui n'allait pas, parce que c'était plus qu'évident. Elle laissa sa main sur son bras et se tourna à nouveau vers l'avant, prête pour le signe de Phantom qu'ils devaient se lever et courir comme des diables.

Après sept minutes, Phantom adressa à Rex un coup de menton pour lui indiquer que c'était presque l'heure.

Rex se tourna et chuchota :

— Tu es prête ?

— On y va, dit-elle d'un ton assuré.

En quelques secondes, le bruit des pales d'un hélicoptère se fit entendre au loin. Ils se levèrent tous trois et se dirigèrent vers le bord de l'endroit où les gros rochers s'arrêtaient, en bordure d'un petit plateau juste assez grand pour que l'hélicoptère puisse atterrir en toute sécurité si besoin.

— On ne bouge plus, dit Rex, tous ses tremblements disparus, complètement dans l'action désormais.

Il se concentrait entièrement sur le flanc de la montagne où il savait que l'hélicoptère allait soudainement apparaître. Plus vite ils atteindraient l'échelle descendue de l'hélicoptère et s'attacheraient avec les mousquetons, plus vite ils quitteraient la zone.

En plus du bruit des pales, ils entendirent également des cris qui résonnaient dans les canyons et au sommet des montagnes.

Et puis l'hélicoptère apparut, volant à toute vitesse vers eux.

La course était lancée.

À la seconde où Phantom vit l'hélico, il cria :

— Maintenant !

Avery n'eut pas besoin d'être encouragée pour partir aussi vite que l'éclair. Elle courut comme si sa vie en dépendait, ce qui était le cas. Aussi alerte que si elle n'avait pas été torturée il y a peu de temps.

Rex eut un moment de terreur lorsqu'ils atteignirent le milieu du plateau avant l'hélico. Ils étaient des cibles faciles, à découvert, et si l'un des insurgés arrivait sur le plateau depuis l'autre côté où se trouvait leur camp, ils seraient des cibles faciles.

Mais ils n'étaient là que depuis quelques secondes quand soudain l'échelle fut là. Les pales du rotor soulevaient la terre autour d'eux, rendant impossible de voir les cibles qui pourraient s'approcher.

Phantom attrapa le bas de l'échelle pour la maintenir stable. Rex monta rapidement plusieurs échelons puis descendit pour tendre une main à Avery. Mais il n'eut pas besoin de s'inquiéter. Elle était juste derrière lui, comme ils en avaient discuté. Rex regarda Avery attacher la corde de sécurité qu'elle avait enroulée autour de sa poitrine à l'un des côtés de l'échelle.

Phantom sauta sur l'échelle lui-même. Sa tête était au

niveau des fesses d'Avery, tout comme la sienne était au niveau des fesses de Rex. Elle était aussi protégée qu'ils pouvaient le faire entre eux.

Rex leva les yeux et donna aux hommes dans l'hélicoptère le signal qu'ils étaient attachés et qu'ils pouvaient sortir de là.

Pendant une seconde, Rex crut qu'ils s'en étaient tirés à bon compte. Que les insurgés avaient mis trop de temps à se ressaisir. Mais juste au moment où ils commençaient à s'élever, il entendit des coups de feu par-dessus le bruit du moteur de l'hélicoptère.

— Baissez la tête et tenez-vous bien ! hurla-t-il, s'accrochant à l'échelle d'une main tout en utilisant l'autre pour tirer à l'aveugle dans la direction d'où provenaient les tirs.

Phantom fit de même alors que l'hélicoptère prenait deux précieuses secondes pour faire demi-tour avant de s'éloigner du sommet de la montagne.

— Lance-roquettes ! cria Phantom après qu'ils eurent suffisamment dégagé la zone pour voir à travers la poussière et les débris tourbillonnants.

Un homme était agenouillé de l'autre côté de l'endroit où ils s'étaient cachés, et pointait vers eux un satané lance-grenades à propulsion par fusée.

Le pilote ne put entendre l'avertissement de Phantom, mais il était évident que l'un des autres hommes dans l'hélicoptère avait vu le danger. L'hélicoptère partit brusquement sur la gauche, puis diminua brusquement son altitude.

Rex sentit son estomac se serrer à cause de la soudaine perte d'altitude, mais il ne cessa pas de tirer sur les insurgés qui étaient déterminés à les abattre tous. Il y eut un bruit sourd lorsque le lance-roquettes entra en action, mais le pilote du Night Stalker était prêt. Il fit une embardée vers la droite, puis gagna au moins cinq cents pieds d'altitude en quelques secondes.

Se balancer au bout de l'échelle de corde comme un poisson au bout d'un fil n'était pas exactement la situation idéale pour le trio, mais il était plus important pour le moment de se mettre hors de portée des hommes qui essayaient de les tuer.

Rex et Phantom continuèrent à tirer vers le bas en direction des insurgés, qui s'efforçaient de viser vers le haut.

Pas plus de trente secondes s'étaient écoulées depuis qu'ils étaient montés sur l'échelle, mais c'était trente secondes pendant lesquelles Rex n'entendit pas parler Avery. Il la sentait contre sa jambe, mais dans la panique il se mit à crier :

— Avery ?

— Quoi ? répondit-elle en hurlant.

Rex voulut rire, mais il n'arrivait pas à faire bouger ses lèvres.

— Tu vas bien ?

— Impeccable ! s'exclama-t-elle.

— Phantom ?

— Bien ! lui répondit son coéquipier.

Sentant qu'ils allaient peut-être s'en sortir en un seul morceau, Rex dirigea son arme vers le bas et tira une nouvelle salve. Ils sortaient rapidement de la zone chaude et se dirigeaient vers la base. Les hommes à l'intérieur de l'hélicoptère soulevèrent l'échelle avec un treuil tandis qu'ils volaient dans les airs.

Rex n'entendit pas les derniers coups de feu tirés par les insurgés, mais il vit les éclairs de la pointe de leurs fusils alors qu'ils essayaient désespérément d'abattre l'hélicoptère, ou n'importe lequel d'entre eux accroché en dessous.

Quelques secondes plus tard, Rex sentit l'échelle se déplacer lentement vers le haut. Ils étaient toujours ballottés, tournant en rond et secoués comme s'ils étaient des drapeaux sur un mât.

En levant les yeux, Rex vit les patins de l'hélicoptère se rapprocher de plus en plus. Quand il fut assez près, il en attrapa un pour essayer de stabiliser l'échelle. Puis il tendit le bras plus haut et l'un des hommes à l'intérieur de l'hélico saisit sa main.

Sans un mot, les deux hommes détachèrent sa ligne de sécurité et le tirèrent à l'intérieur. Rex rangea son arme et atteignit Avery en même temps que les deux Night Stalkers. Son visage était blanc, ce qui faisait ressortir ses taches de rousseur et ses bleus de façon presque choquante. Mais elle était en sécurité, rampant vers lui comme si elle le faisait régulièrement.

Quand la tête de Phantom apparut sur le côté de l'hélicoptère, Rex sut immédiatement que quelque chose n'allait pas. Son visage était encore plus pâle que celui d'Avery et ce n'était pas parce qu'il était effrayé par la course jusqu'à l'hélicoptère.

Avery avait manifestement vu la même chose, car à la seconde où Phantom fut hissé à l'intérieur de l'hélico et où la porte fut claquée, elle poussa un des Night Stalkers sur le côté.

Il rechigna, et elle se mit à crier :

— Je suis infirmière. Poussez-vous pour que je puisse l'examiner !

Ils ne portaient pas de casques, et c'était extrêmement bruyant dans l'hélico, mais Avery ne semblait pas s'en rendre compte. Rex en attrapa un rapidement et le mit sur les oreilles d'Avery, ajustant le micro pour qu'il soit sur ses lèvres. Puis il fit la même chose avec un autre casque pour Phantom. S'ils voulaient découvrir où il était blessé, ils devaient être capables de communiquer entre eux.

Avery se tourna vers Rex dès qu'il fut équipé de son propre casque et hurla :

— J'ai besoin de ciseaux. Maintenant.

Il se tourna vers l'un des Night Stalkers qui lui en tendait déjà une paire. Rex les remit à Avery et la regarda couper habilement la jambe droite du pantalon de Phantom, l'exposant du mollet à la cuisse.

— Merde, marmonna-t-elle, avant de continuer. Enlève-lui ses bottes, ordonna-t-elle. Et surélève ses jambes.

Rex regarda son coéquipier en état de choc. Le sang s'accumulait en dessous à une vitesse alarmante.

Phantom leva la tête pour regarder sa blessure et jura en voyant le sang jaillir en pulsations régulières de l'arrière de son genou.

En une seconde, Avery attrapa sa jambe avec sa main et arrêta le sang qui giclait partout.

Phantom poussa un cri de douleur rauque et se redressa.

— Maintiens-le à terre ! ordonna Avery.

Rex se déplaça vers les épaules de son ami et appuya de toutes ses forces.

Un des Night Stalkers fit l'erreur d'essayer de pousser Avery hors du chemin pour qu'il puisse prendre le dessus. Elle tourna la tête et grogna sur un ton que Rex ne l'avait jamais entendue utiliser auparavant :

— Si vous me touchez encore une fois, sergent, je vous ferai passer en cour martiale si vite que vous aurez la tête qui tourne. Je suis le lieutenant Nelson et infirmière. Trouvez quelque chose pour le réchauffer, il va entrer en état de choc. Si vous avez un garrot, préparez-le. Si ma main glisse, on va en avoir besoin.

Puis elle se retourna vers Phantom.

Il la regardait fixement avec un air peiné.

— C'est mauvais, n'est-ce pas ? lui demanda-t-il.

— C'est du gâteau. On dirait qu'une de ces enflures a eu de la chance et a entaillé ton artère poplitée. C'est comme une blessure à la tête, ça saigne beaucoup, mais il suffit de quelques points de suture et ce sera comme neuf.

Phantom poussa un soupir incrédule.

— Vous dites des conneries, lieutenant.

Rex vit sa main se resserrer sur sa jambe.

— Tu vas vraiment dire à la personne qui a le doigt sur la digue, pour ainsi dire, qu'elle raconte des conneries ?

— Désolé, tu as raison, continue, dit Phantom, puis il

grogna de douleur lorsque l'hélicoptère rencontra des turbulences.

— Combien de temps avant qu'on soit à la base ? demanda Avery à la cantonade.

— Dix minutes, madame, lui répondit le pilote.

— Disons six, ordonna Avery, puis elle reporta son attention sur Phantom.

— Comment sais-tu que c'est entaillé et pas sectionné ? lui demanda Phantom.

— Je ne le sais pas, dit-elle sinistrement. Mais je suis sûre à quatre-vingts pour cent. Si elle avait été sectionnée, tu ne serais probablement pas conscient car tu aurais perdu beaucoup plus de sang. J'ai ton artère pincée entre mes doigts en ce moment et ça semble fonctionner. Nous pourrions mettre un garrot, mais comme nous sommes si près de la base et d'une salle d'opération, je ne veux pas prendre le risque de lâcher prise et de voir cette artère s'ouvrir davantage.

— J'ai de la morphine, annonça un des Night Stalkers à côté d'elle.

Sans détourner le regard de Phantom, Avery hocha la tête et dit :

— Donnez-la-lui.

Phantom gémit, et l'expression de son visage leur montra à quel point il souffrait.

— Pense à autre chose, ordonna Avery. N'importe quoi d'autre. Puis raconte-moi tout. Chaque détail.

Rex vit Avery et Phantom se regarder. Ses mains étaient couvertes de sang et il ne pouvait même pas voir la majeure partie de sa main gauche car elle était enfouie dans la blessure de son coéquipier. Mais ils étaient tellement concentrés l'un sur l'autre qu'il n'avait aucune idée s'ils étaient même conscients de quelqu'un d'autre autour d'eux.

— Quand nous étions au Timor oriental, et que j'ai trouvé cette fosse de corps... je ne pouvais pas regarder ailleurs, s'exclama Phantom.

Même si Rex savait qu'Avery n'avait aucune idée de ce dont Phantom parlait, elle fit un travail incroyable et continua :

— Comment tu t'es senti ? demanda-t-elle.

— Énervé, dit Phantom entre ses dents serrées. Je ne voyais que des petites jambes et des petits bras. Ce n'était pas juste, il n'y avait aucune raison pour que les rebelles tuent tous ces enfants.

— Alors que s'est-il passé ? demanda Avery alors que Phantom s'était arrêté de parler.

— On a entendu les rebelles arriver. Ils riaient et tiraient sur je ne sais quoi en se dirigeant vers l'orphelinat. Ça m'énervait qu'ils aient l'air si insouciants alors que les enfants dans cette fosse ne pouvaient plus du tout rire.

— Tu les as tués ? demanda Avery en se penchant pour être presque nez à nez avec Phantom.

— Non. Nous devions partir. Emmener Piper et les enfants loin d'ici. J'ai regardé en arrière une fois de plus et... Merde !

— Quoi ? demanda Avery. Qu'est-ce que tu as vu ?

Cette fois, lorsque Phantom répondit, son regard passa d'Avery à Rex, toujours au-dessus de lui, lui tenant les épaules.

— Kalee avait bougé ! Son pied n'était pas à la même place que la première fois que je l'ai vue.

Rex se raidit. Il voulait dire à Phantom qu'il avait tort. Que la volontaire du Corps de la paix qu'ils étaient allés sauver au Timor oriental était bel et bien morte. Mais la certitude dans les yeux de son coéquipier le fit taire.

— Kalee était vivante ! dit-il d'un ton angoissé. C'est ce qui me chiffonne dans cette mission. Ce n'est pas le fait qu'on ait échoué, pas entièrement. Inconsciemment, j'ai vu la preuve qu'elle n'était pas encore morte, et on l'a quand même laissée là-bas !

— Doucement, mec, dit Rex.

— Tu me crois, n'est-ce pas ? supplia Phantom.

— Oui, lui dit immédiatement Rex.

Parce qu'il le croyait. Il n'avait aucune idée de ce qu'ils

pouvaient faire maintenant, des mois plus tard, mais il croyait son camarade SEAL.

— Merde. Bordel. Putain de merde ! jura Phantom. On doit y retourner. On doit la trouver !

— Phantom, tu sais aussi bien que moi qu'il est peu probable qu'elle soit encore en vie après tout ce temps, dit Rex.

— Je dois te croire ? On ne sait même pas si elle a été blessée. On n'a pas pu voir l'avant de son corps, seulement l'arrière. Peut-être qu'elle était juste inconsciente. Peut-être qu'elle est là-haut dans les collines, seule, terrifiée et qu'elle se demande comment elle va bien pouvoir rentrer chez elle.

— Très bien, Phantom. Je vais voir le commandant North et on verra ce qu'on peut trouver.

— Tex. Dites-le à Tex ! Il est censé être à l'affût de tout ce qui est inhabituel. Peut-être qu'on a vu une Américaine rousse ou autre chose.

— Elle a des cheveux roux ? demanda Avery. Alors elle est forte.

Phantom regarda Avery une fois de plus.

— Je ne sais rien d'elle, mais si elle a survécu à ce qui s'est passé dans cet orphelinat, elle est très forte.

— Bien sûr qu'elle l'est, dit calmement Avery. Et je ne doute pas que si elle est en vie, tu feras tout ce que tu peux pour la trouver et la ramener à la maison, tout comme tu l'as fait pour moi. Maintenant, nous allons atterrir dans une minute et vingt secondes. Je vais m'accrocher à toi et à ton artère comme un bonobo en manque de sexe. Il y aura beaucoup de cris, probablement de ma part, et du chaos. Ignore-les. Concentre-toi sur moi. Tu t'en sors très bien. Le fait que tu sois encore conscient me fait penser que tu es en partie un super-héros, mais si tu ressens le besoin de faire une petite sieste, vas-y.

Alors qu'Avery continuait à informer Phantom de ce qui allait se passer après l'atterrissage, Rex vit par lui-même pourquoi elle était une si bonne infirmière. Elle utilisait une combinaison d'humour et de franchise pour mettre son patient à l'aise.

Puis elle se pencha vers lui et lui dit d'un ton très sérieux :

— Tu ne vas pas mourir, Phantom. Alors n'essaie même pas de donner à Cole ou à tes autres coéquipiers des dernières directives à la con ou quoi que ce soit. Tu as juste un petit bobo sur ton artère. Le chirurgien te mettra trois points de suture, au maximum, et tu seras prêt à partir dans quelques semaines. Tu m'entends ?

— Oui, madame, répondit Phantom.

Rex voyait que Phantom n'avait pas fini de réfléchir à ce dont il venait de se souvenir, mais il faisait de son mieux pour se concentrer sur ce qui se passait autour de lui.

— Je ne te quitterai pas tant que nous ne serons pas dans la salle d'opération. Un, parce que je refuse de lâcher ta jambe tant que le doc n'est pas là avec son aiguille et son fil, mais deux, parce qu'on ne sait pas non plus qui est le traître. Et s'il s'avère être une putain d'infirmière ou de médecin, je ne te laisserai pas à leur merci. Compris ?

— Si tu n'épouses pas Rex, je vais me proposer moi-même, reprit Phantom.

Avery leva les yeux au ciel.

— Peu importe. Tu ne veux pas de moi. On se rendrait fous l'un l'autre en une semaine.

L'hélicoptère fut secoué lorsque ses patins heurtèrent l'asphalte avec un bruit sourd. Avery tourna la tête et commença à hurler des ordres aux Night Stalkers, qui se précipitèrent pour faire exactement ce qu'elle disait.

Rex tourna la tête et vit le reste de leur équipe se précipiter vers l'hélicoptère. Ils avaient manifestement été informés par le pilote de ce qui s'était passé. La porte fut arrachée et l'air chaud remplit la cabine. Il retira doucement le casque de la tête d'Avery, puis de celle de Phantom.

— Est-ce que je peux le lâcher sans crainte ? demanda Rex.

Avery hocha la tête.

— Il n'ira nulle part. N'est-ce pas, Phantom ?

— D'accord, dit l'autre homme entre ses dents serrées.

— Souviens-toi de ce que j'ai dit, prévint Avery. Pas de dernières directives à ton équipe. Tu pourras leur parler dans quelques heures quand tu seras sorti de chirurgie et que tu seras sur le chemin du retour aux États-Unis. OK ?

— Tu es vraiment méchante, lui dit Phantom.

Avery sourit.

— Je sais. C'est ce que tous mes patients disent au début.

— Au début ? souffla Phantom.

— Ouais. Puis ils réalisent que j'ai toujours raison et que tout ce que j'ai dit dans le feu de l'action était pour leur bien. Puis ils m'aiment et disent que je suis l'infirmière la plus formidable qu'ils aient jamais eue.

C'était au tour de Phantom de sourire et de lever les yeux au ciel.

Rex poussa un soupir de soulagement. D'une certaine manière, Avery avait réussi un miracle. Elle n'avait pas seulement fait en sorte que Phantom se souvienne de la chose sur laquelle il avait passé les derniers mois à se tourmenter, mais elle l'avait fait sourire. Tout en tenant sa jambe en un seul morceau avec ses mains nues.

— Putain, qu'est-ce qui s'est passé ? demanda Rocco avec impatience quand Rex sortit de l'hélicoptère.

— C'est une longue histoire, mais l'essentiel est que Phantom a été touché par une balle alors qu'on nous faisait monter par l'échelle dans l'hélicoptère, dit Rex.

— Tout ce sang vient de *lui* ? demanda Ace.

— Oui.

— Le lieutenant va bien ? demanda Gumby.

— Ouais, tout le sang est celui de Phantom, confirma Rex.

— Comment peut-il être encore conscient ? murmura Bubba.

— Parce qu'il est têtu, dit Rex.

Mais il savait que ce n'était pas ça. C'était grâce à Avery. Elle avait voulu qu'il reste avec elle. En le faisant penser à autre chose qu'à sa blessure et sa douleur, elle avait ralenti son rythme cardiaque.

Sans parler du fait qu'elle avait clampé son artère avec ses doigts.

— Civière ! cria quelqu'un derrière eux.

Les cinq hommes s'écartèrent du chemin mais ne quittèrent pas la zone. Rex soutint Avery alors qu'elle sortait maladroitement de l'hélicoptère, sa main toujours sur la jambe de Phantom.

— Faites attention ! ordonna-t-elle pendant le transfert sur le brancard. Si vous n'arrêtez pas d'essayer de me pousser hors du chemin, je vais vous tirer dessus, dit-elle à quelqu'un à un moment donné.

Bien sûr, elle ne le pensait pas, mais le ton de sa voix fut suffisant pour que le pauvre soldat s'éloigne lentement d'elle.

— Monte sur la civière avec lui, lui dit Rex.

Elle hocha la tête et c'est exactement ce qu'elle fit en enjambant les genoux de Phantom et en se penchant sur lui pour garder sa prise sur sa jambe. Dès qu'elle fut stable, trois hommes commencèrent à pousser le brancard vers le bâtiment voisin.

— Youpi ! J'ai toujours voulu monter sur l'un d'entre eux ! dit-elle avec désinvolture, toujours concentrée sur Phantom.

Rex savait qu'elle surveillait probablement sa respiration et son rythme cardiaque alors qu'ils se précipitaient vers la clinique.

Il courut après eux, le reste de l'équipe sur ses talons.

— Avery va en chirurgie avec lui, dit Rex en courant. Elle ne doit pas être laissée seule. Pas une seule seconde. Et nous avons tous besoin d'être toujours à deux jusqu'à ce que nous soyons sur le chemin du retour.

— Le traître ? demanda Rocco.

Rex acquiesça et dit :

— Je ne peux pas en parler ici, mais il suffit de dire que l'attaque du convoi n'était pas aléatoire, comme le sergent-major le soupçonnait.

— Merde, dit Gumby.

— Putain, reprit Ace.

— Exact, ajouta Rocco. C'est quoi le problème avec Phantom ?

Rex répéta à ses coéquipiers ce qu'Avery pensait qu'il lui était arrivé. À propos de l'entaille de son artère poplitée.

— Espérons que c'est juste entaillé et pas sectionné, dit Bubba.

Ils entrèrent dans la clinique et suivirent le brancard dans le couloir, écoutant le lieutenant donner des ordres au fur et à mesure.

Au lieu d'emmener Phantom dans une des salles d'examen, Avery insista pour qu'ils le conduisent directement dans une des salles d'opération, et Rex ne fut pas surpris quand ils le firent. Il essaya de les suivre à l'intérieur, mais un capitaine de la marine l'en empêcha.

— Vous ne pouvez pas aller là-dedans, lui dit-il.

Rex hocha la tête en soupirant. Il n'était pas satisfait même s'il comprenait. Mais il n'allait pas non plus laisser Avery sans protection. Il allait rester à l'extérieur de la salle d'opération, son arme à portée de main, juste au cas où. Il se tourna vers l'équipe.

— Je vais rester ici avec eux.

— Je reste aussi, répondit Rocco. En supposant que nous allons rester ici au moins vingt-quatre heures avant de pouvoir attraper un vol pour rentrer, maintenant que Phantom a été blessé. Gumby, tu peux t'arranger pour nous faire dormir ? Dans la même chambre, si c'est possible. Nous n'avons pas encore tous les détails, mais il semble qu'il soit préférable de ne pas dormir avec quelqu'un d'autre pour le moment. Ace, Bubba et toi pouvez-vous contacter le commandant North et commencer à organiser notre retour à la maison ? Je sais que c'est le protocole de passer par l'Allemagne, mais vu la situation...

Sa voix se serra.

Rex ajouta à voix basse, pour ne pas être entendu par les passants :

— Et dites à North que le lieutenant va devoir regarder les photos de tous les Marines et soldats, et même des civils, qui sont actuellement stationnés ici en Afghanistan.

— Merde. D'accord, je le ferai, dit Bubba.

Rex avait hâte de s'asseoir avec l'équipe et de passer en revue tout ce qu'il avait appris d'Avery, mais ils avaient tous des choses à faire s'ils voulaient retourner en Californie le plus tôt possible. Bien sûr, cela dépendait de Phantom et de la gravité de sa blessure.

Rex jeta un coup d'œil dans la salle d'opération et vit Avery gesticuler sauvagement avec sa main libre. Ses cheveux étaient en désordre et avaient grand besoin d'être lavés. Ses vêtements étaient sales et déchirés et au cours des dernières minutes, du sang recommençait à couler de sa lèvre fendue, mais il ne se souvenait pas d'avoir vu une femme plus attirante de toute sa vie.

C'était son comportement. Elle faisait passer les autres avant son propre bien-être, ce à quoi il devrait faire attention à l'avenir. S'assurer qu'il prenait soin d'elle pendant qu'elle prenait soin des autres. Cette pensée aurait dû lui faire peur, mais au lieu de cela, il ne ressentit que de la détermination à faire Avery sienne.

Ils n'étaient même pas sortis ensemble, mais si elle pensait que tout ce qui s'était passé ces deux derniers jours le rebuterait, elle se trompait lourdement. Il était plus déterminé que jamais à sortir avec elle. Continuer à lui montrer qu'il était un homme sur lequel elle pouvait compter. Qu'il apprécierait ce qu'elle était et qu'il ne voulait pas changer une seule chose en elle.

Après que Bubba, Ace et Gumby soient partis, Rex se tourna vers Rocco.

— Il y a quelque chose d'autre.

— Quoi ? demanda Rocco d'un air méfiant.

— Phantom s'est souvenu de ce qui le tracassait à propos de la mission au Timor oriental.

— Vraiment ? Dieu merci. Quoi ?

— Il a dit que Kalee n'était pas morte quand elle était dans cette fosse. Qu'elle a bougé son pied.

— Putain de merde ! jura Rocco. Il est sûr ?

— Positif.

— Encore quelque chose à évoquer avec le commandant, dit Rocco. Mais d'abord on doit s'assurer qu'il est prêt à partir, rentrer à la maison, et trouver un putain de traître.

— Amen à ça, dit Rex.

Mais il ajouta mentalement : *Et s'assurer qu'Avery sera vengée de tout ce qui lui est arrivé pendant qu'elle était prisonnière de guerre.*

En attendant, il s'occuperait d'elle. Il s'assurerait qu'elle ait des vêtements propres, qu'elle se douche, qu'elle mange un repas nutritif, qu'elle prenne rendez-vous avec un psychologue dès que possible, et qu'elle soigne ses propres coupures et bleus. Mais il avait le sentiment qu'elle rechignerait à *tout cela*. Elle était indépendante et fougueuse. Il devrait faire preuve de malice pour répondre à ses besoins.

Bizarrement, Rex avait hâte d'y être.

CHAPITRE DIX

Une heure plus tard, Rex était toujours à l'extérieur de la salle d'opération en train de regarder son ami et coéquipier se faire recoudre. Le médecin avait pris le temps d'envoyer une infirmière pour leur dire qu'Avery avait raison, l'artère poplitée de Phantom avait juste été entaillée.

Maintenant, il semblait arriver au bout de l'opération, et Rex était plus que content. Il avait regardé Avery s'affaiblir de plus en plus à chaque minute qui passait. Elle était maintenant appuyée contre l'un des murs, et il était presque sûr que c'était la seule chose qui la maintenait debout.

Elle avait non seulement subi une grosse décharge d'adrénaline à la suite de leur sauvetage, avec Phantom blessé qui saignait abondamment, mais elle était loin d'être revenue à son état normal après avoir été privée de nourriture pendant si longtemps.

À la seconde où l'opération serait terminée, Rex l'emmènerait quelque part, n'importe où, pour qu'elle puisse manger, puis dormir. Il savait qu'ils avaient beaucoup à faire, mais ça pouvait attendre. Il avait dit à Rocco de reporter à demain matin une réunion avec le général de la base concernant ce qu'Avery avait vu. Ils avaient tous besoin de quelques heures pour décompresser, et Avery avait besoin de dormir. La date de leur départ était incertaine, cela dépendait de Phantom et du moment où il serait assez stable pour retourner en Californie.

Il regarda le chirurgien faire un signe de tête à ses assistants et se diriger vers Avery. Ils eurent une courte conversation, puis le médecin posa sa main sur son coude pour la guider vers la porte. C'était fou pour Rex d'être mal à l'aise à l'idée que l'autre homme la touche, mais il ne pouvait lutter contre ses sentiments. Ce n'était pas exactement de la jalousie, juste un sentiment général d'agitation.

À la seconde où ils franchirent la porte, Rex était aux côtés d'Avery avec un bras autour de sa taille.

— Allez vous doucher, mangez un peu et *dormez*, disait le médecin. Votre système est complètement déréglé après votre épreuve. La meilleure chose que vous puissiez faire pour votre ami est de prendre soin de vous.

— Je vais bien, insista Avery.

Rex ne put s'empêcher de ricaner. Il croisa le regard du chirurgien, et ils partagèrent un regard rempli d'incrédulité et de complicité.

— Bien. Je vous laisse entre les mains compétentes de ce Marine, alors. Oh, et, lieutenant Nelson ?

— Oui, monsieur ? fit-elle en se tournant vers lui.

— Bon travail là-bas. Vous avez fait tout ce qu'il fallait. Le quartier-maître de première classe Dalton va se rétablir complètement. Je pense que si vous aviez mis un garrot sur sa jambe, cela aurait arrêté l'hémorragie, mais cela aurait aussi pu endommager certaines de ses autres artères et veines.

— Merci, monsieur. Mais pour être honnête, je n'ai pas vraiment pensé à ça. J'ai juste réagi et je me suis accrochée à sa jambe, et à cette artère, et j'ai refusé de la lâcher. Je savais que nous n'étions pas très loin de la base, surtout à la vitesse à laquelle le pilote volait, et il aurait été plus compliqué de poser le garrot que de simplement le tenir jusqu'à ce que nous arrivions, répondit Avery en balayant ses compliments.

— Ce qui rend la chose encore plus impressionnante. C'est bon de vous retrouver saine et sauve, dit le médecin.

Il leur fit un signe de tête à tous les deux, puis se retourna et se dirigea vers le hall pour changer sa blouse ensanglantée.

— Avery ? demanda Rex.

— Phantom va s'en sortir. Le chirurgien a expliqué tout ce qu'il a trouvé et fait pendant qu'il réparait l'artère. Il pense qu'il sera sur pied dans environ trois semaines, ce qui est assez incroyable. Il devra se ménager, ce qui sera difficile pour lui, je pense, mais je suis sûr que toi et les autres ferez ce que vous pouvez pour le distraire pendant qu'il ne sera pas en service.

— Avery, répéta Rex.

— Il ne pense pas qu'il y ait de raison pour qu'il ne puisse pas partir demain, mais il faudra probablement que ce soit plus tard dans l'après-midi, pas le matin. Le médecin veut l'examiner et s'assurer que ses points de suture tiennent avant de le laisser partir.

— Avery, arrête-toi une seconde, dit Rex.

Elle l'ignora.

— Mais puisque je serai sur le vol avec lui, du moins je pense que c'est ce que tu as dit, j'ai dit au médecin que je pourrais garder un œil sur lui et si quelque chose ne va pas, comme sa pression sanguine qui baisse ou autre chose, je pourrai faire ce qui doit être fait jusqu'à ce que nous puissions atterrir et l'emmener dans un hôpital en Allemagne, ou quelque part près de l'endroit où nous serons à ce moment-là.

Rex avait fini. Il l'attrapa et la souleva.

— Cole ! Qu'est-ce que tu fais ? Pose-moi !

Elle jeta ses bras autour de son cou et s'accrocha fermement alors qu'il avançait dans l'étroit couloir.

— Qu'est-ce que je fais ? demanda-t-il. Je te sors d'ici pour que tu fasses exactement ce que le médecin a prescrit. Manger, prendre une douche, et dormir.

— Je peux marcher ! protesta-t-elle. Et je voulais attendre que Phantom se réveille pour m'assurer qu'il va bien.

— Ace et Bubba restent ici avec lui ce soir. Ils seront à ses côtés dès qu'il se réveillera. Rocco et Gumby vont rester dans la même pièce que nous, juste pour s'assurer que tu es en sécurité. Tout a été organisé.

Elle cessa de se trémousser dans ses bras et soupira, mais ne protesta pas davantage. Elle n'était pas vraiment détendue, mais elle ne se battait plus contre lui, ce qu'il appréciait. Ignorant les regards étranges qu'ils provoquèrent lorsque Rocco poussa la porte du bâtiment médical, Rex se dirigea avec détermination vers le mess.

Ils arrivèrent trop tard pour le dîner, mais Gumby avait fait en sorte qu'un repas chaud soit prêt pour Avery. Il y avait quelques groupes de personnel de l'armée et de la marine qui utilisaient le mess pour jouer aux cartes ou simplement se reposer, et ils regardèrent tous Rex entrer avec Avery dans ses bras.

Quelqu'un cria :

— Bienvenue, lieutenant !

Et la plupart des hommes et des femmes présents dans la salle reprirent la salutation en écho.

Rex vit Avery rougir, et il sut qu'il ne se lasserait jamais de voir le rose fleurir sur ses joues. Il la mit sur ses pieds à côté d'une table vide et dit d'un air sévère :

— Assieds-toi. Gumby va te préparer ton dîner.

— Et toi ? demanda-t-elle.

— Je vais bien.

— Oh, non, protesta Avery. Ne crois pas que je n'étais pas au courant que tu es resté devant la porte pendant tout le temps où Phantom était opéré. Tu as besoin de manger aussi.

Il ne voulait pas sentir la chaleur qui se répandait en lui à cause de son inquiétude, mais il le fit quand même. Rex était bien conscient qu'elle aurait probablement dit la même chose à n'importe qui ayant besoin d'être nourri, mais il soupçonnait que c'était plus que cela.

— Je mangerai une ration quand on sera dans nos quartiers.

Elle fronça les sourcils et eut un regard noir. Rex leva une main pour stopper ses protestations.

— Ce n'est pas moi qui n'ai pas mangé un vrai repas depuis deux semaines. Je vais bien. Promis. Fais-moi plaisir, Avery. La dernière chose dont tu as besoin est d'être malade maintenant et de t'effondrer. On t'a peut-être sortie du désert, mais ça ne veut pas dire que le danger qui te menaçait a été éradiqué. J'ai le sentiment que les prochains jours – et même les semaines, si ce type s'avère insaisissable – seront plus difficiles pour toi que tu ne le penses.

— Bien, dit-elle dans un soupir. Mais je te donnerai volontiers tout ce que je ne mange pas.

Rex ne répondit pas. Il avait le sentiment que s'il acceptait, elle arrêterait de manger bien avant d'être repue, juste pour être sûre qu'*il* mange.

Gumby arriva avec un plateau de nourriture et le posa sur la table en face d'Avery. Puis il prit le siège de l'autre côté.

Avery prit une fourchette, mais hésita avant de la plonger dans le repas riche en protéines et en glucides qui se trouvait devant elle.

— Est-ce que vous allez me regarder pendant que je mange ? Parce que si c'est le cas, vous pouvez aller vous faire voir ailleurs jusqu'à ce que j'aie fini.

Gumby rit tout bas.

— Désolé, Red, je ne peux pas m'en empêcher.

— Red ? murmura-t-elle. Sérieusement ?

— Hé, ça me va, répondit Gumby en riant.

— Je suppose qu'on m'a déjà donné des surnoms pires que celui-ci, reconnut Avery. Mais je suis sérieuse, ne me regardez pas comme ça ou je n'y arriverai jamais.

— Bien. Et si je te racontais ce qui s'est passé pendant que toi, Rex et Phantom campiez ?

Avery leva les yeux au ciel en entendant la boutade au sujet du camping, mais acquiesça.

— Donc, Ace et Bubba ont pris contact avec une équipe de la Delta Force qui est arrivée ici sur la base et leur ont répété ce que tu avais dit à propos du convoi. Ils ont été envoyés ici pour essayer de trouver les terroristes qui ont tué les deux soldats, ainsi que pour essayer de retrouver les armes manquantes du convoi. Ils aimeraient beaucoup parler avec toi de l'homme afghan dont tu as dit qu'il parlait anglais.

Avery avala la bouchée de purée qu'elle venait de manger et se tourna vers Gumby.

— Comment savent-ils déjà pour lui ? Je ne suis de retour à la base que depuis quelques heures.

— Tu te souviens quand Phantom a appelé pour fixer le point d'extraction ? demanda Rex.

Après qu'elle eut hoché la tête, il haussa les épaules.

— Il a fait à Rocco un récapitulatif de tout ce que tu as dit qu'il s'était passé, et ce qui s'est passé dans la rivière aussi.

— À propos de ça, dit Gumby, et Avery se tourna vers lui. On a tous pensé à noyer Rex une fois ou deux, mais on apprécie que tu aies sauvé ses fesses comme tu l'as fait.

Rex vit l'éclat du rose fleurir sur ses joues une fois de plus et fit de son mieux pour cacher son sourire.

— Ce n'était pas si grave, protesta-t-elle.

— Faux, dit sérieusement Gumby. Je sais que tu es embarrassée et que tu essaies de minimiser la chose, mais Phantom a dit à Rocco ce qui s'est passé. Si tu n'avais pas été là et si tu n'avais pas fait ce que tu as fait, nous serions en train de préparer des funérailles, et ce n'est pas quelque chose qu'on veut faire pour l'un des nôtres. Au cas où tu ne l'aurais pas compris, nous sommes comme des frères. Je donnerais littéralement ma vie pour l'un d'entre eux, comme ils le feraient pour moi. Ce n'est pas parce que nous avons trouvé des femmes que nous aimons que notre devoir envers l'autre est moindre. Il va falloir que tu te remettes de ta gêne, parce que tu as encore au moins trois personnes qui vont te remercier, et je te suggère, si tu veux te débarrasser de ça, d'accepter nos remerciements avec ton beau sourire.

— Mon Dieu. Bien, marmonna Avery. Merci.

— Mieux, lui dit Gumby. Maintenant, voici la vraie question.

— Quoi ? demanda Avery quand elle constata qu'il ne continuait pas.

— Tu as réussi à dormir avec Monsieur Ronfleur à tes côtés ?

Rex jeta un regard furieux à son ami.

— Ferme-la, connard.

— Non, sérieusement, poursuivit Gumby avec une lueur dans les yeux. Rex ronfle comme une tronçonneuse. Nous tirons à la courte paille pour savoir qui doit dormir à côté de lui quand nous sommes en mission. Et quand nous devons être absolument silencieux, il n'a pas le droit de dormir tant que nous ne sommes pas hors de portée des méchants.

Rex prit un petit pois du plateau d'Avery et le jeta sur son ami.

— Va te faire foutre.

Avery gloussa, et le son stoppa Rex dans son élan. Il la regarda fixement comme s'il ne l'avait jamais vue auparavant.

Depuis qu'il la connaissait, y compris en Californie, il n'avait jamais entendu un son aussi insouciant sortir de ses lèvres. Elle avait déjà ri et gloussé, mais ce rire de fille ? Jamais. Il était fasciné.

— Je dois admettre que j'étais tellement épuisée physiquement et mentalement lorsque nous nous sommes arrêtés la nuit dernière que, une fois que j'ai fermé les yeux, je n'ai rien entendu. Une bande entière d'insurgés aurait pu entrer dans le camp que je ne les aurais pas entendus, dit-elle à Gumby.

— Eh bien, tu verras ce soir que je ne mens pas, dit-il avec un sourire en coin.

— Encore désolée, rétorqua Avery. Je suis une grosse

dormeuse. Je l'ai toujours été. Une fois que je suis partie, je suis partie. Vous pourriez probablement tous avoir une conversation juste au-dessus de ma tête et je dormirais quand même.

— Merde, Rex, tu vas devoir l'épouser, car aucune autre femme ne pourra supporter les bruits que tu fais la nuit.

Voyant qu'Avery était passée de l'amusement à un léger malaise, Rex regarda Gumby d'un air renfrogné.

— Assez. Tu l'embarrasses.

Il prit immédiatement un air contrit.

— Désolé, Avery. J'essayais d'embarrasser *Rex*, pas toi.

— C'est bon, lui dit-elle.

À ce moment-là, un lieutenant commandant, un officier subalterne des Marines, s'approcha de leur table.

— C'est bon de vous revoir, lieutenant Nelson. Nous étions tous inquiets pour vous.

Avery se redressa sur sa chaise.

— Merci, monsieur.

L'autre homme fronça les sourcils en jetant un regard vers Gumby et Rex, puis regarda Avery.

— Il y a de la place à notre table là-bas si vous voulez jouer quelques tours de blackjack avec nous. Il n'est pas convenable de fraterniser avec des Marines enrôlés.

Il fallut une seconde à Rex pour comprendre ce que l'homme disait, tant il était concentré sur Avery. Mais quand il le fit, il serra les poings et il dut se retenir de bondir et de frapper le jeune officier prétentieux.

Mais avant qu'il puisse parler, Avery le devança :

— Sérieusement ? demanda-t-elle. Vous allez me sortir ces conneries après tout ce que j'ai traversé ? Et vous ne pouvez pas faire l'idiot et prétendre que vous ignorez de quoi je parle, parce que la première chose qui est sortie de votre bouche était à quel point vous étiez heureux que je sois de retour. Donc, au cas où vous vous en soucieriez vraiment, et que vous n'essayiez pas de faire quelque chose d'idiot comme me draguer, je vais vous dire ce que j'ai fait récemment.

Elle se pencha en avant, dévisageant l'officier.

— J'ai été frappée à la tête par un gros débris lorsque le bâtiment dans lequel je me trouvais a été soufflé par un lance-roquettes perdu. Ensuite, j'ai été traînée en haut d'une montagne et enchaînée au mur d'une grotte, après quoi, j'ai été battue. À plusieurs reprises. On ne m'a rien donné à manger et j'ai dû aspirer l'eau coulant d'un rocher. Puis mes hôtes ont fait sauter l'ouverture de la grotte et m'ont enterrée vivante. J'ai passé une semaine de plus sans rien manger pendant que je déplaçais les rochers les uns après les autres pour essayer de me frayer un chemin. Ces Marines *enrôlés* sont venus et m'ont sauvée. Ensuite, nous avons été poursuivis dans une rivière à fort courant et nous avons eu du mal à nous en sortir. *Puis* nous avons dû sauter sur une corde suspendue à un hélicoptère alors qu'on nous tirait dessus pour nous échapper. Alors excusez-moi si je suis trop fatiguée pour m'occuper de vos conneries politiques. Ce serait la même chose si les deux hommes à côté de moi étaient des tribus locales de pisseux ou des recrues des Marines. Ils m'ont sauvé la vie, et cela seul mérite le respect. Mais juste pour être sûre que vous savez à quel point vous êtes un con, ils sont aussi des SEAL... *monsieur*.

Rex vit l'homme blêmir en entendant cela. Gumby et lui ne portaient rien qui annonçait leur désignation de forces spéciales, et il n'avait évidemment vu leur grade que sur les uniformes de camouflage qu'ils avaient enfilés en attendant que Phantom sorte de chirurgie.

— Alors retournez à vos amis officiers coincés et dégagez de ma vue. Je n'ai pas encore fini de manger, et je ne vais pas vous laisser gâcher le premier vrai repas que j'ai eu en deux semaines.

Sans un mot, l'homme se retourna et fila vers sa table, selon l'expression « la queue entre les jambes ».

Rex était furieux la minute précédente, mais maintenant il était juste amusé. Il s'assit et posa son bras sur le dossier de la chaise d'Avery et n'essaya même pas de cacher son sourire.

Avery le regarda et se renfrogna.

— Si tu ris, je vais devoir te faire mal, Kingston.

Rex cligna des yeux.

— Tu connais mon nom de famille.

Maintenant, Avery avait juste l'air confuse, ce qui était mieux que la fumée qui s'échappait de ses oreilles il y a une seconde.

— Bien sûr que je le connais. Je t'ai dit que je me suis renseignée sur toi.

Il haussa les épaules.

— Je ne pensais pas que tu connaissais mon nom complet.

— Je ne sais pas comment tu as eu ton surnom, dit-elle, puis elle mit une autre bouchée de poulet dans sa bouche.

— Rex signifie « roi » en latin. J'avais un instructeur qui se croyait malin, et il a commencé à m'appeler ainsi dès qu'il m'a rencontré au camp d'entraînement.

— C'est idiot, lui dit Avery.

Rex ne put s'empêcher de sourire.

Elle déglutit, se tourna vers Gumby, puis revint vers lui.

— J'apprécie le fait que tu n'aies pas frappé le lieutenant commandant. J'ai tellement l'habitude de ne pas faire attention au grade des gens avec qui je travaille, que ça ne m'a même pas traversé l'esprit que ça pourrait être drôle pour moi de traîner avec deux hommes enrôlés.

Rex n'allait pas la laisser aller là. Il se pencha en avant et posa sa main sur sa nuque. Elle s'immobilisa et se tourna pour le regarder.

— Entre nous, il n'y a pas de grade. Et par *nous*, je veux dire toute mon équipe. Tu es Avery et je suis Cole. Et ça, c'est Gumby. Et Phantom. La dernière chose qu'on veut c'est que tu nous tiennes à distance à cause d'un putain de galon sur ton épaule. Compris ?

Elle hocha la tête.

— Doucement, matelot, plaisanta-t-elle. Je ne disais pas que je voulais mettre de la distance entre nous, juste que je n'avais pas réalisé ce que cela pouvait provoquer chez les autres. Je me foutais de connaître ton grade quand tu étais dans cette rivière, non ? Ou quand tu as surgi dans cette grotte pour me sauver. Et je suis sûre que je n'en avais rien à faire du grade de Phantom quand je tenais sa jambe avec ma main. Si les autres ont un problème avec mes amis, ils peuvent aller se faire voir.

— Je l'aime bien, dit Gumby avec un petit rire. Elle a du cran.

— Eh bien, Dieu merci. Je peux dormir tranquille ce soir en sachant que tu m'apprécies, répondit Avery en souriant.

À ce moment-là, Gumby se mit à rire.

Rex sourit à nouveau et lâcha le cou d'Avery avec une légère caresse de son pouce. Il ne manqua pas son rougissement.

Pendant les dix minutes qui suivirent, pendant qu'Avery finissait son repas, ils ne parlèrent de rien d'important... des légumes qu'elle aimait et de ceux qu'elle refusait de manger, de ce qu'elle attendait le plus de son retour en Californie, et un peu des autres hommes de l'équipe qu'elle n'avait pas eu l'occasion de connaître.

Quand elle reposa enfin ses couverts, Rex était heureux de voir qu'elle avait mangé presque tout le repas que Gumby lui avait préparé.

— Tu te sens mieux ? demanda-t-il quand elle repoussa le plateau.

— Très bien. Merci. Sauf que maintenant mes yeux sont si lourds que je peux à peine les garder ouverts. C'est comme ce que je ressens à Thanksgiving quand je mange trop, et je n'ai pas tant mangé que ça ici.

Alors que Gumby se levait et ramassait son plateau pour le rapporter à la cuisine, il dit :

— Pas étonnant. Il faudra un certain temps pour que ton estomac soit capable de supporter des repas de la même taille que ceux que tu mangeais avant.

— Prête à partir ? demanda Rex en se levant.

Avery hocha la tête et recula sa chaise. Rex posa sa main sur le bas de son dos pour la guider vers la sortie. Avant d'y arriver, il se retourna vers la table du lieutenant commandant et lui adressa un sourire en coin. Il était plus qu'évident que l'homme avait fait de son mieux pour la récupérer, ce qui était un geste si stupide, considérant qu'elle était prisonnière moins de quarante-huit heures auparavant. Mais Avery était avec *lui* et il la garderait aussi longtemps qu'elle le voulait.

Ils retournèrent dans l'air chaud du désert et rencontrèrent Rocco et un homme que Rex n'avait jamais rencontré auparavant.

— Avery, Rex, voici Trigger. Son équipe Delta est ici pour retrouver les armes qui ont été prises et essayer de trouver les hommes qui ont tué les soldats.

Rex lui serra la main et Avery fit de même.

— C'est bon de vous rencontrer tous les deux, je suis désolé que ce soit dans ces circonstances, dit Trigger. Je suis très heureux de vous voir vivante et en bonne santé, lieutenant Nelson.

— Merci.

— Je suis désolé que nous ne soyons pas arrivés à vous avant vos camarades Marines.

Avery haussa les épaules.

— J'apprécie vraiment que vous soyez venu.

— Je comprends que vous allez très probablement partir demain. Si vous pouviez trouver un peu de temps pour nous parler, à moi et à mon équipe, nous vous en serions très reconnaissants. Toute information que vous pourriez nous donner nous aidera, nous l'espérons, à attraper ceux qui sont derrière l'attaque du convoi et à trouver le meneur.

— Je ne suis pas sûre du genre d'aide que je peux apporter. J'étais à l'intérieur d'une grotte pendant toute ma captivité, et je ne pourrais même pas vous dire où c'était. Cole et les autres auraient probablement plus d'informations que moi.

— Nous avons déjà eu une discussion avec Ace et Bubba, et nous avons ces coordonnées. Je suis plus intéressé par l'homme dont vous avez dit qu'il parlait anglais. Si c'est quelqu'un avec qui l'armée et les Marines ont travaillé, et qu'il prétend être de notre côté, nous devons le trouver et obtenir des réponses.

— Je suis d'accord. Je vous parlerai volontiers demain, Trigger.

— Bien. Merci. Et je m'excuse de vous avoir empêchée de prendre votre douche. Il n'y a rien de mieux qu'une longue douche chaude après avoir passé quelques jours, ou semaines, sur le terrain.

Rex appréciait le Delta. Il avait clairement la tête sur les épaules, et il aimait particulièrement la sensibilité dont il faisait preuve envers Avery. Rex soupçonnait Trigger d'avoir une femme à lui chez lui qui lui avait appris à être plus perspicace quand il s'agissait du sexe opposé.

— On se voit demain, dit Rex en serrant à nouveau la main de Trigger.

Une fois qu'il fut parti, Rex murmura :

— Je peux enfin te mettre sous la douche et au lit maintenant ?

— C'est un peu tôt dans notre relation pour ça, n'est-ce pas ? plaisanta Avery. Tu ne m'as même pas encore emmenée à un rendez-vous.

Gumby et Rocco éclatèrent de rire, et Rex ne put s'empêcher de ricaner.

— Je ne voulais pas dire ça comme ça, et tu le sais, mais je suis content de t'entendre admettre que nous sommes en couple.

— Eh bien, tu as traversé le monde pour m'emmener faire du rafting et me faire vivre le grand frisson avec un tour d'hélicoptère. Ce serait impoli de ma part de te laisser tomber maintenant, n'est-ce pas ?

Rex ne put s'empêcher d'enrouler un bras autour de la taille d'Avery et de l'attirer à ses côtés. Il apprécia qu'elle mette immédiatement son propre bras autour de lui et s'appuie contre lui pendant qu'ils marchaient.

— Sérieusement, on déchirerait dans une course à trois jambes, dit-elle en souriant et en adaptant son pas au sien.

— Tu nous mettrais minables Caite et moi, c'est sûr, dit Rocco. Elle fait presque 30 centimètres de moins que moi. Bien sûr, si on avait une course où les hommes devaient porter nos femmes, je gagnerais haut la main.

— Ne sois pas si arrogant, Monsieur le SEAL, le taquina Avery. Cole a dû me porter pendant une partie de notre fuite et ça n'a pas semblé le ralentir le moins du monde.

Ils arrivèrent à une grande et solide tente en toile près de l'endroit où Avery s'était installée avec environ vingt-cinq autres femmes soldats et Marines avant d'être capturée. Gumby ouvrit la porte et lui fit signe d'entrer.

— Après vous, lieutenant.

— C'est Avery, corrigea-t-elle en entrant. Où est tout le monde ? demanda-t-elle avec surprise, après avoir regardé autour d'elle et n'avoir vu personne d'autre.

— Il n'y a que nous, ce soir, dit Rocco. J'ai demandé qu'on ait un espace pour nous. Vu ce que tu as traversé, les hauts gradés ont été ravis de nous recevoir.

— Je n'aime pas utiliser ce que j'ai vécu pour obtenir un traitement spécial, rétorqua Avery.

Rex souleva son menton avec un doigt et la força à le regarder.

— Tu devrais être à l'hôpital toi-même ce soir, lui dit-il. Tu as probablement beaucoup plus de douleurs que tu ne le reconnais. Sans compter qu'un bilan sanguin complet pour savoir exactement quelles sont les vitamines qui te manquent ne serait pas une mauvaise idée non plus. Mais ne pas savoir qui est le traître, et s'il travaille seul pour pouvoir finir ce que les insurgés auraient dû faire au départ, signifie que c'est trop dangereux. Donc tu as quelques gardes du corps SEAL pour répondre à tous tes besoins. Et Rocco a pensé que tu pourrais avoir besoin d'un peu d'intimité. Tu es une sorte de célébrité ici maintenant, et nous ne voulons pas que quelqu'un te regarde ou prenne des photos de toi en train de dormir pour les vendre à un magazine à potins chez toi. C'est d'accord ?

Elle acquiesça immédiatement.

— Plus que ça. Merci.

Elle se tourna vers Rocco.

— Merci à vous aussi. J'apprécie combien ton équipe et toi avez fait des pieds et des mains pour m'aider.

— Tu es l'une des nôtres, dit simplement Rocco. Une Marine à cent pour cent.

— Je ne suis pas sûre d'être exactement l'une d'entre vous, dit Avery avec un petit rire. Je ne peux pas dire que se balader dans le désert en esquivant les balles soit mon idée de l'amusement.

— Viens, lui dit Rex. Cette tente est habituellement réservée aux dignitaires en visite. Il y a une douche privée que tu peux utiliser, puis tu pourras t'installer sur la couchette là-bas. Gumby a récupéré tes affaires là où elles étaient rangées, tu auras donc quelque chose de propre à mettre après ta douche.

Avery les remercia tous à nouveau et attrapa des vêtements de rechange dans son sac avant de disparaître dans la minuscule salle de bain.

À la seconde où ils entendirent l'eau couler, Rocco jeta un regard complice sur Rex.

— Elle ne gère pas ce qui s'est passé.

— Je sais. Mais elle n'a vraiment pas eu le temps, dit Rex.

— Elle va s'effondrer, prévint Gumby.

— Je *sais*, répéta Rex.

— Tu seras là pour l'aider à traverser cette épreuve ? demanda-t-il.

— Oui.

Il n'y avait pas besoin de développer ; ses amis savaient aussi bien que lui qu'elle était importante pour lui.

— Je suis content qu'on l'ait trouvée, dit doucement Gumby.

— Moi aussi, répondit Rex. Moi aussi.

*
**

L'enseigne Scott Wheatland était allongé sur sa couchette dans la tente bondée dans laquelle il vivait depuis quatre mois. Il avait mis ses écouteurs, mais ils n'étaient pas allumés. Il avait découvert beaucoup de bonnes informations en écoutant ses camarades de couchette parler quand ils ne pensaient pas qu'il pouvait les entendre. Mais pour l'instant, il était seul, regardant la toile au-dessus de sa tête.

Sa vie allait rapidement de mal en pis.

Il avait été rétrogradé avant d'être envoyé en mission, et c'était stupide. Les autres officiers de la police navale – également connus sous le nom d'officiers de patrouille côtière – qui avaient été sur le ring clandestin de combats de chiens s'étaient échappés pendant le raid, mais il avait été attrapé en essayant d'escalader une clôture à mailles de chaîne autour de la propriété.

L'avocat des Marines qui lui avait été assigné avait réussi à convaincre le conseil que c'était la première fois qu'il participait à un tel événement, et au lieu de le traduire en cour martiale, ils l'avaient simplement rétrogradé au rang d'enseigne. C'était humiliant et dégradant.

Et Scott avait eu besoin de chaque centime de son salaire précédemment plus élevé pour se payer les médicaments sur ordonnance dont il était accro.

Il s'était blessé au travail il y a un an, en se tordant le genou. On lui avait donné de la codéine... et une fois qu'il avait commencé à prendre les pilules, c'était fini. Tout le reste cessa d'avoir de l'importance. L'euphorie qu'il en tirait, le sentiment que rien ne pouvait mal tourner dans sa vie étaient si enivrants qu'il commença à mentir, à dire aux médecins qu'il souffrait toujours énormément.

Quand les médecins des Marines finirent par arrêter de lui donner les pilules, il trouva un autre fournisseur.

Il avait été envoyé en Afghanistan pour une mission temporaire, mais Scott savait que c'était parce que son commandant était gêné de l'avoir dans les parages et voulait le punir davantage. Dès qu'il serait de retour aux États-Unis, il serait très probablement envoyé à Norfolk ou ailleurs. Cela convenait à Scott... mais pas le manque d'argent.

Il avait donc pris les choses en main.

Le tout premier jour où il avait été affecté dans cet endroit perdu, il avait patrouillé dans la ville voisine et rencontré un homme qui parlait très bien anglais. Tout en discutant, l'homme avait mentionné l'absence d'hôpital dans la région, le fait que les habitants n'avaient nulle part où aller lorsqu'ils étaient malades ou blessés. Cette conversation avait donné à Scott l'occasion de demander si les gens avaient accès à des analgésiques lorsqu'ils étaient blessés.

Son nouvel ami s'était avéré être une mine de renseignements.

Depuis, il fournissait à Scott les pilules dont il avait besoin.

Une fois, alors qu'il était en manque et à court d'argent, il avait apporté à l'homme l'un des vieux gilets pare-balles que la patrouille côtière portait en service. Cela avait visiblement fait réfléchir l'homme... et avant que Scott ne s'en rende compte, il partageait des informations sur les activités de la base.

Rapidement, il était passé de l'échange de rations de survie, de vieux vêtements et d'équipements à la fourniture de plus en plus de détails sur le fonctionnement de la base, y compris le moment et le lieu d'arrivée des équipements.

Lorsque l'homme lui avait proposé un million de dollars américains pour obtenir des informations sur l'itinéraire exact, le calendrier et le nombre de personnes qui accompagneraient un prochain convoi de munitions, Scott n'avait pas réfléchi à deux fois.

Il s'était démené pour son pays, et qu'est-ce que ça lui avait rapporté ? Une rétrogradation et un voyage dans cet enfer comme punition pour une bande de *chiens*.

Eh bien, qu'ils aillent tous au diable.

Le problème, c'est que l'infirmière l'avait vu parler avec son contact dans le village.

Scott avait fait tout ce qu'il fallait, il s'était assuré que personne ne se doute de rien, et il refusait qu'elle fiche en l'air son plan.

Il avait inventé une histoire bidon et un entrepreneur de la base l'avait aidé à ouvrir un compte à Abu Dhabi. Après avoir donné les détails sur le convoi d'armes, l'argent avait été transféré sur ce compte, où il était caché en toute sécurité aux autorités si jamais Scott était suspecté dans l'attaque du convoi.

L'infirmière des Marines devait être tuée rapidement, et ce qu'il avait fait ne serait jamais découvert. C'était la configuration parfaite, car la clinique où elle travaillait était sur la route du convoi.

Mais son contact avait changé le plan et au lieu de la tuer, il l'avait kidnappée.

Une équipe de Navy SEAL s'était présentée pour sauver l'infirmière, et maintenant elle était *ici*, sur la base. Gardée par les mêmes SEAL.

S'il y avait *quelqu'un* qu'il détestait plus que ces officiers et les juges qui l'avaient rétrogradé, c'était les SEAL. Ils pensaient tous qu'ils étaient un cadeau de Dieu pour les femmes, qu'ils étaient indestructibles.

Et comme si cela ne suffisait pas, il avait entendu une rumeur en Californie selon laquelle c'était une équipe de SEAL qui avait aidé les flics locaux dans le raid sur le combat de chiens où Scott avait été arrêté.

Il savait qu'il n'arriverait jamais à voir l'infirmière avant qu'elle ne quitte le pays. Pas maintenant. La seule consolation était qu'il n'était pas déjà en prison. Cela voulait dire qu'elle ne l'avait pas identifié... encore.

Tout ce qu'il avait à faire était de rester hors de son chemin pendant qu'elle était à la base.

Il devait rentrer chez lui dans trois semaines. Une fois de retour en Californie, il la retrouverait et s'assurerait qu'elle se taise... d'une manière ou d'une autre.

Scott savait aussi qu'il ne pouvait pas transférer l'argent sur son compte aux États-Unis maintenant. Pas tant qu'il y avait une chance que le NCIS vérifie toute transaction inhabituelle de la part d'une personne stationnée sur la base.

Il devait juste espérer et prier pour qu'elle ne découvre pas qui il était avant qu'il puisse rentrer chez lui et faire le travail que son dealer afghan n'avait pas fait. Il aurait son argent d'une manière ou d'une autre.

En se penchant sur le côté de son lit de camp, Scott attrapa le flacon d'aspirine qu'il gardait dans son sac de sport, qui cachait sa réserve illégale de pilules. Il en sortit deux comprimés de codéine, grimaçant en constatant à quelle vitesse il avalait sa dernière acquisition. Il les goba avec une grande gorgée d'eau ; il avait hâte d'être de retour chez lui, de pouvoir les écraser et les fumer ou se les injecter à nouveau. La défonce était plus rapide et semblait durer plus longtemps de cette façon, mais il n'avait pas l'intimité dont il avait besoin ici. Il était toujours entouré d'autres personnes. Ça lui tapait sur les nerfs.

Trois semaines. Puis il serait à la maison... et pourrait faire taire cette satanée infirmière une fois pour toutes et reprendre sa vie en main.

CHAPITRE ONZE

L'eau chaude piquait en tombant sur le corps meurtri d'Avery. Il n'y avait pas de miroir en pied dans la salle de bain, mais même sans cela, elle savait qu'elle avait des bleus à des endroits inédits.

Elle n'avait pas baissé sa garde quand elle était dans le désert parce qu'elle avait toujours peur qu'un insurgé surgisse de derrière un rocher et commence à tirer.

Elle avait fait un tour sur des montagnes russes d'adrénaline, et pour la première fois, elle avait l'impression de pouvoir simplement se détendre. Oh, Avery savait qu'elle n'était pas hors de danger. Celui qui avait voulu s'assurer qu'elle soit morte était toujours là. Et tant qu'il n'était pas identifié, sa vie était toujours en jeu.

Mais pour l'instant, derrière la sécurité douteuse des murs en toile, de la porte de la salle de bain et du rideau de douche fragile, elle pouvait penser à tout ce qui s'était passé au cours des deux dernières semaines.

On l'avait littéralement enterrée vivante. S'il n'y avait pas eu cette eau qui s'égouttait dans la grotte, et le désir des hommes qui la détenaient de la torturer plutôt que de la tuer purement et simplement, elle serait morte à présent. Cole et son équipe auraient trouvé son cadavre. C'était une pensée qui donnait à réfléchir.

Pour la première fois depuis toujours, elle avait vraiment besoin de sa mère. Elle voulait sentir ses bras autour d'elle, l'entendre dire que tout irait bien.

Avery rattrapa un sanglot avant qu'il ne s'échappe. Non, elle n'avait pas le temps de s'effondrer. Gumby, Rocco et Cole étaient dans l'autre pièce et attendaient qu'elle ait fini. Ensuite, elle devait dormir un peu avant de prendre des nouvelles de Phantom, de rencontrer l'équipe Delta Force et le reste de celle' de Cole, et d'essayer d'identifier le traître.

Plongeant son visage sous l'eau, elle ferma les yeux et ignora la douleur de la douche sur ses coupures. La douleur signifiait qu'elle était en vie.

Elle réussit à terminer sans s'effondrer et coupa l'eau. Elle n'avait jamais été une fille très féminine. Elle ne se maquillait pas beaucoup. Du gloss pour empêcher ses lèvres de gercer, de la crème hydratante avec de la crème solaire pour réduire au minimum le nombre de taches de rousseur sur son visage, et un peu de mascara pour les occasions spéciales. Elle prenait des douches rapides et ne s'inquiétait pas trop de ce qui était à la mode et de ce qui ne l'était pas. La plupart du temps, elle portait une chemise et quand elle ne travaillait pas, elle portait un jean ou un short.

Elle se sentait un peu engourdie lorsqu'elle enfila un pantalon de survêtement de la marine et un T-shirt gris avec le mot NAVY sur le devant. Elle était propre, mais d'une certaine manière, elle sentait encore un film de saleté et de poussière sur sa peau. Avery savait que c'était son imagination, mais c'était un peu déconcertant.

Elle sortit de la petite pièce. Rocco et Gumby se tenaient à proximité, discutant dos à la salle de bain. Elle apprécia la tentative d'intimité, mais honnêtement c'était inutile. Elle ne se sentait pas du tout mal à l'aise à côté d'eux.

— Tout va bien ? demanda Cole en s'approchant d'elle.

Avery hocha la tête.

— Bien sûr, pourquoi ça n'irait pas ? demanda-t-elle.

Il lui lança un regard qu'elle ne put interpréter, puis fit un geste vers un lit de camp.

— J'ai pris la liberté de préparer ta couchette. J'espère que ça te convient.

Le lit que Cole avait préparé pour elle n'avait rien de spécial. Juste un lit de camp avec un drap en coton et une couverture tirée en arrière, prête à ce qu'elle s'y glisse.

— Je ne pensais pas que tu voudrais un sac de couchage. Je pensais juste que ça serait trop restrictif. Sans compter qu'il ferait chaud. Alors j'ai chapardé le drap et la couverture de l'hôpital. On pourra les rendre demain quand on ira voir Phantom.

Une fois de plus, les larmes menacèrent, mais Avery parvint à les repousser. C'était un drap et une couverture, pour l'amour de Dieu, pas un pique-nique romantique pour deux. Mais elle ne pouvait s'empêcher de penser aux quatorze dernières nuits qu'elle avait passées sur le sol dur, à se demander si elle reverrait un jour la base, et encore moins un lit.

— C'est parfait. Merci, réussit-elle à dire.

Avery voyait qu'elle ne trompait pas Cole, mais il ne dit rien pendant qu'elle s'asseyait sur le lit de camp, glissait ses jambes sous la couverture et s'allongeait.

— Si tu as besoin de quelque chose, n'hésite pas à demander, lui dit Cole. Je serai là-bas près de la porte.

Avery regarda l'endroit qu'il indiquait, et vit qu'il avait placé son lit de camp *juste* devant la porte, de sorte que si quelqu'un entrait dans la tente, il tomberait directement sur lui. Le fait de savoir qu'il se mettait littéralement entre elle et toute personne qui pourrait essayer de l'atteindre au milieu de la nuit émut encore plus Avery.

Puis elle jeta un coup d'œil aux deux autres lits. Gumby et Rocco avaient placé leurs lits contre les murs opposés de la tente, de sorte que si quelqu'un osait essayer de se faufiler, il risquerait aussi de les réveiller.

Elle ne s'était pas sentie aussi en sécurité depuis très longtemps.

Fermant les yeux, Avery s'allongea sur le dos et fit de son mieux pour contrôler ses émotions. Elle entendait des gens parler à proximité et le bruit occasionnel de véhicules qui démarraient. Quand elle était dans la grotte, c'était si calme, tout ce qu'elle pouvait entendre était le bruit dans ses oreilles. Savoir qu'il y avait d'autres personnes à proximité, qu'elle n'était pas de retour dans cette grotte, était rassurant.

Elle entendit un *clic* et ouvrit les yeux pour voir que Cole avait allumé une petite lampe-stylo et avait concentré le faisceau directement vers le haut de la tente. La lumière était suffisante pour éclairer la petite zone où elle dormait.

— Au cas où tu te réveilles au milieu de la nuit et que tu oublies où tu es, dit Cole doucement en retournant à son lit de camp.

Cela fonctionna.

Les larmes qu'elle avait retenues débordèrent de ses paupières et coulèrent sur les côtés de son visage dans ses cheveux.

Avery pensait qu'elle avait été silencieuse, mais de toute évidence Cole avait compris qu'elle pleurait. Son lit de camp grinça quand il en sortit et s'approcha du sien. Sans un mot, il s'assit à côté d'elle. Avant qu'elle ne sache ce qu'il avait en tête, il s'allongea et l'attira à ses côtés. Ils étaient collés l'un à l'autre des hanches à la poitrine. C'était un peu serré sur le lit, mais Avery était incapable de rassembler l'énergie pour s'en soucier.

Enfouissant son visage dans sa poitrine, elle pleura. Elle pleura parce qu'elle avait eu si peur. Elle pleura parce qu'elle avait été sauvée. Elle pleura en se rappelant combien c'était bon de mettre autre chose que de l'eau dans son ventre. Elle pleura en se rappelant comment et pourquoi Phantom avait été blessé. Et elle pleura parce qu'il était possible que son calvaire ne soit pas terminé. Que quelqu'un soit encore déterminé à la savoir morte à cause de ce qu'elle avait vu.

Et pendant tout ce temps, Cole ne faiblit pas. Il ne lui dit pas de se taire, ou que tout irait bien. Il la tint juste dans ses bras, lui caressant légèrement le dos alors qu'elle trempait son T-shirt de ses larmes. Elle aurait dû être gênée ou se sentir mal à l'aise parce qu'ils étaient si proches, mais au lieu de ça, elle ne ressentit que de l'épuisement.

Après avoir essuyé son visage sur sa chemise et fait de son mieux pour contrôler ses émotions, elle essaya de s'excuser.

— *Chhhhh.* C'est mieux de tout laisser sortir que d'enfermer tes émotions, lui dit Cole.

— Je... Je vais bien maintenant.

— Je sais.

Avery ne voulait pas bouger, mais n'était pas sûre que ce soit approprié pour elle d'utiliser Cole comme un oreiller humain.

— Tu peux retourner dans ta couchette... Je ne vais pas m'effondrer à nouveau.

— Si cela ne te met pas mal à l'aise, je ne serais pas contre l'idée de rester, dit-il un peu hésitant.

— Je ne suis pas mal à l'aise, lui répondit-elle.

— Bien. Et, Avery ?

— Ouais ?

— Gumby ne mentait pas. Je ronfle vraiment, annonça-t-il solennellement.

Avery gloussa.

— Tu sais, Phantom m'a aussi prévenue à ce sujet. Tu te souviens ?

Il hésita une seconde, puis hocha la tête.

— C'est exact.

— C'est bon, Cole, lui dit-elle. Je ne mentais pas quand j'ai dit que j'avais le sommeil lourd. De plus... après avoir passé tout ce temps dans la grotte, complètement seule et dans un silence absolu, je pense que ce sera un réconfort d'entendre autre chose que ma propre respiration... même inconsciente.

Cela lui valut un petit pincement.

— On va trouver le bâtard qui t'a mise là, jura Cole.

Le fait qu'il la rassure lui redonna courage, même si elle savait que c'était à *elle* d'identifier l'Américain qu'elle avait vu dans le village.

— Je sais, dit-elle.

— Et si je fais trop de bruit, donne-moi un coup de coude. Ça me fera taire.

Avery sourit et hocha la tête contre lui.

— Avery ?

Elle voulait lui dire que s'il n'arrêtait pas de parler, elle n'arriverait jamais à dormir. Mais elle dit simplement :

— Ouais ?

— Tu es incroyable. Je voulais juste m'assurer que tu le savais.

Elle n'avait pas l'impression d'être incroyable. Chaque muscle était douloureux, et elle était bien plus faible qu'elle ne le voulait, et elle savait qu'il lui faudrait un certain temps pour retrouver sa force et son tonus musculaire. Mais entendre cela de la part de Cole était un baume pour son âme.

— Merci, chuchota-t-elle.

— Bonne nuit dit Cole.

— Bonne nuit.

Rex ne se souvenait pas de quand il avait mieux dormi. Il se réveilla une ou deux fois dans la nuit, pour constater qu'Avery et lui n'avaient pas bougé. Elle était toujours blottie contre lui, dormant profondément. Le faisceau de la petite lampe de poche illuminait la tente, et il vit que tout allait bien. Gumby et Rocco dormaient tous les deux et rien ne semblait être dérangé.

Cela faisait longtemps qu'il n'avait pas couché avec une femme, mais il ne se souvenait pas de s'être senti aussi heureux que la nuit précédente.

Trente minutes plus tôt, il s'était glissé hors de la couchette, s'était rapidement douché et habillé. Il emballa le peu qu'il avait apporté avec lui pour la mission et fut prêt à quitter l'Afghanistan dès que le médecin dirait que Phantom était en état de partir.

Rocco et Gumby étaient allés relever Ace et Bubba au chevet de Phantom, et ils se retrouveraient tous une fois Avery levée et prête.

À contrecœur, Rex s'accroupit à côté du lit et la secoua doucement. Elle n'avait pas fait de cauchemars la nuit dernière, à ce qu'il pouvait voir, mais il savait qu'il était toujours possible qu'ils la hantent à l'avenir.

— Réveille-toi, Avery, dit-il doucement.

Elle dormait profondément, et dans la seconde qui suivit, elle était assise sur le lit, regardant autour d'elle, terrorisée.

— Doucement. Tout va bien. Tu es en sécurité, lui dit Rex.

Il la vit prendre une profonde inspiration. Puis elle le regarda.

— Au moins, cette fois, je n'ai pas essayé de me battre avec toi après que tu m'as réveillé. Où est tout le monde ?

— Ils sont à l'hôpital avec Phantom. Nous irons là-bas quand tu seras prête.

En jetant la couverture, Avery fit pivoter ses jambes et se leva.

— Je suis prête, déclara-t-elle, puis elle se balança sur ses pieds.

— Ouh là ! Ralentis, dit doucement Rex. Ça va prendre du temps pour que tu reviennes à la normale.

Elle sembla frustrée pendant une seconde avant de se reprendre.

— Je vais bien, dit-elle à nouveau. Pourquoi tu ne m'as pas réveillée plus tôt ?

— Tu dormais si profondément, tu n'as même pas tressailli quand je suis sorti du lit, alors j'ai pensé te laisser dormir le plus longtemps possible. Ça va être une journée stressante.

Elle soupira.

— De toute façon, il n'y a pas besoin de se précipiter. Prends ton temps pour te préparer. Nous allons nous rendre à la clinique pour voir Phantom, puis nous parlerons avec le général de la base et l'équipe Delta Force de Trigger. Ils restent ici un peu plus longtemps pour voir s'ils peuvent trouver cette ordure qui parlait anglais.

— J'en ai pour une seconde, le rassura-t-elle en se précipitant dans la salle de bain.

Cinq minutes plus tard, Avery revint dans la zone principale de la tente.

— Fini ? demanda-t-il en levant un sourcil.

Elle sourit.

— Oui, je t'avais dit que je n'en aurais que pour une seconde.

Avery avait quitté son survêtement et son T-shirt pour revêtir l'uniforme de camouflage beige que portent les militaires et les Marines dans cette partie du pays. Il savait qu'elle portait habituellement des chemises en Californie lorsqu'elle était en service.

— Comment vont tes pieds ?

— Bien.

— Et tes côtes ?

— Bien.

Rex fronça les sourcils. Il se disait qu'elle pourrait probablement avoir une hache plantée dans la tête et elle ferait comme si tout allait bien.

Comme si elle pouvait lire dans ses pensées, Avery reprit :

— Sérieusement, je vais bien, Cole. J'ai un peu mal à la tête, mais je pense que c'est probablement dû au fait que je me réhabitue à la nourriture et tout le reste. Mes côtes sont douloureuses, mais rien que je ne puisse gérer. J'ai une centaine de bleus et de coupures partout sur moi, mais je suis vivante, debout ici après une bonne nuit de sommeil, et pas enterrée sous une énorme montagne ou torturée sans aucune raison. Je vais... *bien*.

— Si tu commences à te sentir mal pour une raison quelconque, tu dois me le dire.

— Si j'ai envie de vomir ? demanda Avery avec un sourire.

— Ouais, éteinte. Bizarre. Malade. Mal à l'aise. Nauséeuse.

— C'est noté. Je le ferai, fit-elle.

Rex préférait de loin la voir souriante plutôt que renfrognée ou stressée. Malheureusement, il savait que les réunions qu'ils devaient avoir aujourd'hui signifiaient qu'il ne la verrait pas sourire de nouveau avant un certain temps.

— Je dois prendre mon sac avec moi ou le laisser ? demanda-t-elle.

— Laisse-le ici, dit Rex. Quelqu'un va venir et prendre toutes nos affaires avant de partir.

Ils s'arrêtèrent à la cantine pour prendre un petit-déjeuner rapide. Autant Avery voulait voir Phantom, autant Rex savait qu'elle avait besoin de manger quelque chose. Il faudrait un certain temps avant qu'il cesse d'avoir l'impression de devoir la nourrir sans cesse.

Après avoir mangé, ils sortirent de la tente du mess et instinctivement, Rex se rapprocha d'Avery alors qu'ils se dirigeaient vers la clinique. Il détestait ne pas savoir qui était le traître. Cela pourrait être ce soldat de l'armée qui les regardait en fumant à l'extérieur d'une tente résidentielle à leur droite. Ou bien l'un des cuisiniers de la tente de ravitaillement. Ou encore l'officier de marine qui leur avait tenu la porte de la clinique. Ce n'était pas une bonne sensation de ne pas savoir qui était l'ennemi.

Ils marchaient dans le couloir vers la chambre de Phantom et, à la surprise et au plaisir de Rex, son coéquipier était réveillé et alerte quand ils entrèrent.

— Hé ! dit joyeusement Avery.

— Viens par ici, grogna Phantom.

Clignant des yeux au ton agressif de son ami, Rex suivit de près Avery.

À la seconde où elle atteignit le côté du lit, Phantom attrapa sa main et la tira vers lui. Ses bras entourèrent Avery et il la serra très fort.

— Merci, dit Phantom à son oreille.

Avery recula un peu et s'appuya avec ses mains sur ses épaules.

— De rien, dit-elle. Tu as pris ton petit-déjeuner ? Comment te sens-tu ? Est-ce qu'ils t'ont levé et sorti du lit ? Comment est ton débit urinaire ?

Il ricana.

— Oui, très bien, oui, et je ne parlerai pas de ce truc-là.

Ils se firent des sourires.

— Le médecin dit que tout semble bon, et qu'il devrait être autorisé à partir en fin d'après-midi, dit Ace en lançant à Phantom un regard amusé.

Avery se tourna pour lui faire face.

— Je suis Avery. Et toi tu es Ace ?

Il acquiesça.

— C'est moi. C'est très agréable de vous voir, lieutenant.

— Avery, insista-t-elle. Je sais qu'on est sur la base et tout, mais ça me semble incorrect de ta part de t'adresser à moi par mon grade après tout ce qui s'est passé.

— Avery, accepta Ace avec un hochement de tête.

Bubba tendit la main.

— Et moi, je suis Bubba.

— Salut, dit Avery en serrant la main offerte.

Puis elle se tourna vers Phantom.

— Est-ce que le chirurgien avait quelque chose de nouveau à dire sur ton artère et ton rétablissement ?

— Qu'elle était entaillée, comme tu le pensais. Et que tu m'as littéralement sauvé la vie en le tenant avec tes doigts nus.

Avery haussa les épaules.

— Ouais, ouais, mais qu'en est-il de ton temps de récupération ?

— Il a dit que c'étaient quelques points de suture faciles, et que tant que je ne décide pas d'aller courir un marathon dans les jours à venir, elle sera comme neuve dans quelques semaines.

Phantom leva les yeux vers Rocco.

— Je dois parler au commandant. Immédiatement.

— Sur le Timor oriental ? demanda Rocco.

— Oui.

— Et *le* Timor oriental ? reprit Bubba.

— Kalee n'était pas morte quand nous avons quitté l'orphelinat, dit Phantom.

— Quoi ? dit Bubba, choqué.

— Putain de merde, sérieusement ? demanda Ace.

Phantom acquiesça.

— Je veux aussi parler à Tex. Je lui ai demandé de garder un œil sur tout ce qui est inhabituel, mais maintenant que je sais que Kalee est toujours en vie, je peux lui donner plus de détails sur ce qu'il faut rechercher. À savoir, toute observation d'une Américaine rousse.

Rex échangea un regard avec ses coéquipiers. Ils savaient tous que les chances que Kalee soit encore en vie après tous ces mois étaient minces, mais même s'il n'y avait qu'un pour cent de chances, ils savaient aussi que Phantom ne laisserait pas tomber. Eux non plus.

— Nous devons aller au bureau du général, dit Rocco à Phantom. Il a besoin d'entendre d'Avery ce qu'elle a vu, et ainsi nous pourrons l'avertir d'être en alerte. Ensuite, nous parlerons avec l'équipe Delta qui est ici à la recherche des terroristes qui ont attaqué le convoi.

Phantom acquiesça.

— Compris.

— Gumby reste ici avec toi, lui dit Rocco.

— Je n'ai pas besoin d'une baby-sitter, grogna Phantom.

— Il le sait, dit Avery, s'immisçant dans la conversation. Quiconque te regarde le sait. As-tu vu un des bureaux ou des salles de réunion ici ? Ils sont minuscules. Il n'y a aucun moyen pour que vous tous, l'équipe de la Delta Force *et* le général rentrent. De plus, tu dois te reposer. Si tu n'es pas prêt à partir, alors aucun de nous ne partira. Et je ne sais pas pour toi, mais je ne serais pas triste de quitter le désert. Alors Gumby va rester ici pour s'assurer que tu ne décides pas de te lever et de commencer à faire des jumping jacks ou autre chose et que tu ne ruines pas toutes nos chances de rentrer chez nous.

Étonnamment, Phantom sourit à nouveau.

— Bien, femme. Va à ta réunion. Mais ne prenez pas toute la journée. Plus vite je serai sorti d'ici, mieux je me sentirai.

— Toi et moi, tous les deux, marmonna Avery.

Rex posa sa main sur le bas de son dos et l'incita à se retourner et à sortir de la pièce. Rocco et Ace ouvrirent la voie, avec Avery et lui ensuite, et Bubba prit l'arrière. Ils savaient tous combien il était important de protéger le lieutenant. Elle était vraiment la seule personne qui pouvait identifier l'homme qui était responsable de l'attaque du convoi d'armes, et qui était directement responsable de la mort de deux soldats de l'armée. Ils n'avaient aucune idée de ses motivations, mais tout finirait par se savoir.

— Phantom et toi semblez bien vous entendre, nota Bubba alors qu'ils traversaient l'enceinte en direction du bureau du général.

— Tu as l'air surpris, dit Avery.

— C'est juste que... Phantom n'est pas exactement le plus sympathique des hommes, lui dit Bubba.

— Je l'aime bien, admit Avery. Il dit ce qu'il pense et ne tourne pas autour du pot. Il a eu une enfance d'enfer et c'est difficile pour lui de faire confiance.

— Il t'a parlé de son enfance ? demanda Rocco, l'air surpris.

— Ouais. Un petit peu.

— Waouh. Tu ferais mieux de faire attention, Rex, plaisanta Ace. Il pourrait flasher sur ta copine.

Rex sentit Avery se raidir à côté de lui, puis elle arrêta de marcher.

— Ce n'est pas drôle, dit Avery à Ace. Phantom et moi sommes amis. Tout comme j'espère l'être avec toi et les autres. Phantom n'emménagerait pas plus avec la petite amie d'un de ses amis que tu ne le ferais. Je ne te connais pas très bien, donc je suppose que tu as plus d'honneur que cela. De plus, Rex et moi ne sortons pas ensemble, et je ne suis pas « sa petite amie ».

— Si, tu l'es, rétorqua Rex.

Elle se retourna pour le regarder ensuite.

— Ah, oui ? Depuis quand ?

— Depuis qu'on a voulu se demander de sortir ensemble en Californie avant ton déploiement. Depuis que tu m'as demandé de sortir avec toi dans cette grotte. Depuis que tu as sauvé mes fesses dans cette rivière, et depuis que tu as dormi comme un loir dans mes bras, pas une nuit, mais deux, répliqua Rex en lui rendant son regard.

Ils demeurèrent immobiles au milieu de la base, se regardant l'un l'autre, jusqu'à ce que les lèvres d'Avery se crispent. Puis elle se mit à rire si fort qu'elle dut tendre une main pour s'accrocher à son bras et se retenir. Des larmes coulaient sur son visage, et elle se tenait les côtes avec sa main libre.

Quand elle parvint enfin à se maîtriser, Rex se jura de la faire rire comme ça au moins une fois par jour. Il la trouvait toujours jolie, mais quand elle riait comme si elle n'avait pas de soucis, elle était belle.

— D'accord, dit-elle finalement. Je suppose que je suis ta petite amie alors.

— Bien sûr, lui dit Rex en hochant la tête.

Le sourire de ses amis allait d'une oreille à l'autre tandis qu'ils continuaient à traverser la base.

Plus ils se rapprochaient du bureau du général, plus Avery devenait sérieuse, jusqu'à ce qu'elle se morde la lèvre quand ils arrivèrent. Rex voulait lui dire de ne pas s'inquiéter, qu'ils la soutiendraient tous, mais il n'avait pas le temps. Ils étaient à l'intérieur et furent emmenés dans un bureau à l'arrière du bâtiment sans avoir à s'asseoir et attendre.

Avery avait raison tout à l'heure. Le bureau du général était petit. Le temps qu'ils entrent et rejoignent les sept hommes de l'équipe Delta Force, il n'y avait plus de place pour faire quoi que ce soit, sauf rester debout.

Le général se leva de la chaise qu'il occupait derrière son bureau et serra la main d'Avery.

— C'est très bon de vous voir, lieutenant. Je suis désolé que vous ayez été prise dans cette mauvaise affaire.

— Merci, monsieur, dit Avery. Et ce n'est pas votre faute.

— Je suppose que c'est la raison pour laquelle nous sommes ici aujourd'hui, n'est-ce pas ? dit-il en se rasseyant.

Rex tendit une chaise devant le bureau pour Avery, et elle s'assit tandis que le reste des hommes dans la pièce resta debout, écoutant avec impatience ce qu'elle avait à dire sur ce qui lui était arrivé.

Même si Rex ne voulait pas qu'elle revive son expérience, il était aussi fier d'elle qu'il pouvait l'être lorsqu'elle raconta une fois de plus ce qui s'était passé. Cela prit environ quinze minutes, et la pièce était si silencieuse qu'ils pouvaient tous entendre la secrétaire tousser de l'extérieur au bout du couloir.

— Vous faites honneur aux Marines, lui dit le général.

Avery secoua la tête.

— Sans vouloir vous manquer de respect, monsieur, je n'essayais pas de faire honneur à mon pays, et je ne pensais même pas à mon travail. Tout ce que je faisais, c'était d'essayer de rester en vie. Quand j'étais plus jeune, j'étais une adolescente terriblement lunatique. Ma mère était une sainte. Je ne sais pas comment elle a pu traverser ces années sans perdre la raison. Mais une chose qu'elle m'a toujours dite, c'est de prendre les choses au jour le jour. De ne pas regarder la situation dans son ensemble, mais de me concentrer sur les choses que je pouvais contrôler, que demain était un nouveau jour. C'est tout ce à quoi je pensais. Déplacer une pierre à la fois. Survivre une heure à la fois. Une minute. Tout ce que je peux contrôler dans ma vie, c'est ma façon de penser et de réagir aux situations qui se passent autour de moi. Alors c'est ce que j'ai fait.

— Vous pouvez penser que vous n'avez rien fait de spécial, mais je peux dire avec certitude que c'est le cas, dit Trigger derrière elle. Je suis sûr que Rocco et son équipe seront d'accord avec moi quand je dis que tout le monde n'a pas le courage ou la force intérieure pour survivre à ce que vous avez vécu. Nous avons sauvé notre lot d'hommes et de femmes, et croyez-moi quand je vous affirme que ce que vous avez fait était extraordinaire.

Rex vit Avery rougir, et il était déterminé à faire en sorte qu'elle sache à quel point elle était incroyable. Peut-être que si elle l'entendait assez, elle arrêterait d'être embarrassée quand on la complimentait.

— Peut-on revenir à la veille de l'attaque ? demanda le général. Si ce que vous dites est vrai, nous avons définitivement un traître parmi nous.

— C'est vrai, dit fermement Avery. Je ne mentirais pas à ce sujet, monsieur. Ou exagérer pour essayer de me faire mieux voir.

— Ce n'est pas que je ne vous crois pas, mais faire ce genre d'accusation est très grave. Et je veux juste m'assurer que j'ai des faits solides avant d'ouvrir une enquête.

Avery hocha la tête.

— Je comprends. J'ai regardé par la fenêtre et j'ai vu deux

hommes dans l'ombre entre deux des bâtiments en face de la clinique. À première vue, j'ai pensé qu'il s'agissait simplement de deux hommes du coin, mais j'ai ensuite remarqué que l'un d'eux n'avait pas de barbe et que ses cheveux étaient coupés très court. J'y ai regardé à deux fois et j'ai compris qu'il s'agissait d'un Américain. Sa peau n'était pas aussi foncée que celle des locaux et il ne cessait de jeter des regards furtifs autour de lui.

— À quoi ressemblait-il ? demanda le général.

— Cheveux bruns. Taille et corpulence moyennes, grimaça Avery. Je sais, pour une description, ce n'est pas grand-chose. Mais je le reconnaîtrais si je le revoyais.

Le général avait l'air sceptique.

— Vous l'avez vu pendant combien de temps, quelques secondes ? Comment pouvez-vous être si sûre de le reconnaître alors que vous ne pouvez rien décrire au-delà de la couleur de ses cheveux ?

Rex devait admettre qu'il pensait la même chose.

— Je ne sais pas si je peux l'expliquer d'une manière que vous comprendriez. Je prends note des petites choses.

Elle ne quitta pas le général des yeux pendant qu'elle continuait :

— Le rythme cardiaque de Phantom était supérieur à cent vingt lorsqu'il s'est allongé pour la première fois dans l'hélicoptère, mais après l'avoir allongé et qu'il a réalisé que j'avais les choses en main, il est tombé à quatre-vingt-dix. Vous avez bu une tasse de café qui avait un goût de vanille juste avant notre arrivée. Je le sens à votre haleine. Votre assistant administratif l'a bien caché, mais d'après ses yeux injectés de sang et la façon dont il grimaçait quand nous sommes arrivés, je dirais qu'il a une sacrée gueule de bois. Et l'homme qui se tient derrière moi, à côté de Trigger, s'ennuie à mourir en m'écoutant parler de ce qui s'est passé, et je suppose qu'il souhaite que nous nous dépêchions de commencer à parler du local afghan afin qu'il puisse le traquer et obtenir justice pour les deux soldats qui ont été tués.

Rex entendit Brain, l'un des agents de la Delta Force, haleter de surprise devant l'observation précise qu'elle faisait de lui, mais elle continua :

— Alors, je ne suis peut-être pas capable de vous décrire l'Américain d'une manière qui vous aiderait à le retrouver, ou qui permettrait à un dessinateur de faire un portrait-robot, mais je suis quand même bonne avec les visages, et je suis assez certaine que lorsque je le reverrai, je *saurai*. Il est complètement ordinaire, et je parie qu'il pense que ça l'aide à se fondre dans la masse, mais je ne pense pas que j'oublierai un jour l'homme qui a fait de son mieux pour me tuer. Qui a ordonné mon assassinat et n'a pas hésité à vendre à des terroristes des informations dont il savait qu'elles prolongeraient le conflit dans cette partie du pays et entraîneraient la mort de nombreuses personnes, tant américaines qu'afghanes. Et je promets que je ferai de mon mieux pour l'identifier, monsieur.

Le général acquiesça.

—Je suppose que vous ne voulez pas rester ici pour essayer de trouver le traître, demanda-t-il en fronçant les sourcils.

— Monsieur, si je peux intervenir un moment ? dit Rex en se rapprochant d'Avery.

Le général hocha la tête.

— Il n'est pas sûr pour le lieutenant Nelson de rester ici. Le traître est très probablement encore sur la base, et il pourrait décider de prendre les choses en main pour la faire taire. Sans compter que les insurgés pourraient prendre son évasion pour une affaire personnelle et faire ce qu'ils peuvent pour finir ce qu'ils ont commencé, peut-être même en utilisant certains des lance-roquettes qu'ils ont obtenus contre nous. C'est plus sûr pour tout le monde si elle retourne en Californie.

— Je suis d'accord, dit le général.

— Si vous l'approuvez, intervint Rocco, le lieutenant pourrait revoir les photos officielles de chacun des soldats et

Marines qui étaient stationnés ici il y a deux semaines, quand elle a vu le traître rencontrer l'Afghan.

Le général se pencha en arrière et tambourina ses doigts sur le bras de sa chaise. Après quelques secondes de réflexion, il hocha la tête.

— Ça vaut le coup d'essayer.

— Merci, monsieur, dit Avery. Je ne vous laisserai pas tomber.

— Ça ne va pas être facile, lui dit le général. Beaucoup de ces hommes ont changé depuis que leurs photos officielles du ministère de la Défense ont été prises. Ils ont pris du poids, perdu du poids, changé de pilosité faciale... des choses comme ça.

Avery hocha la tête.

— Je sais. J'aimerais quand même essayer.

— Le temps que vous retourniez à votre base, j'aurai mis en place un dossier que vous pourrez consulter, lui dit le général. Mais vous n'êtes pas autorisée à les consulter autrement que sur un appareil sécurisé au poste de police de la base.

— Ce n'est pas un problème. Merci, dit Avery en se reposant sur sa chaise.

— Peut-on parler de l'autre homme maintenant ? demanda l'un des Delta.

C'était l'homme qu'Avery avait catalogué comme étant impatient.

— Je m'excuse pour Brain, dit Trigger.

— Pas besoin d'excuses, dit le général. Vous êtes ici depuis une semaine, et d'après ce que j'ai compris, vous n'avez pas encore eu beaucoup de chances de le retrouver. C'est une énorme avancée.

Avery se retourna sur sa chaise et s'adressa à l'équipe Delta Force.

— J'ai eu plus d'interactions avec lui qu'avec le traître, mais honnêtement, il ressemblait beaucoup aux autres habitants de la région. Il avait une barbe qui couvrait presque tout le bas de son visage. Il faisait à peu près ma taille et était de corpulence moyenne. Ses cheveux étaient foncés, mais sa barbe avait des stries grises assez distinctes de chaque côté de sa bouche. Son anglais était très bon. Presque trop bon, comme s'il avait été scolarisé. La plupart des autres locaux qui parlent anglais ne connaissent que les bases, et leur discours est plein d'erreurs grammaticales. Le sien ne l'était pas.

Elle poursuivit en expliquant ce qu'il lui avait dit le jour où elle l'avait vu pour la première fois avec l'Américain, et le jour de l'attaque du convoi. Au moment où elle finissait de réciter ce qu'il avait dit, tous les hommes dans la pièce serraient les dents et avaient l'air assez furieux pour tuer.

— On va le trouver, dit Trigger à Avery. Je vous promets, nous allons le trouver et le faire payer.

— Merci, dit Avery. Mais ne le faites pas en *mon* nom. Je suis en vie. J'ai survécu. Trouvez-le pour les deux soldats qui ont perdu la vie simplement parce qu'ils ont eu la malchance de conduire les camions qui contenaient les armes qu'il voulait. Faites-le pour les hommes et les femmes qui, dans le futur, seront tués par ces armes qu'il a volées.

— Considérez que c'est fait, jura Trigger.

— Si vous vous souvenez de quoi que ce soit d'autre ou si vous pensez que des informations peuvent être utiles, n'hésitez pas à me contacter, déclara le général.

Avery cacha un sourire.

— Euh... je vous appelle ? demanda-t-elle.

Le général ricana.

— Eh bien, ce serait un peu difficile, n'est-ce pas ?

Il regarda les SEAL.

— Je suppose que vous garderez tous un œil sur le lieutenant ?

— Oui, monsieur, répondit Rex avant que ses coéquipiers ne le fassent.

— Bien.

Il regarda de nouveau vers Avery.

— Dites-le à l'un des SEAL et ils pourront utiliser leur chaîne de commandement pour me contacter et/ou contacter les Deltas. OK ?

— Oui, monsieur, dit Avery.

Le général se leva, tout comme Avery. Il y eut des saluts tout autour et le général dit :

— Encore une fois, je suis très heureux de voir que vous vous portez si bien après votre épreuve. Je suis désolé que vous ayez été prise dans tout ça.

— Moi aussi, monsieur, mais je vais faire tout ce que je peux pour vous aider à trouver les bâtards qui ont fait ça.

Le général hocha la tête et les congédia. Le groupe sortit du bureau, passa devant l'assistant qui avait la gueule de bois, et retourna dans la chaleur du désert.

Trigger arrêta Avery avec une main sur son bras. Elle se tourna vers lui.

— Nous allons l'attraper, lieutenant, dit-il sérieusement.

Avery hocha la tête.

— Bien.

— Mais... quand vous retournerez en Californie... vous ne nous aurez jamais rencontrés. Pour tout le monde, la seule équipe de forces spéciales que vous avez vue était les SEAL qui vous ont sauvée. Compris ?

— Bien sûr. Je ne suis pas une idiote, dit-elle avec un peu de chaleur dans le ton. Je ne suis peut-être qu'une infirmière des Marines, mais je comprends comment fonctionne la sécurité des opérations. Je vous suis plus reconnaissante à vous, et aux hommes comme vous, que vous ne le saurez jamais. Mais cela ne signifie pas que je vais rentrer chez moi et donner des interviews au journal local sur l'équipe de Delta sexy qui va rechercher les hommes qui m'ont kidnappée.

Il eut quelques rires.

Même Trigger se mit à sourire.

— Je ne pensais pas que vous le feriez, mais je devais le dire. Vous comprenez, bien sûr.

— Je comprends, même si c'est inutile.

Avery tendit sa main.

— C'était bon de vous rencontrer, sombre et dangereux étranger. Soyez prudent. Je sais de source sûre qu'il y a beaucoup plus de choses qui font *boum* dehors qu'il y a quelques semaines.

— C'est promis, dit Trigger.

— Je ne m'ennuyais pas, lâcha Brain sur sa droite.

Avery grimaça.

— Ce n'est pas vraiment sorti comme il faut là-bas. Je suis désolée si je vous ai embarrassé.

Brain gloussa.

— Je n'étais pas gêné. Et je ne m'ennuyais pas, mais j'étais peut-être un peu impatient de passer aux informations sur l'homme que nous recherchons, comme vous l'avez dit. Et j'ai le sentiment que vous allez identifier ce traître, lieutenant.

— J'en suis sûre, dit Avery avec conviction. Cela pourrait me prendre plus de temps que je ne le voudrais, mais je finirai par trouver qui il est.

— Bonne chance, dit Brain.

Le reste des Delta lui fit écho, puis ils se dirigèrent tous vers une autre zone de la base.

Rex posa sa main sur le bas de son dos alors qu'ils se dirigeaient vers la clinique.

— Tu vas bien ? demanda-t-il doucement.

— Ouais. Ce n'était pas vraiment amusant, mais plus je parle de ce qui s'est passé, plus ça devient facile.

Rex ne fut pas surpris par ça. La pire chose qu'elle pouvait faire était de tout garder à l'intérieur. Il avait l'espoir soudain qu'il serait la personne à qui elle pourrait parler chaque soir pour l'aider à faire le point, mais il savait que ce n'était pas logique. Ils n'avaient même pas encore eu de rendez-vous.

— Plus vite on sort d'ici, plus je serai heureux, marmonna Ace.

Rex ne pouvait pas être plus d'accord avec cette déclaration.

Ils étaient tous conscients que la personne qui voulait la mort d'Avery était très probablement dans la base avec eux. Il pourrait même être en train de les observer. C'était troublant, et il se sentirait plus confiant pour la sécurité d'Avery quand ils seraient partis.

— Une unité de l'armée est rentrée chez elle il y a une semaine, dit Bubba, comme s'il pouvait lire dans les pensées de Rex. Il est possible que notre homme soit déjà parti pour retourner aux États-Unis. Il y a des unités des Marines et de l'armée qui rentrent chez elles dans quelques semaines également.

— On a donc un peu de temps pour qu'Avery regarde les photos avant de devoir trop s'inquiéter pour sa sécurité, dit Rocco. Puisque l'unité de l'armée qui est déjà partie est du Texas.

— Cela ne veut pas dire que le traître ne viendra pas en Californie pour faire taire Avery, dit Rex.

Avery leva la main pour mettre fin à la conversation.

— Stop, dit-elle avec un peu de force derrière son ton. Avant que l'un d'entre vous ne le suggère, je ne vais pas vivre ma vie barricadée derrière la porte de mon appartement en me cachant. Je n'ai pas non plus besoin d'un garde du corps. Je suis très consciente que je peux toujours être en danger, mais je ne peux pas vivre ma vie en me cachant. Je vais retourner en Californie, voir ce que je peux faire pour identifier l'homme que j'ai vu, et être très, très prudente lorsque je recommencerai à faire mes gardes à l'hôpital. Je refuse de le laisser me faire peur.

Rex n'aimait pas ça. Il ne voulait pas qu'elle soit vulnérable quand ils rentreraient à Riverton. Il était d'accord qu'elle ne devait pas se terrer, mais il n'était pas non plus sûr que ce soit une bonne idée qu'elle reprenne sa vie exactement comme avant. L'essentiel était que, jusqu'à ce qu'ils découvrent qui pouvait être le traître, elle était en danger.

Mais ce fut Bubba qui fit de son mieux pour lui faire comprendre à quel point sa vie avait changé :

— C'est bien beau tout ça, mais tu ne peux pas rentrer chez toi et prétendre que rien ne s'est passé. Que tu n'as pas été ciblée à cause de ce que tu as vu. Tu n'es pas naïve, et tu ne peux pas te mettre la tête dans le sable. Les choses *vont* être différentes pour vous, jusqu'à ce que ce type fasse une erreur, ou que tu l'identifies. Personne n'a dit que tu avais besoin d'un garde du corps et personne n'a dit que tu ne pouvais pas retourner travailler. Mais tu dois être intelligente. Tu devrais avoir une alarme si tu n'en as pas déjà une. Tu ne devrais pas être seule à l'hôpital. Tu dois parler à ton commandant et lui expliquer ce qui se passe. En d'autres termes, ne prends pas de risques. Je sais de source sûre que, parfois, la dernière personne que l'on s'attend à voir être le méchant est exactement la personne pour laquelle il faut le plus s'inquiéter.

Avery ouvrit la bouche pour parler, mais Bubba parla par-dessus elle :

— Ce ne sont pas mes affaires ce qui se passe entre Rex et toi. Mais il est plus qu'évident qu'il y a une connexion entre vous. Ne le repousse pas parce que tu penses que tu peux te débrouiller toute seule ou parce que tu essaies de prouver quelque chose. Ne confonds pas ce qu'il ressent pour toi avec de la pitié, ou ne pense pas qu'il veut juste te protéger parce qu'il y est obligé.

— Bubba, ça suffit, dit Rex à voix basse.

— Non, c'est bon, dit Avery en levant une main vers Rex et en fixant Bubba. Je soupçonne que ton histoire soit fascinante, et ça ne me dérangerait pas de l'entendre un jour, mais pour l'instant, je ne te connais pas et tu ne me connais pas. Je vais clarifier les choses, cependant, juste pour être claire. Quand j'ai dit que je n'allais pas laisser ce type me faire peur, je ne voulais pas non plus dire que j'allais être une de ces héroïnes idiotes de films d'horreur. Je ne vais pas me balader dans Riverton comme si je n'avais rien à faire dans le monde. Je ne vais pas laisser ma porte déverrouillée et prendre le même chemin pour aller au travail tous les jours pour qu'un élève de CE2 puisse me suivre et me kidnapper. Je ne veux pas de garde du corps, je n'ai pas menti là-dessus, mais je ne suis pas non plus opposée à ce qu'un Navy SEAL dur à cuire traîne avec moi. *Si* Cole et moi nous voyons à notre retour, ce sera parce que je m'intéresse à lui en tant que personne, pas pour ce qu'il peut faire pour moi. Compris ?

Bubba souriait, tout comme Rocco et Ace.

— Oui, madame, dit Bubba en la saluant.

Avery leva les yeux au ciel. `

— Vous êtes tous des emmerdeurs, vous le savez ? dit-elle en secouant la tête.

Ils étaient à l'air libre, où tout le monde pouvait les voir, donc Rex ne pouvait pas faire ce qu'il voulait. À savoir, mettre son bras autour de ses épaules et l'attirer à ses côtés. Mais il s'approcha un peu plus près, s'assurant qu'il était dans son espace personnel quand il dit :

— Nous allons nous revoir à Riverton. Tu m'as déjà demandé de sortir avec toi, et je ne vais pas te laisser revenir sur ta parole. Et j'ai hâte de passer du temps avec toi. Je ne serai pas ton garde du corps, mais ça ne me dérangerait pas d'être ton petit ami.

Il aimait le rose qui s'épanouissait sur ses joues. Mais elle ne s'éloigna pas de lui.

— « Petit ami » sonne tellement... « collège ».

— Comment tu m'appellerais alors ? demanda Rex.

— Je ne sais pas. Mon ami ? Mon amoureux ?

Tout le monde se mit à rire.

— Pas sûr que ça marche non plus, dit Rex en utilisant la pression de sa main dans son dos pour la tourner à nouveau vers la clinique. Et si on laissait la question ouverte pour le moment ?

— Je pense vraiment que nous devons garder un œil sur Avery, mais je crois que le problème le plus urgent sera Phantom. Nous allons devoir le surveiller pour nous assurer qu'il n'en fait pas trop et qu'il n'a pas envie de se rendre au Timor oriental, déclara Ace.

— La première chose à faire à notre retour est d'avoir une discussion d'équipe avec le commandant North, reconnut Rocco.

— Tu sais qu'il va s'emballer s'il a la *moindre* indication que Kalee est encore en vie, n'est-ce pas ? dit Rex.

— C'est pourquoi je vais aussi avoir une conversation avec Tex, répondit Rocco. Je sais que Phantom lui a déjà dit de surveiller le terrain. Je vais lui demander d'envoyer tout ce qu'il trouve à moi ou au commandant d'abord, afin que nous puissions limiter les dégâts et trouver un plan pour contrôler Phantom.

— Tu penses que tu *peux* le contrôler ? demanda Avery en fronçant les sourcils. Il me semble que vous sous-estimez tous votre coéquipier. De plus, si j'étais cette Kalee, je voudrais que Phantom vienne me trouver aussi vite que possible. Si elle est vraiment en vie et qu'elle a été au milieu de cette guerre civile aussi longtemps'', chaque seconde pourrait compter en ce qui concerne sa santé mentale et physique.

Tout le monde demeura silencieux pendant un long moment. Ils atteignirent la porte de la clinique, et Rocco la maintint fermée avec sa main sur la poignée pendant un moment. Il regarda Avery et dit :

— Tu as raison. Je sais que tu as raison. Mais ce n'est pas dans notre nature d'agir seuls. Nous sommes une équipe.

— Vous êtes peut-être une équipe, mais ça ressemble à quelque chose que Phantom doit faire. Il se sent responsable de ne pas avoir reconnu ce qu'il a vu ce jour-là quand vous étiez là. Je ne suggère pas que vous le laissiez partir seul, puis que vous restiez là à attendre qu'il revienne, mais vous devez lui laisser un peu d'espace pour qu'il digère tout ça. Je suppose qu'il a besoin de se prouver à lui-même qu'il n'est pas le genre d'homme que sa mère et sa tante ont essayé de lui dire qu'il était. Un loser. Un bon à rien.

Rex inhala brusquement. Ils aimaient tous Phantom comme un frère. Il n'avait jamais donné aucune indication sur le fait qu'il ressentait autre chose que de la fierté à faire partie de l'équipe SEAL, mais là encore, peut-être qu'Avery avait raison.

— Il n'est pas prudent pour lui de s'immiscer au milieu d'une guerre civile, reprit Bubba.

— Je n'ai jamais dit que ça l'était. Mais ce n'était pas sûr pour vous de vous séparer quand vous m'avez sauvée non plus, n'est-ce pas ? Et vous l'avez fait quand même. Je pense juste que tu ne vois pas ça du côté de Phantom. Il pense que c'est sa faute si Kalee n'a pas été sauvée. Et il sent qu'il a besoin de réparer cette erreur.

Elle se tourna vers Rex.

— Comment te serais-tu senti si tu avais arrêté d'enlever des pierres juste avant d'arriver à moi parce que les insurgés étaient arrivés sur la montagne quelques minutes plus tôt ? Puis tu aurais découvert plus tard que j'étais à l'intérieur, mais tu n'aurais pas déplacé le dernier rocher ?

Elle avait raison. Tout à fait raison. Il aurait remué ciel et terre pour revenir la sauver.

— Tu marques un point.

— On ne sait même pas si elle est vraiment encore en vie, dit Rocco. Donc c'est un point discutable à ce stade. Mais ton argument est sensé, et je vais le garder à l'esprit si et quand le temps sera venu.

Puis il ouvrit la porte et fit signe à Avery et aux autres d'entrer dans le bâtiment.

Le reste de l'après-midi, ils rendirent visite à Phantom dans sa petite salle de réveil. Gumby alla chercher le déjeuner pour tous, et ils firent une sorte de pique-nique dans la salle en attendant que le médecin de Phantom signe sa sortie.

Il était tard lorsqu'ils se dirigèrent vers la piste d'atterrissage pour monter dans l'avion qui allait les emmener hors du pays. Ils avaient quelques arrêts à faire sur le chemin du retour en Californie, mais à la seconde où les roues quittèrent le sol dur de la piste, Rex poussa un soupir de soulagement.

Il observa Avery et vit qu'elle regardait par la fenêtre les montagnes au loin.

— Tu vas bien ? demanda-t-il calmement.

Avery haussa les épaules.

— J'étais excitée à l'idée de venir ici et d'aider les gens du coin. La santé des femmes est une préoccupation sérieuse, et j'étais tout excitée à l'idée de les aider à prendre soin d'elles-mêmes. Mais j'ai un peu honte d'admettre que je n'ai pas pensé aux femmes que j'ai rencontrées avant d'être faite prisonnière. Je suis aussi très heureuse de partir, et je ne veux jamais revenir. Et cela me donne l'impression d'être un mauvais officier des Marines.

Rex toucha sa main et fut heureux quand elle s'accrocha immédiatement à lui. Il serra sa main et dit :

— Cela te rend humaine, Avery. Et par-dessus tout, avant ton devoir envers ton pays, tu dois faire ce qui est le mieux pour toi.

Elle ne détourna pas son visage de la fenêtre, et ils regardèrent le paysage devenir de plus en plus petit à mesure qu'ils prenaient de l'altitude, mais elle serra sa main fermement. Il savait qu'elle l'avait entendu.

***

L'enseigne Scott Wheatland regarda l'avion décoller, transportant l'équipe SEAL et la garce qui l'avait vu. Il était heureux de les voir partir, et il devait penser que le fait que la police militaire ou un maître d'armes des Marines ne soit pas venu le chercher pour l'emmener en cellule était un bon signe.

Mais il n'était pas prêt à baisser sa garde. Comme il

travaillait dans la sécurité, il avait accès à beaucoup d'informations qu'il n'aurait pas eues autrement. Il était autorisé à aller en ville et à parler avec les habitants pour essayer d'obtenir des informations. C'est ainsi qu'il avait établi son contact pour obtenir son stock de pilules quand il en avait besoin.

Tout ce qu'il avait à faire était de faire profil bas les trois prochaines semaines jusqu'à son retour à la base en Californie. Puis il creuserait un peu et verrait ce qui se passait avec la garce. Il savait qu'elle travaillait à l'hôpital, et il pourrait la surveiller. C'était un miracle qu'il ne l'ait pas rencontrée avant. Surtout si l'on considère le temps qu'il avait passé à l'hôpital. D'abord avec sa propre blessure, puis les innombrables fois où il avait dû amener des conducteurs soupçonnés d'être ivres pour les faire tester.

Et bien sûr, il avait fait semblant d'être malade à maintes reprises pour essayer d'obtenir des ordonnances pour plus d'analgésiques.

Il avait le sentiment qu'elle le reconnaîtrait *maintenant*. Et tout s'écroulerait si le lieutenant le dénonçait.

C'est exactement pour ça qu'il avait dit à son contact de tuer cette garce dès qu'il le pourrait ! Mais au lieu de cela... regardez ce qui s'était passé. Elle avait été sauvée, et maintenant Scott devait s'inquiéter à chaque seconde d'être emmené en prison pour son rôle dans l'attaque du convoi et la mort des deux soldats. Et pour couronner le tout, il avait un million de dollars qu'il ne pouvait pas toucher.

— Profite des trois prochaines semaines, se dit-il alors que l'avion disparaissait dans les nuages au-dessus de la base. Parce que ce seront tes dernières.

CHAPITRE DOUZE

Avery soupira de soulagement lorsque les roues de l'avion touchèrent le sol de la Californie du Sud. La dernière étape avait été un long vol, et elle était restée éveillée pour s'assurer que Phantom allait bien, et qu'il ne souffrait pas d'un quelconque problème dû à l'altitude.

Elle culpabilisait que Cole soit resté éveillé avec elle. Elle savait qu'il était probablement très fatigué, mais il ne le laissait pas paraître. Il lui apportait des encas pour garder son énergie, l'obligeait à boire beaucoup d'eau, et ils parlaient pendant des heures.

Ils discutèrent de tout. Ce qu'ils aimaient lire, ce qu'ils faisaient pendant leur temps libre et, chose intéressante, ce qu'ils recherchaient chez un partenaire.

Avery voulait quelqu'un qui n'ait pas peur de la laisser diriger de temps en temps, mais qui n'hésitait pas à prendre le contrôle quand la situation le justifiait. Cole avait dit qu'il avait une peur bleue du mariage. Il ne voulait pas finir par divorcer comme ses parents. Il avait vu tant de mariages de SEAL échouer et était pétrifié par le fait que le sien puisse finir de la même façon.

Avery pouvait comprendre cela, bien qu'elle ait fait remarquer que ses amis semblaient très bien s'en sortir dans leurs propres relations, et qu'il fallait faire des compromis des deux côtés si l'on voulait que le mariage fonctionne.

Il admit ensuite que lorsqu'il avait été dans la rivière, et qu'il avait eu cette vision d'un petit garçon, il avait des cheveux roux et des yeux verts... ce qui avait entraîné toute une discussion sur le fait de savoir s'ils voulaient des enfants (ils en voulaient tous les deux), leurs croyances religieuses, et s'ils croyaient aux prémonitions.

C'était une conversation intime pour eux, si tôt dans leur relation, mais Avery ne se sentait pas le moins du monde mal à l'aise. Il était facile de parler à Cole, et plus elle passait de temps avec lui, plus il était difficile de penser à prendre des chemins séparés lorsqu'ils arriveraient en Californie.

Mais maintenant ils étaient là, et Avery ignorait comment les choses allaient se passer.

Les mots de Rocco mirent fin à certaines de ses spéculations à ce sujet.

— Ce retour au pays est très discret, déclara-t-il au groupe. Nos femmes n'ont pas été informées de notre retour, alors n'hésitez pas à les appeler pour leur faire savoir que vous serez bientôt à la maison. Avery, tes parents sont ici. La Croix-Rouge les a informés de ton sauvetage et s'est arrangée pour qu'ils soient ici.

Elle haleta de surprise et de plaisir.

— Vraiment ?

— Vraiment, lui dit Rocco avec un petit sourire.

— Je suppose que tu n'es pas contrariée, dit Cole à côté d'elle.

— Non ! répondit Avery en secouant vigoureusement la tête. Je ne les ai pas vus depuis une éternité ! J'étais tellement inquiète de la façon dont ils allaient prendre ma capture. Est-ce qu'ils vont bien ? Ma sœur a été prévenue ? demanda-t-elle à Rocco.

L'autre homme haussa les épaules.

— Je ne sais rien d'autre que ce que je viens de te dire. Mais tu le découvriras par toi-même dans quelques minutes.

Avery se pencha et regarda par le petit hublot de l'avion, mais ne vit rien d'autre que le bâtiment à côté duquel ils s'arrêtèrent.

— Phantom, désolé mon pote, mais tu vas directement à l'hôpital pour être examiné, dit Rocco.

Le SEAL se renfrogna.

— Je sais, mais c'est nécessaire, lui dit Rocco.

— C'est vraiment le cas, ajouta Avery.

— Quand pourrai-je voir le commandant ? demanda Phantom.

— Demain matin, dit Rocco. Les dispositions ont déjà été prises. Nous devons aller faire notre rapport officiel sur la mission et ensuite, nous aurons une réunion privée avec le commandant North. Je crois que le contre-amiral Creasy sera là aussi.

Phantom soupira, mais hocha la tête.

— Et moi ? demanda Avery.

— Tu vas rentrer chez toi avec tes parents ce soir et passer une bonne nuit de sommeil. Rex viendra te chercher demain matin après notre réunion et t'amènera au poste de police. Tu seras installée dans une pièce où tu pourras commencer à éplucher les dossiers de tous les hommes qui étaient stationnés ou travaillaient sur la base en Afghanistan il y a deux semaines, lui dit Rocco.

Avery sentit la main de Cole sur son bras, mais garda les yeux sur Rocco.

— Combien de temps ai-je pour l'identifier ?

— Aussi longtemps qu'il le faudra.

Avery fronça les sourcils.

— Mais je suppose que plus vite je l'identifie, mieux c'est ?

— Bien sûr, intervint Gumby. Mais ce n'est pas quelque chose à faire à la va-vite. Tu dois être sûre à cent pour cent de la personne que tu accuses. Il vaut mieux prendre son temps que de se précipiter.

— Ton capitaine a été informé de ton retour, et tu pourras reprendre le travail dès que tu te sentiras prête, lui dit Cole à côté d'elle.

Avery soupira de soulagement. Elle était inquiète à ce sujet.

— Bien. Je suis prête maintenant.

— Tu devrais prendre du temps, dit Cole.

Avery secoua la tête.

— Non, sérieusement, je dois retourner au travail. Être occupée. Sinon je vais rester assise toute la journée à m'ennuyer à mourir.

Ce qu'elle ne disait pas, c'est qu'elle resterait probablement assise toute la journée à penser à ce qui lui était arrivé et à s'inquiéter de qui pouvait être le traître.

Comme s'il savait exactement ce qui lui passait par la tête, Cole répondit :

— Il n'y a pas de honte à demander une aide psychologique.

— Je sais, dit Avery, et elle était sincère.

Elle connaissait plusieurs psychologues qui travaillaient à l'hôpital avec elle, et savait à quel point il était important pour les soldats et les Marines de parler à quelqu'un afin d'essayer de réduire l'emprise du syndrome post-traumatique sur eux, mais elle allait vraiment bien. Si elle avait besoin de parler à quelqu'un, elle le ferait. Mais pour l'instant, elle avait besoin d'être occupée, et de regarder les photos des hommes stationnés en Afghanistan.

— Je veux juste dire, avant que la porte ne s'ouvre, dit Bubba, merci au lieutenant Nelson. Nous ne savons jamais ce qui va se passer lorsque nous partons en mission, et nous n'aurions certainement jamais pu prédire que la personne que nous allions secourir finirait par sauver non pas un, mais deux membres de notre équipe. Je connais ces gars depuis quasiment le premier jour de nos carrières navales, et je ne peux pas imaginer être un SEAL sans eux à mes côtés. Donc merci.

Les autres firent tous écho à ses remerciements et Avery sut qu'elle rougissait.

— Je n'ai rien fait que personne d'autre n'aurait fait, protesta-t-elle. J'étais juste au bon endroit au bon moment.

Les six hommes secouèrent la tête et levèrent les yeux sur elle.

— Rex, si tu veux bien me faire l'honneur ? dit Ace avec un signe de tête à son ami.

Avery se retourna pour voir Cole qui lui tendait quelque chose dans la paume de sa main.

Elle baissa les yeux et trouva une broche. Une broche qu'elle reconnut facilement.

C'était un insigne de guerre spécial, aussi connu sous le nom de trident SEAL, ou Budweiser. Elle savait qu'il était donné aux membres de l'US Navy qui avaient suivi la rigoureuse formation BUD/S, la formation de qualification SEAL, et avaient été désignés comme SEAL de l'US Navy.

Ce qu'elle ne savait pas, c'est pourquoi il *lui tendait la main.*

Elle regarda dans les yeux de Cole et vit du respect. Et quelque chose de plus. Quelque chose de plus intense qui, franchement, lui fit perdre ses moyens.

Elle était épuisée, inquiète pour Phantom, pour pouvoir identifier le traître, et excitée à l'idée de voir ses parents. Elle n'avait pas la puissance cérébrale pour commencer à comprendre ce qui se passait en ce moment.

— Prends-le, insista doucement Cole.

Lentement, Avery tendit le bras et prit la petite épingle. Les ailes de l'aigle mordirent sa paume quand elle referma ses doigts autour.

— Comme tu le sais probablement, la Budweiser est l'une des traditions les plus chères et les plus honorées des SEAL, lui dit Gumby. Mais nous en avons tous parlé, et nous avons décidé que puisque tu incarnes tout ce qui est sacré pour un

SEAL – l'honneur, la bravoure, la force, l'entêtement et la capacité à rester calme sous une pression extrême –, tu mérites d'en avoir une tout autant que chacun d'entre nous.

— Je... je ne peux pas accepter ça, bégaya Avery, choquée au-delà des mots.

Cole se tendit et prit sa main dans les deux siennes.

— Tu peux et tu vas le faire, lui dit-il fermement. Tu ne peux pas vraiment le porter sur ton uniforme, dit-il ironiquement, mais savoir que tu l'as, c'est important pour mes coéquipiers et moi. C'est important pour nous.

Elle ne pouvait pas détourner son regard du sien. Les cheveux de Cole lui tombaient dans les yeux et sa barbe semblait encore plus touffue que la veille, mais pour elle, il était absolument magnifique. Et s'il voulait qu'elle ait cette broche, alors elle serait idiote de la refuser.

— Merci, dit-elle, sans quitter son regard.

Puis il la surprit en se penchant en avant et en embrassant son front.

Avery ferma les yeux et inspira profondément, l'odeur de Cole remplissant ses narines et son âme. Il sentait si bon. Même après avoir voyagé aussi longtemps, il sentait encore le savon qu'il avait utilisé la dernière fois qu'il s'était douché sur la base. L'odeur était tellement plus agréable sur lui que sur elle.

Puis Cole retira ses doigts de la broche et la prit sur sa paume.

— Le fermoir est un peu délicat. Fais attention à ne pas te piquer en le manipulant.

Une pensée frappa Avery alors qu'il défaisait quelques boutons de son haut camouflage et épinglait doucement la Budweiser à son T-shirt en dessous, en prenant soin de ne pas la toucher de manière inappropriée. Elle ne put s'empêcher de demander :

— C'est le tien ?

C'était comme s'ils étaient les deux seules personnes dans

l'avion à ce moment-là. Il finit d'attacher la broche à son T-shirt, puis ferma son haut d'uniforme et boutonna le devant une fois de plus.

— Oui. Maintenant, c'est le tien, lui dit-il. Phantom et moi avons joué à pierre, papier, ciseaux pour savoir qui aurait le privilège de te donner sa broche. J'ai gagné.

— Il a triché, grommela Phantom à proximité, mais Avery l'entendit à peine.

— Je ne peux pas prendre ta broche, protesta-t-elle. Je sais à quel point ces choses comptent pour toi. Elles sont sacrées.

Inconsciemment, sa main se leva et recouvrit l'endroit de son uniforme où se trouvait la broche.

Cole plaça sa main sur la sienne et dit :

— Je suis ici grâce à toi. Phantom est ici grâce à toi. Rien n'est plus sacré que ça.

Avery ne voulait pas pleurer, mais elle savait que s'il disait un mot de plus, elle allait perdre la tête. Elle ferma les yeux et s'efforça de contrôler ses émotions.

— Merci, chuchota-t-elle.

— Non, *merci*, répondit Cole avec douceur.

— Vous êtes prêts, annonça bruyamment le pilote, brisant l'intensité du moment.

Avant d'avoir réalisé ce qui se passait, Avery fut poussée hors de l'avion et traversa le tarmac en direction du bâtiment. Pendant qu'ils marchaient, Cole dit :

— Si c'est d'accord, je passerai à ton appartement vers 11 heures demain pour te prendre et t'amener au poste de police. Cela devrait te laisser le temps de faire la grasse matinée et de discuter avec tes parents. D'accord ?

— Tu sais où j'habite ? demanda-t-elle en le regardant.

Il haussa les épaules.

— Non, mais je trouverai une solution avant 11 heures demain.

Elle sourit et secoua la tête.

Ils arrivèrent à la porte du hangar, et Avery sut que, dans

une seconde, elle n'aurait plus le temps de parler à Cole. C'était bizarre de savoir qu'elle ne serait pas avec lui plus tard. Ils avaient été ensemble chaque minute de chaque jour depuis qu'il avait enlevé cette dernière pierre. Il avait été la première personne qu'elle avait vue après avoir été enterrée vivante, et pour une raison qu'elle ne comprenait pas, elle se sentait extrêmement mal à l'aise à l'idée de se séparer de lui.

Elle posa une main sur la broche Budweiser sur sa poitrine et l'autre sur son bras, enfonçant ses ongles.

— Cole ?

— Qu'est-ce qui ne va pas ? demanda Cole, cherchant immédiatement ce qui l'avait effrayée.

— C'est juste que... je ne sais pas comment te contacter, dit Avery.

Son regard se fit plus doux, et il sortit un téléphone portable de sa poche.

— Donne-moi ton numéro. Je t'enverrai un texto pour que tu aies le mien. Peu importe l'heure, si tu as besoin de moi, tout ce que tu as à faire est de m'appeler ou de m'envoyer un texto. OK ?

C'était idiot, mais savoir qu'elle aurait ne serait-ce que cette petite connexion avec lui la fit se sentir beaucoup mieux. Elle lui donna son numéro et le regarda le composer. Puis il remit le téléphone dans sa poche et s'approcha d'elle.

Avery se mit volontiers dans ses bras. Elle tourna son visage dans son cou et sentit la chaleur de sa peau contre ses lèvres. Son emprise sur elle était agréable, intime. Ils demeurèrent ainsi pendant un moment, puis il se retira.

— Tu es prête ?

Prenant une profonde inspiration, Avery hocha la tête.

— Prête.

— Je suis toujours à quelques clics des touches de ton téléphone, lui rappela-t-il.

— Je sais. Et je te verrai dans, dit-elle en regardant sa montre, quinze heures environ.

— Exact. Et c'est quatorze heures et cinquante et une minutes, corrigea-t-il.

Avery se détendit un peu. Soulagée de ne pas être la seule à avoir du mal à accepter les circonstances étranges dans lesquelles ils s'étaient retrouvés. Comment avait-elle pu se connecter si rapidement et si profondément avec Cole en si peu de temps ?

Mais c'était une question stupide. Elle savait comment. Il y avait déjà une alchimie intense entre eux avant qu'elle ne soit déployée. Ils s'observaient depuis des mois. Et le fait qu'il l'ait sauvée, puis qu'elle *l'*ait sauvé, puis qu'ils aient fui ensemble avec le danger sur leurs talons avait cimenté cette connexion. Lui dire au revoir, ne serait-ce que pour la nuit, fut extrêmement difficile.

— Vous venez, les gars ? demanda Ace en tenant la porte ouverte.

— Ouais, dit Cole, mais il ne quitta pas le regard d'Avery.

Puis il leva la main et, à l'aide de son index, traça une ligne légère d'une joue à l'autre en passant par son nez.

— Je ne me lasse pas de tes taches de rousseur, murmura-t-il.

Pour détendre l'atmosphère, Avery répondit :

— C'est une bonne chose, puisque tout mon corps en est recouvert.

Ses yeux s'illuminèrent.

— Oui ? Partout ?

Sachant qu'elle rougissait à nouveau, Avery hocha la tête.

— Ouais.

— Putain, mon cœur. Tu me tues.

Elle gloussa.

— Maintenant tu sais ce que je ressens en m'interrogeant sur ces tatouages sur ton bras... et si tu en as d'autres cachés sous ton uniforme.

Il se mit à sourire.

— Je suppose qu'on a tous les deux des choses à découvrir, hein ?

— Je suppose, dit-elle, puis elle se retira et franchit la porte.

Dès qu'elle pénétra dans le grand hangar, elle entendit sa mère crier son nom avec bonheur et soulagement.

Le son de la voix de sa mère fut un baume pour l'âme d'Avery. Elle se précipita vers sa mère et, lorsque ses bras l'entourèrent, aucune des deux femmes ne put retenir ses larmes.

⁎⁎

Rex détestait voir Avery pleurer, mais il savait qu'elle avait besoin d'un exutoire émotionnel. La voir avec sa mère rendait tout ce qu'ils avaient vécu ces derniers jours plus que justifié. Les deux femmes se ressemblaient beaucoup. Avery avait quelques centimètres de plus que sa mère, mais elles avaient toutes deux les mêmes cheveux roux et les mêmes yeux verts. Son père se tenait à proximité, une main sur le dos de sa femme et l'autre sur l'épaule de sa fille. Il avait des cheveux blonds et était un peu plus grand qu'Avery.

Ses deux parents semblaient avoir une cinquantaine d'années, mais il savait, pour avoir parlé à Rocco, qu'ils avaient en fait la soixantaine. Il était évident qu'ils avaient souffert du sort de leur fille, et il aimait pouvoir assister à leurs joyeuses retrouvailles.

Cependant, il ne pouvait s'empêcher de se souvenir du regard de panique sur le visage d'Avery lorsqu'elle avait réalisé que leur temps ensemble touchait à sa fin. Il détestait ça. Il *détestait* ça. Il ne voulait rien d'autre que la ramener à son appartement et s'y installer, s'assurer qu'elle était en sécurité, qu'elle mangeait ce dont elle avait besoin et qu'il pouvait veiller sur elle pendant qu'elle dormait. Mais ce n'était pas son droit. Pas encore.

Rocco prit le contrôle de la scène et mit Phantom en route pour l'hôpital en compagnie de Gumby et Ace. Le plan était que Phantom retourne à la maison de la plage de Gumby jusqu'à ce qu'il soit complètement rétabli. Ils espéraient tous que le fait d'être près de la plage l'encouragerait à aller mieux plus vite et l'apaiserait.

En fait, ils soupçonnaient tous Phantom d'être une bombe à retardement – il suffisait d'un indice qui laisserait supposer que Kalee Solberg était toujours en vie au Timor oriental pour qu'il explose.

Rocco et Bubba s'éclipsèrent ensuite pour rejoindre leurs femmes, et Avery était sur le point de partir avec ses parents dans leur voiture de location. Mais elle se tourna vers Rex au lieu de se tourner vers la porte.

— Cole ?

Il se dirigea vers elle immédiatement. Il avait essayé de lui donner un peu d'espace. Pour la laisser avoir ses retrouvailles avec ses parents sans interférence.

— Ouais, Avery ?

— Je ne t'ai pas présenté à ma mère et à mon père. Désolée. Maman, papa, voici Cole Kingston. C'est un des SEAL qui m'a sauvée, mais tu ne peux pas en parler quand tu rentreras au Texas. OK ?

— Bien sûr que non, chérie, dit la mère d'Avery, sans quitter Cole des yeux. Ravie de vous rencontrer, dit-elle en lui tendant la main pour qu'il la serre. Je suis Amy. Et lui c'est Bob.

— Tout le plaisir est pour moi, répondit Rex.

— Merci, murmura Bob Nelson. Je ne peux pas le dire plus simplement que ça.

— Et ce n'est pas nécessaire. Honnêtement, votre fille était déjà à quatre-vingt-dix-neuf pour cent sur le point de se sauver quand nous sommes arrivés.

— Ne le crois pas, dit Avery en secouant la tête.

Les yeux de Rex et d'Avery se croisèrent, et il fut incapable de détourner son regard d'elle. Il voyait toutes sortes d'émotions dans ses yeux – le soulagement d'être de retour en Californie, le désir, la peur – et une fois de plus, il ne voulait rien de plus que la prendre dans ses bras et les enfermer tous les deux derrière la porte de son appartement, loin de tout le monde et du reste.

— Nous ne pourrons jamais assez vous remercier, poursuivit Bob, et Rex se força à le regarder. Quand nous avons appris qu'Avery avait été capturée, toutes sortes de choses horribles nous sont passées par la tête, mais nous avons essayé de rester positifs.

— Et quand nous avons reçu l'appel nous annonçant qu'elle était saine et sauve, c'était le plus beau jour de notre vie, poursuivit Amy.

— Combien de temps comptez-vous rester ? demanda Rex.

Le regard d'Amy passa de Rex à Avery, puis de nouveau à Rex.

— Nous ne sommes pas sûrs. Probablement au moins une semaine, mais aussi longtemps qu'Avery aura besoin de nous, dit-elle vaguement.

— Vous pouvez rester aussi longtemps que vous le souhaitez, s'empressa de les rassurer Avery. J'ai une chambre d'amis dans mon appartement.

— Merci, chérie, dit Amy. Je suppose qu'on vous verra plus tard ? demanda-t-elle à Rex.

— Oui, m'dame. Je l'espère. Je suis impatient d'apprendre à mieux vous connaître tous les deux.

Rex savait qu'il exagérait probablement, mais d'après ce qu'il avait vu, il aimait bien les parents d'Avery, et s'il devait sortir avec elle – et il le voulait vraiment, vraiment –, il souhaitait aussi apprendre à connaître les personnes qui l'avaient élevée pour devenir la femme extraordinaire qu'elle était aujourd'hui.

Avery rougissait, mais elle réussit à lui adresser un petit sourire.

— Je te verrai demain matin ? demanda-t-elle, même si elle connaissait déjà la réponse à cette question.

— Absolument. Onze heures.

— Qu'est-ce qui se passe demain ? demanda Bob.

— Je vais parler au commandant de ce qui s'est passé en Afghanistan, dit rapidement Avery.

Rex fut impressionné, une fois de plus. Il ne la regarderait pas de haut si elle disait à ses parents ce qui s'était passé, à savoir qu'elle était la seule à pouvoir identifier le traître, mais elle était un officier des Marines et il ne faisait aucun doute qu'elle suivrait la sécurité opérationnelle à la lettre, ne disant à ses parents que ce qu'ils avaient besoin de savoir.

— Eh bien, nous vous verrons alors, dit Amy, souriant à Rex.

Bob lui fit un petit signe du menton, puis ils se retournèrent tous les trois pour se diriger vers le parking.

Rex se tenait dans l'embrasure de la porte, regardant le trio partir, les yeux rivés sur Avery. Comme si elle pouvait sentir son regard, elle se retourna une fois, et le regard de désir et d'insécurité dans ses yeux le poussa presque à la suivre. Presque.

Il tint bon jusqu'à ce que la voiture de location quitte le parking, puis il força ses pieds à bouger. Il était épuisé et avait besoin de quelques heures de sommeil. Avery irait bien. Il la verrait demain. Il avait survécu aux trente-quatre premières années de sa vie sans elle, il pouvait tenir une nuit de plus.

CHAPITRE TREIZE

À 8 heures du matin, Rex était assis autour d'une grande table dans une salle de conférence avec le reste de son équipe et le commandant North. Le contre-amiral Creasy était également présent. Ils avaient déjà fait un débriefing de la mission et étaient sur le point de discuter de la disparition de Kalee Solberg. Ils avaient avancé cette réunion, sachant combien Phantom était impatient d'en parler.

Rocco se pencha en avant et composa le numéro de téléphone, appelant Tex pour l'inclure également dans cette partie de la réunion. Dès que l'ancien Navy SEAL fut connecté, tout le monde se tourna vers Phantom et leur commandant.

Phantom était assis avec sa jambe en appui sur une chaise à côté de lui. Il avait l'air mal à l'aise, et Rex savait qu'il avait probablement mal, mais rien ni personne n'allait l'éloigner de cette réunion aujourd'hui. Ensuite, Gumby le ramènerait directement à sa maison de la plage pour que Sidney et leur chien, Hannah, puissent garder un œil sur lui et s'assurer qu'il n'en fasse pas trop.

Le commandant North se pencha en arrière et plissa ses doigts sous son menton.

— Phantom, j'ai entendu dire que vous vous souveniez mieux de la mission au Timor oriental, c'est exact ?

— Oui, monsieur, dit Phantom.

— Dites-moi exactement ce dont vous vous souvenez, et pourquoi vous pensez que mademoiselle Solberg pourrait être en vie après tous ces mois.

Rex vit un muscle de la mâchoire de Phantom se contracter au doute dans la voix de leur commandant, mais il commença immédiatement à raconter ce dont il s'était souvenu après avoir été blessé.

Lorsqu'il eut terminé, la salle demeura silencieuse pendant un bon moment. Puis le contre-amiral Creasy dit :

— Vous nous avez dit pourquoi vous croyez que Kalee était en vie il y a plusieurs mois pendant que vous étiez en mission, mais pas pourquoi vous pensez qu'elle pourrait être encore en vie maintenant. Cela fait très longtemps.

Il n'y avait aucune censure dans le ton de l'homme, et tous les SEAL savaient que la question ne pouvait être évitée.

Phantom se redressa sur sa chaise et se pencha en avant, fixant du regard son commandant et le contre-amiral.

— Je n'ai aucune preuve, dit-il. En fait, ce serait un putain de miracle si elle l'était. Mais quelque chose dans mes tripes me dit qu'elle a survécu. Vous n'avez pas vu cet orphelinat, monsieur. C'était un carnage. Les enfants avaient été tués sans pitié. C'était un peu comme ce que j'imagine que les soldats de la Seconde Guerre mondiale ont vu quand ils ont libéré les camps de concentration en Europe, sauf qu'il n'y avait pas de survivants. Pour avoir traversé ce qui s'est passé là-bas, Kalee devait être forte. Elle aurait fait tout ce qu'elle pouvait pour protéger ces enfants, je le sais jusqu'à la moelle de mes os, surtout après avoir entendu Sinta et Kemala parler du genre de personne qu'elle était. Si elle a survécu à ce qui s'est passé avant d'être jetée dans cette fosse – et je sais pertinemment que c'est le cas –, il y a de fortes chances qu'elle ait survécu à tout ce qui s'est passé depuis. Elle est intelligente, nous le savons en ayant parlé à Piper et à son père. Elle fera tout ce qu'elle doit faire pour survivre.

— Ça fait des mois, Phantom, dit à voix basse le contre-amiral.

— Oui. Et vous savez aussi bien que moi que lorsque l'esprit humain est fort, une personne peut résister aux abus les plus durs pendant des mois, des années, rétorqua Phantom.

— Alors, que voulez-vous que nous fassions ? demanda leur commandant. Même si les choses semblent s'être calmées sur l'île, il y a encore des rebelles qui font des ravages. Vous savez que je ne peux pas vous autoriser à aller au Timor oriental juste pour fouiner et voir ce que vous pouvez trouver sur elle.

Rex détestait ça pour son ami. Il détestait qu'ils ne puissent pas tous retourner sur l'île asiatique et chercher la femme que Phantom n'arrivait pas à se sortir de la tête.

— Je le sais, monsieur, dit Phantom, et Rex savait qu'il le pensait.

Il était également clair qu'il y avait réfléchi longtemps et âprement.

— J'aimerais proposer à Tex d'examiner la situation. Il a plus de relations que nous ne pourrions l'imaginer. Il s'est déjà mis en veille, mais n'était pas sûr de ce qu'il devait chercher. Maintenant que nous savons que Kalee pourrait être en vie, il peut affiner son enquête. Il sait quelles sont les bonnes questions à poser.

— Vous avez une foi énorme en moi, dit Tex avec un certain amusement à l'autre bout de la ligne téléphonique avant de redevenir sérieux. Il y a peu de chances, tu le sais, Phantom, n'est-ce pas ? Je veux croire autant que toi qu'elle est toujours en vie, mais ça *fait* longtemps. On ne peut pas savoir ce qui lui est arrivé. Tu sais mieux que moi que les rebelles ne sont pas connus pour leur humanité. Ils n'ont pas hésité à tuer des familles entières sans remords. J'ai entendu des histoires où ils prennent des bébés en otage pour s'assurer que les femmes qu'ils ont capturées font ce qu'on leur demande... et vous savez ce que c'est sans que j'aie à le dire. Si Kalee *a* survécu tout ce temps, dans quel état pensez-vous qu'elle soit ?

— Donc tu penses que c'est une raison pour la laisser là ? demanda Phantom avec insistance.

— Non, dit immédiatement Tex. Je veux juste m'assurer que tu sais que si elle *est* en vie, et *si* tu arrives à la trouver, elle ne sera plus la Kalee que tout le monde connaissait. Tout ce que son père nous a dit à son sujet sera nul et non avenu. Les photos souriantes que tu as vues sembleront être celles d'une personne différente. Tu pourrais la sauver... mais elle ne te remerciera probablement pas pour ça.

— Je suis prêt à prendre ce risque, dit Phantom avec obstination.

— Pourquoi ? demanda le commandant North. Pour apaiser la culpabilité que tu ressens de ne pas avoir accompli la mission ?

Rex vit Phantom prendre une profonde inspiration avant de dire :

— Parce que j'ai été à sa place. Pas exactement, mais au sens figuré. J'avais besoin d'être secouru, et personne n'a fait un pas en avant pour m'aider, même s'ils savaient que quelque chose n'allait pas. Je ne peux pas laisser tomber, monsieur, dit Phantom à son commandant. Elle est là dehors. Je le sais. Et il faut la trouver.

Le silence remplit la pièce une fois de plus. Rex retint son souffle. Si cela ne tenait qu'à lui, il partirait à la seconde même pour accompagner Phantom au Timor oriental. Il n'avait jamais entendu son ami être aussi passionné par *quelque chose* auparavant. C'était important pour lui, donc c'était important pour chaque homme de son équipe SEAL.

— Si Tex vient me voir et me dit qu'il a trouvé des preuves concrètes que Kalee est vivante, je verrai si je peux faire en sorte que vous retourniez la chercher, dit le contre-amiral Creasy. En attendant, vous resterez ici et travaillerez avec votre équipe. Vous ne direz pas un seul mot à son père ou à qui que ce soit de ce que vous pensez avoir vu là-bas, et vous ne partirez pas à l'aveuglette en décidant de faire un voyage au Timor oriental tout seul. Je vais vous refuser tout congé jusqu'à ce que je sois sûr que, premièrement, vous êtes guéri, et deuxièmement, que vous n'allez pas courir à l'autre bout du monde sur une fausse piste. Compris ?

— Oui, monsieur, dit Phantom avec une trace de soulagement dans le ton.

— Tex ?

— Monsieur ?

— Je vais avoir besoin de quelque chose de précis. Des photos, de préférence, mais si ce n'est pas possible, alors des récits de première main d'une personne, ou de plusieurs, qui l'ont vue. Compris ?

— Bien sûr.

Tex n'avait même pas l'air perturbé. Rex savait que ce génie de l'informatique était doué, mais il n'était pas sûr que ce soit quelque chose que même lui serait capable de faire. Il n'y avait pas vraiment de caméras de surveillance dans la zone où Kalee avait été vue pour la dernière fois, dans les montagnes près de la capitale, et elle pouvait vraiment être n'importe où si elle était encore en vie. Rex détestait l'admettre, mais il avait des doutes.

Mais après ce qu'Avery avait vécu, sans parler de Caite, Sidney, Piper et Zoey, il savait aussi que tout était possible.

Le commandant regarda la pièce, croisant le regard de chacun, puis hocha la tête.

— Rompez.

L'équipe demeura debout pendant que les officiers supérieurs quittaient la pièce. Quand ils furent partis, et après que Rocco eut raccroché avec Tex, les six hommes s'assirent et se regardèrent.

— Comment te sens-tu, Phantom ? Et ne mens pas, ordonna Rocco.

— Je suis endolori, admit volontiers l'autre homme. Ça fait mal de mettre du poids sur ma jambe, mais c'est mieux qu'avant.

— Bien. Et comment vont Sidney, Piper et Zoey ? demanda Rocco aux autres.

— Je suis contente d'être à la maison, dit Ace. Elle aime être maman, mais c'est aussi accablant parfois. Surtout depuis qu'elle est si près d'avoir notre bébé.

— Mais elle va bien ? demanda Rocco, inquiet.

— Elle va bien, le rassura Ace, son ami.

— Sidney a vu une nouvelle thérapeute pendant mon absence, elle l'apprécie beaucoup. Elle aime travailler dans le domaine de l'adoption et de la réhabilitation du sauvetage des pit-bulls, déclara Gumby à ses amis.

— Et Zoey va plus que bien, dit Bubba. J'essaie de la convaincre de s'enfuir, mais elle s'accroche au mariage qu'elle pense vouloir.

— Elle *pense* qu'elle veut se marier ? demanda Ace avec un sourire.

— Oui. Si ça ne tenait qu'à moi, j'économiserais tout l'argent, mais si elle veut une énorme fête, c'est ce que je vais lui donner.

— Et Caite ? Elle va bien ? demanda Rex à Rocco.

— Ouais, elle va bien. Elle aime toujours son travail au NCIS, même si je pense qu'elle passe trop de temps à travailler sur les traductions, parce que l'autre nuit, quand nous étions au lit, elle a commencé à crier des choses en français. Mais comme elle avait l'air contente et heureuse, je ne l'ai pas interrompue.

Les gars se mirent tous à rire.

— Tu vas voir Avery aujourd'hui ? demanda Rocco à Rex.

Il hocha la tête et regarda sa montre.

— Oui, je suis censé être là-bas dans une heure environ. Je l'amène au poste de police pour commencer à regarder les photos.

— Tu dois la surveiller de près, dit Phantom sans crier gare.

Rex le regarda et fronça les sourcils.

— J'avais déjà prévu de le faire. Surtout dans quelques semaines, quand l'unité déployée depuis cette base rentrera d'Afghanistan.

— Je ne veux pas dire ça. Je veux dire, bien sûr, s'assurer qu'elle est en sécurité. Mais c'est plus que ça.

— Explique-toi, ordonna Rex à son ami.

— Je pense que les autres seront d'accord avec moi sur ce point, mais il semble que plus quelqu'un semble bien gérer les coups durs que la vie lui a donnés, plus il est brisé à l'intérieur. Avery est une dure à cuire, je lui accorde ça. Elle a gardé son calme et n'a pas paniqué même dans les pires circonstances. Mais j'ai le sentiment que quand elle tombera, la chute sera rude. Tu dois juste être vigilant. Elle travaille dans un domaine où elle est entourée d'hommes, de drogués à l'adrénaline comme nous, tout le temps. Elle doit probablement travailler deux fois plus dur pour obtenir le respect qui lui est dû dans son domaine. Les infirmières se démènent, mais ce sont généralement les médecins qui ont tout le mérite. Elle a l'habitude d'être dure, de ne pas laisser ses véritables émotions et sentiments transparaître.

Rex dévisagea son ami. Phantom était incroyablement perspicace. Il aurait été jaloux s'il n'avait pas su que Phantom ne s'intéressait absolument pas à Avery comme un homme le ferait avec une femme. Il la respectait, et franchement, il lui devait beaucoup. Et sa perspicacité était parfaite.

— Je garderai un œil sur elle, dit Rex.

Phantom hocha la tête.

— Nous sommes en repos ces prochains jours... si tu as besoin de nous, appelle, dit Rocco à Rex.

—Je le ferai. Et merci.

Ils se levèrent tous, et Rex aida Phantom à se relever. L'autre homme lui fit signe.

— Gumby va s'occuper de moi. Vas-y, va voir Avery. Je suis sûr qu'elle doit s'inquiéter pour aujourd'hui.

Rex hocha la tête pour le remercier et tourna les talons. Il était impatient de revoir Avery, se demandant comment il allait bien pouvoir arriver à 11 heures. C'était fou, surtout qu'avant d'aller en Afghanistan, il avait réussi à passer ses journées sans la voir. Mais les choses étaient différentes maintenant. Il le savait, mais n'était pas sûr de ce que pensait Avery. Il l'avait appelée sa petite amie, et elle avait accepté, mais peut-être qu'en passant un peu de temps séparés, elle commencerait à remettre en question la vitesse à laquelle ils allaient.

Rex voulait toujours sortir avec elle. Apprendre à connaître chaque petite chose sur elle, et il voulait le faire en étant à ses côtés autant que possible.

S'il pensait être légèrement obsédé par elle avant, ce n'était rien comparé à ce qu'il ressentait maintenant.

Une fois dehors, il courut jusqu'à sa Chevrolet Malibu bleu foncé et se dirigea vers l'appartement d'Avery. Il avait eu son adresse le matin même par son commandant. Quand il s'arrêta, il fut impressionné. C'était dans une belle partie de la ville et l'aménagement paysager était impeccable. Rex fut également satisfait de l'abondance de lumières dans les parkings. Non pas qu'il ait pensé qu'elle vivrait dans une résidence délabrée et dangereuse, mais il était heureux de voir que l'endroit semblait relativement sûr.

Rex ignorait la raison pour laquelle il était nerveux alors qu'il se rendait à son appartement. Il se trouvait au troisième étage de l'immeuble, ce qu'il approuvait. Il y avait plusieurs appartements à chaque étage, et alors qu'il montait l'escalier extérieur, il remarqua que la plupart avaient une sorte de tapis de bienvenue et d'autres touches domestiques qui, encore une fois, le rassuraient sur le fait qu'Avery vivait dans une résidence, et pas un lieu où les gens étaient de passage.

Il avait une voisine fouineuse qui vivait près de chez lui depuis des années, et alors que certaines personnes pouvaient s'en plaindre, lui était content. Elle prenait toujours ses colis s'il n'était pas chez lui, et n'hésitait pas à dénoncer les personnes qu'elle ne connaissait pas et qui rôdaient dans les environs. Il préférait une voisine fouineuse à une voisine indifférente. Il se demandait si quelqu'un était en train de regarder par le judas pour le voir.

Rex portait son NWU, l'uniforme de travail de la marine, avec le motif de camouflage numérique à quatre couleurs – gris pont, gris brume, noir et bleu marine – et il pensait que les résidents avaient vu leur part de Marines aller et venir dans le complexe.

Il frappa à la porte et, après un court instant d'attente, elle s'ouvrit. Amy Nelson se tenait là, lui souriant.

— Bonjour ! Je suis heureuse de vous revoir. Entrez.

Rex acquiesça et pénétra dans l'espace d'Avery pour la première fois.

Il y avait un court couloir d'entrée, qui menait à un salon de bonne taille. Une cuisine ouverte était située sur la gauche, et une porte coulissante en verre donnait sur un petit balcon le long du mur du fond, avec une vue sur l'océan au loin. À droite du salon se trouvait un couloir que Rex supposa mener aux chambres.

Avery se leva du canapé en cuir sur lequel elle était assise à la seconde où il entra – et au premier regard, Rex sut que quelque chose n'allait pas du tout. Il ouvrit la bouche pour demander, mais sa mère l'interrompit :

— Voulez-vous quelque chose à manger ou à boire ? J'ai fait le petit-déjeuner préféré d'Avery ce matin, des crêpes aux pommes et à la cannelle, mais elle n'a pas mangé autant que je le pensais, donc il y a des restes de pâte. Je peux facilement en préparer pour vous.

— Maman, il ne veut pas manger. Je suis sûre qu'il est très occupé, dit Avery en secouant légèrement la tête.

— Vous êtes sûre ? demanda l'autre femme. Ce n'est pas un problème.

— Je vais bien, merci pour l'offre, cela dit. Tout le monde a bien dormi ? demanda Rex, espérant discerner pourquoi Avery avait des cernes sous les yeux et avait l'air d'avoir passé la nuit debout.

— Comme une souche, dit Bob depuis son siège dans un fauteuil à côté du canapé.

Il s'était également levé à l'arrivée de Rex, mais s'était réinstallé avec un journal sur les genoux.

— Je jure que c'est la première bonne nuit de sommeil qu'Amy et moi avons eu depuis qu'on a appris qu'Avery avait été capturée.

La mère d'Avery exprima son accord, mais Rex l'ignora lorsqu'elle commença à parler de la façon dont Bob et elle allaient jouer aux touristes pendant qu'Avery faisait ce qu'elle avait à faire aujourd'hui.

Il voulait qu'Avery le regarde, mais ses yeux erraient partout sauf sur son visage. Son idée que quelque chose n'allait pas se renforça quand Avery leva une main pour pousser ses cheveux derrière une oreille et il vit qu'elle tremblait.

— Je vais aller me tresser les cheveux. Je reviens tout de suite.

Sans attendre son accord, elle fila et disparut dans le couloir.

Rex vit Amy froncer les sourcils dans le dos de sa fille.

— Est-ce qu'elle va bien ? demanda Rex à voix basse.

Amy croisa son regard, son comportement passa instantanément de la légèreté au sérieux et elle a dit :

— Non. Mais elle est têtue et refuse de nous dire ce qui ne va pas. J'avais espéré, lorsqu'elle a appelé sa sœur hier soir, qu'elle *lui* parlerait, qu'elle lui dirait ce qui se passe dans sa tête, mais lorsqu'elle est sortie de sa chambre après avoir discuté, elle avait l'air tout aussi stressée qu'avant le coup de fil. L'époque où elle avait 6 ans et où je n'avais qu'à la câliner sur mes genoux pour qu'elle nous raconte tout me manque.

C'était une scène que Rex pouvait facilement imaginer. Il fit un geste vers le couloir.

— Je vais juste aller la voir... si ça ne vous dérange pas.

— Bien sûr que oui, dit Bob. C'est ma petite fille, mais je suis bien conscient que c'est une adulte à part entière. Elle souffre, et nous ne pouvons rien faire pour l'aider. Mais vous étiez là avec elle. Elle n'avait que des compliments à faire sur vous hier soir. S'il vous plaît, nous vous serions redevables si vous pouviez faire en sorte qu'elle vous parle.

— Je ne promets rien, mais soyez assuré que je n'ai que les intérêts d'Avery à cœur. Ce n'est probablement pas le moment ou l'endroit, mais j'aime vraiment votre fille. Elle est incroyable. Une des femmes les plus intéressantes et fascinantes que j'aie jamais rencontrées. Sans oublier qu'elle est forte, courageuse et tout à fait capable de gérer n'importe quelle situation qui pourrait se présenter à elle.

— Elle a dit que vous sortiez ensemble, répondit Amy en s'appuyant sur le plan de travail et en le regardant attentivement.

— Elle a dit ça ? demanda Rex.

— Oui. Mais aussi que c'était nouveau.

— C'est le cas. Mais ça ne veut pas dire que je ne la respecte pas déjà, ou que je ne respecte pas les gens qui l'ont élevée, dit Rex honnêtement.

— J'apprécie, dit Bob. Si vous connaissez un peu ma fille, vous savez qu'elle ne met pas longtemps à se préparer. Donc si vous voulez lui parler avant de partir aujourd'hui, vous feriez mieux de vous y mettre.

— Oui, monsieur, fit Rex avec un petit rire.

Puis, oubliant les parents d'Avery, il traversa le couloir en direction de sa chambre. Il sut immédiatement laquelle était la sienne, simplement à cause de la délicieuse odeur qui se dégageait de l'une des pièces. Il poussa la porte et vit un lit défait qui ressemblait à un ring après un combat de catch. La couette pendait au bout du lit, une couverture était de travers et le drap était poussé sur le côté, à moitié sur le tapis.

La pièce avait l'air habitée. Pas très soignée, mais pas trop encombrée non plus. Il y avait quelques peintures sur les murs, des photos sur une commode, et un panier à linge sale contre un mur. Une armoire était ouverte, et Rex vit un certain nombre de vêtements suspendus à l'intérieur, à la fois des tenues civiles et des uniformes de la marine.

Mais c'est l'odeur qui le fit s'arrêter pour inhaler profondément. Lavande et coton.

Suivant les effluves', il resta un moment dans l'embrasure de la petite salle de bain attenante à la chambre, observant Avery sans qu'elle s'en rende compte. Ses mains étaient posées sur le plan de travail et sa tête était baissée. Ses yeux étaient fermés, et elle se tenait immobile. Rex vit une bouteille de lotion parfumée à la lavande et aperçut un de ces désodorisants liquides branchés sur une prise de l'autre côté d'Avery, d'où venait probablement l'odeur des vêtements fraîchement lavés.

Aussi bonne que soit l'odeur de la pièce, il n'avait d'yeux que pour Avery. Elle avait l'air épuisée. Fatiguée et abattue, alors qu'elle aurait dû être fraîche et dispose après une bonne nuit de sommeil.

— Tu as dormi ? demanda-t-il doucement.

Avery ne sursauta même pas. Il était évident qu'elle savait qu'il était là depuis le début.

— Pas vraiment.

Elle ne donna pas de détails.

— Pourquoi ? insista Rex.

— Je n'ai pas pu, dit-elle.

Rex entra dans la pièce et s'approcha derrière elle. Comme ils étaient à peu près de la même taille, il ne pouvait pas voir ses yeux, alors il se pencha un peu sur la droite et rencontra son regard dans le miroir. Il y vit de la douleur et de la frustration, mais il ne voulut pas insister. Il attrapa la brosse posée sur le lavabo et fit un geste de la tête vers ses cheveux.

— Ça te dérange ?

Avery secoua sa tête.

Rex commença lentement à passer la brosse sur ses cheveux déjà soyeux.

— C'est doux, dit-il après un moment.

Avery laissa échapper un souffle de rire.

— Très différent de la première fois que tu m'as vue dans cette grotte, hein ?

— Oui, acquiesça Rex. Tu as un bandeau pour les cheveux ?

Elle fronça les sourcils, mais se pencha vers l'avant, prit un bandeau élastique sur le lavabo et le lui tendit par-dessus son épaule. Il le prit et, sans un mot, commença à tresser ses cheveux de manière experte.

— Si quelqu'un m'avait demandé comment se passerait cette matinée, le fait que tu me tresses les cheveux n'aurait pas été ce que j'aurais deviné, dit-elle avec un petit rire fatigué.

— Tu as peut-être remarqué que j'aime avoir les cheveux un peu longs, dit Rex, répondant à la question qu'il avait entendue dans son ton, mais qu'il n'avait pas posée. Je suis passé par une phase où ils étaient beaucoup plus longs que ça, et j'ai réalisé à quel point il était plus facile de les garder tirés en arrière dans une tresse quand je travaillais. Alors j'ai appris tout seul en regardant des vidéos en ligne.

Il fit un sourire.

— Et j'ai entendu des tas de conneries de la part des gars. Aujourd'hui, je les garde plutôt plus longs sur le dessus.

— Tu ne tresses pas ta barbe ? demanda Avery avec un sourire en coin.

Rex lui attacha les cheveux et se pencha en avant, posant ses mains sur la surface à côté des siennes, la coinçant. Leurs yeux se croisèrent dans le miroir une fois de plus, et Rex frotta sa barbe contre le côté de son cou sans rompre le contact visuel.

— Non. Je n'aime pas le look viking, mais si tu veux essayer, je ne t'en empêcherai pas. Je te laisserais faire à peu près tout ce que tu veux sur moi, je pense.

Elle ne répondit pas, elle se contenta de cligner des yeux.

— Tu es nerveuse pour aujourd'hui ? demanda-t-il, essayant de comprendre pourquoi elle n'avait pas bien dormi.

Avery haussa les épaules.

— Pas vraiment. Je vais juste regarder des photos. Si je devais vraiment regarder les gens en personne, je serais peut-être un peu plus stressée.

Rex était frustré qu'elle ne lui dise pas ce qui la tracassait.

— Ta discussion avec ta sœur s'est bien passée ?

— Bien sûr. Elle a un peu pleuré, mais elle était très heureuse que je sois rentrée saine et sauve.

— Tu es contrariée que tes parents soient là ?

— Non, dit Avery immédiatement. Je les aime, et je sais que ma captivité a été extrêmement difficile pour eux. Je pense que nous avions tous besoin de pouvoir nous voir et nous toucher pour être sûrs que c'était réel.

Rex comprenait cela.

— Comment s'est passée la réunion de ce matin ? demanda-t-elle avant qu'il ne puisse approfondir ce qui la tracassait. Est-ce que Phantom est en route pour le Timor oriental ?

Elle eut un sourire en le disant, lui faisant comprendre qu'elle plaisantait.

Rex ricana.

— Non. Mais j'imagine que ce n'est qu'une question de temps.

Il répéta ce que leur commandant avait dit, et comment Tex chercherait des informations plus spécifiques sur toute observation possible d'une Américaine aux cheveux roux errant dans la campagne.

— Ce que j'ai traversé était dur, dit Avery. Mais je ne peux pas m'empêcher de penser que si Kalee est toujours en vie, ce qu'elle traverse est pire. Je ne peux pas imaginer que personne ne sache que j'étais en vie et que j'avais besoin d'aide. C'était une chose pour moi de prendre un jour à la fois parce que je *savais* que quelqu'un de l'armée ou de la marine était à ma recherche. Les États-Unis ne négocient peut-être pas avec les terroristes, mais je n'avais aucun doute sur le fait que je n'allais pas être laissée là pour toujours. Je suppose que Kalee pense sans doute qu'elle est seule, que personne ne viendra la chercher.

Rex aimait le grand cœur d'Avery. Il détestait l'idée que Kalee ne sache pas que quelqu'un se souciait qu'elle soit vivante ou morte. Si seulement elle savait à quel point Phantom se souciait *vraiment* d'elle. Il avait peut-être commencé par s'inquiéter de l'échec d'une mission, mais il était évident que c'était plus que ça maintenant.

Avery prit une profonde inspiration et se tourna pour lui faire face. Rex ne recula pas pour autant, si bien qu'ils se touchaient pratiquement lorsqu'elle posa ses fesses derrière elle.

— Cole ?

— Ouais ?

— Je peux t'embrasser ?

Et juste comme ça, les bonnes intentions de Rex s'envolèrent.

Il avait prévu de prendre les choses très lentement avec Avery. L'emmener à quelques rendez-vous, apprendre à la connaître, puis se laisser aller à l'intimité entre eux. Mais chaque fois qu'il était près d'elle, il était de plus en plus difficile de résister à leur alchimie.

Si Avery ne devait pas se retenir, il avait peu d'espoir d'y aller doucement. Il était trop attiré par elle. Il l'admirait trop. Il allait quand même essayer... mais il pouvait lui donner ce qu'elle venait de demander.

— Tu peux me faire ce que tu veux, lui avoua-t-il.

Comme elle était à peu près de sa taille, Avery n'eut pas à se mettre sur la pointe des pieds pour atteindre sa bouche. Elle se pencha simplement en avant et frotta ses lèvres contre les siennes. Une fois. Deux fois. Puis elle se retira et se mordit la lèvre de façon incertaine.

Rex se retint de toutes ses forces. Il ne voulait pas la faire paniquer ou faire quoi que ce soit qui puisse l'effrayer. Mais quand il vit l'incertitude dans ses yeux, il bougea sans réfléchir. Il posa une main à l'arrière de son cou pour la tenir immobile, et l'autre toucha sa joue. Sa bouche s'approcha d'elle... et il n'hésita pas à l'embrasser. Sa langue se promena le long de la commissure de ses lèvres, et quand elle s'ouvrit immédiatement pour lui, Rex inclina sa tête et plongea à l'intérieur.

Étonnamment, il sentit la chair de poule se développer sur ses bras quand elle lui rendit son baiser. Elle n'était pas docile et soumise dans ses bras, elle donnait tout ce qu'elle avait. Sa langue se battait avec la sienne et s'enfonçait dans sa bouche. Il gémit et se rapprocha d'elle.

Ils étaient collés l'un à l'autre des hanches à la poitrine, et il savait que son érection se pressait dans son bas-ventre de manière urgente. Il aurait dû être gêné, mais elle s'appuya contre cette pression comme pour l'encourager.

Prenant une inspiration, Rex leva la tête de quelques centimètres. Il garda ses mains où elles étaient et sentit ses ongles s'enfoncer dans son dos, et il souhaita ne pas porter son uniforme pour pouvoir les sentir sur sa peau nue.

Ils respiraient tous les deux très fort, et quand Avery se lécha les lèvres, Rex ne put s'empêcher de la regarder faire.

— Ouais, tu n'auras plus jamais à me demander la permission de faire ça, dit doucement Rex.

Elle lui fit un sourire.

— Je ne sais pas ce que tu as, mais je n'ai jamais ressenti ça pour quelqu'un avant.

— Si c'est parce que je suis celui qui t'a sauvée...

Avery l'interrompit avant qu'il ne puisse finir sa phrase :

— Ce n'est pas le cas, dit-elle férocement. Je sais que ça arrive tout le temps, mais ce n'est pas ce qui se passe ici, et si tu penses que c'est le cas, alors peut-être que nous devrions arrêter ça avant d'aller plus loin.

Elle tenta de s'éloigner de lui, mais Rex resserra son emprise et la plaqua contre le comptoir.

— Je devais être sûr que tu ressentes la même connexion que moi, lui dit-il. En dehors du fait de tomber amoureux de son sauveteur, j'ai rencontré beaucoup de femmes qui ne s'intéressaient absolument pas à la personne que je suis, qui voulaient seulement avoir une aventure avec un Navy SEAL.

La main d'Avery se leva et elle la fait courir doucement le long de sa barbe.

— Je suis plus encline à rester *loin* de toi parce que tu es un SEAL qu'à vouloir sortir avec toi, admit-elle.

— Je ne suis pas ce type de gars, affirma Rex. J'ai eu deux petites amies sérieuses dans ma vie, et c'était il y a des années. Je n'ai pas été avec une femme depuis longtemps, certainement pas depuis que je t'ai rencontrée à l'hôpital.

— Mais c'était il y a des mois, dit Avery avec de grands yeux.

— Et ? demanda Rex.

— Ta barbe est si douce, lui a dit Avery après que quelques secondes se furent écoulées. Je n'ai jamais embrassé quelqu'un qui en avait une avant.

Rex sourit.

— Et le verdict ?

— Je ne suis pas sûre, dit-elle, les yeux pétillants. Je pense que j'ai besoin de rassembler plus de données.

Rex se penchait pour l'embrasser à nouveau lorsque la voix de la mère d'Avery retentit à proximité :

— Vous allez bien là-dedans ?

Rex recula et laissa tomber ses mains à contrecœur. Il aimait toucher Avery. Il aimait l'embrasser. Il aimait à peu près tout chez elle.

— On va bien, maman. On sort dans une seconde ! cria

Avery en levant les yeux vers Rex. Sauvé par la cloche de maman, plaisanta-t-elle.

— J'aime tes parents, Avery, répondit Rex.

— Ce sont des gens bien, dit-elle.

— Ta mère a dit que tu leur avais annoncé qu'on sortait ensemble.

Elle eut l'air mal à l'aise.

— Il ne fallait pas ? Tu m'as déjà appelée ta petite amie.

— Bien sûr qu'il fallait. Je voulais juste m'assurer que tu étais d'accord avec tout ça. Nous n'avons pas exactement commencé une relation de façon normale, dit Rex honnêtement.

— Je sais, mais je suis d'accord avec ça si tu l'es.

— Je suis très bien avec ça. Est-ce que ça va vous faire flipper, toi ou tes parents, si je t'embrasse devant eux ? Si je te tiens la main ou si je mets mon bras autour de toi ?

— Bien sûr que non, pourquoi le demander ?

— Je voulais juste m'en assurer, dit Rex avec un sourire. Je n'ai pas vraiment été un type de gars tactile dans le passé, mais avec toi, j'ai l'impression de ne pas pouvoir garder mes mains pour moi.

Avery sourit.

— Si tu apprends à connaître mes parents, tu verras qu'ils sont pareils.

— Je savais que je les aimais bien, dit Rex. Si tu es prête, on devrait vraiment y aller.

— Je suis prête, répondit-elle immédiatement. Cole ?

— Oui, mon cœur ?

— Merci.

Rex ne demanda pas pour quoi. Il répondit simplement :

— De rien.

CHAPITRE QUATORZE

Avery ferma les yeux et les frotta avec son pouce et son index pendant un moment avant de les rouvrir et de fixer la tablette dans sa main. Elle était assise seule dans une salle d'interrogatoire du poste de police de la base et regardait les photos des centaines d'hommes qui étaient stationnés sur la base en Afghanistan au moment où elle y était.

Elle n'avait pas pensé que ce serait aussi difficile que ça l'était.

D'abord, elle était épuisée. Elle n'avait pratiquement pas dormi la nuit dernière, et elle était en plein décalage horaire.

Deuxièmement, toutes les photos étaient exactement les mêmes.

Chaque militaire était positionné exactement de la même manière, ils portaient tous les mêmes uniformes, et il y avait un drapeau américain en arrière-plan.

Troisièmement, certaines des photos dataient d'un an ou deux, et elle savait qu'être stationné à l'étranger dans une zone de guerre aussi stressante pouvait changer radicalement l'apparence physique d'une personne en peu de temps.

Elle ignorait si elle cherchait quelqu'un dans l'armée ou la marine. Un enrôlé ou un officier ou peut-être même un entrepreneur civil. Elle croyait toujours qu'elle reconnaîtrait l'homme si elle le voyait, mais elle commençait aussi à réaliser qu'elle avait été un peu naïve à ce sujet. Elle pensait venir ici, feuilleter quelques photos et être immédiatement capable d'identifier le traître.

Avery était bien consciente que si elle identifiait le mauvais homme, elle pouvait totalement ruiner sa carrière militaire, sa vie. Et la dernière chose qu'elle voulait faire était d'accuser faussement quelqu'un du crime odieux dont elle savait au fond d'elle qu'il était responsable. C'est pourquoi elle regardait attentivement chaque photo, étudiant chaque caractéristique.

Les yeux dans le vague, sans vraiment regarder le miroir sans tain auquel elle faisait face et qui l'avait intimidée lorsqu'elle avait été conduite dans la pièce pour la première fois, Avery avait vraiment besoin de faire une pause. Absente, elle laissa son esprit vagabonder vers ce matin-là.

Cole était magnifique. Une nuit complète de sommeil lui avait fait le plus grand bien. Sa barbe était peignée et avait même l'air soignée, bien qu'elle ne puisse pas imaginer que Cole prenne la peine de mettre du produit dans sa barbe.

Elle aimait vraiment la sensation de sa barbe contre son visage, elle ne savait pas trop pourquoi. Et mon Dieu, cet homme savait embrasser. Elle s'attendait à ce qu'il soit un peu hésitant, surtout après s'être si bien comporté. Mais il ne fut pas hésitant le moins du monde. Dès qu'il sut qu'elle était partante, il le fut aussi.

Avery se souvenait d'avoir senti la chair de poule sur sa nuque et cela l'avait stimulée encore plus. Elle voulait qu'il ressente le même étonnement et la même excitation qu'elle. À la sensation de son sexe contre son ventre, son corps s'était immédiatement préparé pour lui. Chaque poussée de sa langue dans sa bouche avait fait se contracter son ventre et resserrer ses muscles de Kegel.

Ce n'était pas son genre. Elle était la reine de la lenteur dans les relations, mais bon sang, elle avait envie de Cole. Elle avait le sentiment qu'elle serait celle qui dicterait jusqu'où et à quelle vitesse ils iraient, simplement parce que Cole était trop gentleman pour vouloir la précipiter dans quoi que ce soit. Était-ce si rafraîchissant ?

— Lieutenant Nelson, vous allez bien ?

Avery sursauta sur son siège et se retourna pour regarder la porte. Un quartier-maître de troisième classe qui travaillait au poste de police se tenait là, l'air préoccupé.

Avery hocha la tête en soupirant. Même si elle voulait continuer à regarder les photos, elle savait qu'elle en avait fini pour le moment. Elle ne pouvait pas se concentrer, et elle avait besoin d'aller à l'hôpital de toute façon.

— Oui, j'ai fini. Merci.

Elle se leva et tendit la tablette au Marine.

— Merci. On m'a dit que vous êtes autorisée à venir quand votre emploi du temps le permet pour continuer à regarder les dossiers, dit le jeune Marine.

— Oui, le maître d'armes avec qui j'ai parlé quand je suis arrivée me l'a dit, répondit Avery.

Elle suivit le Marine hors de la salle d'interrogatoire et se dirigea vers la sortie. Il la salua et fit demi-tour pour retourner dans un couloir vers un groupe de bureaux.

Cole lui avait dit de l'appeler quand elle aurait fini, mais Avery décida qu'elle irait plutôt à l'hôpital. Elle voulait voir ses amis et parler à son capitaine. On lui avait donné une semaine de congé, mais sachant que si elle ne faisait rien, elle deviendrait folle, elle avait prévu de demander à être remise sur le planning de rotation dès que possible.

Marcher à travers la base l'aida à calmer un peu son esprit. Elle rendit les saluts des Marines lorsqu'elle les croisait et pensa à quel point il était fou qu'il y avait seulement quelques jours, elle ait été enterrée au plus profond d'une montagne afghane.

Dès qu'elle pénétra dans l'hôpital, elle fut accueillie de toutes parts par ses collègues de travail. Tous étaient choqués de la revoir si vite, mais ravis qu'elle aille bien. Elle avait encore quelques bleus sur le visage, mais le reste de ses coupures et éraflures était couvert par son uniforme. Elle était très consciente du pin's Budweiser que Cole lui avait donné, attaché à son T-shirt. Pour une raison quelconque, elle l'avait vu ce matin-là quand elle s'habillait et n'avait pas pu résister à l'envie de le mettre. C'était stupide. Elle n'était pas un SEAL. Pas du tout. Mais elle l'avait quand même épinglé sur son T-shirt.

Elle savait combien leur insigne était important pour les SEAL. Et Cole lui avait donné le sien. C'était presque comme si elle était de retour au lycée et qu'un garçon lui avait donné sa bague de classe à porter.

— Tu es superbe ! s'exclama Rita Lipson, l'une des infirmières avec lesquelles Avery travaillait souvent, en la serrant très fort dans ses bras.

Avery fit de son mieux pour cacher la douleur causée par l'étreinte de la femme.

— Je ne peux pas croire que tu sois déjà là ! dit un peu plus calmement Beverly Moses en serrant elle aussi Avery dans ses bras.

— Pour être honnête... je m'ennuyais. Mes parents sont en ville et ils sont partis faire du tourisme pendant que je m'occupais de certaines affaires officielles de la marine ce matin. La dernière chose que je voulais faire était de retourner à mon appartement et de rester assise. Le capitaine est là ?

— Oui, aux dernières nouvelles, elle était dans son bureau, dit Rita.

— Rita et moi avons une pause dans environ dix minutes, tu veux venir t'asseoir avec nous ? demanda Beverly.

Avery détestait être méchante, mais elle n'avait aucune envie de s'asseoir et de parler de tout ce qui lui était arrivé en ce moment. C'était trop tôt. Et elle n'aimait pas la lueur d'excitation dans les yeux de ses collègues. Elle les aimait bien, mais elle ne voulait pas être le sujet des ragots ou leur divertissement de la journée.

— Je suis désolée, mais je ne peux pas. J'espère que je serai bientôt de retour au travail et que nous pourrons parler à ce moment-là, fit-elle en se tournant vers le hall.

— Heureuse que ces salauds ne t'aient pas eue, cria Rita derrière elle.

Avery se dirigea vers les escaliers ; elle détestait utiliser les ascenseurs. Ils étaient vieux et quelque peu fatigués. De plus, en ce moment, elle ne pensait pas pouvoir supporter d'être à l'intérieur d'une petite boîte en métal. Avec sa chance, il s'arrêterait de fonctionner et elle serait piégée à l'intérieur et ferait une dépression ou quelque chose comme ça.

Le bureau de son capitaine se trouvait au troisième étage de l'hôpital de cinq étages, et le temps qu'elle arrive, elle avait déjà dit bonjour et supporté d'entendre une soixantaine de fois « content que tu ailles bien ». Avery savait que ses collègues infirmiers et médecins exprimaient simplement leur joie de l'avoir retrouvée en vie et en bonne santé, mais en ce moment, tout ce qu'elle voulait, c'était oublier ce qui s'était passé, et ne pas se le faire rappeler chaque fois qu'elle voyait quelqu'un.

Ce qu'elle préférait chez le capitaine Cora Rosner, c'était son côté terre-à-terre. Elle n'avait pas d'administrateur qui gardait la porte de son bureau comme un chien de garde. Elle était ouverte à tous ceux qui voulaient entrer et parler, et elle ne se laissait pas ennuyer par les médecins ou les officiers supérieurs qui essayaient de tirer la couverture à eux.

Avery frappa à la porte et sourit quand elle entendit le capitaine Rosner dire : « Entrez ! »

Elle passa la tête par la porte, et à la seconde où son officier supérieur la vit, elle se leva et se dirigea vers elle.

— Avery ! Que faites-vous ici aujourd'hui ? C'est bon de vous voir !

Elle la serra dans ses bras, mais elle fit attention à ne pas la serrer trop longtemps ou trop fort. Quand elle se retira, elle garda ses mains sur les épaules d'Avery et regarda son visage meurtri en grimaçant.

— J'ai eu un débriefing du général de la base en Afghanistan, mais bon sang, c'est toujours plus facile de lire les mots sur le papier que de voir ce qui vous est arrivé en personne. Est-ce que vous allez bien ?

Sans savoir pourquoi, la question de la femme plus âgée toucha profondément Avery. Elle tenta de retenir ses larmes, mais elles coulèrent tout de même.

Le capitaine Rosner n'attendit pas un instant. Elle tira Avery jusqu'à une chaise devant le bureau et la fit asseoir. Puis elle alla fermer et verrouiller la porte de son bureau avant de rapprocher une deuxième chaise, de faire face à Avery et de poser ses mains sur ses genoux tandis qu'elle sanglotait. Cora demeura silencieuse, la soutenant sans l'étouffer.

Quand Avery parvint à se maîtriser en grande partie, le capitaine dit :

— Vous voulez en parler ?

Et bizarrement, Avery le fit. Elle raconta donc à son commandant tout ce qui s'était passé, en omettant les détails top secret sur le traître. Quand elle eut fini, Avery prit une profonde inspiration et réalisa qu'elle se sentait mieux. Pas super, mais mieux.

— On dirait que c'était l'enfer, dit Cora.

Avery hocha la tête.

— C'est vrai.

— Mais le bon côté des choses...

La capitaine laissa sa voix s'éteindre.

— Le bon côté des choses, c'est que j'ai apparemment un petit ami dur à cuire des Navy SEAL, dit Avery avec un petit sourire. Et j'ai survécu. Et peut-être que maintenant certains des médecins qui ont été au combat vont arrêter d'agir de façon moralisatrice envers moi.

— C'est l'esprit, dit Cora.

Puis elle prit la main d'Avery.

— Laissez-moi deviner. Vous êtes ici parce que vous voulez être remise dans le planning.

Avery hocha la tête.

— Je n'ai pas été là où vous êtes allée, mais je comprends que vous veuillez vous occuper. Je vous remets dans la rotation à une condition.

— Laquelle ?

— Que vous alliez parler au docteur Halterman.

Avery se tendit. Elle savait qu'elle devait le faire, mais ça la rendait nerveuse.

— Je sais que vous ne voulez pas, poursuivit Cora comme si elle pouvait lire dans les pensées d'Avery. Mais même si je peux m'asseoir ici et compatir avec vous, et je suis sûre que votre SEAL le pourrait aussi, nous n'avons pas vécu ce que *vous* avez vécu. Le docteur Halterman peut vous aider à passer au crible vos émotions afin que vous n'ayez pas de surprises non désirées en cours de route.

Comme Avery n'était pas d'accord, le capitaine Rosner poursuivit :

— Laissez-moi vous dire que si quelqu'un venait à l'hôpital et vous racontait comment il a été retenu en captivité, enterré vivant, presque noyé, puis abattu alors qu'il s'échappait en hélicoptère, le prendriez-vous de haut s'il vous disait qu'il avait besoin d'en parler à quelqu'un ?

— Vous savez bien que non, murmura Avery.

— Accordez-vous une pause, dit Cora. Et c'est un ordre. Je ne dis pas que vous devez continuer à voir le médecin pendant des semaines, mais essayez. Voyez ce qu'il a à dire. On ne sait jamais, il pourrait avoir des idées pour vous auxquelles vous n'aviez pas pensé avant. Ça vaut le coup d'essayer, non ?

— Bien, dit Avery pour signifier son accord.

Si la nuit dernière était une indication, elle était plus dérangée dans la tête qu'elle ne l'avait pensé, et l'idée de pouvoir s'allonger et dormir était plus une motivation que tout ce que son capitaine aurait pu dire.

— Bien. Nous commençons une nouvelle rotation dans trois jours. Je vous y mettrai alors. En attendant, prenez rendez-vous avec le docteur Halterman. Je vais appeler son bureau et lui dire de vous attendre.

— Merci pour tout. Je ne voulais pas tout perdre avec vous.

Cora tapota la main d'Avery.

— Je sais. Maintenant rentrez à la maison, passez du temps avec vos parents, et voyez si vous ne pouvez pas remettre votre corps sur un horaire régulier. OK ?

Avery hocha la tête et se leva. Elle se sentait mieux après sa crise d'émotion, mais elle se sentait toujours un peu mal à l'intérieur. En sortant de l'hôpital, elle sortit son téléphone. Elle s'assit sur un banc à l'ombre et envoya un message à Cole.

Avery : Coucou. Il est environ 15 heures et je retourne à mon appartement. Je sais que tu m'avais dit d'appeler quand j'aurais fini, mais je ne voulais pas te déranger. Je vais prendre un taxi. Mais... est-ce que tu veux venir dîner ce soir ? Mes parents sont allés au zoo de San Diego aujourd'hui, mais maman a promis de rentrer à temps pour me faire ses superbes lasagnes maison. Ce n'est pas exactement un « rendez-vous » comme je l'ai promis, mais je ne veux pas vraiment manquer ma mère et mon père quand ils sont ici. Pas de pression. Je sais que tu es probablement occupé.

C'était un long texte, et Avery savait qu'elle aurait probablement dû l'appeler, mais elle n'avait aucune idée de ce que Cole avait prévu pour aujourd'hui, et la dernière chose qu'elle voulait faire était de l'interrompre.

Elle appuya sur envoyer et elle allait chercher le numéro d'une compagnie de taxi locale quand son téléphone sonna. En baissant les yeux, elle vit que c'était Cole.

— Allô ?

— Si tu as déjà appelé un taxi, tu peux l'annuler.

Avery sourit à la façon dont il l'avait saluée.

— Je ne l'ai pas encore fait.

— Bien. Je viens te chercher.

— Sérieusement, Cole. Tu n'as pas à faire ça.

— Chérie, je suis déjà en route. J'ai les prochains jours de congé et je m'ennuie à mourir. Les autres gars sont occupés avec leurs femmes, et avec Phantom en repos, je ne peux même pas lui demander d'aller nager dans l'océan avec moi. Tu me ferais une faveur là.

Avery gloussa.

— Eh bien, dans ce cas, bien sûr.

— Tu es toujours au poste de police, non ? Comment ça s'est passé ?

— Oh, euh... non. Je suis à l'hôpital.

Cole demeura silencieux un moment, puis il dit :

— Tu ne pouvais pas rester à l'écart, hein ?

Soulagée qu'il n'aille pas lui reprocher de vouloir retourner travailler, Avery répondit :

— Non. J'ai regardé les photos au poste jusqu'à ce que mes yeux se croisent et j'ai réalisé que ça ne me servirait à rien de rester assise là huit heures par jour, à me fatiguer les yeux, pas si je voulais être sûre à cent pour cent d'identifier le bon gars. Je ne voulais pas rentrer chez moi et regarder les murs, et je ne suis pas une amoureuse de l'océan. Alors je suis allée voir mon capitaine.

— Et ? demanda Cole.

— Et elle me remet sur le planning dans quelques jours.

— Nous pouvons donc passer du temps ensemble jusqu'à ce que tu reprennes le travail, répondit Cole.

Avery aimait cette idée. Elle ne lui avait pas parlé du psychologue. Non pas parce qu'elle pensait qu'il désapprouve-rait – elle savait qu'il ne le ferait pas, puisqu'il l'avait encou-ragée à y aller – mais parce que c'était une conversation qu'elle préférait avoir en tête-à-tête.

— J'aimerais bien, lui dit-elle.

— Moi aussi. Maintenant, où es-tu exactement pour que je n'aie pas à te chercher ?

— Je suis du côté ouest de l'hôpital. Il y a une porte là et quelques bancs.

— Je serai là dans environ dix minutes. Ne va nulle part.

— D'accord. Cole ?

— Ouais ?

— Merci.

— Pas besoin de me remercier, ma chérie. Je fais exactement ce que je veux faire, et pour être honnête, je m'apitoyais sur mon sort parce que je restais assis dans mon appartement comme une limace. Tu me fais vraiment une faveur.

Avery savait qu'il exagérait, mais elle l'appréciait tout de même.

— À tout à l'heure, dit Cole.

— Au revoir.

Avery raccrocha son téléphone et ferma les yeux. Le seul point positif dans sa vie ces derniers jours était définitivement Cole. Elle avait souhaité avoir son adresse e-mail quand elle travaillait en Afghanistan, juste pour pouvoir flirter avec lui sur Internet. Mais l'avoir pour flirter en personne était tellement mieux.

Il arriva dans sa Malibu neuf minutes plus tard. Il sortit, et Avery vit qu'il s'était changé et avait enfilé un jean et un T-shirt. C'était la première fois qu'elle le voyait aussi décontracté et cela ne fit rien pour atténuer l'excitation qu'elle ressentait autour de lui ou son désir. Elle voyait les tatouages aux couleurs vives sur son bras droit, maintenant qu'ils n'étaient plus couverts par un uniforme, et elle se demanda une fois de plus jusqu'où ils allaient sur son bras. Sa poitrine et son dos en étaient-ils recouverts, ou n'avait-il que l'avant- bras ?

À la surprise d'Avery, Cole ouvrit la porte du passager avant pour elle.

— Pourquoi est-ce que tu me regardes comme ça ? demanda-t-il.

Exprimant ce qu'elle pensait, Avery répondit :

— Je me demandais juste où d'autre tu pourrais avoir des tatouages.

Il se mit à sourire, ses dents blanches très brillantes entourées des poils sombres de sa barbe.

— On en a déjà parlé, et je suppose que tu devras attendre et voir par toi-même, hein ?

Consciente de l'endroit où elle se trouvait et du fait qu'elle était un officier des Marines, Avery hocha simplement la tête. Ce qu'elle voulait faire, c'était se pencher en avant, l'embrasser, puis mettre ses mains sous sa chemise et la soulever pour voir ce qu'il y avait en dessous.

Comme s'il savait ce qu'elle pensait, Cole sourit.

— Entre, femme. Avant que la chaleur dans tes yeux ne me brûle vif.

Une fois assise, Cole ferma la porte et courut de l'autre côté. Il se glissa dans le siège du conducteur et se dirigea vers son appartement.

Ils demeurèrent muets, mais il sortit sa main et entrelaça ses doigts avec les siens, posant leurs mains sur la console entre eux.

Ça semblait si... normal. Et bien. Avery n'aurait pas pu être plus heureuse. Tout ce qui s'était passé récemment semblait si urgent. Si pressé. Tellement émotif. S'asseoir avec Cole dans sa voiture alors qu'il les ramenait à son appartement pour dîner avec ses parents semblait si banal en comparaison. Et c'était exactement ce dont elle avait besoin.

*
**

Il était tard. Neuf heures du matin.

Cole était entré avec elle quand ils étaient arrivés à son appartement et n'était pas parti.

Ses parents étaient rentrés à la maison, et sa mère avait immédiatement commencé à cuisiner. Cole s'était assis sur le canapé avec son père, ils avaient regardé un match de football à la télé et s'étaient amusés.

C'était comme si Cole la connaissait depuis toujours, et qu'il s'intégrait dans sa famille.

Le dîner fut rempli de rires, et la mère d'Avery fit de son mieux pour évoquer toutes les histoires embarrassantes auxquelles elle pouvait penser à propos d'Avery lorsqu'elle était au collège et au lycée.

Son père s'était passivement renseigné sur les antécédents de Cole, et Cole lui avait gracieusement raconté des histoires plus simples sur certaines des missions auxquelles il avait participé. Il ne partagea pas les détails sur le lieu ou le moment où elles avaient eu lieu, mais Avery voyait que son père était en train de digérer tout ça.

Dans l'ensemble, ce fut une soirée incroyable. Avery n'était pas sûre que cela comptait comme leur premier rendez-vous, puisque sa mère et son père étaient là en tant que chaperons, mais elle ne pouvait pas nier qu'elle craquait vraiment rapidement pour Cole.

— Je devrais y aller, dit Cole quand la conversation se mit à faiblir.

Avery ne voulait pas qu'il parte, mais elle n'était pas en désaccord avec lui.

Il se leva et lui tendit la main.

— Tu m'accompagnes jusqu'à ma voiture ? demanda-t-il en se levant.

Elle leva un sourcil et se leva pour se mettre à côté de lui.

— Vraiment ?

— Oui.

— Mais tu n'aimes pas que je marche toute seule. Alors si je te raccompagne, tu devras me raccompagner jusqu'ici. On va finir par tourner en rond toute la nuit.

Elle entendit ses parents rire derrière elle, mais Cole se contenta de sourire.

— Il veut passer du temps avec toi sans que tes parents regardent et écoutent, dit son père derrière elle. Vas-y.

Avery se retourna pour regarder son père, mais sa mère lui fit un signe de la main.

— Oh, très bien alors, dit Avery, se sentant stupide de ne pas avoir compris les intentions de Cole. Je reviens tout de suite, dit-elle à ses parents.

— Prends ton temps, chérie, dit sa mère.

— C'était un plaisir de vous rencontrer, Cole, dit son père en se levant et en tendant la main.

Cole la secoua.

— Pareil.

— Prenez soin de notre petite fille, d'accord ?

— Papa, maugréa Avery.

Mais Cole se contenta de lui serrer la main en disant :

— Bien sûr. Je ferai de mon mieux pour m'assurer que rien ne lui arrive sous ma surveillance.

Ils se firent un signe de tête, puis Cole la tira vers sa porte. Ils descendirent les trois étages d'escaliers jusqu'au parking. Il commençait à faire sombre, et Avery frissonna un peu en essayant de regarder autour d'elle pour voir si quelqu'un se cachait.

Cole l'attira vers sa voiture et la tourna de façon qu'elle soit dos à la portière côté conducteur. Sans un mot, il se pencha sur elle et baissa sa tête.

Avec enthousiasme, Avery le rejoignit à mi-chemin et soupira de soulagement quand il fit l'amour à sa bouche. Toute la soirée, il l'avait touchée. Le bout de ses doigts frôlant l'arrière de son cou. Il lui avait pris la main. Tirant ses jambes pour qu'elles soient sur ses genoux sur le canapé. Ça l'avait rendue folle, et le contact de ses lèvres avec les siennes était comme mettre une allumette sur une flaque d'essence.

Ses tétons pointaient sous sa chemise, et elle se pressait aussi près de Cole qu'elle le pouvait. Ses mains remontèrent sous son T-shirt, et elle aplatit ses paumes sur la peau chaude de ses flancs pendant qu'ils s'embrassaient.

Elle n'avait aucune idée du temps qui s'était écoulé, mais lorsque Cole se retira finalement, elle réalisa qu'elle enfonçait ses doigts dans sa peau et qu'elle émettait de petits gémissements au fond de sa gorge.

Embarrassée d'avoir agi comme si elle était en manque, Avery savait qu'elle rougissait. Espérons que la lumière du soir le lui cacherait.

Bien sûr, elle n'eut pas cette chance.

Il passa un doigt sur sa joue en lui souriant.

— J'aime ton enthousiasme et ton côté passionné, tout en restant timide en même temps.

— C'est toi, lui dit Avery. Je ne suis pas comme ça normalement. Je suis la fille maladroite qui fait attendre un mec au moins jusqu'au quatrième rendez-vous avant de faire plus que quelques baisers légers.

— Je n'ai pas d'objection, lui dit Cole en se penchant vers elle et en frottant la peau sous son oreille.

Sa barbe effleura la peau sensible de son cou, et elle frissonna.

Bien sûr, il ne manqua pas de le remarquer.

— Tu aimes la sensation de ma barbe ? demanda-t-il.

Avery hocha la tête.

— Tu vas l'adorer contre d'autres parties plus sensibles de ton corps, dit-il.

Avery frissonna de nouveau à cette idée. Elle n'avait pas vraiment pensé au fait qu'*embrasser* un homme avec une moustache et une barbe lui semblait si étranger. Mais maintenant, elle ne pouvait penser à rien d'autre qu'à la sensation des poils doux et soyeux contre ses seins. Entre ses jambes quand il descendrait sur elle. Elle se déplaça contre lui, plus excitée qu'elle ne l'avait été depuis longtemps.

— Merde, désolé, je n'aurais pas dû commencer, dit Cole. Maintenant, je ne vais pas être capable de penser à autre chose. Surtout après avoir vu *ta* réaction en y pensant.

Avery tourna la tête et enfouit son visage dans son cou. Aucun des deux ne dit rien pendant un long moment. Les mains de Cole frottaient son dos de haut en bas pour l'apaiser et l'aider à contenir son désir.

— J'ai passé un bon moment ce soir. Merci de m'avoir invité et de m'avoir laissé passer du temps avec toi et tes parents.

— Ce fut un plaisir, lui dit Avery en se retirant. Je suis contente que tu sois venu.

— Tes parents sont très amusants. Très cool.

— Sauf quand ils essayaient de m'embarrasser.

— Nan, ils sont fiers de toi. Vous êtes tout mignons ensemble. J'ai hâte de rencontrer ta sœur. Je parie qu'elle est aussi géniale que toi.

— Elle l'est. Qu'est-ce que tu fais demain ? demanda Avery en changeant de sujet.

— Je m'entraîne le matin avec les gars sur la plage, chez Gumby. Phantom va regarder et nous coacher pour courir plus vite et faire plus d'abdos. Ensuite, je vais probablement retourner chez moi et lire.

— Tu lis ? demanda-t-elle en fronçant les sourcils.

— Ouais. J'adore ça, en fait.

— Laisse-moi deviner. Histoire, c'est ça ? reprit Avery.

— Un peu. Mais en ce moment, je suis plus dans la fiction militaire, lui dit Cole.

Avery secoua la tête.

— Pourrais-tu sérieusement être plus sexy ?

Il eut un petit rire.

— Et toi ?

Elle se crispa.

— Je dois appeler et prendre un rendez-vous quand je me

lève. Mes parents vont partir faire du tourisme, alors je me suis dit que je pourrais aller au poste et regarder les photos pendant ce temps. Si j'obtiens le rendez-vous dont j'ai besoin, je le ferai dans l'après-midi, puis je rentrerai à la maison et passerai à nouveau du temps avec mes parents.

— Quel rendez-vous ?

Elle pensait qu'il le remarquerait. Décidant qu'elle n'avait rien à cacher, et refusant d'avoir honte comme tant d'autres soldats et Marines semblaient l'être, elle annonça :

— Avec un psychologue. Juste pour parler de tout ce qui s'est passé.

Cole se pencha en avant et déposa un baiser sur son front.

— Je pense que c'est une bonne idée. Tu as vécu beaucoup de choses en peu de temps.

— Je sais que tu m'as encouragée à y aller, mais honnêtement, ça n'abîme pas l'image que tu as de moi ?

— Putain, non, dit Cole immédiatement. Tu crois que je ne me suis pas assis et que je n'ai pas parlé des horreurs que j'ai vues et faites avec un professionnel ?

Avery comprit que c'était une question rhétorique car il continua sans la laisser répondre :

— Je l'ai fait. De nombreuses fois. Parfois, les gars et moi nous réunissons après une mission particulièrement pénible pour en parler, mais j'ai vu un psychologue plusieurs fois. Ça m'aide. À chaque fois.

Avery hocha la tête.

— Et cela étant dit, je ne suis pas médecin, mais si jamais tu as besoin de parler et que ton psychologue n'est pas disponible, je suis là. J'écouterai sans juger. D'accord ?

— OK.

— Je le pense, Avery. N'importe quand. Jour et nuit. Tout ce que tu as à faire, c'est de décrocher le téléphone. Compris ?

— Merci. Cole ?

— Oui, mon cœur ?

— Merci de ne pas avoir rendu les choses bizarres quand tu es venu me chercher aujourd'hui.

— Bizarre comment ?

— C'est juste que... tu es enrôlé, et je suis officier, et même si ça ne pose pas de problème qu'on sorte ensemble puisqu'on ne travaille pas ensemble ou qu'on ne fréquente pas vraiment les mêmes cercles dans les Marines, ça serait quand même bizarre qu'on s'embrasse ou qu'on se câline sur la base. Surtout sur mon lieu de travail.

Cole se recula et posa ses mains sur ses épaules. Elle leva les yeux vers son regard sincère.

— Je ne ferais jamais rien qui puisse t'embarrasser ou mettre en péril ta carrière d'officier de marine. Je pourrais avoir envie de te serrer dans mes bras et de t'embrasser quand je viendrai te chercher, mais je te respecte trop pour le faire devant tes collègues. Compris ?

Elle acquiesça.

— Ouais. Merci. Et tu devrais savoir... que j'avais vraiment, vraiment envie de te serrer dans mes bras quand je t'ai vu aujourd'hui.

— Je sais.

— Tu sais ? demanda-t-elle avec un grognement. Tellement prétentieux ! marmonna-t-elle.

— Je le sais parce que je voulais la même chose, reprit-il rapidement.

— Bien rattrapé, fit-elle avec un sourire en coin.

— J'aime poser mes mains sur toi, Avery. Je respecterai les limites nécessaires lorsque nous serons sur la base, mais lorsque nous serons seuls, ou en civil lors d'un rendez-vous, ne t'attends pas à ce que je garde mes mains ou mes lèvres pour moi, déclara-t-il.

— Idem, répondit-elle avec un sourire.

— Merde, sur cette note optimiste, je devrais vraiment y aller, dit-il en secouant la tête. Embrasse-moi, femme, et je ne parle pas de l'un de tes baisers intenses, qui me font frissonner les orteils, me font craquer et me donnent la chair de poule. Juste un baiser, s'il te plaît, sinon je vais devoir rentrer chez moi avec une érection, et ça peut être dangereux.

Avery éclata de rire et se pencha vers lui pour lui donner un baiser rapide et sec sur les lèvres, puis s'éloigna.

— Eh bien, ce n'était pas très satisfaisant, se plaignit-il avec un petit sourire.

— C'est ce que tu as demandé.

— Je sais, maugréa Cole.

Puis il lui fit un sourire.

— Ça te dérange si j'appelle demain ?

— Tu veux revenir ? demanda-t-elle timidement.

— Oui. Mais je ne veux pas interférer avec le temps que tu passes avec tes parents.

— Ils adoreraient que tu reviennes, dit Avery.

Et elle savait que c'était la vérité. Sa mère l'avait prise à part plus tôt et lui avait dit combien elle aimait Cole et était heureuse qu'ils sortent ensemble. Avery savait qu'elle n'aurait aucun problème à ce qu'il vienne à nouveau dîner.

— D'accord, mais n'aie pas peur de me dire que les plans ont changé. Ça ne me fera pas de mal. Tant que je peux me servir de ma bouche, je suis heureuse.

Avery sourit à son choix de mots.

— Tu es pire qu'un mec, tu fais de tout un sous-entendu sexuel, lui dit Cole en secouant la tête.

— Je ne peux pas m'en empêcher, dit Avery. Quand je suis avec quelqu'un d'aussi sexy que toi, c'est tout naturellement que je pense à ça.

— Je t'appelle demain, dit Cole avec un regard intense alors qu'ils se tenaient devant sa porte. Et si tout se passe bien, je te verrai aussi.

— Sois prudent sur le retour, dit Avery en attrapant la poignée de la porte.

— Promis.

— Envoie-moi un message quand tu rentres à la maison, demanda-t-elle.

— D'accord. Je te parle plus tard, mon cœur.

Avery fit un signe de tête et le salua après qu'il eut redescendu les escaliers et fut monté dans sa voiture. Il leva deux doigts de son volant en retour, puis démarra sa voiture et sortit du parking.

Au moment où les feux arrière de l'homme disparurent dans l'obscurité, elle réalisa où elle se trouvait et qu'il faisait presque nuit noire dehors. Les lumières du parking illuminaient la zone, mais elle ne pouvait pas voir au-delà des ombres.

En se retournant et en ouvrant sa porte, Avery tenta de reprendre son souffle avant de rentrer dans son salon. La dernière chose qu'elle voulait était que ses parents lui demandent ce qui n'allait pas.

Jetant un coup d'œil à l'obscurité une fois de plus, Avery frissonna.

Prenant une grande inspiration, elle ferma sa porte et s'assura de verrouiller la poignée, le pêne dormant et de mettre la chaîne.

Mais même cela ne semblait pas chasser ses démons.

CHAPITRE QUINZE

Une semaine et demie plus tard, Rex faisait les cent pas dans son appartement, malheureux.

Quelque chose n'allait pas avec Avery, et il n'avait aucune idée de que c'était. Il l'avait vue tous les jours depuis leur retour d'Afghanistan, et même si son discours était cohérent... quelque chose clochait. Et il avait le sentiment qu'elle ne gérait pas ce qui lui était arrivé aussi bien qu'elle le prétendait.

Ses parents étaient partis il y a quatre jours pour retourner au Texas, et bien qu'Avery ait dit qu'elle était d'accord avec leur décision de partir, elle semblait nerveuse depuis. Elle était allée dîner chez lui deux fois, et semblait assez détendue. Mais chaque fois qu'il la déposait à son appartement, ses yeux semblaient se voiler.

Elle s'était endormie sur son canapé un soir, et quand il avait accidentellement fait tomber un verre dans l'évier, elle s'était réveillée en sursaut, terrifiée. Il savait qu'il devait faire attention à cause de ce qui lui était arrivé, et il était évident que c'était ce qui se passait.

Ce qui n'aidait pas non plus, c'était le fait que chaque jour, Avery passait en revue les photos de la Défense pour essayer de trouver le traître, mais jusqu'à présent elle n'avait pas eu de chance. Elle avait également repris son travail à l'hôpital, ce qui signifiait qu'il ne la voyait pas aussi souvent ou aussi longtemps que lorsqu'ils étaient tous les deux en congé.

Rex était frustré et inquiet pour elle. Ce soir, elle avait travaillé à l'hôpital jusqu'à 19 heures, puis avait dit qu'elle allait s'arrêter au poste de police pour regarder quelques photos avant de rentrer chez elle. Rex n'avait pas pu la voir aujourd'-hui, ce qui le dérangeait. Il savait qu'elle était en sécurité. Il lui avait parlé une heure auparavant. Mais il ne pouvait toujours pas rester assis.

Même la consultation du psychologue n'avait pas semblé apaiser les démons avec lesquels elle se débattait, et Rex voulait absolument la forcer à parler de ce qu'elle avait en tête, mais il savait que cela ne marcherait pas. Elle devait décider de lui parler de son plein gré. S'il la forçait, il savait qu'il pourrait endommager leur relation naissante.

Mais ça ne voulait pas dire qu'il ne continuerait pas à essayer de l'amadouer pour qu'elle lui parle. De lui faire confiance pour qu'elle baisse sa garde.

En ce qui concernait leur relation, les choses semblaient aller bien. Ils s'embrassaient dès qu'ils étaient seuls, et il leur était de plus en plus difficile de ne pas se toucher. La veille, Rex l'avait finalement laissé enlever sa chemise, et elle avait passé au moins dix minutes à lui montrer avec ses mains et ses lèvres à quel point elle aimait ses tatouages, en particulier l'énorme ancre sur le côté droit qu'il avait eue lorsqu'il était devenu un SEAL.

Il lui avait rendu la pareille en enlevant son débardeur et en lui donnant un aperçu de la sensation de sa barbe sur les parties les plus sensibles de son corps. Il l'avait taquinée à propos des taches de rousseur qui semblaient la recouvrir entièrement, et n'avait pas pu empêcher ses lèvres de se poser sur chacune d'elles, en embrassant autant qu'il le pouvait avant d'être sur le point d'aller trop loin. Il n'avait pas été aussi excité par des femmes nues qu'il l'avait été en la voyant sur son canapé avec son soutien-gorge et son pantalon. Ils étaient incandescents, et quand ils consommeraient enfin leur relation, Rex savait que cela ferait des étincelles.

Mais il ne pouvait pas en bonne conscience faire passer leur relation au niveau supérieur quand il savait qu'elle ne gérait pas son syndrome post-traumatique.

Cela le dérangeait plus qu'il ne pouvait le dire. Il voulait l'inviter à passer la nuit dans son appartement pour pouvoir à nouveau la serrer dans ses bras pendant leur sommeil. Il n'avait pas oublié la sensation extraordinaire qu'il avait ressentie en dormant avec elle en Afghanistan. Et c'était quand ils étaient tous les deux fatigués et en alerte pour le moindre bruit de leur ennemi. Dormir avec elle derrière une porte verrouillée dans le confort de son lit, ou du sien, serait encore plus époustouflant.

Mais chaque nuit, elle le raccompagnait jusqu'à sa porte et lui souhaitait bonne nuit avant de fermer et de le verrouiller trois fois.

Se sentait-elle en danger ? Avait-elle peur que le traître l'atteigne ? Rex ne savait pas.

Alors qu'il faisait les cent pas et se demandait comment amener Avery à s'ouvrir à lui, son téléphone sonna. Voyant que c'était un numéro de téléphone de la base, Rex se crispa. La dernière chose qu'il voulait était d'être appelé pour une mission. Pas maintenant, quand il sentait au plus profond de lui qu'Avery était vulnérable. Pas quand ils étaient encore en train d'apprendre à se connaître et à développer leur relation.

— Allô, dit-il après avoir appuyé sur le bouton du téléphone.

— Cole Kingston ? demanda une voix masculine profonde.

— Lui-même. Qui est-ce ?

— Lieutenant Zhang du poste de police. J'appelle au sujet du lieutenant Nelson.

Le cœur de Rex s'arrêta de battre.

— Oui ? Et elle ?

— C'est juste que... je sais que vous l'avez accompagnée

quelques fois, et que vous avez participé à son sauvetage lorsqu'elle était prisonnière de guerre. Elle est ici. Maintenant. Pensez-vous que vous pourriez venir ?

— Oui, dit Rex sans réfléchir. (Si quelque chose n'allait pas avec Avery, il viendrait.) Est-ce qu'elle va bien ?

— Oui, bien sûr. Je suis désolé, j'aurais dû le dire dès le début.

Rex n'arrivait pas à comprendre ce qui se passait, mais il dit :

— Je serai là dans quinze minutes. C'est d'accord ?

— Oui. Et il n'y a pas besoin d'être en uniforme. Elle a simplement besoin qu'on la ramène chez elle. Et il est assez tard ici pour que nous n'ayons pas d'officiers supplémentaires qui puissent la prendre en charge.

— Je suis heureux de venir la chercher. À bientôt.

Rex raccrocha le téléphone et se dirigea vers sa porte. L'assurance du lieutenant qu'elle allait bien ne l'avait pas vraiment détendu. Avery avait conduit jusqu'au poste elle-même, pourquoi avait-elle besoin d'un chauffeur maintenant ? Il n'avait aucune idée de ce qui se passait, mais il devait le découvrir, et maintenant semblait être le moment idéal pour le faire. Il la ramènerait à son appartement et ils parleraient.

Conduisant rapidement mais sûrement, Rex arriva au poste de police en moins de quinze minutes. Il entra dans la zone de réception et fut accueilli par le lieutenant avec lequel il avait parlé au téléphone.

— Merci d'être venu. Si vous voulez bien me suivre.

Rex n'entendit pas d'urgence dans le ton de l'homme, alors il tenta de se détendre. Il suivit le lieutenant jusqu'au couloir où il savait que les salles d'interrogatoire étaient situées, et où Avery passait son temps quand elle était là à regarder des photos. Le lieutenant ouvrit une porte et Rex entra, comprenant immédiatement qu'il s'agissait d'une salle d'observation de l'autre côté d'un des miroirs sans tain, donnant sur une salle d'interrogatoire.

Et il y avait Avery. Elle était assise à la table, mais sa tête était posée sur son bras. Elle s'était endormie rapidement. Elle portait une paire de gants et ses cheveux étaient tirés en arrière dans une tresse désordonnée. Alors qu'il la dévisageait, le lieutenant Zhang prit la parole :

— Elle s'est endormie dix minutes après son arrivée. Nous allions la réveiller et lui dire de rentrer chez elle, mais honnêtement, on dirait qu'elle n'a pas beaucoup dormi depuis une semaine. Nous n'avons pas eu le courage de le faire.

— Donc vous m'avez appelé ? demanda Rex.

Le lieutenant haussa les épaules.

— Sans vouloir vous offenser, j'ai vu comment vous vous regardez tous les deux. Je me dis qu'il vaut mieux que ce soit vous qui la réveilliez et la rameniez chez elle, plutôt que l'un de nous. Elle me dira juste qu'elle va bien, et elle essaiera de retourner regarder les photos, et elle sera de nouveau dans les vapes dans dix minutes. Ce n'est pas un secret, ce qu'elle fait, et croyez-moi, nous lui souhaitons tous de trouver la personne qu'elle cherche.

Les sourcils de Rex s'abaissèrent.

— Ce n'est pas un secret ?

Le lieutenant avait l'air mal à l'aise.

— Elle n'a rien dit, si c'est ce qui vous inquiète. Mais son histoire est connue de tous. Nous savons tous qu'elle était prisonnière de guerre et qu'elle essaie probablement d'identifier les hommes qui l'ont retenue en otage. Nous l'admirons et voulons qu'elle réussisse. C'est tout.

Rex poussa un soupir de soulagement. La base était un groupe d'hommes et de femmes très soudés. Il était difficile de garder un secret, mais pour l'instant, il semblait que personne ne savait qu'il y avait un traître sur la base en Afghanistan. Un homme qui n'avait aucun problème à vendre des secrets à des terroristes et à mettre des centaines, voire des milliers d'innocents en danger.

— Bien. OK, j'apprécie l'appel. Je vais la réveiller et la ramener chez elle. Merci.

Le lieutenant hocha la tête et ouvrit la voie pour sortir de la salle d'observation. Rex passa à côté et ouvrit la porte de la salle d'interrogatoire. Avery ne bougea pas.

Il s'approcha, s'agenouilla à côté d'elle et posa sa main sur sa jambe.

— Avery, réveille-toi, il est temps d'y aller.

À première vue, il pensait qu'elle dormait profondément, mais maintenant qu'il était tout près, il voyait que ce n'était absolument pas le cas. Ses yeux bougeaient rapidement sous ses paupières closes et son corps entier était tendu.

Rex fut pris de panique.

— Avery ? Réveille-toi, dit-il, plus fort et avec plus d'insistance.

En l'espace d'une seconde, elle se redressa et frappa avec son bras. Elle le toucha à la poitrine et la force du coup, et le fait qu'il ne s'y attendait pas, fit tomber Rex sur les fesses. En même temps, l'élan de ses actions envoya la chaise sur laquelle elle était assise sur le côté jusqu'à ce qu'elle bascule, l'envoyant à la renverse.

— Merde ! Avery, tu vas bien ? demanda Rex en se levant d'un bond et en se dirigeant aux côtés d'Avery.

Elle s'était déjà retournée et avait démêlé ses jambes des pieds de la chaise.

— Je vais bien, dit-elle d'une voix basse qui sonnait faux pour Rex.

— Regarde-moi, ordonna-t-il.

— Je vais *bien*, répéta-t-elle en se mettant à quatre pattes.

Rex l'aida à se lever et essaya de l'embrasser, mais elle s'éloigna et se pencha pour redresser la chaise sur laquelle elle était assise. Elle attrapa la tablette sur laquelle elle s'était endormie, s'assura que les fichiers qu'elle avait examinés étaient fermés et les remit dans le dossier top secret. Puis elle tint la tablette contre sa poitrine, sur la défensive, et dit :

— Tu es là pour me ramener chez moi ?

— Ouais, dit doucement Rex, frustré qu'elle l'exclue de façon si évidente.

— Super. On peut y aller ? Ça a été une longue journée.

— Il faut qu'on parle, dit Rex en lui tendant le bras.

Mais elle se détourna et se dirigea vers la porte de la petite pièce.

Soupirant, Rex la suivit dans le hall, remit la tablette au lieutenant Zhang et le remercia en lui disant qu'elle reviendrait demain.

— Où es-tu garé ? demanda-t-elle.

Rex fit un geste vers l'entrée principale, et ils marchèrent en silence hors du bâtiment et vers sa voiture. Quand ils prirent la route, Rex essaya à nouveau :

— J'ai pensé que nous pourrions aller chez moi, manger un morceau et parler.

— Je suis vraiment fatiguée, dit Avery en feignant un bâillement derrière une main.

Rex serra les dents, sa frustration redoubla.

— Quelque chose ne va pas, déclara-t-il sans ambages. Et j'aimerais que tu m'en parles.

— Tout va bien, insista-t-elle. La journée a été longue, c'est tout. Les choses se sont enchaînées au travail, et je suis partie tard. Je voulais regarder quelques photos, et je me suis évidemment endormie. Je suis gênée que le lieutenant t'ait appelé. C'est tout.

— Tu es gênée d'être vue avec moi ? demanda Rex.

— Non, je ne voulais pas dire ça, dit Avery.

— C'est comme ça que ça sonnait, rétorqua Rex.

Réalisant que rien de ce qu'il disait maintenant ne serait bon, Rex dirigea sa voiture vers la résidence d'Avery. Elle ne mentait pas quand elle disait qu'elle était fatiguée. Il voyait des poches noires sous ses yeux, et ce n'était pas à cause des coups qu'elle avait reçus pendant sa captivité. Ils s'étaient estompés.

Mais elle avait toujours l'air abattue. Il détestait ça, mais si elle ne voulait pas lui parler, il ne pouvait pas l'aider.

Pour la première fois, il hésita à s'engager avec elle. Oui, ils avaient une alchimie explosive, mais si elle ne s'ouvrait pas et ne le laissait pas entrer, quel genre de relation pouvaient-ils avoir ? Il voulait une partenaire comme ses amis. Il voulait quelqu'un à qui il pouvait parler de tout. S'il avait une mission merdique, il voulait pouvoir rentrer à la maison et décompresser avec elle.

Mais peut-être qu'Avery n'était pas cette femme.

Sans un mot de plus, Rex s'arrêta aussi près que possible de l'escalier et serra le volant avec force.

— Merci de m'avoir ramenée, dit doucement Avery.

— De rien.

Rex retint son souffle et pria pour qu'elle l'invite à entrer afin qu'ils puissent parler.

Mais elle ne le fit pas. Elle ouvrit la porte de la voiture et se glissa dehors, la refermant fermement derrière elle. Puis elle courut pratiquement de la voiture et monta les escaliers. Rex observa jusqu'à ce qu'il puisse voir les lumières s'allumer dans son appartement, puis il sortit et retourna chez lui, le cœur lourd.

*
**

Avery était assise dans un coin de sa chambre, les genoux sur la poitrine, le cœur battant. Toutes les lumières qu'elle possédait étaient allumées, et pourtant il faisait toujours trop sombre. Il y avait encore des ombres dans les coins et qui l'attendaient juste derrière sa porte et ses fenêtres. Chaque fois qu'elle fermait les yeux, elle avait peur qu'en les ouvrant, elle ne voie que du noir. Comme quand elle était dans cette grotte.

Elle avait parlé au Dr Halterman, mais ne pouvait se résoudre à admettre à quel point elle était pétrifiée par le noir. C'était stupide. Elle avait été dans le noir juste après avoir été secourue. Elle avait dormi dehors. Il faisait même sombre dans l'avion du retour à la maison.

Mais à la réflexion, chaque fois qu'elle avait été dans le noir dans ces cas-là, elle avait été avec Cole. Il était à ses côtés, gardant ses démons à distance. Elle avait fait de son mieux la semaine dernière, surtout depuis le départ de ses parents, pour surmonter cette... faiblesse... mais ça empirait, ça ne s'améliorait pas.

Elle n'avait pas dormi plus de quelques heures par-ci par-là en une semaine, et tous les aspects de sa vie en souffraient. Elle ressemblait à un fantôme. Elle n'arrivait pas à se concentrer au travail. Et ce soir, elle s'était endormie dans ce satané commissariat alors qu'elle était censée trouver qui avait délibérément dit à cet insurgé afghan de la tuer sans arrière-pensée.

Et, pour couronner le tout, c'est *Cole* qui l'avait trouvée comme ça. Endormie pendant le travail. Elle était un officier des Marines. Elle l'avait frappé et était pratiquement tombée sur la tête. Pas son meilleur moment.

Elle n'avait pas l'intention de contrarier Cole, mais apparemment elle l'avait fait. Elle n'avait pas envie de parler. Elle voulait dormir, mais savait qu'elle ne le ferait pas. Elle voulait lui demander de rester. Elle voulait le *supplier* de rester avec elle. Mais il était clairement contrarié, et la dernière chose dont elle avait besoin était de faire face à sa mauvaise humeur.

Voulant pleurer, mais n'ayant pas l'énergie, Avery s'assit dans un coin pendant des heures. Essayant de ne pas cligner des yeux. Essayant d'éloigner l'obscurité. Elle était censée être au travail à 8 heures du matin, mais elle savait qu'elle n'y arriverait pas. Elle finirait par donner le mauvais médicament à quelqu'un ou serait incapable de diagnostiquer correctement un patient. La dernière chose qu'elle voulait faire était de blesser quelqu'un d'autre à cause de ses problèmes.

En regardant l'horloge et en voyant qu'il était presque deux heures et demie du matin, alors qu'elle avait désespérément besoin de dormir, Avery ne put s'empêcher d'atteindre la petite table à côté de son lit et d'attraper son téléphone. Elle cliqua sur le nom de Cole et porta le téléphone à son oreille.

— 'Lô ?

La voix de Cole était rauque, et il était évident qu'elle l'avait réveillé. C'était une chose de plus pour se sentir mal.

— Cole ?

— Avery ?

Il avait l'air beaucoup plus réveillé maintenant.

— Qu'est-ce qui ne va pas ?

— Tu peux venir ? demanda-t-elle, sachant qu'elle avait l'air bien plus pathétique qu'elle ne le voulait.

— Je suis en route. Parle-moi, ma chérie. Dis-moi ce qui ne va pas.

Avery ne pouvait pas parler. Sa gorge était serrée. Elle savait qu'elle était au bord de la dépression et que si elle disait encore un seul mot, elle perdrait la tête.

— Dis-moi au moins si tu es blessée. Es-tu en danger ? Il y a quelqu'un ?

— Non, dit-elle d'une voix étouffée, ce seul mot répondant à ses deux questions.

— OK, j'arrive, Avery. Tout de suite. Quand je serai là, tu pourras m'ouvrir la porte ?

Avery hocha la tête.

— Avery ?

Réalisant qu'il ne pouvait pas la voir, elle réussit à murmurer :

— Oui.

— OK. Donne-moi dix minutes et je serai là. J'arrive, Avery. Tiens bon.

CHAPITRE SEIZE

Rex conduisit à tombeau ouvert.

Il avait été irrité par la sonnerie de son téléphone, mais il ne pouvait plus nier que l'idée de partir en mission ne le dérangeait pas vraiment.

Entendre que c'était Avery à la place lui avait causé une peur bleue. Il n'envisagea pas une seconde de dire non quand elle lui avait demandé s'il pouvait venir.

Toutes sortes de scénarios lui passaient par la tête sur ce qui pouvait se passer. Elle avait dit qu'il n'y avait personne, mais si elle avait *dû* dire cela parce qu'ils étaient là, à la menacer ? Et si le traître avait déjà quitté l'Afghanistan et essayait d'entrer par effraction ?

Mon Dieu, il réagissait de manière excessive et il le savait. Avery était au bout du rouleau. Épuisée, effrayée et souffrant de stress post-traumatique. Il était idiot de ne pas avoir insisté pour rester avec elle plus tôt.

Se maudissant intérieurement, Rex conduisit encore plus vite. Il se gara sur une place de parking juste en face de son immeuble et monta les trois étages jusqu'à son domicile. Son appartement était le seul à être éclairé à cette heure matinale.

Et pas seulement une lumière ; de ce qu'il pouvait voir, toutes les lumières de l'endroit étaient allumées.

Il frappa à sa porte, puis essaya immédiatement la poignée. Elle tourna dans sa main et, malgré sa surprise, il poussa un soupir de soulagement. Il aurait enfoncé la porte s'il l'avait fallu, mais il préférait de loin ne pas faire de bruit si tôt le matin.

— Avery ? appela-t-il en entrant dans son appartement.

Rex verrouilla la porte derrière lui, puis partit à sa recherche.

L'espace n'était pas très grand, il ne mit donc pas longtemps à la trouver. Il était sur le point de marcher dans le couloir vers sa chambre quand il regarda à sa gauche.

Elle était là, recroquevillée dans un coin de sa petite salle à manger attenante à la cuisine, les genoux ramenés contre sa poitrine et les bras autour d'eux. Ses yeux étaient ouverts, mais elle semblait regarder droit devant elle, sans rien voir. Ses jointures étaient blanches à cause de la force avec laquelle elle se tenait, les poches sombres sous ses yeux semblant encore plus profondes dans son teint pâle. Elle portait un short et un débardeur au lieu de sa blouse ou de son uniforme habituel.

Il n'avait pas vraiment manqué sa descente en flèche, mais il avait largement surestimé sa capacité à reconnaître les signes par elle-même et à y faire face.

Décidant que ses questions pouvaient attendre, Rex se dirigea immédiatement vers la table. Il s'accroupit, craignant un peu de la toucher. Il ne voulait pas la faire sursauter ou l'énerver d'une quelconque manière.

— Avery ? C'est Cole. Je suis là.

Son regard se porta sur lui et elle cligna des yeux.

— Cole ?

— Oui, bébé, c'est moi. Qu'est-ce qu'il y a ?

— L'obscurité, chuchota-t-elle. Je ne peux pas faire disparaître l'obscurité.

Le cœur de Rex se brisa pour elle.

— Je peux te toucher, ma chérie ?

— S'il te plaît, supplia-t-elle.

Sans une seconde d'hésitation, Rex se pencha et la souleva. Elle s'accrocha à son cou comme si elle ne voulait jamais le lâcher et enfouit son visage dans sa poitrine. Il marcha jusqu'à sa chambre et s'assit avec elle sur ses genoux. Il enleva ses chaussures, puis se recula jusqu'à ce qu'il soit appuyé contre la tête de lit. Les couvertures étaient en désordre, et il ne lui fallut pas longtemps pour soulever une fesse et attraper le drap et la couette et tirer les couvertures sur eux.

Avery s'enfonça aussi profondément contre lui que possible. Elle s'accrochait à lui comme s'il était la seule chose entre elle et une mort certaine.

Rex ne dit rien pendant plusieurs minutes, se contentant de passer méthodiquement sa main sur ses cheveux. Elle ne pleurait pas, mais elle n'était pas non plus très détendue dans ses bras.

— Tu peux parler maintenant ? se risqua-t-il à demander. Dis-moi ce qui se passe ? Est-ce que je dois appeler un médecin ? Ta mère ? De quoi as-tu besoin ?

Elle secoua sa tête contre lui.

— C'est juste... c'est le noir, dit-elle. Chaque fois que je ferme les yeux, j'ai peur que lorsque je les rouvre, je sois de retour là-bas. Seule dans le noir, sans issue.

L'estomac de Rex se serra.

— Tu as dormi ?

Elle secoua la tête.

— Oh, ma chérie. Je suis tellement désolé.

— Pas ta faute, marmonna-t-elle dans son cou.

— Je sais, mais si tu avais dit quelque chose plus tôt, j'aurais peut-être pu t'aider.

— Tu m'aides maintenant.

Ce n'était que trois mots, mais ils lui donnèrent l'impression d'être un géant. Rex savait que s'il le pouvait, il combattrait tous les démons d'Avery pour elle. Elle était une femme forte qui n'avait pas besoin d'un homme, mais il voulait la protéger quand même. Il voulait l'aider à naviguer dans la vie. Il voulait l'encourager quand elle en avait besoin et s'asseoir, la regarder et l'admirer quand elle n'en avait pas besoin. Mais pour l'instant, il ne savait pas trop quoi lui dire pour l'aider à surmonter le traumatisme psychologique qu'elle avait subi lorsqu'elle était prisonnière de guerre.

Prenant une profonde inspiration, Rex pensa à l'un des pires moments de sa vie, et espéra que partager ses expériences pourrait l'aider.

— J'ai été prisonnier de guerre moi-même.

Elle sursauta dans ses bras, relevant la tête pour le regarder. Avec la quantité de lumière dans la pièce, il ne pouvait pas se cacher d'elle. Il regarda dans ses yeux, et même au milieu de son propre drame, il vit la consternation et l'inquiétude pour lui.

Il jura à ce moment-là de la garder. De déplacer des montagnes et de faire tout ce qu'il faudrait pour qu'elle soit à lui.

— C'est vrai ? demanda-t-elle doucement.

Rex acquiesça, puis posa sa main sur sa tête et la ramena sur son épaule. Elle résista pendant une seconde avant de se détendre. Il se glissa sur le lit, déplaçant Avery pour qu'elle soit allongée à côté de lui, plutôt qu'assise sur ses genoux. C'était relatif, parce que la moitié de son corps était sur lui. Son bras serpentait autour de son ventre et elle s'accrochait comme si elle ne voulait jamais le laisser partir, ce qui lui convenait parfaitement.

Rex fixa son plafond de stuc et se prépara à lui dire quelque chose qu'il n'avait dit à personne d'autre, y compris au psychologue et à ses coéquipiers.

— Ace et moi avions été blessés dans une fusillade. J'ai pris une balle dans la cuisse, et Ace dans le flanc. Rien de vital n'a été touché, pas comme Phantom dans l'hélicoptère. On ne se vidait pas de notre sang, mais on ne pétait pas le feu. Et au lieu de se barrer de là, l'équipe est restée avec nous et finalement nous avons tous été capturés.

Avery inspira brusquement, et Rex la serra de manière rassurante avant de continuer :

— Nous avons été emmenés dans une série de grottes, mais la nôtre n'était pas petite comme la tienne, elle était énorme. Et les talibans avaient installé quelque chose qui ressemblait à des enclos pour chevaux. Nous étions tous attachés à l'intérieur de l'un d'eux. Nous ne pouvions pas nous voir, mais nous pouvions entendre tout ce qui se passait autour de nous.

— Donc tu n'étais pas seul, c'est bien... non ? commenta Avery calmement.

— Oui et non, avoua Rex. Ne te méprends pas, j'étais heureux d'avoir mes coéquipiers parce que je savais qu'ensemble nous pourrions trouver un moyen de nous échapper et de nous tirer de là. Nous étions beaucoup plus forts ensemble que si nous étions seuls. Cela signifiait aussi que l'attention de nos... hôtes... était divisée. Mais je savais que la raison pour laquelle nous étions tous là était à cause d'Ace et moi.

— Qu'est-ce que tu veux dire ?

— Si on ne s'était pas fait tirer dessus, aucun de nous n'aurait été là. On ne se serait pas fait botter le cul par ces enfoirés. Ils ont pris un grand plaisir à nous frapper.

Avery hocha la tête comme si elle savait exactement ce qu'il voulait dire, et il savait qu'elle le savait.

— Tout ce à quoi je pouvais penser, c'est que mes amis étaient blessés à cause de moi. Quand ce fut le tour de Bubba d'être battu, il a crié des mots qui nous ont rappelé l'enfer que nous avions vécu lors de notre entraînement SEAL. En gros, il nous disait de rester forts sans laisser nos ravisseurs savoir ce qu'il faisait.

Rex sentit Avery bouger contre lui.

— Qu'est-ce qu'il a dit ?

— Des choses comme « froid », « sommeil », « nourriture ». Des mots au hasard. Rien que les talibans ne puissent comprendre, mais le reste d'entre nous savait exactement ce qu'il voulait dire.

Avery hocha la tête.

— C'était intelligent.

— C'était le cas. Mais chaque mot me faisait me sentir de plus en plus coupable.

Elle secoua la tête.

— Non, Cole. Ce n'est pas pour ça qu'il le faisait.

— Je sais. Mais ça n'a pas changé ce que je ressentais.

— Comment vous êtes-vous échappés ?

— Bubba a l'habitude de transporter tout et n'importe quoi dans ses différentes poches. Lorsqu'il a été fouillé, ils ont raté un petit couteau. La nuit, après s'être fatigués de nous frapper, ils nous ont laissés seuls. Attachés dans nos enclos. Il a eu une main libre et a utilisé son couteau pour se libérer, puis le reste d'entre nous. Ils ont fait de leur mieux pour nous stabiliser, Ace et moi, et on s'est tirés de là. La douleur que j'ai ressentie en m'échappant de cet enfer est quelque chose que je n'oublierai jamais. Mais j'ai refusé d'abandonner ou de faire savoir à qui que ce soit que chaque pas en boitant me donnait l'impression que les talibans me plantaient un tisonnier chaud dans la jambe. J'ai souffert en silence. Même lorsque nous avons été secourus et qu'on m'a amené à l'hôpital, je n'ai rien dit sur l'intensité de ma douleur.

— Tu te punissais, dit doucement Avery.

Rex hocha la tête.

— Nous savions tous que nous n'aurions pas été capturés si Ace et moi n'avions pas été touchés. Je me suis évanoui simplement parce que Rocco s'est assis sur le matelas à côté de ma hanche à l'hôpital. Le mouvement a secoué ma jambe juste un peu, mais mon corps en a eu assez. Il s'est éteint. Rocco a eu peur et quand je me suis réveillé, c'était après une opération pour nettoyer l'infection qui avait commencé à envahir mon corps. Ce que je veux dire, c'est que si j'avais parlé plus tôt, je n'aurais pas eu à souffrir autant que je l'ai fait. On aurait pu me donner des antibiotiques et des analgésiques. Je n'ai jamais dit à personne à quel point je me sentais coupable, et je me sens toujours coupable de cette mission. Je détestais qu'ils aient été blessés à cause de moi. J'ai détesté les mettre dans cette position.

— Ce n'était pas ta faute. N'importe qui aurait pu être touché par une balle perdue, répondit Avery, la voix plus assurée maintenant qu'elle le défendait et qu'elle ne pensait plus à l'obscurité ou à ce qui lui était arrivé. Si Rocco avait été touché, ou Phantom, ou n'importe qui d'autre, tu leur aurais reproché de t'avoir mis dans cette position ?

Elle continua sans attendre qu'il réponde :

— Non, tu ne l'aurais pas fait. Donc tu ne devrais pas t'en vouloir.

— Je sais, dit Rex avec un petit sourire. Je comprends maintenant, mais à l'époque, je ne comprenais pas. Et je sais que si j'avais ouvert ma bouche et dit à Rocco ou aux autres ce que je ressentais, ils m'auraient dit la même chose, et j'aurais pu éviter toute cette putain d'angoisse et de culpabilité que je ressentais à ce sujet. Je sais que tu es allée voir un psychologue. Qu'a-t-il dit à propos de ta peur de l'obscurité ?

Rex savait ce qu'Avery allait dire avant qu'elle ne le fasse.

— Je n'en ai pas parlé, admit-elle. Mais c'est différent ! dit-elle rapidement. Ce n'est pas la même chose que ce que tu as vécu.

— Pourquoi pas ? Tu n'as rien fait de mal, ma chérie. Tu n'as pas demandé à être enlevée. Tu n'as pas demandé à être battue et enterrée vivante. Mais tu l'as été. Et maintenant tu dois faire face aux conséquences. Je sais que tu ne t'en rends pas compte, mais tu es incroyable. Je ne connais pas beaucoup de gens qui auraient eu la force mentale de faire ce que tu as fait. Tu n'as pas abandonné. Tu as trouvé un moyen de survivre et tu n'es pas restée assise en attendant d'être secourue. Tu te serais débrouillée toute seule si nous n'étions pas arrivés. Avoir peur du noir n'est pas une faiblesse, Avery. Il n'y a pas de quoi avoir honte. Pas du tout.

— C'est stupide, protesta-t-elle. Je sais que je ne suis pas en Afghanistan. Je suis ici, dans ma propre maison.

— Le cerveau fonctionne de façon étrange, lui dit Rex. Il nous permet de fonctionner dans des situations où nous ne devrions pas être en mesure de le faire, mais il a ensuite la mauvaise habitude de ne pas vouloir oublier ces situations.

Elle ne dit rien pendant quelques instants, puis reprit :

— Je suis si énervée, Cole.

— À propos de quoi ?

— À propos de tout ça. Contre celui qui a décidé que l'argent était plus important que les vies humaines et qui a parlé aux insurgés du convoi d'armes. Furieux que cet Afghan ait pensé que c'était normal de me kidnapper et de me torturer. Énervée que les insurgés aient pensé que c'était amusant de me frapper puis de m'enterrer vivante. En colère contre moi-même car je ne peux pas me débarrasser de cette faiblesse et revenir à la normale.

— Ce n'est pas une faiblesse, dit Rex.

— C'en est une ! insista Avery. Je n'arrive pas à dormir. Je ne peux pas fonctionner normalement. Je suis en train de devenir folle !

— Tu as dormi dans le noir après qu'on t'a secouru. Qu'est-ce qui a changé ? demanda Rex.

Il la sentit se raidir contre lui et réalisa qu'il avait posé exactement la bonne question.

— Parle-moi, supplia-t-il. Est-ce que quelque chose s'est passé quand tu es rentrée à la maison ? Est-ce que tu fais des cauchemars qui te rappellent tout ça ? Pourquoi ne peux-tu pas dormir maintenant alors que tu pouvais avant d'arriver ici ?

Il ne pensait pas qu'elle allait lui répondre. Il s'écoula au moins trois minutes complètes avant qu'il ne la sente respirer profondément.

— Parce qu'avant, tu étais là avec moi… et je me sentais en sécurité.

Sa réponse lui donna la chair de poule sur les bras. Il n'avait jamais eu ce problème auparavant. Il n'avait jamais senti sa peau se hérisser spontanément quand il était avec quelqu'un d'autre. Mais Avery avait une façon d'aller droit au cœur, de le faire se sentir à vif.

Ses bras se resserrèrent autour d'elle, et il tourna la tête pour embrasser son front. Il savait qu'elle n'aimait pas l'admettre, mais cela avait tout changé entre eux. *Tout.*

— Je n'aurais pas dû t'appeler, dit Avery alors qu'il ne répondait pas tout de suite à son aveu.

Rex resserra son emprise sur elle.

— Si, tu aurais absolument dû, dit-il fermement. En fait, tu aurais dû dire quelque chose bien avant maintenant.

— Je… je n'aime pas être faible, admit Avery.

Rex ne put s'en empêcher. Il se mit à rire.

— Faible ? demanda-t-il d'un ton étonné. Avery, tu es la personne la plus forte que je connaisse. Demander ce dont tu as besoin n'est pas faible. En fait, c'est bien plus difficile parfois que de rester silencieux. Je suis honoré de pouvoir faire ça pour toi. Je suis contrarié que tu ne me l'aies pas dit plus tôt. Mais je suis là maintenant. On va trouver une solution, et je te promets que les choses iront mieux. Jour après jour, ou plutôt nuit après nuit. Peu importe si nous devons dormir avec toutes les lumières allumées pour le reste de notre vie, nous ferons tout ce dont tu as besoin pour te sentir en sécurité. D'accord ?

— Nous ?

— Ouais, bébé. *Nous.* Maintenant, ferme les yeux et dors.

— Tu restes ? demanda-t-elle en relevant la tête pour le regarder dans les yeux.

— Bien sûr que je reste, répondit-il fermement. Aussi longtemps que tu en auras besoin. Maintenant, tais-toi et dors, d'accord ? lui dit-il d'un ton taquin.

Elle souffla un peu, mais s'allongea contre lui. Elle demeura silencieuse une minute ou deux, puis glissa :

— Merci, Cole. Je sais que tu as dit que ça ne me rend pas faible, mais le dire ne fait pas disparaître ce sentiment.

— Je sais, et tout va bien. Je peux être fort pour nous deux.

— Tu ne peux pas dormir avec moi pour toujours, rétorqua-t-elle.

Rex voulut protester immédiatement, lui dire qu'il le pouvait et qu'il le ferait, mais ce n'était pas le moment.

— Je peux pour le moment. Tu finiras par ne plus avoir besoin de moi pour dormir, mais pour l'instant, et pour le futur immédiat, je reste.

— Merci, chuchota-t-elle.

Rex sentit ses muscles se détendre complètement pour la première fois, et il savait sans aucun doute qu'il était exactement là où il devait être. À ses côtés. La soutenant et l'encourageant. Elle s'en remettrait, il le savait. Tout était encore trop frais dans son esprit pour que son cerveau se ferme complètement et la laisse se détendre. Une fois que le traître serait attrapé et que les choses reviendraient à la normale, *elle* redeviendrait normale. Pour l'instant, elle n'avait pas beaucoup dormi, elle était stressée par le retour au travail et elle essayait en plus de reconnaître l'homme qu'elle avait vu au village.

En cinq minutes, Avery s'endormit contre lui. Elle était un poids mort le long de son corps et il sentait les bouffées d'air chaud de son souffle contre son cou. Il avait l'impression d'avoir dormi avec elle comme ça pendant des années, mais c'était aussi nouveau et excitant.

Et la sentir contre lui le fit penser à d'autres choses aussi. À ce qu'elle ressentirait dans ses bras s'ils étaient tous les deux nus. Ce que ça ferait de lui faire l'amour.

Penser à faire l'amour à Avery faisait remuer sa verge dans son jean. Il était encore tout habillé et heureux de l'être en ce moment. Il n'y avait aucun doute que Rex la désirait, mais il voulait que ce soit sa décision. Il voulait qu'elle ait envie de lui autant qu'il avait envie d'elle. Ils n'en étaient pas encore là, mais ils avaient le temps. Il pourrait être là pour elle comme ça, platoniquement, aussi longtemps qu'elle aurait besoin de lui. Ce serait son honneur et son privilège.

L'embrassant sur le front une fois de plus, Rex ferma les yeux. Il voyait la lumière vive de la pièce même à travers ses paupières, mais cela ne le dérangeait pas. Il nota mentalement de s'assurer qu'elle ait une bonne réserve d'ampoules sous la main au cas où l'une des lumières de son appartement brûlerait.

Si Avery avait besoin de la lumière pour dormir, c'est ce qu'elle aurait.

Ça... et lui à ses côtés.

Ressentant un contentement qu'il n'avait jamais connu en trente-quatre ans, Rex s'endormit avec Avery dans ses bras.

*
**

Avery se réveilla en sursaut et fut confuse pendant un moment quant à l'endroit où elle se trouvait et ce qui se passait. Elle avait rêvé qu'elle se tenait au fond d'un trou et qu'un Américain vêtu d'une tenue traditionnelle afghane riait en faisant glisser un morceau de bois par-dessus, la laissant dans l'obscurité totale.

C'était une variation du même genre de cauchemars qu'elle faisait depuis qu'elle était arrivée en Californie. Dans chacun d'eux, quoi qu'il arrive, elle était enterrée vivante. Et dans chacun d'eux, elle était impuissante à faire quoi que ce soit.

La différence, cette fois, c'est qu'elle ne paniquait pas. Elle s'était réveillée en sursaut et au lieu d'être en sueur et de faire de l'hyperventilation, elle était presque calme.

— *Chhhhh*, dit une voix masculine somnolente juste à côté de son oreille. Tu vas bien, bébé. Ce n'était qu'un rêve.

Cole.

Avery fut immédiatement gênée.

Elle l'avait appelé dans un moment de panique un peu plus tôt et il n'avait pas hésité à venir. Elle avait réussi à atteindre la porte d'entrée pour la déverrouiller, mais n'avait ni l'énergie ni la force de remonter jusqu'à sa chambre. Elle s'était donc réfugiée dans l'endroit le plus sûr qu'elle avait pu trouver... le coin de sa salle à manger.

Cole n'avait pas été dégoûté par elle. Il ne l'avait pas regardée avec pitié. Si elle ne se trompait pas, elle avait vu de la fierté dans son regard.

C'était fou. Même quand elle avait admis qu'il était celui qui avait gardé les ténèbres à distance, il ne s'était pas moqué d'elle en lui disant qu'elle perdait la tête.

Avery ferma les yeux et se détendit contre son corps chaud. Habituellement, après s'être réveillée d'un de ses cauchemars, elle n'était pas capable de se rendormir, mais étonnamment, elle savait qu'elle était à deux doigts de le faire.

Et c'était à cause de l'homme à ses côtés. Il faisait toute la différence. Elle était en sécurité avec lui. Il ne laisserait pas le mystérieux traître l'enfermer à nouveau dans l'obscurité.

Elle détestait se fier à quelqu'un d'autre, à un homme, pour assurer sa sécurité. Mais elle savait qu'il avait raison. Un jour, elle serait à nouveau capable de se tenir debout, ou de dormir toute seule, selon le cas. Mais pour l'instant, elle était d'accord pour qu'il soit là pour chasser les démons et les choses qui se passent dans la nuit.

Le fait que Cole se soit ouvert et lui ait raconté l'histoire de sa propre capture, et à quel point il s'était senti vulnérable, la fit se sentir moins seule. Plus forte en quelque sorte.

En bougeant sa main, Avery réalisa qu'elle touchait du coton au lieu de sa peau douce. Sans réfléchir, elle déplaça sa main vers le haut et sous sa chemise, posant sa paume contre ses tablettes de chocolat. Elle le sentit et l'entendit inspirer profondément, puis ses doigts s'entrelacèrent avec les siens sur son ventre sous sa chemise.

Tenir sa main, entendre son cœur battre sous sa joue, et sentir le chatouillement de sa barbe contre sa tête, tout cela se combinait pour qu'elle se sente bien et en sécurité.

— Rendors-toi, ma chérie. Je suis là pour toi.

Ce furent les derniers mots qu'elle entendit alors que son corps succombait à l'attrait du sommeil qui lui avait été long-temps refusé.

CHAPITRE DIX-SEPT

Une semaine plus tard, Avery se tenait dans le couloir menant à la salle de séjour principale et regardait Cole s'affairer dans sa cuisine. Il sirotait sa tasse de café devant sa cuisinière en faisant cuire du bacon. Elle savait que dès qu'il se rendrait compte qu'elle était réveillée, il casserait quelques œufs dans une poêle et commencerait une simple omelette d'œufs, de fromage et de tomates pour elle.

Elle avait pensé que ce serait gênant de se réveiller avec Cole la première fois, mais il avait fait tout son possible pour donner l'impression qu'on l'appelait toujours au milieu de la nuit pour calmer sa petite amie paniquée.

Il passait toutes les nuits avec elle depuis. Elle dormait comme un loir et se réveillait fraîche et dispose pour affronter chaque journée. Sans aucune discussion, il avait apporté quelques affaires, comme du savon, sa brosse à dents et quelques vêtements de rechange.

Et Avery n'avait jamais été aussi heureuse.

Ce simple fait la faisait un peu paniquer. Ce n'est pas comme ça que les relations fonctionnent. Ils faisaient tout à l'envers. Vivre ensemble avant d'avoir vraiment appris à se connaître. Dormir ensemble avant de *coucher* ensemble.

Mais dire qu'ils ne se connaissaient pas était un mensonge. Elle avait passé tellement de temps avec Cole, à parler et à rire, qu'elle le connaissait mieux que n'importe quel autre homme avec qui elle était sortie. Il avait les pieds sur terre, pouvait faire l'idiot, était farouchement dévoué à ses amis. Il était attentionné. Il mordait la vie à pleines dents, mais il était aussi généreux, faisant les courses pour eux sans avoir l'air de se soucier du prix au supermarché, et il avait même fait le plein de sa voiture.

Avery attendait qu'il fasse quelque chose qui la rebuterait. Qui le ferait passer moins pour un parangon d'hommes que pour un... type ennuyeux. Mais jusqu'à présent, cela ne s'était pas produit.

Elle savait qu'elle était injuste envers elle-même, mais en ce moment, elle avait l'impression que c'était *elle* qui avait tous les défauts de la relation.

— Bonjour, dit Cole, faisant sursauter Avery.

Il lui souriait de sa place devant la cuisinière, et elle vit qu'il avait déjà commencé son omelette.

— Bonjour, dit-elle en se dirigeant vers la cuisine.

— Tu as bien dormi ? demanda-t-il comme il le faisait chaque matin.

— Tu sais bien que oui, répondit-elle sur un ton quelque peu sarcastique.

Elle n'aurait jamais cru cela possible, mais chaque nuit, lorsqu'ils allaient dans sa chambre et se blottissaient l'un contre l'autre, dès qu'elle fermait les yeux, elle s'éteignait comme une lumière. Et même lorsqu'elle se réveillait avec un cauchemar, se savoir en sécurité dans ses bras lui permettait de se rendormir, ce qui était impossible avant qu'il ne commence à venir passer la nuit avec elle.

Quand elle s'approcha de lui, il tendit un bras et l'attira à ses côtés. Il se pencha et l'embrassa comme si tout allait bien. Et Avery supposa que ça n'était pas le cas. Il faisait ça depuis une semaine. Il l'embrassait légèrement et fréquemment dès qu'il en avait l'occasion.

Quand il la déposait à l'hôpital, il se penchait vers elle et l'embrassait avant qu'elle ne sorte de sa voiture.

Quand il venait la chercher, il lui faisait un autre baiser.

Après avoir passé du temps au poste de police à regarder des photos, il l'embrassait.

Avant le dîner.

Après le dîner.

Pendant qu'ils regardaient la télé.

Quand elle était blottie contre lui dans son lit.

Avery ne pouvait pas dire qu'elle n'aimait pas ça, mais elle *était* frustrée qu'il n'approfondisse jamais ses baisers. Pas comme ils l'avaient fait avant sa crise de nerfs. C'était toujours un baiser rapide sur les lèvres. Sa barbe et sa moustache la chatouillaient légèrement avant qu'il ne se retire.

Sa main sur sa nuque lui manquait, la retenant contre lui alors qu'il inclinait sa tête exactement là où il le voulait et l'embrassait comme s'il n'en avait jamais assez.

— Tu ne fais qu'un demi-poste aujourd'hui, n'est-ce pas ? demanda-t-il.

Avery hocha la tête et sirota la tasse de café qu'il lui avait préparée.

— Et ensuite, tu veux passer une heure ou deux au poste de police ?

— Oui, répondit-elle. Il ne me reste plus que les dernières photos. J'aimerais finir.

Il fronça les sourcils.

— Et personne ne semble familier ?

Avery soupira.

— Non. Et ça craint. Je pensais à coup sûr que je reconnaî-trais le type immédiatement quand je le verrais. Mais j'ai parcouru toutes les photos des Marines et je suis presque sûre que le type que j'ai vu n'y était pas. Maintenant, il ne me reste plus que quelques photos de l'armée et de civils à regarder.

Puis elle reprit en posant sa tasse de café :

— Que vais-je faire si je ne le trouve pas, Cole ? La première unité va bientôt quitter l'Afghanistan. Sois honnête, penses-tu *vraiment* que je serai en danger ?

Elle regarda Cole éteindre le feu de la cuisinière et faire glisser une omelette parfaitement cuite sur une assiette. Il se tourna vers elle et posa ses mains sur ses épaules. Il portait un T-shirt beige et son pantalon bleu de camouflage. Il avait réussi à se doucher sans qu'elle l'entende, et elle sentait son odeur fraîche et propre. Cela lui donnait envie d'enfouir son visage dans son cou et de rester là le reste de la journée, à le sentir.

— Il y a une chance, oui, annonça-t-il solennellement. J'aimerais tellement pouvoir te dire que tu iras bien, mais, Avery, c'est toi qui nous as répété ce que l'Afghan t'a dit. Qu'il avait reçu l'ordre de s'assurer que tu ne sortirais pas du pays vivante. Le traître sait évidemment qui tu es, et si tu ne peux pas l'identifier, ça te met en danger.

— Je *peux* l'identifier, insista Avery. Si je le revois. Comme les gens l'ont dit, les photos officielles de la Défense sont très mises en scène et ne ressemblent probablement en rien à la personne dans la vraie vie. Je parie que j'aurais du mal à te reconnaître si je voyais la tienne.

Cole se mit à sourire.

— Tu vois ? J'ai raison, dit-elle en soupirant.

— Je sais que tu as raison. Je n'ai pas de barbe ou de moustache sur la mienne, indiqua Cole.

Les yeux d'Avery s'écarquillèrent.

— Sérieusement ? Je veux *vraiment* la voir maintenant.

Il ricana, puis fit un pas de plus vers elle et une de ses mains passa de son épaule à sa nuque, l'autre s'enroulant autour de sa taille.

Avery réagit en frissonnant. Mon Dieu, elle adorait quand il la tenait comme ça. Ses yeux étaient intenses quand il la regardait.

— Je ne laisserai rien t'arriver.

Même si elle aimait le sentiment derrière ses mots, elle savait que ce n'était pas comme ça que les choses fonctionnaient.

— J'apprécie, mais j'ai le sentiment que si ce type veut m'atteindre, il le fera.

Cole fronça les sourcils.

— Tu ne peux pas être avec moi vingt-quatre heures sur vingt-quatre, Cole, insista Avery. Tu as du travail, tout comme moi. Même si j'adorerais que tu sois comme mon ombre personnelle, ce n'est faisable pour aucun de nous deux. J'ai juste besoin de savoir à quel point tu penses que je suis en danger. Si c'est un dix sur une échelle d'un à dix, alors je ferai les choses très différemment que si c'est un cinq. Je ne veux pas mourir, j'ai trop de raisons de vivre, mais je ne peux pas non plus passer ma vie enfermée derrière des portes, à me demander s'il y a une balle de sniper dehors avec mon nom dessus. Est-ce que tout cela a un sens ?

Cole soupira. Puis il hocha la tête.

— Oui, bébé, c'est vrai. Je déteste ça, mais je comprends. Je dirais qu'en ce moment le niveau de danger est probablement autour de 2. Il est possible que ce type connaisse des gens et puisse engager quelqu'un pour t'atteindre, mais comme les choses sont calmes depuis plus de deux semaines, je pense que tu es en sécurité.

— Et quand ces unités de l'armée et de la marine quitteront l'Afghanistan ? demanda-t-elle.

Cole pressa ses lèvres l'une contre l'autre un instant, puis dit :

— Sept.

L'estomac d'Avery se tordit en entendant ça.

— Merci d'être honnête avec moi.

— Idéalement, tu reconnaîtras le traître dans la dernière série de photos que tu passeras en revue, déclara Cole. Ensuite, tu pourras l'attraper et l'interroger et tu seras prête à partir.

— Et si je ne le fais pas ?

— Alors tu devras être très vigilante. Constamment consciente de qui t'entoure, et tu devras t'assurer de ne jamais être seule. Dans un parking, à l'hôpital, ou en faisant les courses. Je ne vais pas mentir, ça va craindre, mais je vais faire tout ce que je peux pour t'aider. Pour être avec toi, pour que tu puisses te détendre et être toi-même quand tu seras dehors.

— Pour combien de temps ? reprit-elle.

— Qu'est-ce que tu veux dire ?

— Juste ça. Combien de temps ? Il y aura d'autres unités qui quitteront l'Afghanistan dans les mois à venir. Quand saurai-je que la menace est écartée ? Je veux dire, si ce type revient au pays et se rend compte que je ne l'ai pas identifié, ce sera fini ? Va-t-il penser qu'il a gagné et me laisser tranquille ? Ou est-ce que je devrai toujours surveiller mes arrières ? Combien de temps vais-je être en danger ?

— Je ne sais pas, admit Cole.

Il l'attira contre lui jusqu'à ce qu'ils soient collés l'un à l'autre, des hanches à la poitrine. Avery attrapa le côté de son pantalon et le regarda dans les yeux.

— Ce que je sais, c'est que peu importe le temps que ça prendra, tu m'as moi. Et mes coéquipiers. Tu n'es pas seule, Avery.

— Je ne peux pas imaginer devoir vivre dans la peur pendant des mois ou des années.

— Tu ne le feras pas.

— Tu ne peux pas le savoir, insista Avery.

— Je peux, et voici pourquoi. Parce que je *te* connais, dit Cole. Tu es tenace. Tu ne vas pas laisser passer ça. Si tu as vu les dernières photos et que tu ne l'as pas reconnu, tu vas les revoir. Tu inspecteras chaque homme que tu rencontreras et tu finiras par le reconnaître.

— Et s'il n'est pas dans les Marines ? Pas sur cette base ? demanda-t-elle.

— J'ai le sentiment que qui que ce soit, il voudra s'assurer que tu ne peux pas l'identifier. S'il n'est pas dans les Marines, il se montrera quand même. Il pourrait se cacher, mais il voudra que tu le voies. Si tu montres le moindre signe de reconnaissance, il saura qu'il doit faire quelque chose. *Si* tu vois quelqu'un que tu penses être lui, tu devras faire de ton mieux pour ne pas montrer que tu le reconnais. Je suis sérieux là-dessus, Avery, ta vie pourrait être en jeu.

Elle acquiesça.

— Je sais. Et ça a du sens. Je pourrais peut-être aller à la cérémonie de retour la semaine prochaine et voir si je peux l'identifier là-bas.

— Pas une mauvaise idée, concéda Cole. Si tu ne l'identifies pas sur la dernière des photos, je vais en parler à mon commandant et voir si on ne peut pas organiser quelque chose.

Son pouce caressa légèrement l'arrière de son cou, et les mamelons d'Avery réagirent en se contractant.

Et en un instant, les pensées du traître et de sa vie peut-être en danger disparurent. Tout ce à quoi Avery pouvait penser était l'homme qui se tenait en face d'elle et à quel point elle le désirait.

— Pourquoi ne m'as-tu pas embrassée à nouveau ? demanda-t-elle à voix basse.

— Je t'ai embrassée, insista Cole.

Avery secoua la tête.

— Tu sais ce que je veux dire. Un baiser sur les lèvres ne compte pas.

Il avait l'air peiné.

— La vérité ?

— Toujours.

— Parce que je sais que si je t'embrasse comme je le veux vraiment, je ne m'arrêterai pas. Je t'emmènerai dans la chambre et je te ferai l'amour comme je le rêve chaque nuit. Tu seras nue et tu te trémousseras sous moi avant même que tu ne saches ce qui se passe. Et je ne m'arrêterai pas à embrasser tes lèvres. Je goûterai chaque centimètre de ton corps avant de te prendre si fort qu'aucun de nous ne pourra penser à *autre chose* qu'au bien que l'on ressent ensemble. Et la dernière chose que je veux faire, c'est te presser. Ou faire quelque chose qui retarderait ta guérison. Tu t'en es si bien sortie la semaine dernière, je ne veux pas tout gâcher.

Son explication eut pour conséquence de faire remuer Avery sous son emprise. Sa culotte était mouillée et elle voulait désespérément ce que ses mots promettaient.

— Oui, chuchota-t-elle.

Mais Cole secoua sa tête. `

— Même si tu dis ça pour m'exciter, je ne suis pas prêt.

Elle fronça les sourcils.

— Quoi ? Je pensais que les mecs étaient toujours prêts pour le sexe ? Et tu étais prêt il y a une semaine. Qu'est-ce qui a changé ?

— Je t'aime bien, Avery. Vraiment beaucoup. Et on pourrait faire l'amour à l'instant même et on trouverait tous les deux ça extrêmement plaisant. Mais… je veux plus. Je veux tout. Et je suis prêt à attendre jusqu'à ce que tu le veuilles aussi. Je sais que tu penses que tous les gars, surtout les SEAL, sont des obsédés, qu'ils ont couché avec des centaines de femmes et qu'ils n'ont aucun désir de se caser, mais je ne suis pas comme ça. Je veux ce que mes amis ont. Je veux une partenaire. Quelqu'un avec qui passer le reste de ma vie. Pour qui je me battrai. Pour rentrer à la maison à la fin d'une mission et me sentir bien parce qu'elle est à nouveau dans mes bras. Je veux quelqu'un avec qui je puisse rire, pleurer, ou simplement m'asseoir dans la même pièce et me sentir bien. Ce que je ne veux pas, c'est une compagne de sexe. Quelqu'un qui ne veut être avec moi que parce que je tiens ses cauchemars à distance.

Avery ouvrit la bouche pour protester, pour lui dire que ce n'était pas pour cela qu'elle l'avait appelé ce soir-là, ni pour cela qu'elle l'avait autorisé à rester chez elle tous les soirs depuis une semaine. Mais il resserra sa main sur sa nuque et continua à parler :

— Non, je ne pense pas que ce soit la raison pour laquelle tu es avec moi, mais honnêtement, tu me fous la trouille, Avery. Je pense à toi constamment. Je m'inquiète pour toi quand tu es au travail et je dois m'empêcher de t'envoyer des centaines de textos par jour pour savoir comment tu vas. Ou pour te dire quelque chose de drôle qui m'est arrivé. Je ne suis pas prêt parce que je dois m'assurer que c'est ce que tu veux. Que tu es d'accord. Parce que si tu acceptes d'être avec moi, et que tu changes d'avis plus tard, ça me dévasterait.

Donc je ne peux pas t'embrasser comme je le veux vraiment parce que ça va mener à plus. Et je ne veux pas te mettre la pression pour que tu ne t'engages pas à cent pour cent dans une relation avec moi. Je sais que tout ça me fait passer pour une mauviette, mais je ne peux pas m'en empêcher.

Avery approcha sa main de sa bouche et la couvrit.

— Tu n'es pas une mauviette, lui dit-elle sévèrement. Je ne peux pas croire que tu dises ça. La plupart des hommes n'auraient pas le courage d'admettre ce que tu viens de faire. Mais… tu as raison. Je suis réticente à m'engager dans ce qu'il y a entre nous parce que c'est si confus. Je n'ai jamais ressenti une telle alchimie avec quelqu'un d'autre, et ça me fout la trouille aussi. Je ne peux pas m'empêcher de me demander si, après avoir fait l'amour, ça ne va pas se dissiper et c'est tout.

Cole secoua la tête, mais Avery ne retira pas sa main.

— Je ne dis pas que je pense que tu ferais délibérément quelque chose pour me blesser, tu n'es pas ce genre de gars, mais avec le temps, quand le besoin et l'envie s'estomperont, et que tu seras coincé avec quelqu'un dans ton lit qui ne peut pas dormir sans la fichue lumière allumée, je ne veux pas que tu te demandes ce que tu fais. Si tu commences à t'éloigner, je me retrouverai encore une fois toute seule, à me demander ce qui a bien pu se passer.

Cole se leva et prit la main sur sa bouche dans la sienne, puis enroula leurs mains derrière son dos, la coinçant effectivement entre lui et le plan de travail.

— Ça n'arrivera pas, ma chérie. Je n'en ai rien à faire de la lumière. On peut passer le reste de notre vie à dormir avec la lumière allumée, ça ne me dérange pas. Mais c'est pour ça que je me suis retenu. On va brûler plus que je ne peux l'imaginer quand on fera enfin l'amour, mais je veux m'assurer que tu saches jusqu'à la moelle de tes os que je suis là parce que je le veux. Pas pour le sexe. Pas à cause de ce que tu penses que je veux de toi. Je *te* veux juste, Avery. Exactement comme tu es. Pour toujours. Et c'est vieux jeu, je l'admets, mais j'ai besoin d'être rassuré sur le fait que ce n'est pas juste une passade pour toi avant de faire avancer notre relation physique.

— Donc tu veux qu'on se marie avant que tu m'embrasses ? De faire l'amour avec moi ?

Cole secoua la tête.

— Non. Je sais que ça semble fou, et je ne l'explique pas bien. J'ai juste besoin de savoir que tu es aussi déterminée que moi à faire en sorte que les choses fonctionnent, avant que nous nous engagions dans cette voie physique. Parce que ça t'a peut-être échappé, bébé, mais une fois que je t'aurai faite mienne, je ne te laisserai pas partir. Et je ne dis pas ça comme un harceleur flippant, genre « personne ne peut t'avoir à part moi ». Mais je sais au fond de moi que tu peux me détruire. Si tu me laisses te faire mienne, puis décides que ce n'est pas ce que tu veux, je ne m'en remettrai jamais. Ça me fout la trouille. Quand tu seras prête à être à moi, *vraiment* à moi, tu me le feras savoir et je t'embrasserai... et plus.

Le cœur d'Avery battait fort dans sa poitrine et elle avait l'impression de ne pas pouvoir respirer assez.

Cole était-il sérieux ? Ses mots étaient un peu vieux jeu... elle n'était pas une propriété qui « appartiendrait » à quelqu'un, mais elle ne pouvait pas nier qu'elle aimait l'idée tout de même.

— Si je suis à toi, veux-tu être à moi ? Je ne tolérerai pas la tricherie, répondit-elle. Si tu couches avec une autre femme derrière mon dos, si tu envoies des sextos à quelqu'un, ou même si tu embrasses quelqu'un d'autre comme nous nous sommes embrassés avant que je t'appelle au milieu de la nuit, ce sera fini. Dehors. Peu importe combien tu me supplieras ou tu t'excuseras, ce sera fini.

— Je ne le ferai pas.

Ses mots étaient simples et sincères.

Avery voulait dire tout de suite qu'elle était à lui. Qu'elle était prête. Mais au fond d'elle, elle savait qu'elle ne l'était pas. Sa vie était en suspens en ce moment et la dernière chose dont elle avait besoin était d'ajouter Cole au mélange.

Bien sûr, il était déjà impliqué. Ils vivaient pratiquement ensemble et n'avaient eu qu'une poignée de rendez-vous officiels. Mais elle l'avait appelé, et il n'avait pas hésité à venir à ses côtés. Et sa présence lui permettait de dormir la nuit.

Elle ne voulait pas s'engager dans une vraie relation avec lui avant de savoir qu'elle ne l'utilisait en aucune façon. Elle ne voulait pas qu'il soit une béquille. Elle voulait être entière pour lui. Avery ignorait quand cela pourrait arriver, mais il était plus qu'évident qu'il était un homme honorable, et elle voulait respecter cela.

— Je te le ferai savoir, murmura-t-elle.

La chaleur dans ses yeux était presque suffisante pour qu'elle déclare qu'elle était prête sur-le-champ.

— Tu en vaux la peine, dit Cole tendrement.

— Quoi ?

— Tu vaux la peine qu'on t'attende, clarifia-t-il. Je me fiche du temps que ça prendra, tu vaux chaque minute.

Puis il prit une profonde inspiration et s'éloigna d'elle.

— Ton petit-déjeuner est en train de refroidir, tu dois manger.

— Tu es toujours en train de me nourrir, se plaignit genti-ment Avery.

La sensation de lui contre elle lui manquait plus qu'elle ne pouvait l'admettre.

— Et je le ferai probablement toujours, avoua-t-il. Savoir que tu as passé deux semaines sans manger me hante toujours. Tu vas devoir me faire plaisir.

Avery savait qu'il y avait des choses pires à gérer quand il s'agissait d'un petit ami. Elle ramassa sa tasse de café et se dirigea vers la petite table de la cuisine. Elle prit son petit-déjeuner pendant qu'elle regardait Cole se faire des œufs.

Ils mangèrent ensemble, discutant de ce qu'ils avaient prévu pour la journée.

— Oh, avant que nous ne nous égarions, je voulais te demander si tu voulais aller chez Gumby cet après-midi après avoir fini de regarder les photos. Phantom retourne dans son propre appartement demain et nous avons pensé organiser une petite fête de retour à la maison pour lui.

Avery n'était pas sûre d'avoir envie d'être sociable après le travail et après avoir regardé des photos, mais elle savait que Cole avait passé plus de temps avec elle qu'avec ses amis dernièrement et elle se sentait mal à ce sujet.

Comme s'il pouvait lire dans ses pensées, Cole dit :

— C'est normal de dire non. Et bien sûr, cela dépendra si tu identifies le traître ou non. Si c'est le cas, nous aurons d'autres choses à faire.

Secouant la tête, Avery prit une décision :

— Non, j'en ai envie. Je n'ai pas encore rencontré Caite, Sidney, Piper ou Zoey, et je t'ai tellement entendu parler d'elles. C'est plus confortable pour moi de revenir ici et de traîner, mais j'ai vraiment envie de les rencontrer et de revoir les gars. Surtout Phantom. Des nouvelles de cette femme, Kalee ?

— Pas encore, mais notre ami Tex, génie de l'informatique, fait de son mieux pour voir ce qu'il peut trouver. Que dis-tu de ça : on s'arrête un peu, mais je te promets de te ramener ici avant le coucher du soleil. Je sais que tu n'aimes pas être dehors après la tombée de la nuit.

Avery était à la fois touchée par sa considération et énervée contre elle-même d'être une telle poule mouillée.

— Parfait.

Cole tendit la main et la saisit, l'empêchant de se lever pour apporter son assiette à l'évier.

— Ça ne fait que quelques semaines, donne-toi un peu de mou.

Prenant une profonde inspiration, Avery hocha la tête.

— Je... je déteste ça. J'étais assez forte pour survivre à ce qu'ils m'ont fait et maintenant j'ai l'impression que je laisse quelque chose de stupide comme l'obscurité m'abattre.

— Ce n'est pas stupide, dit Cole.

Il passa son pouce sur le dos de sa main et la laissa partir.

Avery mit les assiettes sales dans le lave-vaisselle puis alla finir de se préparer pour le travail. Vingt minutes plus tard, Cole et elle étaient en route pour l'hôpital. Elle possédait une voiture, elle aurait pu conduire elle-même, mais il avait insisté sur le fait que ça ne le dérangeait pas de la déposer et de venir la chercher. Et comme Avery aimait passer autant de temps que possible avec Cole, elle avait accepté.

Il s'arrêta devant l'hôpital et se pencha sur elle, saisissant sa nuque et rapprochant ses lèvres des siennes. Son baiser était aussi chaste que d'habitude, mais maintenant qu'elle comprenait pourquoi il se retenait, cela ne la dérangeait plus.

— Sois prudente, lui dit-il, comme il le faisait chaque fois qu'il la déposait.

— Promis.

— Appelle ou envoie un message quand tu seras au poste de police.

— D'accord.

Il lâcha prise et Avery sortit de sa voiture. Il l'appela avant qu'elle ne puisse fermer la porte.

— Oui ? demanda-t-elle en se penchant pour croiser son regard.

— Je suis fier de toi. Ta détermination à identifier le traître à notre pays est tellement honorable que je n'ai pas les mots. Au nom de tous les Américains tués ou blessés par les insurgés et les terroristes, merci.

Avery eut les larmes aux yeux. Elle réussit à lui faire un signe de tête.

Cole lui sourit, elle ferma la porte et se dirigea vers l'entrée de l'hôpital. Ses mots étaient juste ce qu'elle avait besoin d'entendre. Oui, ce qui lui était arrivé était nul, mais il ne s'agissait pas que d'elle. Deux hommes avaient perdu la vie là-bas en Afghanistan. Et des milliers d'autres étaient morts en se battant pour leur pays. Le traître, qui que ce soit et où qu'il soit, avait directement contribué au danger pour encore plus d'hommes et de femmes américains. Ses actions avaient décuplé la tension entre les habitants et les soldats et Marines de la région.

Sans compter que les missions comme celle à laquelle elle avait participé, pour aider les femmes locales en matière sanitaire, seraient suspendues sans délai.

Avery n'avait aucune idée de ce qui se passerait si elle n'était pas capable d'identifier le traître dans le dernier lot de photos qu'elle devait parcourir, mais elle ne s'arrêterait pas avant d'avoir trouvé qui il était.

— Je vais te trouver, ordure, marmonna-t-elle alors que les portes automatiques s'ouvraient pour elle.

Elle passa sa main sur sa poitrine, s'assurant que la broche Budweiser de Cole était toujours attachée à son T-shirt sous sa blouse. Le fait de l'avoir sur elle lui donnait confiance et lui donnait l'impression que Cole était toujours avec elle.

*
**

Scott Wheatland écouta le général de la base faire un discours aux unités qui devaient quitter l'Afghanistan au cours de la semaine prochaine. Jusqu'à présent, il n'avait pas été jeté en cellule, ce qui semblait être un bon signe car le lieutenant ne l'avait pas encore identifié.

Mais il savait que ce n'était qu'une question de temps.

Il avait hâte d'arriver en Californie et de découvrir ce qu'elle avait fait depuis son retour aux États-Unis. Il ne pensait pas qu'elle allait laisser tomber. Elle l'avait regardé droit dans les yeux et l'avait vu rencontrer son contact au village.

Scott fut choqué mais heureux d'apprendre que lorsque son contact afghan avait été encerclé par l'équipe Delta Force envoyée pour enquêter sur ce qui s'était passé avec le convoi d'armes, il s'était tiré une balle dans la tête. Il avait manifestement pensé que se tuer serait mieux que de donner aux Américains une chance de l'interroger, choisissant de mourir plutôt que de communiquer des informations sur les insurgés et l'endroit où se trouvaient les armes.

Pour Scott, cela signifiait que l'homme ne pouvait pas non plus donner son nom et son rôle dans l'attaque.

C'était un coup de chance. Ce qui l'inquiétait, c'était qu'il était maintenant à court de pilules à cause de la solution de facilité de cet homme. Scott n'était pas sûr d'en avoir assez pour tenir jusqu'à son retour en Californie. Il allait devoir les économiser soigneusement. Quand il atterrirait, il pourrait se remettre en contact avec son dealer habituel, mais d'ici là, il devrait souffrir de symptômes de sevrage dus à la réduction de sa consommation.

Alors que le général n'en finissait pas de parler, l'attention de Scott diminuait. Il rêvait de revoir le lieutenant, de la faire taire. Il savait qu'en tant qu'infirmière travaillant à l'hôpital de la base, qu'elle serait facile à atteindre, mais il devait tout faire au bon moment. Si elle l'apercevait sur la base avant qu'il ne soit prêt, tout serait fichu. Elle le dénoncerait sans hésiter.

Il devait trouver comment arranger les choses pour qu'ils se rencontrent face à face au bon moment. Ensuite, il pourrait finir ce que les Afghans incompétents n'avaient pas été capables de faire. À savoir, s'assurer que le lieutenant ne puisse jamais l'identifier auprès des autorités.

Gardant son visage impassible, Scott sourit intérieurement de sa machination.

CHAPITRE DIX-HUIT

Rex regarda Avery et dut se retenir physiquement de sortir, de la prendre dans ses bras et de l'embrasser passionnément.

Tout ce qu'il lui avait dit ce matin-là était parfaitement exact. Il rêvait de l'embrasser à nouveau. De goûter chaque centimètre de son corps, puis de lui faire l'amour jusqu'à ce qu'ils soient tous les deux en sueur et exténués. Mais il ne pouvait pas. Pas tant qu'il ne serait pas convaincu qu'elle ne décréterait pas qu'il ne lui convenait pas. Et dans ce cas, il n'était pas sûr de pouvoir s'en remettre.

Ils étaient à la maison de plage de Gumby et elle était assise sur le porche arrière avec Phantom et Caite. Ils regardaient les enfants de Piper et Ace jouer sur le sable avec les autres femmes, Gumby et Rocco.

Rex était à l'intérieur avec Ace et Bubba, aidant à ranger la maison après le repas.

— Tu as un air bête sur ton visage, mon frère, dit Bubba.

Rex reporta son attention sur l'assiette qu'il était en train de sécher.

Ace lui donna une tape dans le dos en riant.

— Encore un qui est amoureux, hein ?

Rex ricana en retour mais ne put pas faire de commentaire.

— Il était temps, putain, dit Bubba. En fait, on sait tous que tu as des vues sur elle depuis toujours. On déteste qu'il ait fallu qu'elle soit kidnappée pour que tu puisses te connecter, mais on est heureux pour toi.

— Merci, dit Rex à ses amis.

Il mit l'assiette maintenant séchée dans l'armoire et jeta le torchon sur le plan de travail.

— Je peux vous demander quelque chose, les gars ?

— Bien sûr.

— N'importe quoi.

— Comment as-tu... quand as-tu...

La voix de Rex s'éteignit.

— Crache le morceau, dit Ace avec un sourire.

— Comment as-tu compris que Piper était avec toi parce qu'elle *voulait être* avec toi, et pas à cause des enfants ? demanda Rex à Ace.

Tout l'humour qui avait été sur le visage de son ami fut effacé par la question sérieuse de Rex.

— Honnêtement ? Je me suis souvent posé la même question. Non pas que je ne pense pas qu'elle m'aime, dit Ace rapidement. Mais de temps en temps, je regarde nos enfants, et le bébé qui grandit dans son ventre, et je me retrouve à me demander comment je suis arrivé là où je suis aujourd'hui. J'ai toujours voulu des enfants, mais je n'aurais jamais pensé en avoir trois, bientôt quatre, si peu de temps après avoir rencontré Piper. Mais savoir qu'elle m'aime pour moi et pas pour les enfants n'est pas quelque chose que je peux expliquer. C'est juste un sentiment, là.

Ace mit son poing sur son cœur.

— Je ferais tout pour mes enfants, poursuivit Ace. Mais s'ils n'étaient pas là, et si Piper n'était pas enceinte, je sais jusqu'à la moelle de mes os que nous serions quand même ensemble. On s'est peut-être mariés à cause des enfants, mais c'était bien plus que ça, même avant qu'on se dise oui. Je ne suis pas idiot, il y avait plein de moyens pour Tex de faire sortir ces filles du Timor oriental, mais le mariage m'a lié à Piper, et elle à moi, d'une manière dont aucun de nous ne pourrait facilement se défaire. On n'était pas sûrs l'un de l'autre, mais à la fin, on a fini par le savoir.

— Zoey et moi avons vécu beaucoup de choses pendant la semaine que nous avons passée dans la nature sauvage de l'Alaska, ajouta Bubba. Nous avons appris à nous connaître très bien en très peu de temps. Le fait que nous nous connaissions déjà depuis le lycée nous a aidés, mais quand même. Si tu te demandes pourquoi Avery est avec toi, arrête.

Rex haussa les épaules.

— Je n'y peux rien. Elle a du mal à se remettre d'avoir été enterrée dans le noir dans cette montagne.

— Et tu l'aides, et maintenant tu penses que c'est la seule raison pour laquelle elle tolère ta sale gueule ? demanda Ace avec un sourire en coin.

Rex n'était pas d'humeur à plaisanter sur ce sujet.

— Va te faire foutre, marmonna-t-il.

Ace retrouva son sérieux et posa une main sur l'épaule de Rex.

— Les femmes sont parfois difficiles à comprendre, mais si elle n'avait pas de sentiments pour toi, il n'y aurait aucune chance que tu dormes dans son lit tous les soirs.

— Elle a peur du noir, admit Rex. Elle m'a appelé au milieu de la nuit et était complètement paniquée alors qu'elle avait toutes les lumières allumées dans son appartement. Elle n'avait pas dormi depuis une semaine et était au bout du rouleau.

— Bien, alors peut-être qu'elle t'a utilisé cette nuit-là, mais celles d'après ? Non, dit fermement Ace. Je ne dis pas que tu ne l'aides pas, parce que je suis sûr que tu le fais, mais c'est une femme adulte. Et une infirmière en plus. Elle sait qu'il y a d'autres moyens de surmonter ses peurs. Psychothérapie, médicaments... peu importe. Si elle n'avait pas de sentiments pour toi, tu ne serais plus dans son lit, Rex.

Rex n'était pas entièrement convaincu.

— Elle ne peut pas te quitter des yeux plus de quelques minutes, dit Bubba. Elle est assise là-bas avec Phantom et Caite, mais elle tourne constamment la tête pour vérifier où tu es... tout comme tu le fais pour elle.

— J'ai peur, admit Rex.

Ce n'était pas quelque chose qu'il aurait dit à quelqu'un en qui il n'avait pas une confiance absolue, mais il avait traversé l'enfer avec les hommes en face de lui.

— Chaque jour, je suis terrifié à l'idée que Zoey reprenne ses esprits et décide qu'elle ne peut plus vivre avec mes excentricités, admit Bubba.

— Et même si Piper porte mon enfant, j'aurai toujours peur qu'un jour elle se réveille et décide qu'être mariée à un SEAL n'est pas pour elle, ajouta Ace.

— Tu sais aussi bien que nous que nos futurs ne sont pas gravés dans la pierre, dit Bubba à Rex. Mais ça ne veut pas dire que nous ne devons pas nous saisir de ce que nous voulons. Prends-le, mec. Si tu cherches des garanties qu'elle ne te quittera jamais, ou que la vie sera toujours un lit de roses, tu ne les auras pas. La vie est désordonnée, parfois cruelle. Il y aura des moments où vous vous disputerez et elle pourrait penser qu'elle regrette d'avoir choisi cette vie. Mais cela signifie simplement que tu dois travailler plus dur pour lui montrer qu'elle a pris la bonne décision après tout. Que tu en vaux la peine, même si tu te sens mal à l'intérieur et à l'extérieur. Tout comme elle fera la même chose quand tu lui en voudras pour une connerie qu'*elle* a faite.

— La vie est un risque, Rex. Tu le sais aussi bien que n'importe lequel d'entre nous. Alors qu'est-ce que tu attends, bon sang ? Ce ne sera jamais le bon moment. Tu peux penser que tu veux attendre qu'elle soit hors de danger, mais si elle n'identifie jamais le terroriste ? Tu vas rester un simple ami pour elle pour le reste de ta vie ? Ce n'est juste ni pour l'un ni pour l'autre.

— Soit tu es dedans, soit tu es dehors, poursuivit Bubba. Tu pourrais être tué lors de notre prochaine mission. Ou avoir une jambe arrachée. Ou un de ses patients pourrait perdre la tête à l'hôpital et la tuer. Tu ne sais pas. Mais une chose est sûre, si tu attends le moment idéal pour que ta relation fonctionne, tu attendras toujours.

Rex jeta un coup d'œil au porche et vit Avery l'étudier avec un regard inquiet. Elle marmonna :

— Tu vas bien ?

Il se rendit compte qu'il avait froncé les sourcils pendant que Bubba lui faisait la leçon, alors il lissa l'expression de son visage et fit un signe de tête à Avery. Elle lui adressa un sourire, et il lui sourit en retour, puis elle retourna à la conversation qu'elle avait avec les autres sous le porche.

Quand Rex se retourna vers Ace et Bubba, ils souriaient tous les deux comme des idiots.

— J'ai raison, dit Rex avec un sourire.

— Bien. Maintenant, que dirais-tu de sortir pour que je puisse m'assurer que ma femme n'en fasse pas trop sur la plage, et que tu puisses rassurer la tienne en lui disant que tu vas bien, suggéra Ace.

Rex suivit ses amis jusqu'à la porte et se mit à rire quand ses amis, au lieu de parler à Caite, Phantom et Avery, partirent directement vers leurs femmes sur la plage.

— Vous vous êtes occupés de tout ? demanda Avery. J'aimerais aller aider.

— Tout va bien, lui dit Rex.

Il la poussa à descendre d'une marche, et quand elle le fit, il s'assit derrière elle et la ramena dans ses bras. C'était après le dîner, mais le soleil était encore levé. Ils avaient encore au moins une heure et demie avant que la nuit tombe. Rex nota mentalement de ne pas rester plus d'une heure pour qu'ils puissent être de retour à son appartement avant la nuit.

— Il se passe quelque chose d'intéressant par ici ? demanda-t-il.

— Rani et Sinta jouent à cache-cache avec Kemala, sauf que Rani laisse tomber la balle. Kemala aurait pu facilement l'attraper plusieurs fois, mais elle a fait semblant de trébucher, juste pour que le jeu continue, et probablement pour que Rani ne se sente pas mal de ne pas avoir gardé la balle de sa sœur, dit Caite avec un sourire.

— C'est quelque chose qu'elle ferait dit Rex en hochant la tête, puis il se pencha et posa son menton sur l'épaule d'Avery.

Il la sentit se détendre et incliner sa tête pour se reposer contre lui. Il fut... satisfait.

— Avery a dit qu'elle n'a jamais été au Aces Bar and Grill, annonça Caite.

Rex se raidit. Aces était un bar cool, mais il était aussi connu comme un lieu de drague. Les autres gars de l'équipe et lui y étaient allés plusieurs fois dans le passé, quand ils cherchaient des femmes. Cela faisait longtemps qu'il n'avait pas eu envie d'aller dans un bar, surtout pour draguer.

Mais l'Aces appartenait à Jessyka Sawyer, la femme d'un des SEAL de l'équipe de Wolf. La rumeur disait que c'était moins un endroit pour draguer maintenant... mais ça ne voulait pas dire qu'il voulait qu'Avery y traîne.

— Alors j'ai dit que je la prendrais un soir.

— Sérieusement ? demanda Rex.

Il se retourna pour regarder Caite, et vit qu'elle souriait d'une oreille à l'autre.

— Tu te fous de moi, n'est-ce pas ? demanda-t-il.

Elle gloussa.

— En quelque sorte. Mais j'ai pensé qu'elle aimerait passer une soirée entre filles avec moi, Sidney, Piper et Zoey.

— Déjeuner, rétorqua Rex sans réfléchir.

Il ne réalisa ce qu'il avait dit que lorsque Avery lui lança un regard.

Merde, il n'avait pas l'intention de dire quelque chose qui exposerait sa peur du noir aux yeux de tous.

Mais bénie soit Caite, elle ne le questionna pas, elle se contenta de faire avec.

— Vrai. Ce serait mieux. Piper dit qu'elle s'endort vers sept heures du soir à cause du bébé. Et nous aimons toutes être à la maison quand vous sortez du travail. Le déjeuner marche pour moi. Avery ?

— Bien sûr, ça semble bien.

— Cool. Je vais organiser ça et je te contacterai, dit Caite.

— Donne-lui quelques semaines, lui a dit Rex.

Caite fronça les sourcils en signe de confusion, mais Phantom savait exactement ce que Rex voulait dire.

— Pas de chance avec les photos aujourd'hui ? demanda-t-il à Avery.

Elle soupira, et Rex sentit la tension revenir dans ses muscles.

— Non. Et ça m'énerve. J'ai dû le rater. Je vais recommencer depuis le début, mais je sais que je ne finirai pas avant que la première unité n'arrive aux États-Unis, dit Avery à Phantom.

Caite, qui avait probablement été mise au courant de ce que faisait Avery par Rocco, fronça les sourcils.

— Ça craint. Je suis désolée, Avery.

— C'est bon. C'est juste que... c'est probablement mieux que je reste près de la maison pour un moment. Jusqu'à ce qu'on sache ce qui va se passer. La dernière chose que je veux, c'est vous mettre en danger, toi ou les autres, simplement en étant près de moi.

— On s'en fout, dit Caite férocement. J'aimerais voir cette ordure tenter quelque chose quand on sera au Aces. On le piétinerait sans pitié.

Avery s'esclaffa et Rex fut heureux de la voir sourire.

— Nous *sommes* assez étonnantes, n'est-ce pas ? demanda-t-elle.

— Tout à fait. J'ai sauvé la vie de trois Navy SEAL durs à

cuire, tu sais, dit Caite avec un sourire en coin. Et Sidney a affronté des organisateurs de combats de chiens, Piper s'est protégée, elle et ses trois enfants, des rebelles pendant trois jours, et Zoey a prouvé qu'elle était une experte en survie en milieu sauvage, en sauvant la vie de Bubba quand il a décidé de se baigner dans les eaux de l'Alaska. Et toi... je n'ai pas besoin de te dire quels exploits tu as accomplis. À nous cinq, nous sommes inarrêtables.

Rex leva les yeux au ciel en même temps que Phantom affirmait :

— Wonder Women, vous n'en êtes pas toutes.

— Peu importe, fit Caite, puis elle se retourna et fit un clin d'œil à Avery.

— Sérieusement, si ça ne marche pas pour l'Aces, on viendra chez toi. Nous pouvons prendre notre verre de vin là-bas aussi facilement qu'au Aces. Même si le plaisir des yeux nous manquera.

— On pourrait demander à nos gars de venir nous servir sans leurs chemises, suggéra Avery.

Rex faillit s'étouffer quand Caite éclata de rire.

— Oui ! Parfait !

— J'arrête, dit Phantom avec un souffle en s'adossant à sa chaise.

Les deux femmes gloussèrent.

Quand elles reprirent leurs esprits, Rex demanda :

— Comment va ta jambe, Phantom ?

— Bien, répondit l'autre homme, mais il ne donna pas de détails.

— Ce qu'il veut dire, c'est qu'il a retrouvé l'amplitude de ses mouvements, mais qu'il est encore un peu raide. Le kinésithérapeute pense qu'il faudra encore une semaine ou deux avant qu'il ne soit complètement prêt à reprendre l'action. Il est très grincheux à ce sujet, mais il sait que c'est pour son bien, déclara Avery.

— Merci, maman, marmonna Phantom.

— Heureux de l'entendre, dit Rex à son coéquipier.

Finalement, les membres de l'équipe sur la plage retournèrent sur la véranda et bientôt, celle-ci fut pleine de rires et de bavardages.

Rex se pencha et murmura à l'oreille d'Avery :

— Tu vas bien ?

Elle hocha la tête et la tourna pour le regarder.

— Ouais. C'était bien. Merci de m'avoir invitée. J'aime les femmes de tes amis. Elles sont toutes très gentilles.

— Tu t'attendais à ce qu'elles ne le soient pas ? demanda Rex, sincèrement curieux de connaître sa réponse.

— Pas vraiment, mais c'est difficile d'être la nouvelle venue. Elles se connaissent toutes depuis un moment et je suis la nouvelle. Ça ne marche pas toujours.

— Elles ne sont pas comme ça.

— Je le sais maintenant, mais je n'étais pas sûre.

— Je suis désolé que tu n'aies pas pu identifier le traître aujourd'hui, reprit-il doucement.

Il la sentit se crisper à nouveau, mais elle se força immédiatement à se détendre contre lui.

— Oui, moi aussi. Et ça me dérange vraiment. J'étais *tellement* sûre de le reconnaître quand je le verrais, mais... peut-être que tout ce que j'ai dit au général en Afghanistan c'étaient des conneries. Je suis sûre qu'il me prend pour une idiote, après avoir répété à l'envi à quel point je suis observatrice et que je ne pouvais pas décrire le traître, mais que je le reconnaîtrais quand je le verrais.

— Il ne pense pas que tu es une idiote, dit Rex, détestant qu'elle se sente découragée.

— Je suppose que ce qu'il pense n'a pas d'importance d'une manière ou d'une autre, mais je déteste douter de moi-même. J'ai examiné chaque photo et je ne suis pas plus près d'identifier l'homme qui voulait ma mort que je ne l'étais quand j'ai commencé.

Rex soupira de frustration. Il aurait aimé pouvoir l'aider,

mais c'était à elle d'identifier l'Américain qu'elle avait vu. Il ne pouvait pas le faire pour elle.

Ils savaient tous deux que cela signifiait que sa vie pouvait être sérieusement en danger si le traître se trouvait dans l'unité qui revenait la semaine suivante. Mais sans son identification, ils ne pouvaient pas faire grand-chose de plus. Rex détestait ça pour elle. Pour *eux*.

— Tu es prête à partir ? demanda-t-il.

Elle acquiesça.

— Et pour info, je serais d'accord pour rester plus tard. L'obscurité ne semble pas me déranger lorsque tu es à mes côtés... comme tu le sais bien.

— Je sais, mais je me sentirais mieux si nous étions tous les deux de retour à ton appartement quand le soleil se couche. J'aimerais aussi penser à installer une alarme chez toi... si tu es d'accord.

Il la sentit soupirer.

— Je sais que je devrais probablement m'énerver et te dire que je n'en ai pas besoin et que tu es surprotecteur, mais honnêtement ? Je me sentirais beaucoup plus en sécurité si j'en avais une. J'aurais dû en avoir une avant, mais j'étais tellement persuadée que j'allais pouvoir identifier ce type et que tout rentrerait dans l'ordre. Je sais que l'alarme n'est pas infaillible, et que le traître peut toujours m'atteindre, mais au moins, ça l'obligerait à faire plus d'efforts, non ?

Rex voulait tuer cet enfoiré. Lui arracher membre après membre pour avoir fait ça à Avery. Mais il se força à rester calme.

— On va s'assurer que si ça se déclenche, ça n'informe pas seulement la police locale, mais aussi moi-même et le reste de l'équipe. OK ?

— Je ne veux pas être une gêne.

— Tu n'es pas un problème, lui dit fermement Rex. J'ai déjà parlé aux gars et c'était leur idée, pas la mienne.

Elle se retourna vers lui.

— Vraiment ?

— Vraiment.

— Tu as de la chance d'avoir de si bons amis, lui dit-elle.

— Non, *nous avons* de la chance, rétorqua-t-il. Ce sont aussi tes amis. Allez, on y va. Ça va prendre une demi-heure pour dire au revoir à tout le monde de toute façon.

Il aima le petit rire qui quitta ses lèvres. Il se leva et l'aida à se relever.

Comme il l'avait deviné, il leur fallut un certain temps pour se dire au revoir. Rani, qui parlait maintenant comme une folle, devait raconter à Avery les quatre cent trente-trois coquillages qu'elle avait trouvés sur la plage cette nuit-là, et Sinta voulait l'inviter chez elle pour jouer un jour. Les autres femmes se firent l'écho de l'invitation de Caite à passer une soirée entre filles bientôt, et chacun des gars dut l'embrasser et lui ordonner de les appeler à tout moment si elle se sentait mal à l'aise.

Bubba la tint très longtemps et lui murmura quelque chose à l'oreille. Rex aurait pu s'énerver, mais il savait que ce que son ami disait n'était pas quelque chose d'inapproprié. Ses amis le soutenaient, même quand il s'agissait de sa vie amoureuse.

Quand ils retournèrent à son appartement, il demanda en passant :

— Alors... qu'est-ce que Bubba a dit ?

Comme Avery se mit à rougir, il sut qu'il n'allait pas laisser tomber. Il *devait* savoir maintenant.

— Rien, vraiment.

— Avery, dis-moi.

— Pourquoi ? Tu n'as pas confiance en lui ? répondit-elle en le taquinant.

— Bien sûr que oui. Mais avec toi rougissant comme ça, je dois savoir si j'ai à lui botter le cul pour avoir embarrassé ma petite amie.

— Ce n'est pas... ce n'était pas du tout ça.

— Alors qu'est-ce qu'il a dit ?

— Il m'a juste dit que je pouvais te faire confiance. Que tu étais un type bien.

Rex l'observa pendant qu'il conduisait, partageant son attention entre elle et la route.

— OK, je le crois, mais je parie qu'il y avait autre chose.

Elle leva les yeux vers lui.

— Tu es pénible, déclara-t-elle.

— Je sais, répondit-il. Alors dis-moi.

— Tu vas toujours être comme ça ?

— Comme quoi ?

— Têtu. Buté. À refuser de prendre un non pour une réponse, dit-elle.

— Si je pense que tu me caches quelque chose qui pourrait s'envenimer et te nuire à terme ? Oui, fit-il sans hésiter.

— Bien. Il a aussi dit que s'il était célibataire, il ferait tout son possible pour me voler à toi.

Rex aboya un rire.

— Quelle ordure, dit-il froidement.

— Tu n'es pas en colère ? demanda Avery.

— Non. Parce que je sais qu'il était sérieux, mais je sais aussi qu'il est tellement amoureux de Zoey que ce n'est même pas drôle. Et je sais qu'il n'a rien dit que tous les autres hommes qui te parlent ne pensent pas.

— Cole ! Ce n'est pas vrai.

— Avery, ça l'est. Et c'est mignon comme tout que tu ne remarques même pas quand quelqu'un flirte avec toi. Je suis le gars le plus chanceux du monde d'être celui qui est assis à côté de toi en ce moment, et celui avec qui tu grimpes dans ton lit chaque nuit. Je te jure, ma chérie, que je ferai de mon mieux pour te donner ce dont tu as besoin et ce que tu veux.

— Je n'ai pas *besoin* d'un homme, argumenta Avery. Et je peux avoir ce que je veux par moi-même.

— J'en suis parfaitement conscient, lui dit Rex. Tu es la femme la plus compétente et la plus capable que j'aie jamais rencontrée. Si tu ne l'étais pas, tu n'aurais pas survécu dans cette grotte. Tu as fait ce qu'il fallait faire et tu te serais sauvée si je n'étais pas passé par là. Mais ça ne veut pas dire que je ne ferai pas ce que je peux pour te faciliter la vie de toutes les façons possibles. Ce n'est pas parce que tu peux changer toi-même ton pneu que tu *dois* le faire. Ce n'est pas parce que tu peux préparer ton dîner, laver tes vêtements, te rendre au travail, etc. que tu dois toujours le faire. Tout ce que je demande, c'est d'avoir la chance de te montrer que tu peux avoir un homme dans ta vie et rester la femme qui déchire et qui prend les choses en main que tu as toujours été.

— Merde, Cole. Pourquoi tu dis toujours des choses qui me donnent envie de pleurer ?

— Parce que je suis moi, dit-il avec un sourire en lui tendant la main.

Il ne prit pas la sienne, mais la lui tendit simplement, la laissant faire le choix de la prendre. Quand elle la saisit, Rex soupira de soulagement. Il porta leurs mains jointes à sa bouche, embrassa le dos de sa main, puis les posa sur la console entre eux.

— Je suis inquiète de ce qui va se passer ensuite, admit-elle.

— À propos de quoi ?

— Tout. Nous. Trouver le traître.

— Une chose à la fois, dit Rex calmement. En ce qui nous concerne, ce qui doit arriver arrivera. Je serai à tes côtés pour te soutenir. Nous allons en apprendre davantage l'un sur l'autre et j'espère que tu verras que tu peux me faire confiance à cent pour cent avec ton corps et ton cœur.

Elle lui serra la main.

— Et le traître ?

Un muscle de la mâchoire de Rex se contracta avant qu'il ne dise :

— Nous le trouverons, Avery. Je te le promets. Il ne s'en sortira pas avec ce qu'il a fait.

— Comment ?

— Avec l'aide de Tex, un travail acharné de ta part en regardant les photos, et un peu de chance.

Elle hocha la tête, acceptant sa réponse.

Rex voulait jurer. Il voulait s'envoler pour l'Afghanistan et interroger chaque homme là-bas. Il n'était pas sûr de ce qui pourrait se passer ensuite, mais une chose dont il *était* certain, c'est qu'il ne laisserait pas Avery être à nouveau blessée. Jamais de la vie.

CHAPITRE DIX-NEUF

Avery avait prévu de regarder, derrière la sécurité d'un déguisement et de l'équipe SEAL de Cole, le retour de l'unité navale d'Afghanistan, mais il s'avéra qu'une urgence survint juste au moment où elle était censée quitter l'hôpital pour assister à la cérémonie. Il y avait eu un accident de voiture et le camion était rempli de SEAL en formation. Il avait quitté la route et dévalé un talus. Par la grâce de Dieu, personne n'avait été tué, mais l'hôpital avait été inondé de plus de vingt blessés. Des os cassés et des blessures à la tête, et Avery n'avait pas pu partir pour accueillir le contingent qui revenait d'outre-mer.

L'unité était de retour depuis une semaine et Avery était aussi stressée qu'elle pouvait l'être. Elle revoyait toutes les photos, regardait par-dessus son épaule à chaque minute de la journée, essayant de rester concentrée et vive au travail...

Et Cole la rendait folle.

Elle comprenait où il voulait en venir, mais son truc du « je ne t'embrasserai plus si tu n'es pas entièrement dedans » commençait à l'énerver. Pourquoi tout *lui* retombait dessus ? Pourquoi ne pouvaient-ils pas avoir une relation normale comme tout le monde ? Elle n'avait aucune idée de ce qui allait se passer dans le futur. Oui, elle l'aimait bien. Oui, elle voulait être avec lui. Mais elle n'avait pas de boule de cristal.

Pendant ce temps, elle gérait un peu mieux sa peur du noir. Elle s'était couchée avant Cole quelques nuits la semaine dernière et s'était endormie, ce qui était un grand pas dans la bonne direction. Oui, les lumières étaient toujours allumées, mais elle avait vraiment dormi sans lui à ses côtés, ce qui la rassurait sur sa guérison.

Maintenant, le plus gros problème restant était ses rêves. Plus exactement, ses cauchemars. Mais ils ne parlaient pas d'elle enterrée vivante. Maintenant, ils parlaient de *Cole* qui se faisait kidnapper ou tuer à cause d'elle. Et ça craignait.

Ce matin, elle était censée aller au poste de police avant le travail pour regarder des photos, puis faire son service de huit heures, et ensuite Cole et elle sortiraient avec Ace et Piper. Mais après le cauchemar de la nuit dernière – l'un des pires à ce jour –, tout ce qu'Avery voulait, c'était retourner dans son lit et y rester.

En soupirant, elle se leva et alla se préparer pour sa journée. Elle n'avait pas le luxe de rester à la maison, même si elle le voulait.

Après s'être changée, elle se dirigea vers l'autre pièce et, comme d'habitude, Cole était dans la cuisine. Il se retourna quand il la sentit entrer dans la pièce et lui tendit une tasse de café.

— Tu as eu une nuit difficile. Tu veux parler des cauchemars ?

Elle soupira, consciente qu'il était trop tôt pour parler de cela, surtout avant que la caféine ait eu la chance d'être absorbée par son système sanguin, et elle s'assit à la petite table.

— Pas vraiment, marmonna-t-elle dans l'infusion fraîche, préparée exactement comme elle l'aimait.

— Tu dois en parler. Tu ne peux pas tout garder pour toi.

Avery ferma les yeux. Elle le savait. Elle n'était pas une

idiote. Mais elle voulait être normale. Elle voulait parler à Cole des soucis quotidiens. Pas du désordre dans sa tête.

— Sérieusement, mon cœur. Je veux juste t'aider. Parle-moi.

Posant sa tasse avec un bruit sourd, elle sortit :

— Tu veux que je parle ? Bien sûr. Je suis stressée. C'est difficile de faire ma journée quand je me demande si le croque-mitaine va surgir de derrière chaque coin de rue. Je rêve que *tu es* tué ou blessé par ce connard à cause de ta relation avec moi, et je suis frustrée au plus haut point d'avoir l'impression que tu t'éloignes de moi physiquement alors que j'ai vraiment besoin que tu fasses le contraire.

Cole cligna des yeux devant son emportement, puis éteignit la cuisinière. Il s'approcha de la table et s'assit en face d'elle, la regardant avec cette intensité qu'il avait.

— Je suis désolé que tu sois stressée. Si ça peut te rassurer, Tex est sur l'affaire, et il fait ce qu'il peut pour examiner les antécédents des hommes qui étaient stationnés en Afghanistan en même temps que toi. Si quelque chose ressort, il le dira à mon commandant, et nous pourrons examiner ces hommes de plus près. Et je déteste que tu fasses des cauchemars à mon sujet. Tu sais que je suis un SEAL, bébé. Je peux prendre soin de moi. Ce trou du cul de traître ne va pas m'avoir.

— Tu n'es pas insensible au fait d'être blessé, argumenta Avery. Il pourrait sortir un pistolet et te tirer dessus avant que tu aies la chance de faire un de tes super mouvements de SEAL sur lui.

Cole ricana.

— Je doute qu'il sorte une arme au milieu d'une base navale bondée.

— Tu n'en sais rien, rétorqua Avery, pas amusée le moins du monde. Tu as regardé les infos dernièrement ? Il y a des fusillades tout le temps. Et peut-être qu'il n'utilisera pas d'arme à feu. Il pourrait avoir un couteau ou autre chose. Ou peut-être qu'il a des copains qui vont se liguer contre toi et te réduire en bouillie. Je déteste que ma situation puisse *te* faire du mal.

Cole tendit une main et la posa sur la table en face d'elle, paume vers le haut.

Avery refusa de l'attraper. Elle n'était pas d'humeur à être apaisée par lui. Pas ce matin.

— On peut parler de nous ? demanda-t-il.

— Est-ce que j'ai le choix ? répondit-elle dans son café.

— Tu sais pourquoi je n'ai rien initié de physique entre nous. Nous en avons parlé.

Avery regarda dans ses yeux. Elle pouvait se sentir faiblir, céder à ce qu'il voulait. Il était tellement beau qu'il lui faisait mal à l'intérieur. Ses yeux marron foncé étaient presque hypnotiques. Elle pouvait le fixer pendant des heures et se perdre. Ses cheveux étaient en désordre, ils dépassaient de partout, et il avait taillé sa barbe ce matin. Bref, il était tellement canon qu'elle avait du mal à croire qu'il était avec *elle*.

Mais il se retenait, et c'était à la fois frustrant et démoralisant. Il voulait quelque chose d'elle qu'elle n'était pas sûre de pouvoir lui donner... à savoir, la promesse d'une relation à long terme. Ce n'était pas comme ça que le monde fonctionnait, et elle n'aimait pas qu'il mette toute la pression de leur relation sur elle. Du moins, c'est ce qu'elle ressentait.

— Non, tu m'en as *parlé*, rétorqua-t-elle. Nous n'avons pas eu de discussion du tout. Tu as dit ce que tu voulais et tu t'attendais à ce que je sois d'accord avec ça. Eh bien, je *ne suis pas* d'accord avec ça, Cole. Ce n'est pas juste que tu mettes ce qui se passe dans notre relation entièrement sur mes épaules. Tu m'as posé un ultimatum, et ça ne me convient pas.

Il cligna des yeux avec surprise.

— Ce n'est pas ce que j'ai fait, protesta-t-il.

— Si, c'est ce que tu as fait, dit-elle. Tu as dit que lorsque je serais prête à t'accepter comme mon seul et unique homme pour le reste de ma vie, je devrais faire le premier pas. Et quand je l'ai fait, ça a été essentiellement de te dire que j'étais prête à découvrir où notre relation va nous mener. Eh bien, ce n'est pas juste. Je ne sais pas ce qui va se passer dans le futur. Et toi non plus. Et tu as peut-être dit ça pour essayer de ne pas être blessé, mais qu'en est-il de *moi* ? Et si je décide que c'est ce que je veux et qu'au bout du compte, *tu* ne peux plus le faire ? Comment crois-tu que *je* me sentirai ? Comme une merde, voilà comment. Donc maintenant, non seulement je m'inquiète pour mes patients à l'hôpital et pour le traître, et j'essaie de rassurer mes parents et ma sœur que je vais vraiment bien après avoir été prisonnière de guerre, et je dois faire face aux gens qui me regardent partout où je vais comme s'ils pensaient que mon esprit va vriller à cause de ce qui m'est arrivé, mais *maintenant* j'ai toute la responsabilité de notre relation sur mes épaules. Je ne peux pas embrasser mon petit ami, ni le laisser me toucher ou me donner les orgasmes dont j'ai si désespérément besoin et envie, parce qu'il ne peut rien supporter de plus que mon abandon complet et total à lui et à ses besoins ! C'est peut-être moi qui ai des problèmes mentaux en ce moment, mais le fait que tu veuilles une bague et une robe blanche avant même de m'embrasser n'aide pas vraiment !

Avery était à bout de souffle lorsqu'elle termina, mais cela faisait du bien d'exprimer ses pensées et ses sentiments une fois pour toutes.

Cole s'assit en face d'elle avec un regard stupéfait. Comme il ne disait rien, Avery eut l'impression qu'elle allait être malade. Elle recula sa chaise et se leva.

— Je n'ai pas faim. Je dois finir de me préparer. Je vais me rendre moi-même au poste de police aujourd'hui, tu n'as pas besoin de m'attendre. Je sais que tu as une réunion avec ton commandant ce matin. Je t'enverrai un message dès que je serai à l'hôpital.

Puis elle tourna sur elle-même et se dirigea vers la chambre.

Et à chaque pas qu'elle faisait, et que Cole ne venait pas la chercher pour la remettre dans le droit chemin, pour la rassurer sur le fait qu'il veuille une relation avec elle quoi qu'il arrive, son cœur saignait de plus en plus.

Elle avait probablement tout gâché avec son petit discours... mais ainsi soit-il. Elle ne pouvait plus faire ça avec Cole. Elle ne pouvait pas dormir avec lui toutes les nuits et le désirer mais n'obtenir qu'une petite partie de lui. Elle voulait tout, et elle ne voulait pas avoir à prédire l'avenir pour l'obtenir.

Elle ferma la porte de la salle de bain et se pencha en avant, ses mains se soutenant au lavabo. Se regardant dans le miroir, elle demanda doucement :

— Pourquoi suis-je tombée amoureuse du seul gars qui refuse de faire quoi que ce soit de physique avec moi ? C'est fou. La plupart des gars sauteraient sur l'occasion de faire l'amour sans engagement.

Sachant qu'elle n'avait pas le temps de rester là et de poser des questions auxquelles elle n'avait pas de réponses, Avery attrapa la broche Budweiser de Cole. Elle était folle de la porter encore sous son uniforme et sa blouse, mais c'était un talisman maintenant. Elle avait l'impression que si elle ne le portait pas, elle courait au désastre.

Mais pour la première fois depuis qu'elle s'était retrouvée enchaînée par la cheville dans cette grotte, elle voulait que le traître fasse un geste. Elle *voulait* l'affronter. N'importe quoi serait mieux que ce cycle où l'on reste assis à attendre que quelque chose se passe. Peut-être qu'alors elle pourrait reprendre sa vie en main.

Quand elle sortit de la salle de bain, Cole était toujours là. Elle pensait qu'il serait parti. Elle aurait souhaité qu'il le fasse.

— J'ai vraiment envie d'en parler davantage, dit-il doucement en se levant quand il la vit.

— Je ne peux pas, avoua-t-elle. Pas en ce moment. J'ai juste besoin que tu me donnes du temps. Et de l'espace.

— Parle-moi, supplia Cole.

Mais elle en était incapable. Elle s'était déjà emportée contre lui et se sentait coupable. Elle ne voulait pas le blesser davantage, et elle savait que si elle lui parlait dans l'état d'esprit dans lequel elle était en ce moment, elle dirait quelque chose qui le ferait se détourner d'elle pour de bon.

Sans un mot, elle attrapa son sac à main et se dirigea vers la porte.

— Avery ? cria-t-il, une pointe d'inquiétude dans la voix.

— Je vais aller au poste de police et regarder les photos à nouveau. S'il te plaît, ferme la porte à clé quand tu pars.

Puis elle partit, dévalant les escaliers jusqu'à sa voiture. Une fois à l'intérieur, elle regarda dans son rétroviseur et vit Cole debout devant la porte de son appartement, regardant le parking... probablement pour s'assurer qu'elle arrivait à sa voiture en toute sécurité.

Cole était le meilleur petit ami qu'elle ait jamais eu. Attentif, attentionné, sensible à ses humeurs. Il avait de bons amis et s'entendait avec ses parents. Mais le fait de ne pas la toucher sexuellement la stressait. Cela n'avait aucun sens.

En pensant à ses parents, elle avait envie de parler à sa mère. Elle appuya donc sur son nom sur son téléphone et, en quelques secondes, elle entendit son mobile sonner via le Bluetooth de sa voiture.

— Allô ?

— Salut, maman, c'est moi, dit Avery, se détendant au son de la voix de sa mère.

— Hé, chérie. Il est tôt là-bas. Tout va bien ?

Laisser à sa mère le soin d'aller droit au but. Avery lui avait parlé plusieurs fois au cours des deux dernières semaines, mais cette fois-ci, elle avait besoin de ses conseils plus que d'un simple bavardage.

— Non. Je me suis disputée avec Cole ce matin. Du moins, je pense que c'était une dispute. J'ai un peu fait toute la conversation.

— Raconte-moi, dit doucement sa mère.

Alors Avery le fit. Elle raconta à sa mère comment elle avait appelé Cole au milieu de la nuit quand elle avait fait sa dépression et ce que Cole avait dit à propos du baiser et comment elle devait faire le premier pas. Et que si elle le faisait, elle acceptait d'être à lui dans tous les sens du terme.

Quand elle eut fini, sa mère demeura silencieuse pendant un moment.

— Maman ? J'ai besoin de tes conseils.

— Embrasse-le, dit succinctement Amy Nelson.

— Maman, comment peux-tu dire ça ? Il a en fait mis toute la pression de notre relation sur mes épaules. Ce n'est pas juste !

— Avery, écoute-moi. Cole et toi êtes faits l'un pour l'autre. Bien, je suis d'accord qu'il a mis une pression inutile sur toi, mais c'est simplement parce qu'il est peu sûr de lui. Il ne veut pas être vu comme une relation à court terme. Je suis certaine qu'il a eu sa part de femmes qui sont sorties ou ont couché avec lui juste parce qu'il est un Navy SEAL. Essaie de te mettre à sa place. Cet homme est extrêmement beau, et il le sait. Mais il a enfin trouvé une femme qui l'aime pour autre chose que son titre professionnel ou son physique. Il se protège de la seule façon qu'il connaisse.

— En refusant l'affection ? demanda Avery avec incrédulité.

— C'est ce qu'il fait ? répliqua immédiatement sa mère. Tu veux dire qu'il ne te montre pas qu'il t'aime d'une manière qui n'est pas physique ? Et si tu essaies de me le démontrer, je vais te le rappeler.

Avery soupira.

Sa mère continua à parler :

— Quand nous étions là-bas, il ne pouvait pas te quitter des yeux. Quand tu entrais dans la pièce, il se tournait pour te regarder. Il te touchait constamment. Rien d'inapproprié devant nous, mais une main sur ta jambe, touchant ton bras, tenant ta main. Tu m'as dit toi-même qu'il te tenait la nuit pour que tu puisses dormir. Chérie, pourquoi crois-tu que ton père et moi sommes partis si vite après notre arrivée ?

L'esprit d'Avery baignait dans la culpabilité. Sa mère avait raison.

Cole lui montrait de l'affection tous les jours. Il savait comment elle aimait son café, il lui préparait son petit-déjeuner tous les matins, il la conduisait au travail et la récupérait. Il lui demandait ce qu'elle voulait faire le soir, il partageait ses amis avec elle, il lavait sa voiture et faisait le plein. Il y avait des centaines d'autres façons de lui montrer à quel point il l'aimait.

C'est alors que la question de sa mère fut enregistrée.

— Je pensais que vous vous étiez assurés que j'allais bien et que vous vouliez retourner à votre vie, dit-elle.

Sa mère gloussa.

— Chérie, tu as été retenue captive par des terroristes pendant deux semaines. Tu étais plus maigre que je ne t'avais vue depuis l'âge de 12 ans. Il était évident que tu ne dormais pas bien et que tu te forçais à retourner à ta vie plus tôt que tu n'étais prête en réalité. Si je pensais que c'était dans ton intérêt, je serais *toujours* là. Tu es ma petite fille. Je ferais n'importe quoi pour toi, y compris te forcer à manger plus et à ne pas travailler si dur. Mais il était évident que notre présence n'aidait pas. Ça m'a brisé le cœur de partir, mais ton père, à juste titre, a suggéré que si nous partions, Cole prendrait la relève et ferait tout ce que nous ne pouvions pas faire. Que sans nous, tu pourrais lui demander de l'aide. Tu n'as jamais su demander de l'aide, même quand tu étais petite. Je suis désolée que tu ne l'aies fait que lorsque tu étais au plus bas, mais j'aime à penser que tu as appris une leçon ici... que c'est bien de demander de l'aide. Que ça ne te rend pas faible. Et nous *espérions* que Cole commencerait à rester pour t'aider à dormir quand nous serions partis. On est peut-être tes parents, et vieux, mais on n'est pas stupides.

Avery était stupéfaite. Et sa mère avait raison, elle n'aurait jamais appelé Cole si ses parents avaient été là.

— Et, en ce qui concerne les baisers et le fait que tu fasses le premier pas, je vais le dire encore une fois, embrasse-le, Avery. Fais-le. La vie est courte. Tu devrais le savoir mieux que quiconque. Tu as raison, personne ne sait ce que le futur réserve, mais tu aimes Cole, et il est évident qu'il est fou de toi. Il n'y a aucune garantie qu'aucun de vous ne sera blessé dans le futur, mais parfois il faut prendre un risque. Saute de ce rebord. Laisse-moi te dire ceci : préfères-tu être heureuse maintenant, ou avoir des regrets plus tard ?

Avery savait que sa mère avait raison une fois de plus. Et elle avait essayé de faire passer ce message à Cole, sans succès. Elle devait juste essayer plus fort pour qu'il le voie... et pas en perdant son calme. S'il pouvait la convaincre que c'était normal de s'appuyer sur lui quand elle avait besoin d'aide, elle devait être capable de lui faire comprendre que l'avenir était incertain, et qu'ils devaient s'accrocher au bonheur tant qu'ils le pouvaient. Il n'y avait pas de garanties dans la vie. Peut-être que ce n'était pas bien de la part de Cole de mettre toute la pression de leur relation physique sur ses épaules, mais était-ce important si elle était prête à faire le premier pas ?

Elle aimait Cole. Il avait été un miracle au moment où elle en avait le plus besoin. Peut-être qu'ils avaient un peu accéléré les choses à cause des circonstances, mais elle avait le sentiment qu'ils seraient arrivés là où ils étaient maintenant même sans sa capture.

Elle se souvenait encore, avant d'être déployée, de son étourdissement et de son excitation chaque fois qu'il venait à l'hôpital pour flirter avec elle. Peut-être qu'ils ne vivraient pas pratiquement ensemble en ce moment s'il n'y avait pas eu l'Afghanistan, mais les choses semblaient fonctionner comme elles étaient censées le faire.

— Tu as raison, maman, dit Avery.

— Je sais.

Elle se mit à rire.

— Merci. J'avais besoin de ça.

— Bien. Maintenant, quels sont tes projets pour la journée ?

— Commissariat de police, travail, puis sexe sauvage avec mon petit ami.

— Seigneur, Avery, je suis peut-être une mère cool et branchée, mais je ne suis pas sûre d'avoir besoin d'entendre ça, répondit sa mère d'un ton ironique.

— Je t'aime, maman. Merci.

— Je t'aime aussi, pour toujours. Tout ce que j'ai toujours voulu pour toi, c'est d'être heureuse. Et, Avery, c'est évident que Cole te rend heureuse. Il te valorise, et je pense que tu fais la même chose pour lui. Juste, fais avec. Peut-être que les choses entre vous ne marcheront pas... mais d'un autre côté, peut-être qu'elles marcheront.

— Je t'appellerai dans quelques jours, pour te dire comment ça se passe.

— OK, chérie. Sois prudente.

— Je le ferai. Dis bonjour à papa pour moi.

— Je le ferai. Je t'aime.

— Je t'aime aussi. *Bye.*

— Au revoir.

Avery raccrocha le téléphone et se sentit mieux qu'elle ne l'avait été depuis longtemps. Sa mère avait raison. Avery était tellement énervée que Cole veuille qu'elle fasse le premier pas que c'était l'arbre qui cachait la forêt. Elle aimait cet homme. Il était parfois exaspérant, mais ça faisait partie du fait d'être avec quelqu'un d'autre. Elle n'était pas parfaite non plus. Le fait qu'elle ait laissé sa frustration prendre le dessus ce matin le prouvait.

En se garant sur le parking du poste de police, Avery se sentait dix fois mieux que trente minutes auparavant. Laisser à sa mère le soin de mettre les choses en perspective.

D'un pas plus léger, et plus déterminée que jamais à trouver l'homme qui pourrait encore être une menace, Avery se dirigea vers le poste de police.

****

Scott Wheatland était furieux d'être au travail. Il détestait l'équipe du matin. Il préférait de loin l'équipe de nuit où il avait plus de liberté. Il n'y avait pas autant d'officiers qui surveillaient les choses, et il se débrouillait toujours pour trouver du temps en patrouille pour rencontrer son dealer et obtenir plus d'analgésiques sur ordonnance.

Mais depuis qu'il était revenu d'Afghanistan, il avait dû demander à faire les premières gardes – parce que le *lieutenant* venait après ses gardes à l'hôpital pour revoir les photos des hommes qui avaient été stationnés en Afghanistan lorsque le convoi d'armes avait été attaqué.

Il avait eu de la chance, beaucoup de chance, qu'elle ne l'ait pas encore identifié. Elle essayait, *de toutes ses forces*. Mais Scott avait appris que les photos du maître d'armes et d'autres membres des forces de l'ordre n'avaient pas été incluses dans les dossiers qu'on lui avait remis.

Il ne savait pas pourquoi, mais finalement ça n'avait pas d'importance. Cela lui avait sauvé la mise.

Après ce coup de chance, la dernière chose dont il avait besoin était que le lieutenant le repère dans les couloirs du commissariat. Scott n'allait pas aller dans une prison fédérale. Pas moyen, nom de Dieu.

Il était également furieux parce qu'il n'avait pas encore pu retirer son argent du compte à Abu Dhabi. Il suffisait d'une enquête sur ses finances pour qu'il soit pris. Un transfert d'un million de dollars le ferait passer pour un coupable, et il pourrait aussi bien se peindre une cible dans le dos.

Non, il devait s'assurer que le lieutenant ne pourrait pas l'identifier, puis il attendrait quelques mois et transférerait son argent. Et il devait faire en sorte que la mort de cette garce ressemble à un accident.

Il avait un plan et il se disait qu'il était sacrément bon.

Scott secoua deux pilules et les avala d'un trait. Il aurait souhaité avoir l'intimité et le temps de les faire fondre, mais ce n'était pas le cas. Il avait déjà cinq minutes de retard et il devait se mettre au travail.

La nuit où Scott rentra d'Afghanistan, il appela son ancien dealer, qui fut heureux d'apprendre qu'il était de retour en ville et lui donna rendez-vous. Ils firent la fête ensemble, Scott étant ravi de pouvoir à nouveau faire fondre les pilules et se les injecter. La défonce était immédiate, au lieu de prendre quinze à vingt minutes, et elle semblait durer plus longtemps.

Son dealer tenta de l'inciter à passer à l'héroïne, mais Scott résista. Il savait que l'autre drogue était moins chère, mais il serait beaucoup plus difficile d'expliquer, s'il était pris, pourquoi il avait de l'héroïne dans son organisme ou en sa possession.

Il cacha ses pilules et poussa la porte des toilettes pour hommes du poste...

Et se figea quand il vit qui venait de passer devant les toilettes.

Elle. Le lieutenant.

Scott osait à peine respirer. Si elle se retournait, elle le verrait, et tout serait fini. Elle le dénoncerait et il irait en prison.

Quand elle tourna au coin du couloir devant lui, Scott laissa échapper le souffle qu'il avait retenu.

Qu'est-ce qu'elle foutait là ? C'était trop tôt ! Elle regardait toujours les photos en fin d'après-midi.

Ébranlé, Scott partit dans la direction opposée pour se présenter au travail. Il fut réprimandé pour son retard, mais il s'en fichait. C'était trop juste. Il devait agir *maintenant*. Il ne pouvait pas attendre un jour de plus. Sa chance allait finir par tourner tôt ou tard. On lui donnerait les photos manquantes, elle le croiserait dans les couloirs du commissariat, ou peut-être même dans ce satané économat.

Non, il devait agir immédiatement. Le plan allait fonctionner.

Il terminait son service à 15 heures.

À 17 heures, le lieutenant ne serait plus un problème.

Souriant à lui-même, l'enseigne Scott Wheatland baissa le menton et se dirigea vers la sortie du poste de police, loin du danger d'être identifié par l'infirmière navale arrogante.

— Profite de ton dernier jour sur terre, marmonna-t-il.

*
**

Rex était frustré. La journée n'avait pas commencé comme il l'avait imaginé. Tout d'abord, il fut pris au dépourvu par Avery au petit-déjeuner. Il avait honnêtement pensé qu'en mettant la balle dans son camp, pour ainsi dire, elle se sentirait plus détendue à l'idée d'être dans une relation avec lui.

Mais il avait manifestement échoué. Il était toujours terrifié à l'idée d'être blessé, qu'Avery décide qu'elle ne voulait plus être avec lui, mais il comprenait maintenant qu'il avait été injuste. Une relation demande du travail. Et mettre toute la pression de leur relation physique sur elle n'était pas la bonne solution.

La réunion avec le commandant avait été reportée à l'après-midi en raison d'autres obligations qui s'étaient présentées, de sorte que la matinée fut consacrée à l'entraînement avec l'équipe, et à l'examen des rapports des missions d'autres équipes SEAL. Ils faisaient souvent cela, car il était plus facile de voir ce qui allait mal et ce qui allait bien quand on n'était pas directement impliqué dans la situation.

Le déjeuner avait été tendu, Phantom étant irrité que Tex

ne l'ait pas contacté, lui ou le commandant, au sujet du Timor oriental. Toute l'équipe savait que ce n'était qu'une question de temps avant que Phantom décide qu'il en avait assez d'attendre et fasse quelque chose de stupide, comme se rendre dans ce petit pays par ses propres moyens.

Ace était stressé parce que Piper était malade, et il s'inquiétait pour leur futur bébé. Et en fait, tout le monde était sur les nerfs parce qu'ils avaient appris que cinq militaires avaient été tués en Afghanistan après une attaque au lance-roquettes sur la base militaire – et il avait été prouvé que le lance-roquettes était l'un de ceux volés dans le convoi d'armes.

Même si l'Afghan qui semblait avoir tout orchestré s'était suicidé après avoir été piégé par l'équipe de la Delta Force, les armes étaient toujours là et utilisées. Et il semblait toujours y avoir un second leader qui attendait dans les coulisses d'avoir sa chance pour prendre le contrôle. C'est ainsi que fonctionne le terrorisme. Un chef avait été tué, mais des dizaines d'autres attendaient de prendre la relève.

Rex reçut un message d'Avery quand elle arriva au travail vers 10 heures.

Avery : Je suis ici à l'hôpital. J'y serai jusqu'à 18 heures. Je suis désolée pour ce matin. On peut parler plus tard ?

Il répondit immédiatement par texto.

Rex : Je suis aussi désolé. Et j'aimerais ça. Du poulet cuit au four pour le dîner ?

Avery : Ça a l'air bien. On se voit plus tard.

Rex : À plus tard.

· · ·

Au moins cette chose, la plus importante pour lui, semblait s'améliorer. Rex était impatient de mettre les choses au clair avec Avery. Il avait été stupide, et il était heureux qu'elle soit réceptive à l'idée d'arranger les choses entre eux.

L'après-midi semblait se dérouler à un rythme d'escargot, et il fut plus qu'heureux lorsque lui et le reste de l'équipe se retrouvèrent dans une salle de conférence pour la réunion avec leur commandant à 16 h 30 cet après-midi-là.

— Je suis désolé pour le retard, dit le commandant North une fois qu'ils furent tous installés. J'ai dû jongler avec une centaine de balles différentes aujourd'hui. Le contre-amiral Creasy a été retenu par l'enquête sur le renversement de la semaine dernière, et j'ai été missionné pour l'aider avec sa charge de travail jusqu'à ce que les choses s'arrangent. Quoi qu'il en soit, c'est probablement une bonne chose que cette réunion ait été retardée, car j'ai découvert après le déjeuner des informations troublantes que vous devez tous connaître.

Rex n'aimait pas entendre cela. Il ne put s'empêcher de se pencher en avant sur sa chaise, comme si cela allait faire cracher au commandant ce qu'il avait appris plus rapidement. Il n'avait aucune idée de ce dont il s'agissait ; Timor oriental, une autre mission, le traître… ça n'avait pas d'importance. Si cela concernait l'équipe, il était impatient de l'entendre, tout comme il savait que ses collègues SEAL l'étaient aussi.

Mais à la consternation de Rex, le commandant semblait le fixer lui, et personne d'autre dans l'équipe. Cela ne présageait rien de bon.

— Il m'est apparu que lorsque les dossiers du lieutenant Nelson ont été compilés pour qu'elle les examine, certains ont été oubliés.

Rex se redressa.

— Quoi ? Comment ? Pourquoi ?

— C'est à peu près la réaction que j'ai eue aussi. Elle était censée obtenir des photos de chaque homme qui se trouvait sur la base militaire en Afghanistan lorsque le convoi a été attaqué. Mais le Marine qui était chargé de compiler les dossiers n'a pas compris... ou a peut-être été offensé que l'honneur du maître d'armes soit remis en question. Nous ne savons pas à ce stade si c'était accidentel ou intentionnel, mais il a omis les officiers de police sur les photos.

— C'est des conneries ! s'exclama Phantom.

Le commandant leva une main, coupant le reste de l'élan des SEAL.

— Je sais. Et le vice-amiral maître d'armes aussi. Les dossiers attendront le lieutenant Nelson à la première heure demain matin.

Rex serra ses mains et fit de son mieux pour contrôler son humeur.

C'était énorme. Elle avait été si bouleversée de ne pas pouvoir identifier le traître à partir des photos qu'elle avait douté d'elle-même en remettant en question sa mémoire. Mais il est très probable qu'elle ait cherché quelqu'un qui n'était même pas dans les fichiers au départ.

— Combien ? demanda-t-il.

— Cent vingt, dit le commandant, sachant manifestement ce que Rex voulait dire. Cela ne devrait pas lui prendre plus de trente minutes à une heure pour les passer en revue.

— Il est logique que le traître soit dans les forces de police, dit Rocco. Il aurait probablement plus de liberté de mouvement, et il aurait très probablement des informations sur les principaux acteurs de la ville, sans parler des convois.

— Est-ce que Tex s'est déjà penché sur la question ? demanda Gumby. Si on peut éliminer les autres, il sera plus facile pour lui de réduire le nombre de candidats à cent vingt.

— Nous ne pouvons pas exactement jeter tous les autres... commença le commandant, mais Rex l'interrompit.

— Avec tout le respect que je vous dois, monsieur, c'est des conneries. Avery sait ce qu'elle a vu, et elle a dit plus d'une fois qu'elle était certaine de reconnaître l'homme si elle le revoyait.

Rex savait qu'il devait l'appeler *lieutenant Nelson*, mais il ne pouvait pas s'y résoudre. Il pensait au regard d'échec dans ses yeux chaque soir quand elle rentrait à la maison après avoir regardé des photos et ne pas avoir été capable d'identifier l'homme. La frustration qu'elle avait ressentie ces dernières semaines. Il était inacceptable que quelqu'un ait désobéi à un ordre direct et que sa femme en ait souffert.

Le commandant soupira.

— Je sais, Rex. J'essaie de tirer le meilleur parti de cette situation, mais je suis aussi énervé que vous. J'ai déjà donné à Tex la liste des noms. C'est une autre raison pour laquelle j'ai repoussé cette réunion au plus tard aujourd'hui. Je voulais lui donner le temps de faire un rapide tour d'horizon. Il est censé appeler, dit le commandant North en regardant sa montre au moment où le téléphone sonnait, maintenant.

Sans attendre un autre commentaire, le commandant appuya sur le téléphone posé au milieu de la table.

— Ici le commandant North.

— Commandant, c'est Tex. Je suis sur haut-parleur ?

— Oui.

— Bien. Je vais m'y mettre tout de suite. Je ne sais pas si l'un des hommes du dossier que vous avez envoyé est le traître ou non, mais il semble qu'il y ait beaucoup de merde dans les forces de police là-bas, et je vais fortement recommander une vérification complète des antécédents de chaque Marine qui y travaille. J'ai cinq condamnations pour conduite en état d'ivresse, dix cas de violences conjugales signalés, trois mises en danger d'enfants, deux vols à l'étalage, trois accusations d'abus de drogues, une accusation de combat de chiens, vingt cas d'abus de crédit, et cinq hommes qui ont des comptes bancaires très douteux dans divers pays du monde.

— Combats de chiens ? demanda Gumby. C'est quoi ce bordel ?

— Je savais que ça ne te plairait pas. Ouais, un des membres de la police navale était au même combat où ta

Sidney a été blessée. Il a été rétrogradé au rang d'enseigne et envoyé en Afghanistan assez rapidement après.

— Pour l'instant, je suis plus préoccupé par les comptes bancaires douteux, déclara le commandant.

— Voilà. Grand Caïman, Mexique, Canada, et deux à Abu Dhabi. Et tous les cinq sont des hommes qui ont l'une des charges que j'ai mentionnées ci-dessus.

Rex se tordit sur son siège. En regardant sa montre, il vit qu'il était un peu plus de 17 heures. Il savait qu'Avery s'était rendue en voiture au travail ce matin-là et qu'elle finissait à 18 heures, mais il eut l'envie soudaine de voir par lui-même si elle allait bien. Il irait la chercher en voiture. Elle pouvait laisser sa voiture à l'hôpital pour la nuit. Il demanderait à un des gars de l'aider à la ramener à son appartement plus tard.

— Très bien, concentrez-vous sur ces cinq hommes pour l'instant, dit le commandant à Tex, et Rex réalisa qu'il avait manqué une grande partie de la conversation.

— Dès que le lieutenant Nelson aura regardé les photos des hommes manquants, nous reviendrons vers vous. Si elle identifie quelqu'un, nous vous le ferons savoir. Mais quoi qu'il en soit, l'amiral en charge de la base va vouloir connaître ces informations pour pouvoir mettre en place une enquête plus approfondie.

— Soyez prudents dehors, avertit Tex. Je n'ai pas un bon pressentiment. Peut-être que le Marine qui a omis les photos a vraiment fait une erreur, ou peut-être qu'il travaillait avec quelqu'un d'autre. Dans tous les cas, je n'aime pas ça. Si le traître se rend compte de ce qui s'est passé et apprend que le lieutenant va bientôt voir les photos manquantes, il pourrait être prêt à tout pour s'assurer qu'elle ne puisse pas l'identifier.

Rex pensa la même chose. D'où son besoin d'aller retrouver Avery. Pour voir par lui-même si elle allait bien.

— On le fera, dit Rocco à Tex.

— Tex ? demanda Phantom quand il devint évident que la conversation sur le traître était terminée.

— Je suis désolé, rien encore, Phantom. Mais je n'ai pas abandonné.

Rex savait que son coéquipier était désespérément à la recherche de toute information sur le sort de Kalee Solberg, mais pour le moment, tout ce à quoi il pouvait penser était Avery.

— J'attends de vos nouvelles demain, Commandant North, dit Tex, puis la ligne fut coupée.

Le commandant ouvrit la bouche pour dire quelque chose, mais la porte de la salle de conférence s'ouvrit brusquement et un quartier-maître de deuxième classe y passa la tête.

— Je suis désolé de vous interrompre, monsieur, mais c'est important.

— Qu'est-ce que c'est ? aboya le commandant, visiblement furieux que quelqu'un ait osé interrompre sa réunion.

— Il y a eu un incident à l'hôpital.

Rex se raidit sur sa chaise.

— Quel genre d'incident ? demanda le commandant.

— Un incendie. Il s'est déclaré il y a quelques instants. L'hôpital est en train d'être évacué pendant que nous parlons.

— Putain, dit Rex. Avery.

— Ne tirez pas de conclusions hâtives, dit le commandant alors qu'ils se levaient tous rapidement.

Mais Rex voyait l'inquiétude dans ses yeux.

— Allez, ordonna le commandant North. Assurez-vous que le lieutenant est en sécurité. Puis aidez à l'évacuation.

Mais l'équipe était déjà en mouvement avant qu'il ait fini sa dernière phrase. Aider à l'évacuation était une évidence. Il n'était pas question qu'ils restent les bras croisés alors que leurs collègues blessés et les membres de leur famille étaient en danger. Mais plus que cela, Rex ne parvenait pas à maîtriser la peur qu'il ressentait.

C'était lié à Avery et au traître. Il le savait.

Ils avaient découvert l'information sur les photos quelques

heures trop tard. Le traître était passé à l'action, et maintenant la vie d'Avery était en danger.

Rex savait que le traître était désespéré. Il ne pouvait pas permettre à Avery de l'identifier. Il voulait du sang. Le sang d'Avery.

Tiens bon, bébé. L'aide est en route.

CHAPITRE VINGT

Avery courut aussi vite qu'elle put dans les escaliers vers le quatrième étage. Alors qu'elle était debout en train de rire avec ses collègues infirmières, en un instant, le couloir fut rempli de fumée.

L'alarme incendie hurlait, lui faisant mal aux oreilles, mais elle fit de son mieux pour l'ignorer car il y avait du travail à faire.

La pire chose en ce moment était l'obscurité qui s'abattait sur les couloirs. Les lumières s'étaient éteintes, et être dans le noir dans la cage d'escalier et les couloirs était désorientant... et menaçait de faire revenir tous les démons sur lesquels Avery avait travaillé si dur pour les bannir de son esprit.

Avec les autres infirmières, elle se mit au travail, évacua la salle des urgences, puis se déplaça d'un étage à l'autre. Pour autant que l'on puisse dire, le feu avait commencé au deuxième étage. Les patients capables de marcher furent conduits vers les escaliers et évacués par leurs propres moyens. Mais il était plus difficile de s'occuper des patients alités. Ceux qui étaient branchés à des intraveineuses, de l'oxygène, et d'autres machines à sauver la vie. Avery réussit à entrer dans les ascenseurs avec quelques-uns d'entre eux avant que la fumée ne devienne trop importante, mais maintenant les ascenseurs étaient inopérants et les gens étaient évacués sur des civières dans les escaliers.

Elle était trempée de sueur et épuisée, mais elle devait faire une dernière recherche au quatrième étage avant de le déclarer complètement évacué. Elle s'était portée volontaire pour y aller, vérifier, puis retrouver les autres infirmières au rez-de-chaussée. Il y avait des pompiers autour, mais ils étaient tous occupés, et la dernière chose qu'Avery voulait était que quelqu'un soit oublié au quatrième étage.

Ignorant à quel point la cage d'escalier était effrayante avec la lumière stroboscopique des alarmes incendie qui clignotait à travers la fumée et le bruit de l'alarme, elle avança aussi vite qu'elle le pouvait. Haletant à cause de l'effort, Avery utilisa sa main contre le mur pour se guider. Elle alla de pièce en pièce, utilisant une lampe de poche pour vérifier sous les lits et dans les salles de bain.

Elle venait de fouiller une pièce et de fermer la porte derrière elle, se tournant pour passer à la suivante, quand quelque chose la fit se retourner et regarder le long couloir désert.

Un homme marchait vers elle.

À la seconde où ses yeux se posèrent sur lui, elle sut que c'était *lui*. Le traître.

Elle était convaincue qu'elle le reconnaîtrait quand elle le reverrait, et une partie d'elle était ridiculement soulagée de ne pas avoir perdu sa confiance.

Mais une autre partie d'elle savait qu'elle était piégée.

— Nous nous rencontrons à nouveau ! cria l'homme avec un sourire en coin.

Elle l'entendit à peine au-dessus de la sonnerie de l'alarme incendie, mais l'arme dans sa main rendait ses intentions indubitables.

Les secondes suivantes semblèrent se dérouler au ralenti.

Elle avait manifestement lu trop de romans et regardé trop de drames à la télévision, car lorsqu'elle avait imaginé ce moment, ce face-à-face avec l'homme qui l'avait kidnappée, qui était responsable de la mort des deux soldats de l'armée et qui avait laissé des centaines d'armes tomber dans les griffes de terroristes, elle s'était attendue à une discussion dramatique. Il lui aurait dit qu'elle était condamnée, Avery aurait supplié pour sa vie, puis il aurait commencé à la torturer avec un long soliloque sur les raisons pour lesquelles il avait fait ce qu'il avait fait.

Mais la réalité n'était pas du tout la même.

L'homme s'arrêta au milieu du couloir et leva le bras.

Avery réagit sans réfléchir, plongeant dans la pièce qu'elle venait de quitter.

Le coup de feu résonna dans le couloir, même avec le bruit de l'alarme incendie.

Reconnaissante envers la fumée pour la première fois, Avery se précipita dans la salle de bain. Heureusement, c'était une pièce partagée avec la chambre d'à côté. Elle *ne pouvait pas* être piégée. Cela signifierait une mort certaine. Le traître essayait de la tuer, il n'allait pas lui laisser le temps de trouver un plan pour le piéger.

Heureusement qu'elle n'avait pas à essayer d'être silencieuse, l'alarme masquant tous les bruits qu'elle faisait. Avery se glissa dans la pièce à côté de celle où elle s'était jetée. Elle pouvait espérer s'éclipser lorsque le traître irait la chercher dans l'autre pièce.

S'efforçant d'entendre où se trouvait son meurtrier potentiel, Avery essaya de penser à un endroit où elle pourrait se cacher. Elle savait sans aucun doute que cet homme ferait tout ce qu'il fallait pour la tuer. Il avait très probablement mis le feu pour faire diversion.

En un éclair, la cachette parfaite lui apparut.

Il y a un an et demi, l'hôpital avait organisé une séance d'entraînement au tir actif. Tous les médecins et les infirmières y avaient participé, et ils avaient parcouru tous les étages de l'hôpital en réfléchissant aux moyens d'enfermer quelqu'un hors d'une pièce et en trouvant des endroits inventifs où se cacher.

Le seul problème était que sa cachette était de l'autre côté du poste des infirmières, dans la salle de repos. Au moment de l'exercice, ils avaient tous convenu que la cachette était idéale, mais étant donné les événements récents... Avery n'en était plus aussi sûre.

Mais elle n'avait pas beaucoup de choix. Et pour atteindre la cachette, elle devait passer devant l'homme qui voulait absolument la tuer et se glisser dans la salle de repos sans qu'il la voie.

Elle aurait préféré pouvoir se rendre dans l'une des cages d'escalier situées à chaque extrémité du hall, mais Avery ne pensait pas pouvoir aller aussi loin sans être vue.

Avery se cacha derrière la porte qui donnait sur le couloir et retint sa respiration. La fumée était épaisse, mais pas assez pour la cacher si elle courait à toute vitesse dans le couloir. Elle se ferait tirer dans le dos à coup sûr si elle faisait ça.

Elle devait être patiente et sournoise pour jouer l'ultime jeu de cache-cache avec un fou.

Elle voulait lui demander pourquoi. Pourquoi il l'avait fait. Pourquoi il avait parlé aux insurgés du convoi d'armes. Pourquoi il avait commis une trahison contre son pays.

Elle se demandait s'il était marié, s'il avait des enfants.

Mais l'essentiel était que rien de tout cela n'avait d'importance. Son monde s'était réduit à rien, sauf à cet instant. Ce qui lui était arrivé à elle ou au traître dans le passé était sans importance.

Pendant un moment, elle laissa des pensées de Cole se glisser dans sa conscience, mais elle les arrêta rapidement. Elle devait se concentrer sur le moment présent. Bien que... elle souhaite que Cole et son équipe SEAL soient là. Ils auraient éliminé cette ordure.

Mais ils ne l'étaient pas. Elle devait se sauver elle-même.

Son adrénaline monta en flèche quand elle vit l'homme

passer la porte derrière laquelle elle se cachait, se dirigeant vers la pièce qu'elle venait de quitter. Il n'avait pas encore découvert que certaines pièces étaient reliées entre elles à cet étage, ce qui allait la sauver. La façon dont il marchait, comme s'il ne se souciait pas du tout du monde, montrait clairement qu'il pensait l'avoir coincée.

Surprise, connard, pensa-t-elle en courant aussi vite qu'elle le pouvait hors de la pièce et vers le poste d'infirmière.

C'était la partie la plus dangereuse de son plan. Elle devait passer la porte ouverte par laquelle le traître venait d'entrer. S'il se retournait et la voyait, elle était morte.

La chance était avec elle.

Avery s'attendait à recevoir une balle dans le dos alors qu'elle courait silencieusement sur les dix mètres qui la séparaient du bureau des infirmières, mais elle y parvint sans qu'aucun coup de feu ne soit tiré. Faisant de son mieux pour contrôler sa respiration, elle s'accroupit au bout du bureau et jeta un coup d'œil dans le couloir, en revenant sur ses pas.

En quelques secondes, elle vit le traître sortir par la porte qu'elle avait quittée quelques secondes auparavant. Il avait perdu sa nonchalance et rugissait de colère, et la chair de poule monta sur les bras d'Avery.

— Vous ne pouvez pas vous cacher de moi, lieutenant ! hurla-t-il, ses mots étant difficiles à entendre par-dessus l'alarme, mais tout de même intelligibles. Facilitez-vous la tâche et sortez maintenant. Si vous le faites, je vous tuerai rapidement. Si vous me forcez à vous trouver, je m'assurerai que vous mourriez lentement et douloureusement.

Avery ne bougea pas d'un pouce. Elle ne voulait pas mourir du tout. Et plus elle attendait, plus il y avait de chances que quelqu'un vienne la chercher. Elle ne voulait pas que quelqu'un soit blessé, mais si elle ne revenait pas au rez-de-chaussée, Beverly ou Rita pourrait prévenir un des pompiers et ils feraient des recherches. Et si cette ordure était assez stupide pour leur tendre une embuscade, tout le monde saurait qu'il était là, et cela enverrait la cavalerie.

Espérons que Cole et son équipe de SEAL viendraient rapidement.

Tout ce qu'elle avait à faire était de rester en vie jusqu'à ce que ça arrive.

Elle regarda le traître s'agripper à ses cheveux en signe de frustration, tandis que la rage envahissait son visage. Il était bien énervé... mais bon, elle aussi.

Tenant son pistolet devant lui, le traître fit quelques pas dans le couloir et entra dans la pièce située juste en face de celle dont elle s'était échappée.

Avery se mit en mouvement avant qu'elle n'ait consciemment dit à ses jambes de courir. Elle traversa le hall en courant, plus reconnaissante qu'elle ne pourrait le dire pour la fumée et l'alarme, et se cacha dans une des chambres à côté du poste de l'infirmière. Elle se déplaçait vers l'est ; si sa chance continuait, le traître irait vers l'ouest, en suivant son chemin original, tout en continuant à fouiller les pièces qu'Avery avait contrôlées.

Le traître avait manifestement allumé le feu pour faire diversion, mais cela avait aussi permis à Avery de se déplacer sans être détectée. Elle n'était pas sûre de ce à quoi l'homme avait pensé. Comment avait-il su où elle serait dans l'hôpital, ou ce qu'elle ferait dans l'incendie ? Elle supposait qu'il était évident que les infirmières feraient de leur mieux pour aider à évacuer le bâtiment, mais il avait dû la suivre. Cette pensée fit frémir Avery. Elle avait déjà été si proche de la mort et ne l'avait même pas réalisé.

Le jeu du chat et de la souris continuait. Lorsque le traître entrait dans une pièce pour la fouiller, Avery se précipitait dans une autre plus loin dans le couloir, se rapprochant de plus en plus de la salle de repos où se trouvait sa cachette. Avery regretta de penser à son téléphone portable qu'elle avait laissé sur un comptoir en bas. Quand le feu avait éclaté, elle tenait son téléphone, et sans réfléchir, elle l'avait laissé tomber et s'était précipitée dans les escaliers. Elle s'en voulait maintenant. Elle n'aurait pas pu prendre le risque de parler assez fort pour que l'opérateur d'urgence l'entende, ou Cole, mais au moins ils auraient pu entendre le traître s'il criait à nouveau, et savoir qu'elle était piégée dans l'hôpital.

En s'approchant de la salle de repos, Avery sut que c'était le moment. La porte avait un dispositif « anti-claquement », elle se fermait donc très lentement. S'il se tournait exactement au bon moment, il la verrait se fermer, et il saurait où elle était.

Repassant le plan en revue dans son esprit, Avery refusait de penser à ce qu'elle était sur le point de faire. Cela n'allait pas être facile, et elle savait que sa cachette serait aussi sombre que la grotte dans laquelle elle avait été enterrée en Afghanistan. Mais c'était soit grimper là-dedans, soit mourir.

C'était un choix facile.

Prenant une profonde inspiration, Avery courut aussi vite qu'elle le pouvait quand le traître pénétra dans une autre pièce. Elle frappa la porte avec force, ce qui aurait diffusé sa position facilement si l'alarme n'avait pas encore sonné. Elle se glissa dans la pièce, ouvrant la porte aussi légèrement que possible. Elle ne s'attarda pas à regarder si l'homme l'avait repérée. Elle courut vers le mur sur sa gauche et prit une profonde inspiration.

Elle attrapa le loquet de la trappe sur le mur et l'ouvrit, regardant en bas. *Très* bas. Le toboggan avait été utilisé il y a des années pour les blouses sales. Les infirmières et les médecins jetaient les vêtements et les serviettes souillés dans la goulotte, qui menait au sous-sol, bien en dessous. Cette pratique avait été abandonnée car jugée insalubre et dangereuse. Personne ne voulait que les vêtements imbibés d'agents pathogènes et parfois de sang restent en tas dans le sous-sol et contaminent le métal de la goulotte elle-même.

Lors de leur formation de tir actif, quelqu'un avait plaisanté en disant que ce serait un excellent point de sortie pour l'étage. Bien sûr, cela avait conduit à une discussion sur le danger que cela représenterait, puisque le toboggan représentait une chute de cinq étages depuis le quatrième étage, et que ce serait un suicide certain. Mais les infirmières, y compris Avery, avaient fait valoir que quelqu'un pourrait s'accrocher à l'intérieur du toboggan et ne pas tomber, ou qu'il pourrait lentement descendre à un autre étage et sortir par là.

Après y avoir jeté un autre coup d'œil, Avery n'avait pas vraiment envie de monter dans le toboggan, mais elle n'avait plus vraiment le choix. Elle aurait pu courir vers les escaliers, mais elle ne pensait vraiment pas y arriver sans être vue, et conduire le traître dans les escaliers à un étage avec d'autres personnes pourrait les mettre en danger. *Elle* était sa cible, et il était hors de question qu'elle mette un hôpital entier en danger.

Remerciant Dieu d'être grande, Avery put mettre un pied dans le toboggan, puis utiliser ses muscles abdominaux pour se hisser afin de pouvoir entrer les pieds en premier. La dernière chose qu'elle voulait était d'être là-dedans à l'envers. Le métal s'entrechoqua lorsqu'elle se glissa dans le petit tube, et Avery grimaça, priant pour que le son ne se propage pas.

Le toboggan était juste assez large pour qu'elle puisse s'y caler avec ses mains et ses pieds afin de ne pas glisser immédiatement jusqu'au fond. Elle ferma la porte, s'enveloppant dans une ombre profonde, et commença à descendre lentement.

Elle devait être assez loin dans le conduit pour que si le traître le trouvait et regardait à l'intérieur, il ne voie que les ténèbres. La même obscurité qui était en train de l'étouffer. Quelque part dans sa course folle à travers les pièces, elle avait perdu sa lampe de poche, mais ça n'avait pas vraiment d'importance. Elle ne voulait pas risquer d'être vue en l'allumant.

Se sentant plus seule et terrifiée qu'elle ne l'avait été depuis qu'elle avait été ensevelie vivante il y a quelques semaines, Avery continua lentement mais sûrement, centimètre par centimètre, à se frayer un chemin plus loin dans le vieux couloir à linge.

Elle s'arrêta dans son élan quand elle entendit quelque chose de bizarre.

Le silence.

Quelqu'un avait éteint l'alarme incendie. Ses respirations étaient bien trop fortes et résonnaient autour d'elle dans ce petit espace exigu.

— Je viens pour vous, lieutenant.

La voix du traître retentit qu'à quelques mètres.

Il était dans la salle de repos. Juste au-dessus d'elle. En quelques secondes, il l'aurait trouvée, et toutes ses tactiques d'évitement n'auraient servi à rien. Elle s'était piégée elle-même après tout.

Fermant les yeux, Avery n'osait pas bouger d'un pouce. Elle ferait sûrement trop de bruit, et la tuer serait aussi facile que de tirer sur des poissons dans un baril. Elle n'avait aucune idée si elle était assez loin dans le conduit pour être enveloppée dans l'obscurité ou non. Tout ce qu'elle pouvait faire, c'était de rester assise et d'espérer et prier pour que le traître ne remarque pas sa cachette.

Mais ses espoirs furent vains lorsque les charnières de la vieille goulotte se mirent à grincer en signe de protestation et que la porte de sa cachette s'ouvrit bien au-dessus de sa tête.

— Je t'ai maintenant, sale garce.

*
**

Quand Rex et le reste de l'équipe SEAL arrivèrent à l'hôpital, c'était le chaos total. Du moins, c'est ce qu'ils virent. Il y avait des gens allongés sur des civières partout dans les parkings. Les camions de pompiers venaient d'arriver et le personnel d'urgence courait partout, installant des postes de commandement et essayant d'éloigner les gens du bâtiment fumant.

Sans même y penser, Rex ouvrit la voie dans la salle d'urgence. Il reconnut une des infirmières avec qui Avery travaillait. Il attrapa son bras et cria par-dessus le son de l'alarme incendie :

— Avez-vous vu le lieutenant Nelson ?

La femme secoua la tête, et Rex la laissa partir. L'équipe se sépara et commença à fouiller le premier étage chaotique. En quelques minutes, ils se retrouvèrent dans la zone de réception principale.

— Elle n'est pas là ! cria Ace.

— Elle doit être quelque part, dit Rex. Nous allons nous séparer. Elle est probablement en train d'aider à évacuer les gens des autres étages.

— Excusez-moi, dit une femme à côté de l'endroit où les SEAL étaient rassemblés.

Rex se retourna et réalisa qu'il reconnaissait aussi cette femme.

— Vous cherchez Avery ? demanda-t-elle.

— Oui ! dit Rex un peu durement. Vous l'avez vue ?

— La dernière fois que je l'ai vue, elle montait au quatrième étage pour s'assurer que personne d'autre n'y était. Mais je ne l'ai pas vue depuis.

— Merci, dit Rex à la jeune femme.

Lui et le reste de l'équipe coururent vers les escaliers, pour être accueillis par un pompier en tenue d'intervention.

— Vous ne pouvez pas aller par ici, veuillez sortir du bâtiment par là ! cria l'homme en indiquant le chemin que les SEAL venaient de prendre.

Rex ouvrit la bouche pour dire à l'homme d'aller se faire voir, mais Rocco le devança :

— Bougez, ordonna-t-il. C'est une question de sécurité nationale.

— Désolé, dit le pompier en secouant la tête. Je ne peux pas vous laisser passer. Ce bâtiment est en feu, au cas où vous ne l'auriez pas remarqué. Personne n'est autorisé à monter dans les étages supérieurs, à l'exception du personnel des pompiers.

— Faux, dit Phantom. Nous allons monter, et il n'y a rien que vous puissiez faire. Il y a un traître à notre pays là-haut qui n'a pas seulement *allumé* ce feu, mais qui est déterminé à tuer des gens.

Le pompier des Marines regarda les six hommes énervés devant lui et fit un pas de côté sans un autre mot.

L'équipe SEAL monta les escaliers aussi facilement que s'ils marchaient dans la rue. Ils firent irruption au quatrième étage.

La fumée était épaisse, mais pas au point que Rex n'ait pu apercevoir un homme entrant dans une pièce à l'autre bout du couloir.

Sans consulter ses coéquipiers, il partit en courant aussi vite qu'il le pouvait. Il n'osa pas appeler Avery, voulant garder le dessus et surprendre l'homme.

Il était possible que l'homme ne soit pas le traître. Qu'il soit un médecin ou un infirmier qui vérifiait simplement que la zone était dégagée.

Mais Rex ne le croyait pas. Dans ses tripes, il savait que c'était l'homme qu'Avery recherchait. L'homme qui avait si impitoyablement dit à l'insurgé de l'éliminer.

En quelques secondes, l'équipe était rassemblée à l'extérieur de la pièce et se préparait à entrer et à prendre des positions tactiques. Rocco avait un pistolet, mais aucun des autres n'en avait. Mais ils avaient tous leurs couteaux KABAR. Et ils étaient presque aussi mortels.

Tout à coup, l'alarme incendie au son incroyablement fort s'arrêta.

— Je viens pour vous, lieutenant !

Rex sursauta aux mots de l'homme de l'autre côté de la porte.

Il se moquait d'Avery, et cela ne faisait que renforcer la détermination de Rex à mettre fin à la menace que cet homme représentait pour sa femme.

— Je t'ai maintenant, espèce de garce !

— Un, dit Rocco après avoir entendu les mots de l'homme. Deux... *trois !*

Comme la machine bien huilée qu'était l'équipe, les hommes agirent en tandem.

Poussant la porte, Rocco posa un genou à terre juste à l'entrée. Ace et Bubba avaient leurs couteaux prêts à être lancés, se tenant de chaque côté de Rocco, leurs cuisses touchant presque ses épaules. Gumby et Phantom se placèrent immédiatement à gauche et à droite de leurs coéquipiers, et Rex se tint debout juste derrière Rocco.

Ils étaient imposants, et ils avaient manifestement surpris l'homme qui se tenait à gauche de la porte et qui triturait quelque chose sur le mur.

Il se retourna et tira sur eux sans un mot.

Cinq couteaux furent lancés simultanément sur la menace, et le bruit de la décharge de l'arme de Rocco résonna dans la pièce.

Les six armes atteignirent leur cible.

— Rapport de situation ! aboya Rocco, accroupi sur le sol.

— Clair ! répondirent cinq voix instantanément.

— Quelqu'un a été touché ? demanda Rocco en se levant lentement.

— Non, on va bien, dit Ace.

— Je ne peux pas en dire autant de lui, dit Phantom avec un regard dégoûté.

Gumby s'approcha de l'homme mortellement blessé et lui retira le pistolet de la main d'un coup de pied. Lorsque les couteaux et la balle de Rocco l'avaient frappé, il avait heurté le mur derrière lui et avait glissé lentement. Il était maintenant assis dans une mare de sang grandissante. Il avait un couteau planté dans l'épaule, la cuisse droite, deux dans l'estomac, et un dans le flanc. Du sang s'écoulait également d'un trou dans sa cuisse gauche, dû à une balle.

Rex rejoignit son coéquipier et s'accroupit en face de lui. Il voulait trouver Avery, mais pour le moment, éliminer la menace était prioritaire.

— Pourquoi ? demanda-t-il à l'homme.

Le traître toussa et du sang jaillit de sa bouche. Rex se leva et fit un pas en arrière, ne voulant pas être contaminé par la saleté qui se trouvait devant lui.

— Pourquoi pas ? dit-il avec un petit rire, suivi d'une nouvelle toux.

Les six hommes savaient qu'ils devaient essayer d'aider l'homme. Faire pression sur ses blessures, faire de leur mieux pour le sauver afin qu'il puisse être jugé... mais personne ne fit un geste vers lui.

— Deux hommes ont été assassinés à cause de toi. Et tu en as mis beaucoup d'autres en danger. *Pourquoi ?* L'argent ? demanda Rocco.

— Bien sûr, dit l'homme.

— Tu n'es qu'un tas de merde, lui dit Gumby. Tu as prolongé à toi seul la violence dans la région afghane.

— Des conneries, marmonna l'homme. Il y a eu des guerres pendant des milliers d'années et il y en aura encore pendant des milliers d'autres. Peu importe ce que les USA font là-bas, il y aura toujours des gens qui se battront. C'est chacun pour soi. C'est la faute du médecin, poursuivit l'homme, ses mots n'ayant aucun sens. J'allais devenir quelqu'un. Mais à la place, ils m'ont rendu accro. Si ce n'était pas à cause d'eux, je serais un héros !

— Ça ne sera plus très long maintenant, dit Phantom à son équipe. Sa peau devient pâle et il articule mal ses mots.

— De quoi tu parles ? grogna Rex, donnant un coup de pied au pied de l'homme, le faisant hurler de douleur.

— Va te faire foutre ! hurla le traître, qui reçut une poussée d'énergie et fit un bond en avant.

Malheureusement, son esprit était plus volontaire que son corps, et il tomba, se rattrapant de justesse avec son bras valide.

Il se retourna et s'allongea sur le dos, ricanant face aux SEAL qui le regardaient.

— Le lieutenant est l'un d'entre eux. Un putain de médecin. J'ai été tué par l'un d'eux. « Prends ça, il a dit. Quelques-uns par jour feront disparaître ta douleur. » Eh bien, ma douleur a continué, et j'ai pris ces fichues pilules et peu importe combien j'en ai avalé, la douleur *n'est jamais* partie.

— Tu as vendu ton âme au diable pour acheter de la *drogue ?* demanda Gumby avec incrédulité.

— Il n'y a rien de tel que le sentiment, marmonna l'homme sur le sol.

— Où est Avery ? demanda Rex.

— Va te faire foutre.

— Où. Est. Elle ? énonça Rex en attrapant l'homme par le devant de son haut d'uniforme de camouflage.

— Va. *Te. Faire. Foutre*, répéta l'homme.

Puis il bougea plus vite qu'aucun des SEAL ne l'aurait cru possible pour quelqu'un sur le point de mourir. Il attrapa le couteau qui sortait de son flanc et l'arracha de son corps.

Il jeta son bras en arrière pour poignarder Rex.

Mais Rex fut plus rapide. Il bloqua la poussée de l'homme avec un avant-bras en même temps qu'il relâchait sa prise sur sa chemise.

Puis il saisit le manche de la lame dans le ventre du traître et la tordit sans pitié.

La mort de l'homme fut presque instantanée. En une seconde, alors qu'il fixait Rex avec de la haine dans les yeux, il fut allongé sur le sol, le regard vide fixant le plafond.

Sans un mot, Rex se leva. Il savait aussi bien que ses coéquipiers qu'ils devraient répondre de ce qui s'était passé et essayer de l'expliquer à une commission d'examen, ainsi qu'à leur commandant, mais pour le moment, tout ce qui lui importait était Avery.

Où était-elle ? Était-il arrivé trop tard ? Le traître l'avait-il déjà trouvée et abattue ?

— Averyyyyyyy ! cria-t-il aussi fort qu'il le pouvait.

Puis les six hommes demeurèrent immobiles, à l'écoute de tout signe de la femme qu'ils avaient tous accueillie comme l'une des leurs.

*
* *

Avery transpirait, mais elle n'osait pas bouger pour essuyer la sueur de ses yeux. Elle n'était pas convaincue que si elle lâchait le côté du toboggan à linge, elle ne plongerait pas jusqu'au sous-sol. En fait, ses membres tremblaient sous l'effort qu'elle faisait pour rester coincée dans la goulotte.

Ce n'était pas très large, peut-être un mètre, juste assez pour que ses épaules puissent s'y glisser. Elle avait serré ses jambes et s'était calée aussi étroitement que possible après que ses jambes eurent commencé à trembler si fort qu'elle savait qu'elle ne serait jamais capable de continuer à ramper jusqu'au bout.

Elle était coincée. Elle ne pouvait pas monter et elle ne pouvait pas descendre, du moins pas sans risquer de tomber. Et l'obscurité commençait à l'atteindre. Il faisait aussi sombre que dans la grotte, et elle avait du mal à contrôler sa panique.

Quand le traître avait ouvert la porte au-dessus de sa tête, Avery avait pensé que c'était fini. Elle était morte. Mais au lieu d'entendre des coups de feu et de sentir les balles entrer dans le haut de sa tête ou ses épaules, la porte s'était refermée une fois de plus.

Elle avait entendu des voix au-dessus d'elle, mais ses oreilles bourdonnaient si fort qu'elle ne pouvait pas les distinguer. L'homme après elle était probablement en train de se parler à lui-même ou de la menacer encore plus.

Puis un coup de feu l'effraya, et elle faillit perdre son sang-froid.

Plusieurs autres minutes s'écoulèrent, Avery ne sut pas combien de temps, mais elle entendit qu'on l'appelait.

— Averyyyyyyy.

Elle se figea. Ça ressemblait à Cole.

Mais c'était impossible, n'est-ce pas ?

Puis elle l'entendit à nouveau, et cette fois elle sut que c'était son homme.

— Avery ! Où es-tu ? Tu es en sécurité, tu peux sortir maintenant.

Sauf que sa voix s'éloignait à mesure qu'il parlait. Pendant une seconde, elle pensa que c'était peut-être une ruse. Que le traître forçait Cole à l'appeler. Mais elle rejeta cette idée presque aussitôt qu'elle fut formée. Cole ne serait pas d'accord avec quelque chose qui la mettrait en danger. Elle le savait sans aucun doute.

Mais si Cole était dans la salle de repos quand il l'appelait, on aurait dit qu'il allait partir. S'il partait, il pourrait ne pas l'entendre l'appeler.

Prenant une respiration aussi profonde qu'elle le pouvait dans sa position exiguë, Avery leva le menton et cria :

— Je suis là ! Cole ! Je suis là !

Le silence suivit et elle dut faire tout son possible pour ne pas paniquer.

Mais alors elle entendit Cole répondre :

— Où, bébé ? On t'entend mais on ne te trouve pas !

— Ici ! cria-t-elle un peu plus faiblement.

Cole avait entendu. Elle savait qu'il ne partirait pas avant d'avoir trouvé où elle se cachait.

— Dans le conduit du mur !

Cela prit quelques secondes, puis elle entendit le meilleur son qui soit. Le grincement des charnières de la porte au-dessus de sa tête. Cette fois, elle n'en avait pas peur, sachant que Cole était là.

— Avery ? cria-t-il.

Elle inclina la tête et leva les yeux pour voir le visage de Cole. Cela lui rappela son retour en Afghanistan, quand elle avait vu sa silhouette à l'entrée de la grotte. Elle n'avait jamais été aussi heureuse de voir quelqu'un de toute sa vie.

— Je suis là ! lui dit-elle.

— Merde, je ne peux pas la voir, dit Cole, et son visage disparut.

— Ne me laisse pas !

Les mots jaillirent sans réfléchir. Et puis son visage revint.

— Je ne pars pas, la rassura-t-il. À quelle profondeur es-tu ? C'est tout noir d'ici.

Pas étonnant que le traître ne l'ait pas abattue. Il ne pouvait pas la voir, après tout. Avery voulait rire, mais ne trouvait pas l'énergie.

— Je ne sais pas. Mais je ne pense pas que je puisse tenir encore longtemps.

— Conneries, grogna Cole. Tu peux et tu vas le faire. On va te sortir de là, mais tu dois faire ta part. Compris ?

Avery hocha la tête, même si elle savait que Cole ne pouvait pas la voir.

Il tourna la tête, et elle pensa qu'il écoutait le reste de son équipe élaborer une stratégie. Puis il cria en bas :

— Qu'est-ce que c'est que ce toboggan ? Où est-ce qu'il va ? À quoi ça sert ?

Avery expliqua rapidement qu'il s'agissait d'un puits qui allait du dernier étage au sous-sol, et qu'il y avait des trappes à chaque étage.

Cole eut un autre échange rapide avec son équipe, puis il dit :

— OK, bébé, Rocco va descendre au troisième étage et Ace va aller au deuxième étage. Tu es probablement quelque part entre les deux. Accroche-toi. On va te faire sortir.

— Cole ?

— Ouais ?

— Il est mort ?

— Oui.

C'était ça. Un seul mot. Mais c'était tout ce qu'Avery avait besoin d'entendre. Elle allait s'en sortir. Elle n'avait plus besoin de regarder par-dessus son épaule, elle était en sécurité.

Mais... ça voulait aussi dire que Cole n'avait plus besoin de la garder. Leurs vies pouvaient revenir à la normale.

Alors qu'elle attendait d'être secourue, Avery prit une décision. Elle avait été une idiote. La vie n'était pas garantie. Mais si elle voulait être heureuse, elle devait prendre un risque. Atteindre ce qui était juste en face d'elle.

Un autre couinement au-dessus d'elle lui fit lever les yeux. Avery fut surprise de voir le visage de Rocco à quelques mètres au-dessus de sa tête.

— Hey, Avery. Sympa de te rencontrer ici, dit Rocco avec un sourire.

Puis il se retourna et hurla vers Cole :

— Troisième étage, Rex. Descends ici.

Cole dut sprinter tout le long du chemin parce qu'en une minute, c'était son visage qu'elle regardait au lieu de celui de Rocco.

— Hey, bébé. Tu as l'air un peu mal à l'aise, dit Cole.

Avery gloussa. Elle laissait à Cole et à son équipe le soin de faire des blagues dans une situation comme celle-ci.

Mais sa voix s'adoucit :

— Tu vas bien ? C'est sombre là-dedans.

— Je vais bien, lui dit-elle, et elle réalisa qu'elle ne mentait pas ou qu'elle ne disait pas ça juste pour qu'il se sente mieux.

Elle allait vraiment bien. Oui, elle craignait de plonger dans le sous-sol trois étages plus bas, et elle avait eu quelques mauvais moments en repensant à son séjour en Afghanistan. Mais au fond d'elle, elle avait toujours su que Cole viendrait pour elle. Qu'il la trouverait.

— Bien. Voici ce qui va se passer. Je vais descendre une corde et tu devras l'attacher sous tes bras et autour de ton torse.

Ensuite, nous allons te soulever jusqu'à nous. Tu as un problème avec ça ?

— Non, lui dit Avery.

Son sauvetage du vieux toboggan ne prit que quelques minutes. La corde s'enfonçait dans sa peau, mais elle ne se plaignit pas et ne bougea pas pendant que Cole et ses coéquipiers la hissaient. La sensation de Cole s'accrochant à son bras était la meilleure chose qu'elle avait ressentie depuis très longtemps.

En une seconde elle quitta l'intérieur de la goulotte et se retrouva assise sur les carreaux de la salle de repos du troisième étage dans les bras de Cole. Il enfouit son visage dans son cou, elle lui fit la même chose, et ils se serrèrent simplement l'un contre l'autre.

Ses coéquipiers leur laissèrent un moment, puis Phantom dit :

— Je déteste être le rabat-joie, mais nous devrions peut-être sortir d'ici. Le bâtiment était en feu il y a un moment, et nous devrions signaler le cadavre au quatrième étage.

Avery frissonna à la déclaration sèche de Phantom. Elle leva la tête et Cole encadra son visage avec ses mains. Ils se fixèrent l'un l'autre pendant un long moment. Puis Avery murmura :

— Après le débriefing, le retour à la maison, la douche, et probablement essayer de manger quelque chose, peut-être que tu pourras m'embrasser. *Vraiment* m'embrasser.

Ses pupilles se dilatèrent immédiatement. Il se lécha les lèvres et demanda :

— Tu es sûre ? Ce n'est pas juste l'adrénaline qui parle ?

— Non. Je suis sûre.

— Mon Dieu, vous deux. Vous parlez d'un baiser comme si c'était une alliance ou autre. Allez, Rex. Prends ta femme et foutons le camp d'ici, grommela Bubba.

Avery sourit à Cole. Bubba était loin de se douter que le genre de baiser que Cole lui donnerait ce soir était presque aussi bon qu'une alliance, et ils le savaient tous les deux.

CHAPITRE VINGT ET UN

Il fallut des heures à Rex pour ramener Avery à la maison. Lorsqu'ils arrivèrent à l'extérieur de l'hôpital, le feu était éteint, mais c'était encore le chaos total sur le parking. Entre les patients évacués, le personnel d'urgence et la présence de la police, Rex savait qu'il faudrait beaucoup de temps avant qu'ils puissent sortir de là.

Il avait insisté pour qu'Avery soit examinée par un des médecins, même si *elle* insistait sur le fait qu'elle allait bien. Il dut la laisser pour parler au commandant North à un moment donné, ce qui le contrariait au plus haut point, mais elle lui fit un signe pour lui indiquer qu'elle serait occupée à aider ses collègues infirmières.

Il était aussi fier d'elle qu'il pouvait l'être. Elle avait traversé son propre enfer, et pourtant elle était là, à aider les autres. C'était l'une des mille et une raisons pour lesquelles il l'aimait.

Et oui, il l'aimait. Il était fou amoureux, en fait. Et les mots qu'elle lui avait dits dans cette salle de repos étaient aussi bons que de lui dire « Je t'aime » en retour.

Le vice-amiral maître d'armes en charge des forces de police les avait rencontrés, ainsi que l'amiral de la base et le contre-amiral Creasy. L'équipe avait expliqué tout ce qui s'était passé dans la salle de repos.

Ils avaient tout appris sur la rétrogradation de l'enseigne Scott Wheatland à la suite de son arrestation lors du combat de chiens, et comment il avait fait l'objet d'une enquête pour fraude de médicaments sur ordonnance ainsi que pour falsification d'échantillons d'urine, les siens et ceux d'autres Marines.

En somme, le traître qui avait vendu son pays pour un million de dollars – somme confirmée par Tex – était en réalité un drogué de bas étage, prêt à tout pour ne pas tomber en panne sèche... y compris la trahison, le meurtre, l'incendie criminel et le feu vert pour la torture d'une Marine innocente.

C'était pathétique et triste. À la maison, quand Rex lui avait parlé de l'enseigne Wheatland, Avery avait simplement secoué la tête en signe de dégoût, puis avait dit :

— Ce qui est fait est fait. Il ne sera plus une menace pour personne, même si l'armée et la marine mettront du temps à se remettre de ses actions.

Et c'est tout. Elle lui tendit la main.

— Prêt pour le lit ?

Rex fit de son mieux pour contrôler sa verge, mais c'était sans espoir, surtout lorsqu'il sentit ses doigts se refermer autour des siens. Elle lui montra le chemin jusqu'à sa chambre et, avec un haussement d'épaules timide, elle lâcha sa main et se dirigea vers la salle de bain.

Rex retira tous ses vêtements sauf son caleçon et attendit qu'elle sorte. Quand elle sortit, il dut se forcer à rester où il était. Elle avait un débardeur blanc et une culotte, et c'est tout. Ses longues jambes semblaient s'étendre à l'infini, et Rex mourait d'envie de la voir étalée sur ses draps, nue.

Ils s'étaient douchés plus tôt, séparément, et Rex ne pouvait pas attendre plus longtemps pour faire de cette femme belle et étonnante la sienne.

Il lui tendit la main et elle traversa la pièce. Quand elle fut juste devant lui, ses paumes atteignirent ses flancs. Elle les fit courir le long de son corps, puis de nouveau vers le bas. Comme ils étaient presque de la même taille, Rex pouvait la regarder profondément dans les yeux sans avoir à se baisser ou à se pencher.

— Je suis incroyablement fier de toi, fit-il.

— Je suis fière de moi, répondit-elle sans la moindre gêne. J'ai été plus maligne que lui. Il ne plaisantait pas. Son plan était de me tirer dessus dès qu'il me verrait et de se tirer de là. Mais la fumée, l'alarme, son insolence... tout cela m'a aidée à m'enfuir et à trouver ce toboggan pour me cacher.

— Cela a dû être extrêmement difficile, songea-t-il.

Avery haussa les épaules.

— J'étais un peu en pilote automatique. J'ai agi sans réfléchir. Et je suis ici en ce moment, donc tout va bien.

Rex souffla un peu.

— Je t'aime, Avery Nelson. Je ne l'ai pas dit avant, mais je t'aime.

— Je sais. Je t'aime aussi.

Il lui fit un sourire.

— Ouais ?

— Oui. Je suis désolée pour ce matin. Je n'ai pas été très juste avec toi.

— Non, *je suis* désolé. J'ai mis une énorme pression sur toi juste pour essayer de me protéger, dit Rex. Je sais mieux que personne que le lendemain n'est pas garanti. En tant que SEAL, je fais face à cela chaque fois que je suis envoyé en mission, et savoir que ce trou du cul a failli arriver à ses fins, il y a toutes ces semaines, m'a foutu la trouille. Je n'ai pas besoin que tu me promettes le futur. Tout ce dont j'ai besoin, c'est toi, ici et maintenant. Ce qui arrivera demain arrivera.

Il la vit soupirer de soulagement.

— Vraiment ?

— Vraiment. Ce n'était pas juste de ma part de te mettre

cette pression. Je t'aime. On va prendre les choses au jour le jour, d'accord ?

— OK, dit Avery avec un sourire.

— Alors, c'est bon ? demanda-t-il.

— Absolument.

Il lui sourit.

— Alors... tu vas m'embrasser ou quoi ? interrogea Avery avec un petit sourire.

Sans un autre mot, Rex l'attira contre lui et écrasa sa bouche sur la sienne. Il n'y eut pas de préparation. Pas de doux préliminaires de leurs lèvres l'une contre l'autre. Il poussa sa langue dans sa bouche et ils gémirent tous les deux.

Souriant lorsqu'il sentit la chair de poule sur ses bras, Rex inclina la tête dans tous les sens et prit ce qu'il mourait d'envie de goûter à nouveau.

Avery donna autant qu'elle reçut. Elle ne se soumettait pas à ce qu'il avait à offrir. Ses mains parcouraient son corps, ses ongles s'enfonçaient dans sa peau, le poussant à continuer. Sa langue le repoussa et apprit chaque centimètre de sa bouche, passant sur ses dents, puis elle suça sa langue comme si c'était une mini-verge. Ce qui, bien sûr, fit que sa *grosse* verge se mit à durcir immédiatement encore plus.

Elle se retira avec un sourire.

— Tu aimes ça ?

— Non, lui dit Rex. J'adore ça.

Puis il lui saisit les hanches et s'assit brusquement sur le matelas, l'entraînant avec lui jusqu'à ce qu'elle soit à cheval sur sa taille. Il la fit rouler et la coinça sous son corps, se retenant péniblement d'enfoncer son sexe entre ses cuisses. Il sentait la chaleur à cet endroit, même à travers la barrière de leurs sous-vêtements.

Se redressant un peu, et toujours sans un mot, il posa les mains sur son ventre et les remonta lentement, emportant son débardeur au passage. Rex aimait la voir avec le débardeur blanc, mais il avait besoin qu'elle soit nue. Il avait besoin de tout voir d'elle.

Elle leva joyeusement les bras au-dessus de sa tête, lui permettant d'enlever le vêtement. Puis elle s'allongea, nue sous son corps à l'exception de sa culotte.

Rex inspira vivement en voyant sa beauté. Elle avait pris du poids depuis sa captivité et les formes lui allaient bien. Elle n'était pas tout en muscles, mais elle n'était pas épaisse non plus. Ses seins étaient luxuriants et pleins, et ses mamelons se tenaient droits, comme s'ils le cherchaient. Il aimait les adorables taches de rousseur qui couvraient sa poitrine, parsemées sur ses seins.

Impatient de la goûter là pour la première fois, Rex se pencha.

Il prit un téton dans sa bouche et suça avidement. Le dos d'Avery se cambra et elle passa une main à l'arrière de sa tête. Ses doigts s'enroulèrent dans ses cheveux et elle tira alors qu'elle gémissait et se tordait sous son corps.

Rex aimait sa réaction. Il aimait tout chez elle. Il joua avec ses seins pendant un moment, jusqu'à ce qu'il ne puisse plus ignorer son odeur. Il sentait combien elle était excitée et il ne pouvait plus attendre de découvrir son intimité.

Ses lèvres autour d'un téton, il utilisa une de ses mains pour attraper l'élastique de sa taille. Avery l'aida en soulevant ses hanches et en se trémoussant jusqu'à avoir fait descendre sa culotte sur ses cuisses pour les enlever.

Rex embrassa son ventre jusqu'à se retrouver allongé entre ses jambes. En levant les yeux, il vit Avery mettre un oreiller sous sa tête et se soulever pour pouvoir le regarder.

— Ta barbe est si étrange, dit-elle.

— Tu n'aimes pas ça ? demanda Rex.

— Je n'ai pas dit ça, le rassura-t-elle. C'est juste différent. Ma peau est si sensible, de toute façon, et je sens chaque poil contre moi. C'est comme si tu avais des centaines de petites mains qui me caressaient pendant que tu m'embrasses.

— Si tu as aimé la sensation pendant que je te suçais les seins, tu vas adorer quand je vais descendre.

— Cole, gémit-elle en écartant les jambes en signe d'invitation.

Il ne la fit pas attendre plus longtemps. Rex baissa la tête et la lécha une fois, depuis les fesses jusqu'au clitoris, gémissant en sentant le léger goût acidulé de son excitation.

— Putain, jura Avery en passant une de ses cuisses sur son épaule.

N'ayant plus besoin d'encouragement, Rex entreprit de combler la jeune femme. Il ne pensait pas être un expert en la matière, car il n'avait pas beaucoup d'expérience. C'était une chose extrêmement personnelle, pas quelque chose qu'il avait fait si souvent. Mais avec Avery, il voulait rester là toute la nuit et apprendre exactement ce qui l'excitait et ce qui la faisait jouir.

Il découvrit rapidement que si elle aimait qu'il lèche ses replis, ce qui l'excitait *vraiment*, c'était qu'il s'intéresse de près à son clitoris. Une main entre ses jambes, il la pénétra doucement avec les doigts tout en attisant le paquet de nerfs sensibles.

Puis il referma ses lèvres autour de son clitoris et se mit à sucer.

Elle faillit le faire tomber et il sourit. Jackpot.

Il inséra un autre doigt dans sa gaine serrée et se concentra sur son clitoris. Il le lécha, suça, frotta.

— Merde, Cole. Plus vite, juste là ! Oui, c'est ça, dit-elle en se raidissant sous son corps.

Rex était tellement perdu dans le plaisir de la goûter, de lui faire perdre la tête, qu'il faillit manquer les signes qu'elle était sur le point d'exploser.

Lorsque ses cuisses se resserrèrent autour de sa tête, ses doigts étreints si fort qu'il ne put s'empêcher de fantasmer sur la façon dont sa verge serait comprimée elle aussi, il comprit qu'elle était sur le point de jouir.

Il augmenta la succion sur son clitoris et tous les muscles de son corps se contractèrent.

Elle ne dit rien, laissant échapper un petit gémissement adorable alors qu'elle tremblait dans les affres de son orgasme.

Avec l'impression d'être au sommet du monde, Rex retira ses doigts et les suça immédiatement, fermant les yeux sur le goût merveilleux de sa femme. Puis il se redressa et se pencha pour attraper le préservatif qu'il avait laissé sur la table de chevet pendant qu'Avery était dans la salle de bain. Dès qu'il fut couvert, il utilisa son sexe pour caresser son clitoris.

Elle sursauta et s'agrippa à son biceps avec une force qui le surprit.

Il attendit que ses yeux s'ouvrent et qu'elle le regarde.

— Ça va ? demanda-t-il, voulant qu'elle soit sûre.

— Oui, répondit-elle immédiatement.

— Une fois qu'on l'aura fait, je serai à toi, lui dit-il. Et tu seras à moi. Il n'y a pas de retour en arrière.

— Je sais, fit-elle. Je ne sais pas ce qui se passera entre nous après ce soir, mais je sais que je te veux. J'ai besoin de toi.

C'était tout ce que Rex avait besoin d'entendre.

Il pressa son gland entre ses jambes et poussa.

Avery fit de son mieux pour ne laisser aucun signe de gêne traverser son visage lorsque Cole commença à pousser à l'intérieur de son corps. Il était grand et elle n'avait pas eu de rapports sexuels depuis un bon moment. Mais elle n'avait visiblement pas réussi à lui cacher la légère douleur de son entrée, car il s'arrêta alors qu'il n'était qu'à mi-chemin en elle.

— Je vais bien, dit-elle.

En réponse, il se retira.

Avery gémit et serra ses bras plus fort.

— Cole, souffla-t-elle. S'il te plaît.

Puis il revint, la remplissant tout entière et l'étirant. Il prit son temps, son contrôle était impressionnant. Enfin, il fut complètement à l'intérieur et Avery ne se souvint pas d'avoir ressenti quelque chose de mieux que son ventre contre le sien, sa barbe chatouillant son visage alors qu'il était au-dessus d'elle, et la sensation de son souffle chaud.

— Prends-moi, insista-t-elle.

Cole bougea. Il glissa hors d'elle lentement, puis il revint à l'intérieur tout aussi paresseusement. Il continua son rythme lent et régulier jusqu'à ce qu'Avery se sente prête à crier.

Elle resserra ses muscles internes la fois suivante où il poussa à l'intérieur, et elle vit son contrôle de fer voler en éclats.

— Putain, marmonna-t-il, et il accéléra le rythme.

Cambrant son dos, Avery lui sourit. Il était si beau, et il était tout à elle. Elle n'avait aucun doute qu'il serait fidèle. Ce n'était pas dans sa nature de tricher, elle le savait. Tout comme elle préférerait mourir avant de laisser un autre homme prendre ce qui appartenait à Cole.

Se sentant toujours bien après l'orgasme que Cole lui avait procuré, Avery déplaça une de ses mains le long de son corps jusqu'à l'endroit où ils étaient joints. Elle attisa son clitoris quand Cole se retira, et ses doigts frôlèrent va verge alors qu'il se pressait à nouveau sur elle.

Il se rendit compte de ce qu'elle faisait et elle vit ses pupilles se dilater tandis qu'il s'appuyait sur ses mains pour lui donner de l'espace.

— Oui, touche-toi, dit-il alors que c'était exactement ce qu'elle faisait. Un jour, je voudrais que tu te masturbes pour moi. Je veux savoir exactement ce que tu aimes.

— Je pense que tu l'as appris assez vite tout à l'heure, haleta-t-elle en caressant plus rapidement son clitoris gonflé. Et tu ne m'as pas laissé te rendre la pareille, se plaignit-elle.

— Bébé, si tu avais mis ta bouche autour de moi, j'aurais joui immédiatement. Je voulais que ça dure.

— Pourquoi ? demanda-t-elle.

— Parce que c'est notre première fois.

— Et alors ? Ce n'est pas parce que c'est notre première que ça ne sera pas bon si c'est rapide. Je t'aime, Cole. Je veux que tu prennes autant de plaisir à faire ça que moi.

— Oh, c'est ce que je fais, dit-il entre ses dents serrées.

— Pousse à l'intérieur et restes-y, ordonna Avery, sentant son orgasme monter.

Sans poser de question, Cole fit ce qu'elle demandait, se tenant à l'écart d'elle, lui donnant l'espace pour caresser son clitoris. Ses jambes s'emmêlèrent avec les siennes.

Sans quitter son regard, Avery fit de son mieux pour se laisser aller.

— C'est tellement différent avec toi en moi, dit-elle doucement.

En lui souriant, elle réalisa qu'il aimait l'entendre parler.

— Je me sens si pleine, et je vais jouir si fort. Je veux que tu le ressentes. Sache que c'est toi qui provoques ça.

Ses hanches se contractèrent, et elle le sentit se déplacer jusqu'à ce qu'il soit encore plus profond en elle. Elle souhaita qu'il ne porte pas de préservatif ; elle l'imaginait se libérer si profondément en elle qu'elle aurait senti sa chaleur de l'intérieur.

Cette pensée, et la manière vigoureuse dont elle se frottait, la firent exploser d'extase. Elle cria son nom en fermant les yeux et l'orgasme l'envahit.

Ses muscles se contractèrent et se refermèrent autour de sa verge, comme pour l'empêcher de quitter son corps.

Quand Cole se mit à gémir au-dessus d'elle, Avery ouvrit les yeux pour le voir rejeter sa tête en arrière, la bouche ouverte alors qu'il était lui-même au bord du précipice.

C'était incroyablement sexy. Elle l'avait fait jouir sans bouger d'un pouce. Elle se sentait puissante et belle à ce moment-là. Elle se pencha en avant et caressa ses bourses, et il grogna. Il se tordit entre ses jambes et essaya de pousser encore plus loin en elle, même si c'était impossible.

Puis il bougea sans lui laisser la chance de se préparer. Il roula sur le côté, serrant ses bras autour d'elle, la faisant bouger avec lui. Elle se retrouva à califourchon sur lui, sa verge toujours bien enfoncée en elle. Puis il fit quelque chose de surprenant : sa main descendit, son pouce couvrit son clitoris et il appuya. Fort.

— Encore, ordonna-t-il d'un ton bourru.

Surprise, Avery secoua la tête en essayant de s'éloigner de lui.

— Je ne peux pas.

Sa main se resserra sur sa hanche, la maintenant en place sur lui.

— Tu peux. Je veux ressentir ça à nouveau.

Même si Avery ne pensait pas être capable de jouir une troisième fois si tôt, elle était encore si sensible qu'elle ne tarda pas à se trémousser contre Cole. Elle se pencha en arrière et se soutint en mettant ses mains sur ses cuisses derrière elle. Elle était cambrée et ouverte à lui et ne s'était jamais sentie aussi exposée, ou aussi en sécurité, qu'à ce moment précis.

L'orgasme, quand il arriva, ne fut pas aussi intense ou fort que les deux premiers, mais il n'en fut pas moins bouleversant. Les doigts de Cole la poussèrent à bout et ses muscles internes serrèrent sa verge une fois de plus.

Ils gémirent tous les deux.

— Putain, tu n'as pas idée de la sensation incroyable que ça me fait, lui dit-il en retirant son pouce de son sexe et en saisissant ses hanches à la place.

Quand Avery se détendit et se pencha en avant pour s'effondrer sur la poitrine de Cole, elle sentit son membre glisser hors de son corps. Ils émirent tous les deux un gémissement de déception, mais aucun ne bougea.

— On est morts ? demanda Avery après un moment.

— Non, dit Cole, le bonheur perceptible dans sa voix.

Avery releva la tête.

— Je t'aime.

Au lieu de lui rendre la pareille, Cole dit :

— On ira chercher une licence de mariage demain. Tu m'épouses dès que je peux arranger ça.

Avery aurait dû être en colère contre lui. Au moins, très ennuyée. Mais à la place, elle posa simplement sa tête sur son épaule et hocha la tête.

— OK.

N'avait-elle pas été la première à lui dire que demain n'était pas garanti ? Elle l'aimait, et il l'aimait. C'était suffisant.

Sa famille comprendrait tout à fait. Surtout sa mère. Elle convaincrait Cole d'organiser une sorte de réception plus tard pour que sa mère, son père et sa sœur puissent être là pour fêter ça avec elle. Et ses coéquipiers, leurs femmes et les parents de Cole. Ils feraient une énorme fête. Peut-être sur la plage.

— C'est tout ? demanda Cole. C'est tout ce que tu vas dire ?

— Oui. Maintenant *chut*, tu ruines ma béatitude post triple orgasme, se plaignit-elle en dormant.

— Je t'aime, Avery Nelson. Tellement, chuchota Cole.

Elle n'eut pas la force de répondre, alors Avery tourna simplement la tête d'une fraction de centimètre et embrassa son épaule à la place.

Elle s'endormit comme ça, épuisée sur son nouveau fiancé. Elle ne fit même pas attention au fait qu'il faisait nuit dehors, et que la seule lumière dans la chambre provenait d'une petite lampe à côté du lit. Elle était avec Cole, il la gardait en sécurité. Il n'y avait plus besoin d'avoir peur du noir.

ÉPILOGUE

Mona Saterfield sourit en accrochant les dernières photos qu'elle avait prises sur son mur.

Forest « Phantom » Dalton était aussi sexy maintenant qu'il l'avait été lorsqu'il l'avait emmenée dîner il y a quelques mois. Il était tout ce qu'elle avait toujours voulu chez un homme. Chevaleresque, protecteur et doux.

Il avait été bouleversé lorsque la serveuse avait flirté avec lui devant elle, et lorsqu'il l'avait déposée à son appartement, il s'était tellement inquiété de son état d'esprit. Il avait rompu avec elle parce qu'il ne voulait pas qu'elle s'inquiète pour lui quand il partait pour ses missions dangereuses.

Elle s'inquiéta. Surtout quand il revint la dernière fois et qu'il était blessé. Mona avait pleuré comme une madeleine quand elle l'avait découvert.

Elle était si excitée lorsque le dispositif de repérage GPS qu'elle avait installé sur sa voiture avant sa dernière mission s'était déclenché, indiquant qu'il était revenu de l'endroit où il était parti cette fois-ci... mais lorsqu'elle réalisa qu'un des membres irritants de son équipe conduisait à sa place, elle avait presque paniqué, pensant que son homme avait été blessé ou tué.

Elle suivit la voiture à travers Riverton, confuse lorsque l'ami de Forest s'était arrêté à une maison près de la côte.

Lorsqu'elle gara sa voiture au coin de la rue et se faufila sur la plage pour espionner la maison, elle vit Forest qu'on aidait à entrer dans la maison. Elle fut soulagée de le voir, jusqu'à ce qu'elle aperçoive le bandage sur sa jambe et réalise qu'il utilisait également des béquilles. Elle baissa les jumelles qu'elle utilisait pour le suivre, et faillit les perdre.

Elle comprit vite que ce qui s'était passé ne devait pas être trop grave, puisqu'il marchait, riait et parlait.

Même si elle détestait ne pas être celle qui le soignait pour le remettre sur pied. Une fois qu'ils seraient mariés, et qu'il quitterait son horrible et dangereux travail, elle s'assurerait qu'il ait tout ce dont il a besoin.

Les jumelles avec appareil photo numérique intégré étaient l'un des meilleurs achats que Mona ait jamais faits. Elle pouvait garder un œil sur lui et prendre des photos en même temps. Maintenant, elle pouvait regarder l'amour de sa vie quand elle le voulait. Tout ce qu'elle avait à faire était de regarder le mur de son salon. Il était couvert du sol au plafond de photos de son homme.

Le simple fait de le regarder la rendait heureuse.

Bien qu'elle serait encore plus ravie quand il lui demanderait de l'épouser et qu'ils vivraient ensemble comme mari et femme.

En reculant, Mona s'assit sur son canapé et s'allongea sur le dos. Elle glissa une main sous l'élastique de son short et commença à se caresser. Forest ne serait pas content qu'elle touche ce qui lui appartenait, mais elle ne pouvait pas s'en empêcher. Il était si beau... et il serait bientôt avec elle. Leur amour était trop fort et trop profond pour être ignoré.

Forest Dalton était *à elle*. Point final. Il avait juste besoin d'un peu plus de temps pour réaliser qu'elle était la femme de ses rêves, puis il serait de retour, la suppliant de lui pardonner.

Il quitterait les Marines et prendrait un emploi de bureau sans danger et ils vivraient heureux pour toujours.

En se caressant, Mona sourit en rêvant. Forest allait venir la voir d'un jour à l'autre, et elle le reprendrait à bras ouverts.

Et si quelqu'un d'autre pensait pouvoir essayer de le lui voler, il apprendrait à quel point Mona pouvait être protectrice envers son homme.

⁂

Phantom se mit au garde-à-vous devant le commandant North et le contre-amiral Creasy.

— Détendez-vous, Phantom. Asseyez-vous, ordonna son commandant.

Phantom tira la chaise en face du bureau du commandant et s'assit. Il avait reçu un appel il y a vingt minutes et on lui avait ordonné de venir à son bureau. Il savait que cela avait quelque chose à voir avec Kalee, mais il n'était pas sûr que ce soit une bonne ou une mauvaise nouvelle.

Il penchait pour la mauvaise, surtout que le reste de son équipe n'était pas inclus dans cette réunion. Si Kalee était vivante, ne devraient-ils pas faire un plan pour aller la chercher ? Le fait que Rocco et les autres ne soient pas là n'était pas bon signe.

— Je ne vais pas tourner autour du pot. J'ai reçu un appel de Tex la nuit dernière. C'est son opinion professionnelle que Kalee Solberg est en vie, dit le commandant North.

Le cœur de Phantom se mit immédiatement à battre la chamade.

Le commandant leva une main.

— Attendez, matelot, les choses ne sont pas aussi simples qu'il n'y paraît.

Phantom n'avait aucune idée de ce que cela signifiait.

— Elle est vivante, donc ça veut dire qu'on doit aller la chercher.

— Tex a des infos qui disent qu'elle travaille avec les rebelles.

Les mots mirent une seconde à rentrer, puis Phantom secoua la tête.

— Non. Je ne le crois pas.

— La rumeur court qu'une Américaine aux cheveux roux travaille avec l'un des groupes de rebelles les plus vicieux et impitoyables. Elle a été vue en train de se battre à leurs côtés. Tuer des gens. Participant à des enlèvements et des tortures.

Encore une fois, Phantom secoua la tête.

— Elle est forcée de participer alors.

Les lèvres du commandant se rapprochèrent et il s'appuya sur ses coudes.

— Il est possible qu'elle se soit transformée, dit-il à voix basse.

Phantom affronta le regard de son commandant sans broncher.

— Elle fait ce qui est nécessaire pour survivre, insista-t-il. Vous n'étiez pas là. Vous ne l'avez pas vue. Elle était allongée face contre terre sur une pile de corps. Des enfants qu'elle aimait et dont elle s'occupait. Les rebelles ont manifestement compris qu'elle n'était pas morte, ce que j'aurais dû faire, et l'ont prise. Elle a probablement été violée et battue et qui sait quoi d'autre. Si elle participe aux atrocités qui se passent là-bas au Timor oriental, c'est une tactique d'autopréservation. J'ai écouté Piper parler de sa meilleure amie pendant des heures. Kalee Solberg n'est pas une tueuse. Je parierais ma carrière là-dessus.

Il était pratiquement à bout de souffle lorsqu'il finit de parler, mais il n'y avait rien de plus important que de faire comprendre à son commandant que tout ce que Tex avait découvert, c'étaient des conneries. Pas la partie concernant son travail aux côtés des rebelles, mais ses motivations pour le faire.

Le commandant North s'assit sur sa chaise et soupira.

Puis le contre-amiral prit la parole pour la première fois :

— Vous n'allez pas laisser passer ça, n'est-ce pas ?

— Non, monsieur. J'ai fait une connerie. Je dois réparer ça.

Peu importe le nombre de fois qu'on lui avait dit que le fait de ne pas réaliser que Kalee était en vie n'était pas sa faute, Phantom ne pouvait s'empêcher de penser le contraire.

— Pour information, il se trouve que je suis d'accord avec vous. Je ne pense pas qu'une femme qui aimait visiter un orphelinat pendant son temps libre et qui allait rejoindre le Corps de la Paix déciderait soudainement de rejoindre un groupe de rebelles après avoir failli être tuée par eux. Mais...

Le corps de Phantom se tendit en prévision des prochains mots du contre-amiral.

— Je pense que vous savez que nous ne pouvons pas envoyer une équipe SEAL sur une mission où il n'y a pas de problème de sécurité nationale.

— Mais, monsieur...

Le contre-amiral leva la main, coupant les mots de Phantom :

— Je sais que c'est une affaire personnelle pour vous, mais le gouvernement du Timor oriental maîtrise le soulèvement et n'a pas demandé d'aide. Il y a encore des groupuscules rebelles qui font des ravages, principalement à Dili, mais pour l'essentiel, le soulèvement a été réprimé. Kalee Solberg est présumée morte, et les informations que nous avons reçues ne sont pas suffisantes pour que la marine américaine dépense de l'argent et des hommes pour intervenir dans une situation qui est déjà sous contrôle.

— Je suis désolé, Phantom. Je sais que vous espériez de meilleures nouvelles. Nous comprenons tous les deux combien cela a été difficile pour vous, et nous avons pensé que vous méritiez de savoir ce qui se passe.

Un muscle de la mâchoire de Phantom claqua et il garda son calme en serrant les dents.

Le commandant North se pencha encore plus près et fixa Phantom du regard.

— Tex reste sur cette affaire. Il va nous tenir informés de toute autre information qu'il pourra obtenir. Nous aurons la courtoisie de vous transmettre ces informations.

Phantom n'était pas content de l'information. Il avait espéré que lui et l'équipe seraient autorisés à aller au Timor oriental pour récupérer Kalee. Et si ce n'est pas toute l'équipe SEAL, alors peut-être par miracle, il serait autorisé à y aller seul. Mais en regardant les expressions sérieuses sur les visages de ses officiers supérieurs, il savait que cela n'arriverait jamais.

Kalee Solberg était seule. Comme elle l'était depuis qu'il l'avait laissée pour morte par erreur.

— Permission de parler ? demanda-t-il.

— Bien sûr, dit le commandant.

— Je voudrais demander un mois de congé, dit Phantom, son visage ne montrant pas l'émotion qu'il ressentait.

Le commandant et le contre-amiral se turent pendant un moment.

— Pourquoi ?

Le commandant North s'enquit finalement :

— Je ne suis pas ravi de cette information, dit Phantom honnêtement. Je suis fatigué. Nous avons eu beaucoup de missions, l'une après l'autre. Ma jambe n'est toujours pas à cent pour cent remise, et après avoir échoué la mission Solberg, je suis épuisé. J'ai besoin d'une pause.

— Si vous envisagez d'y aller tout seul... commença le contre-amiral.

— Ce n'est pas le cas, l'interrompit Phantom. Je suis un SEAL. Je travaille avec mon équipe. Nous ne fonctionnons pas bien individuellement. J'ai juste besoin d'une pause, messieurs. J'ai un ami qui vit à Oahu. Il m'a invité à venir le voir maintes et maintes fois, et j'ai toujours dit non. Je pense que passer quatre semaines à me relaxer sur la côte Nord et essayer de me remettre les idées en place serait bénéfique. Pour moi, mon équipe et les Marines, messieurs.

Phantom ne broncha pas sous le regard intense des hommes en face de lui. Rien de ce qu'il pensait ne s'affichait sur son visage.

— Si vous prévoyez de vous rendre au Timor oriental, ce serait un suicide professionnel, déclara le commandant North.

— Je comprends, dit Phantom.

— Quatre semaines. Et vous ferez un point chaque semaine, indiqua le contre-amiral.

Phantom voulut protester. Il n'était pas un enfant qui avait besoin de se présenter à ses parents. Mais il savait que s'il n'était pas d'accord avec son supérieur, il n'obtiendrait pas le congé dont il avait tant besoin.

— Oui, monsieur, dit-il avec un petit signe de tête.

— Remplissez les papiers de congé, en indiquant le nom, l'adresse et le numéro de téléphone de votre ami, dit le commandant North. Je pense que ces vacances pourraient vous faire du bien, tant que vous n'êtes pas obsédé par quelque chose sur lequel vous n'avez aucun contrôle. Sérieusement, vous avez besoin de vous détendre, Phantom. Faites quelques randonnées, surfez, passez du temps avec une beauté hawaiienne locale... faites quelque chose pour vous remettre les idées en place. Votre équipe a besoin de vous. Votre pays a besoin de vous.

— Je le ferai, monsieur. Merci, dit Phantom.

— Je vous ferai savoir si j'ai d'autres nouvelles de Tex, lui dit son commandant. Rompez.

Phantom se leva et sortit du bureau, l'esprit déjà agité par tout ce qu'il devait faire pendant ses vacances improvisées.

Il n'avait pas menti au commandant ou au contre-amiral. Il avait compris que poursuivre Kalee sans l'approbation de la marine américaine était un suicide professionnel.

Mais il s'en fichait.

C'était *sa* faute si Kalee était dans cette position, et il ferait tout ce qu'il faudrait pour rectifier la situation.

Phantom devait parler à Tex, il avait besoin d'autant d'informations que possible pour pouvoir entrer à Dili, la trouver et la sortir de là. Il la kidnapperait s'il le fallait.

Il connaissait quelqu'un qui vivait à Hawaii. Un camarade SEAL qui était stationné à Oahu. Il ne doutait pas que l'homme l'aiderait à trouver un endroit où rester pendant qu'il était là-bas. Et il avait l'intention de passer sa permission à Hawaii – mais pas avant d'avoir fait un détour par le Timor oriental.

La détermination montait en lui. Il avait une chance de réparer l'énorme erreur qu'il avait faite avec Kalee Solberg. Il misait sa carrière sur le fait qu'elle était vivante et qu'elle avait désespérément besoin d'être secourue. Il ne la laisserait pas tomber une nouvelle fois.

*

Kalee saisit le fusil automatique dans des mains tremblantes et tira aussi loin que possible de l'endroit où les autres visaient tout en faisant croire qu'elle participait à l'assaut du bâtiment. Elle tira dans les buissons, sur le sol quand elle le pouvait, en priant pour que ses balles ne blessent personne. Elle avait fait beaucoup de choses dont elle avait honte au cours des six derniers mois, mais, pour autant qu'elle le sache, elle n'avait jamais tué personne.

Les ordures qui l'obligeaient à faire leur sale boulot pouvaient la menacer autant qu'ils voulaient, mais ils ne pouvaient pas faire d'elle une meurtrière.

Elle s'abrita derrière un bâtiment en ruine dans la banlieue de Dili, la capitale du Timor oriental, et prit une profonde inspiration. Elle ignorait sur qui ils tiraient et pourquoi. Mais elle savait par expérience que si elle refusait de participer, sa vie pouvait devenir bien plus difficile qu'elle ne l'était déjà.

On lui attrapa le bras et on la redressa. Un homme la gifla et lui cracha des insultes avant de la pousser en avant et de la forcer à marcher vers un autre bâtiment.

Le corps de Kalee fit ce qu'on lui ordonnait. Les rebelles pouvaient lui couper tous ses cheveux, lui faire porter l'uniforme noir de l'armée rebelle et la forcer à participer à leurs raids, mais elle ne serait jamais l'une des leurs.

Elle n'avait pas dit un mot depuis qu'elle s'était réveillée dans la fosse des corps, il y a des mois. C'était comme si l'horreur de voir les yeux vitreux qui la fixaient lui avait volé sa voix. Même lorsque les rebelles l'avaient battue, elle n'avait pas émis un seul son.

Quand ils se relayèrent pour la violer, elle ne cria pas.

Quand ils lui firent prendre un fusil et participer à des raids contre d'autres petits villages et villes, elle ne protesta pas, sachant que c'était inutile.

Sa voix était peut-être partie, mais elle était toujours là. À l'intérieur, elle criait à l'aide. Hurlait pour que quelqu'un, n'importe qui, la trouve et la ramène chez elle.

Mais personne ne venait. Cela faisait des mois, et elle commençait à penser que personne ne viendrait jamais. Pour son père et le reste du monde, elle était probablement considérée comme morte.

C'était peut-être mieux ainsi.

Jetant une main pour arrêter sa chute sur le sol, Kalee s'appuya contre le mur en parpaings du bâtiment délabré où les rebelles avaient élu domicile. Personne ne lui proposa de manger, et elle ne demanda pas.

Au lieu de ça, elle ferma les yeux et imagina son père dans sa tête. Et son amie Piper. Elle n'avait aucune idée de ce qui lui était arrivé, mais le fait qu'elle ne l'avait pas croisée depuis sa capture faisait espérer à Kalee que son amie s'était échappée. Que son corps n'avait pas été enterré quelque part dans les jungles et les collines qu'elle avait traversées ces six derniers mois.

Puis, pour la première fois, au lieu de penser à des moyens de s'échapper, Kalee commença à penser à des moyens de mettre fin à sa torture. Elle était probablement déjà considérée comme morte aux yeux du monde, alors pourquoi ne pas en faire une réalité ?

Mais une petite partie têtue d'elle-même refusait d'abandonner.

Il *devait* y avoir quelqu'un dehors qui la cherchait, qui ne pensait pas qu'elle était morte. N'est-ce pas ?

* * *

Ne ratez pas le prochain tome de la série Forces Très Spéciales : L'Héritage : *Un Sanctuaire pour Kalee*

DU MÊME AUTEUR

Autres livres de Susan Stoker

Forces Très Spéciales : L'Héritage

Un Sanctuaire pour Caite

Un Sanctuaire pour Brenae

Un Sanctuaire pour Sidney

Un Sanctuaire pour Piper

Un Sanctuaire pour Zoey

Un Sanctuaire pour Avery

Un Sanctuaire pour Kalee

Hawaï : Soldats d'élite

Un paradis pour Élodie

Un paradis pour Lexie

Un paradis pour Kenna

Un paradis pour Monica (10 May 2022)

Un paradis pour Carly

Un paradis pour Ashlyn

Un paradis pour Jodelle

Mercenaires Rebelles

Un Défenseur pour Allye

Un Défenseur pour Chloé

Un Défenseur pour Morgan

Un Défenseur pour Harlow

Un Défenseur pour Everly

Un Défenseur pour Zara

Un Défenseur pour Raven

Ace Sécurité

Au Secours de Grace

Au Secours d'Alexis

Au Secours de Bailey

Au Secours de Felicity

Au Secours de Sarah

Forces Très Spéciales Series

Un Protecteur Pour Caroline

Un Protecteur Pour Alabama

Un Protecteur Pour Fiona

Un Mari Pour Caroline

Un Protecteur Pour Summer

Un Protecteur Pour Cheyenne

Un Protecteur Pour Jessyka

Un Protecteur Pour Julie

Un Protecteur Pour Melody

Un Protecteur pour l'avenir

Un Protecteur Pour Les Enfants de Alabama

Un Protecteur Pour Kiera

Un Protecteur Pour Dakota

Delta Force Heroes Series

Un héros pour Rayne

Un héros pour Emily

Un héros pour Harley

Un mari pour Emily

Un héros pour Kassie

Un héros pour Bryn

Un héros pour Casey

Un héros pour Wendy

Un héros pour Mary

Un héros pour Macie

Un héros pour Sadie

Un héros pour Annie (Feb 2022)

À PROPOS DE L'AUTEUR

Susan Stoker est une auteure de best-sellers aux classements du New York Times, de USA Today et du Wall Street Journal. Elle a notamment écrit les séries Badge of Honor: Texas Heroes, SEAL of Protection et Delta Force Heroes. Mariée à un sous-officier de l'armée américaine à la retraite, Susan a vécu dans tous les États-Unis, du Missouri jusqu'en Californie en passant par le Colorado, et elle habite actuellement sous le vaste ciel du Tennessee. Fervente adepte des fins heureuses, Susan aime écrire des romans où les sentiments laissent place au grand amour.

http://www.StokerAces.com

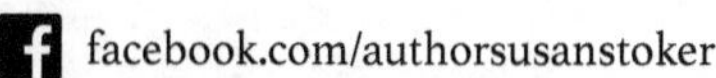

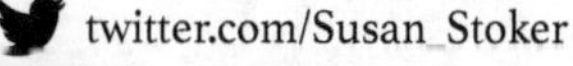

goodreads.com/SusanStoker